Um encontro não tão inocente

Julie Murphy e Sierra Simone

Um encontro não tão inocente

Tradução
Guilherme Miranda

2023

Título original: Merry Little Meet Cute
Copyright © 2022 by Julie Murphy and Sierra Simone

Todos os personagens neste livro são fictícios. Qualquer semelhança com pessoas vivas ou mortas é mera coincidência.

Direitos de edição da obra em língua portuguesa no Brasil adquiridos pela Editora HR LTDA. Todos os direitos reservados. Nenhuma parte desta obra pode ser apropriada e estocada em sistema de banco de dados ou processo similar, em qualquer forma ou meio, seja eletrônico, de fotocópia, gravação etc., sem a permissão do detentor do copyright.

Direitos exclusivos de publicação em língua portuguesa cedidos pela Harlequin Enterprises II B.V./ S.À.R.L para Editora HR Ltda.

A Harlequin é um selo da HarperCollins Brasil.

Contatos: Rua da Quitanda, 86, sala 218 — Centro — 20091-005
Rio de Janeiro — RJ
Tel.: (21) 3175-1030

Diretora editorial: *Raquel Cozer*
Editora: *Julia Barreto*
Assistente editorial: *Marcela Sayuri*
Copidesque: *Sofia Soter*
Revisão: *Daniela Georgeto e Natália Mori*
Ilustração e design de capa: *Farjana Yasmin*
Adaptação de capa: *Eduardo Okuno*
Diagramação: *Abreu's System*

CIP-Brasil. Catalogação na Publicação
Sindicato Nacional dos Editores de Livros, RJ

M96f

Murphy, Julie.
    Um encontro não tão inocente / Julie Murphy e Sierra Simone ; tradução Guilherme Miranda. – 1. ed. – Rio de Janeiro : Harlequin, 2023.
    352 p. ; 23 cm.

    Tradução de: A merry little meet cute
    ISBN 978-65-5970-250-3

    1. Romance americano. I. Simone, Sierra. II. Miranda, Guilherme. III. Título.

23-82529   CDD: 813
                 CDU: 82-31(73)

Gabriela Faray Ferreira Lopes – Bibliotecária – CRB-7/6643

A Bob Murphy e Doug Hagen.
Vocês sempre foram como pais para nós.
(E amamos vocês, mas é melhor não lerem este livro!)

Vamos deixar que o amor tire essas coisas de nós.
— Sam, *Simplesmente amor*

This year, you're my only wish;
babe, you're on my naughty list.
— INK, "Naughty List," *Merry INKmas*
(Bootcamp Records)

PRÓLOGO
Teddy Ray Fletcher

— Uma presa? — repetiu, só para confirmar que tinha ouvido certo.

— Uma presa de *madeira* — esclareceu a voz.

Teddy ouviu o barulho do trânsito e uma porta de carro se fechando. Por que empresários e agentes sempre telefonavam a caminho de algum lugar? Eles guardavam todas as ligações para o trânsito?

— Somando os quatro, foram três braços quebrados, duas pernas quebradas e cinco concussões — completou Steph D'Arezzo em meio ao zumbido do acelerador.

Teddy olhou para a mesa, um móvel de acrílico que a ex-esposa havia comprado para ele na IKEA antes do divórcio.

Um cronograma de produção muito estressante o encarou em resposta.

Ele desviou os olhos, tentando se concentrar no retrato dos dois filhos sorrindo no colo dele, as mãozinhas minúsculas apertando as abóboras minúsculas que ele comprara na plantação no dia. Como eles eram pequenos naquela época. E como gastavam pouco.

— Tá, então você está me dizendo que a equipe toda de figurino e cabelo foi ao deserto e parou embaixo de uma presa de madeira, que desabou. E agora ninguém pode trabalhar no filme que começa *amanhã*.

— Equipe de figurino, equipe de cabelo *e* o técnico da iluminação, Teddy. E não vejo a necessidade desse tom de crítica sobre a presa de madeira. Afinal, era parte de uma escultura gigante de uma morsa. Você não entende nada de festival? Nunca foi ao Burning Man?

Teddy estreitou os olhos para a parede do outro lado do escritório minúsculo, tentando imaginar Steph D'Arezzo, que falava rápido, vivia de terno e era viciada em celular, se drogando no deserto.

— *Você* já foi ao Burning Man?

— Todo mundo passa pelos 20 anos. Não, não pegue a cinco, não está vendo o GPS?

Teddy imaginou que ela estivesse conversando com um motorista de Uber e ignorou o último comentário.

— Então eles estavam no Burning Man?

— Não, *melhor* que o Burning Man — disse ela. — Era o DesFestival em Terlingua.

— DesFestival? Nunca ouvi falar.

— Claro — disse Steph com desdém. — É exclusivo.

— Ah. Apenas para convidados.

— Não, Teddy, apenas para *des*convidados.

— Certo. Desconvidados para o DesFestival. Onde uma morsa de madeira caiu na minha equipe.

— Apenas a presa — esclareceu ela. — Esse troço vai parar de apitar se eu colocar o cinto de segurança? Ah, que bom. E a morsa era parte da temática de Alice no País das Maravilhas, Teddy. Não era só uma morsa de madeira aleatória no deserto.

Ela riu como se *aquilo, sim,* fosse loucura.

— E como você sabe isso tudo antes de mim? — questionou ele.

— Ah, bom, falando nisso — disse Steph, naquela voz rápida de "Tenho más notícias" que todos os empresários pareciam fazer.

Teddy trancou o cu.

— Eu soube porque veio junto com outra notícia. A agente de Winnie me ligou, e ela vai ligar para você hoje à noite quando souber mais, mas queria avisar para mim e seu ator principal, para o caso de a história vazar nas redes sociais. Winnie está no hospital.

Merda.

Winnie Baker era uma antiga atriz mirim recatada que, quando adulta, se tornara uma atriz recatada de filmes para a TV, e seria a protagonista na primeira produção dele de um filme de Natal. Mais importante, era quem a diretora estreante havia *escolhido* especificamente para o trabalho, e Teddy queria manter a diretora feliz, porque ela fazia o Hope Channel feliz.

E conseguir que *O salão do duque* fosse distribuído pelo Hope — e a nova plataforma de streaming, Hopeflix — era a única maneira de ele transformar aquela aposta natalina desesperada em dinheiro de verdade. Só Deus sabia que seu emprego de produtor de pornografia não dava conta de pagar a mensalidade da faculdade de artes do filho nem a startup da filha, que fabricava *sex toys* ecológicos.

E filmes de Natal não deveriam ser tão difíceis, certo? Eram *quase* que nem pornô. Os roteiros eram fracos e o cronograma era mais curto que um curso de férias de faculdade regional.

Mas aí veio a presa de madeira. E nada de Winnie Baker.

Teddy não era completamente escroto, então a primeira pergunta que fez foi:

— Winnie está bem?

— Ela está *óóóótima* — disse Steph, em uma voz que deixava claro o quanto ela se importava. — O boato é que foi uma cerimônia de ayahuasca que deu errado... também no DesFestival. Sabe como é fácil se desidratar no deserto? Mesmo antes de começar a se cagar? Enfim, ela está no hospital tomando um monte de soro na veia. A agente dela acha que Winnie vai ficar mais alguns dias lá, e depois da alta vai passar um tempo de repouso rígido.

— Então nada de filme para ela — disse Teddy, oco por dentro.

— Nada de filme para ela. Aliás, se alguém perguntar, ela está sendo tratada por exaustão. *Não* por vomitar em uma tenda cheia de veganos e DJs.

Claro. Ninguém gostaria de sujar a reputação da doce Winnie Baker — e Teddy definitivamente não queria sujar o filme por associação. Não, ele precisava que sua nova produtora parecesse cinco mil por cento honesta, para que ninguém investigasse demais e descobrisse que Teddy Ray Fletcher era o proprietário de Tio Ray-Ray, um estúdio pornográfico especializado em... bom, menos coisas do que antigamente, agora que sua filha estava na casa dos 20 anos e passava todas as refeições familiares dando sermões para que Teddy criasse declarações de missão éticas. No último Dia de Ação de Graças, ela e o irmão o fizeram identificar os valores de Tio Ray-Ray.

Os valores.

— Então, se eu fosse você — continuou Steph —, faria uma reunião com a diretora para reescalar essa porra o quanto antes. *Jesus* do céu, você viu isso? E de monociclo! Só em Silver Lake mesmo!

Imaginando que Steph estivesse falando com o motorista do Uber de novo, Teddy tomou a decisão sensata de não responder, já enfiando tudo relacionado a *O salão do duque* na maleta — mais um presente da ex-esposa.

Ele resolveria aquilo. Equilibraria Fletcher Produções e Tio Ray-Ray com tanta tranquilidade que ninguém do filme de Natal nunca, jamais, saberia sobre sua carreira no pornô. Ele não tinha descoberto como criar contas separadas no IMDb (*e* como usar às escondidas o endereço da tia-avó para abrir um novo CNPJ) à toa!

Vou resolver isso, ele disse a si mesmo enquanto fechava a maleta à força e trancava a porta. *Vou fazer isso dar certo.*

Afinal, não devia ser tão difícil manter dois mundos separados, né?

Três horas depois, Teddy estava sentado na frente da diretora em um restaurante mexicano de aeroporto, decorado com pimentas pisca-piscas e miniárvores de Natal em todas as mesas. Ele tentava tirar pastas da maleta enquanto se engasgava com um palito de muçarela derretida.

— Está tudo bem? — perguntou ela. — Você está vermelho.

Teddy jogou algumas pastas na mesa e secou a testa com o guardanapo, torcendo para não estar suando demais. A pele pálida evidenciava qualquer vermelhidão e gota de suor, o que o deixava constrangido.

— Isso é estressante, mas não é nada que não possamos resolver — disse, tentando parecer tranquilo e controlado. Ele já havia lidado com todo tipo de catástrofe pornográfica, mas, infelizmente, havia um pouco mais em jogo ali do que trocar um ator com hemorroidas. — Obviamente, não é ideal ter que tomar essa decisão no aeroporto logo antes de seu voo para Vermont, mas a ayahuasca é imprevisível.

— Está aí uma verdade.

A diretora suspirou. Ela já estava puxando as pastas para o lado dela da mesa. Mesmo sentada a uma mesa feita de vinil e farelos velhos, não havia como esconder a aura indefinível de celebridade que ela emanava. Gretchen Young tinha maçãs do rosto altas, olhos brilhantes e a pele em um tom quente de marrom, e usava tranças twist compridas, até a cintura, um piercing no nariz e um macacão casual que devia ter custado mais do que o relógio dele.

— Será que vai ser difícil arranjar outra pessoa para chegar a Vermont a tempo? — perguntou, espalhando as fotos na mesa. — Até gostei de algumas outras mulheres no teste, mas, com a filmagem acontecendo durante as festas de fim de ano e o prazo curto...

— Vamos dar um jeito — disse Teddy, com uma confiança que definitivamente não sentia.

Para começar, o prazo para esses filmes de Natal era *apertado*. Duas semanas, três, estourando. E, como a filmagem estava para começar dali a dois dias, ele teria que mandar a atriz nova para Vermont no dia seguinte, ou no outro, no máximo. Embora *O salão do duque* não fosse escrito em pentâmetro iâmbico nem nada, ele supunha que a substituta de Winnie precisaria de pelo menos um dia para ler o roteiro e se familiarizar com a história.

Pior ainda era que a cidadezinha em Vermont onde Gretchen queria filmar — Christmas Notch — só tinha uma vaga no cronograma: literalmente durante a temporada de Natal de verdade. Embora eles não fossem filmar no dia 25 em si, voltariam a filmar dia 26, então quem assumisse o papel de Winnie teria que aceitar a possibilidade de perder o Natal com a família.

Jesus. Ele precisava de outro palito de muçarela. Enfiou a lava empanada na boca e tentou se lembrar daquele negócio de respiração consciente que o filho tinha ensinado para ele.

— *Caralho* — arfou Gretchen de repente. — Quem é ela? Não a vimos no teste, vimos?

— Hm — disse Teddy de boca cheia, quebrando a cabeça.

— Acho que eu nunca tinha visto uma atriz mandar uma foto com mamilos aparecendo — acrescentou Gretchen, pensativa.

O horror o perpassou em câmera lenta, tão quente e gosmento quanto a muçarela engasgada na garganta. Ele baixou os olhos para a mesa e viu o que Gretchen estava olhando: um retrato que não vinha *mesmo* da pasta de *O salão do duque*. Ele rebobinou mentalmente para três horas antes, quando tinha enfiado todas as pastas e objetos semelhantes a pastas na maleta, agitado e às pressas para alcançar Gretchen antes do voo.

E ali estava ele, olhando para uma imagem do último filme pornô de Tio Ray-Ray, e não uma foto de atriz que se candidatara para trabalhar em *O salão do duque*.

Gretchen passou o dedo comprido pelo rosto da mulher.

— Ela definitivamente não estava no teste, eu lembraria. Quem é ela?

Teddy tentou segurar o resto da pasta — se ela continuasse olhando aquelas fotos, veria mais do que mamilos — e se mostrar completa e totalmente tranquilo. Como se não fosse nada de mais. Como se Gretchen não estivesse com o dedo em uma foto de uma das estrelas mais famosas do pornô alternativo.

— Ela é muito talentosa — disse Teddy, achando difícil fingir tranquilidade enquanto tossia para engolir a muçarela teimosa. — Mas ela normalmente faz coisas mais ousadas. Sabe — buscou a palavra não pornográfica mais correta —, coisas provocantes. Toma riscos artísticos e tal. Não faz muito a linha da Hopeflix.

— Ela é exatamente o que eu quero — disse Gretchen, ainda olhando para a foto. — Ela é perfeita para o papel de Felicity.

— Hm…

— É quem eu quero — repetiu Gretchen, erguendo os olhos para Teddy. — É ela que quero no meu filme. Qual é o nome dela?

Ele quase disse seu nome artístico, mas se conteve no último momento.

— Bee Hobbes. Mas você ainda nem a viu atuar — protestou, fraco.

— Acha que tem alguma amostra no site dela? — perguntou Gretchen. — Vou procurar no Google.

Teddy teve uma visão súbita e enjoativa dela jogando Bee Hobbes no Google e indo parar em Bianca von Honey. E Tio Ray-Ray.

— Não precisa pesquisar — disse, rápido. — Já trabalhei com ela, e sei que ela é incrível. Mas talvez seja bom ter uma segunda opção, caso ela não possa...

— Não, precisa ser ela — disse Gretchen, balançando a cabeça, voltando a baixar os olhos para a foto. — Quero esse grau de ousadia, quero um toque perigoso na interpretação do roteiro de Pearl.

Pearl Purkiss era a roteirista de *O salão do duque* — e namorada de Gretchen Young — e já estava em Christmas Notch, preparando-se para um filme que no momento não tinha atriz principal.

— Podemos encontrar outra pessoa ousada — tentou Teddy, destemido —, se der mais uma olhada rápida na outra pasta...

— Espero — disse Gretchen com frieza — que você não esteja hesitando por ela ser gorda?

— Como assim? Não!

Teddy vivia trabalhando com Bee! Ela era linda, indecente e ótima para os negócios! Mas ela não podia estar em um filme de Natal puro como a neve. Para o bendito *Hope Channel*. E se fosse reconhecida? E se Teddy Ray Fletcher fosse revelado como um provedor de pornô e aí, *puf*, lá se iria essa parceria frágil com a Hopeflix, e seu filho artista teria que virar barista dois anos antes do previsto?

— Só acho que deveríamos escolher alternativas caso ela esteja... ocupada — disse Teddy finalmente.

— Se não conseguirmos ela... nem sei — disse Gretchen, fechando os olhos de uma maneira que fez alarmes dispararem na cabeça dele. Alarmes que gritavam: *Deixe Gretchen feliz para manter a Hopeflix interessada.* — Já perdi Winnie. Outra decepção tão cedo...

Os alarmes dispararam mais alto.

Seria tão ruim assim?, Teddy se perguntou em desespero. Seria tão perigoso ter Bee no filme?

Ela vinha implorando para que ele a escalasse em alguma coisa desde que ele inventara esse esquema de estúdio natalino no ano anterior, e ela também teria muito a perder se sua carreira pornográfica viesse à tona. Além disso, qual era a probabilidade de parte dos espectadores da Hopeflix também assistirem a pornografia feminista? Que consumidores de café de origem ética tatuados e que usavam *sex toys* de silicone também curtiam esse sentimentalismo natalino pudico?

Talvez desse certo, na verdade. E, se desse certo, se desse certo *mesmo*, talvez ele encontrasse uma solução fácil para quaisquer problemas futuros de elenco. Já estava tendo ideias para preencher os buracos da equipe de produção criados pela presa de madeira sacana.

— Vou entrar em contato com ela — prometeu Teddy. — Por que você não, hm, fica com essa pasta aqui — disse, empurrando a verdadeira pasta de *O salão do duque* com cautela até os dedos dela —, caso ela não possa?

— Tomara que ela possa — disse Gretchen. — Senti uma energia muito boa pela foto dela. Muito aberta, sabe?

Teddy se segurou para não fazer a piada óbvia sobre *muito aberta*, comeu mais um palito de muçarela para conter o estresse e, então, fez sinal para pedir a conta.

Por fim, no estacionamento do aeroporto, largou a maleta no banco de passageiro da minivan, fez algumas tentativas inúteis de respiração consciente e ligou para Bee enquanto via um gato lamber as patas em cima de um Tesla.

— Alô? — atendeu Bee.
— Espero que esteja sentada — disse Teddy.
Eu sei que estou, pensou, sombrio.

CAPÍTULO UM

Bee

—A cho que seis frascos de lubrificante com sabor possa ser um exagero — eu disse a Sunny.

Ela concordou com a cabeça, tirou dois do pacote que segurava junto ao peito e os jogou na minha cama.

— Tem razão. Seis é um exagero. Quatro é o número mágico. Vou tirar uva e rabanada do conjunto. Sinceramente, que ideia foi essa de incluir uva? Ninguém escolhe lubrificante de uva quando tem outras opções. É a Pepsi dos lubrificantes. E rabanada é um gosto mais peculiar.

— Sun, não acho que vou precisar de nenhum lubrificante com sabor no set de *O salão do duque*. Estamos falando da Hopeflix. Nem o filho de uma megaigreja com os livros de romance com pioneiros americanos da minha avó seria tão puro quanto o Hope Channel.

Sunny se largou no chão em um mar de consolos, plugues anais, amarras de seda, arnês, bolinhas Ben-Wa, vibradores portáteis, bolinhas de pompoarismo anal, palmatórias, mordaças e anéis penianos vibratórios. Assim que soube que seria mandada para Vermont para estrelar meu primeiro filme não pornográfico, como parte da incursão de Teddy em filmes natalinos recatados, esvaziei as malas — que, por acaso, também serviam como estoque de minha coleção de *sex toys* — e comecei a preparar a bagagem. Duas malas cheias de *sex toys* podem parecer um exagero, mas não apenas são ferramentas essenciais, como também são isentos de impostos na minha profissão.

— Bee, e se houver uma emergência? — perguntou Sunny. — E você estiver sem lubrificante?

Ela tinha razão.

— Um — eu disse. — Sabor de biscoito amanteigado.

Ela revirou os olhos e jogou o frasco junto aos artigos de higiene pessoal.

— Você pegou o suéter rosa felpudo do meu guarda-roupa?

Essa era uma das vantagens de, pela primeira vez, ter uma amiga com quem eu realmente podia compartilhar roupas. Passei o dedo pela pilha de leggings, calças jeans e camisas que tinha separado.

— Ainda não. Hm, que horas são?

Ela olhou o celular enquanto se levantava e tirava a toalha da cabeça, deixando cair o cabelo preto úmido sobre os ombros marrom-claros. Dava para ver as tatuagens coloridas por entre os cachos escuros quando ela voltou a se jogar na cama.

— Temos quarenta e cinco minutos antes de sair para o aeroporto e eu falei para o meu pai que chegaria lá a tempo de acender a menorá, então faz logo essas malas, gata!

Sunny era minha melhor amiga, colega de apartamento e guia auto-proclamada das infinitas espeluncas mexicanas de Los Angeles e arredores, e sua avó era minha fornecedora de pavê de pão chalá com chocolate. Nós nos conhecemos no set da minha primeira cena. Embora ela fizesse pornô, também trabalhava como maquiadora e era parte da equipe no set daquele dia. Eu estava animada, mas apavorada. ClosedDoors sempre tinha sido apenas comigo e minha câmera. Aquele primeiro dia no set era a primeira vez que eu abria mão de certo controle. Ela acalmara meu nervosismo imediatamente ao dizer: "Toda essa filmagem é para você, Bee. Você é a estrela do show. Acredite".

E ela não estava inteiramente errada. Depois que estourei no Closed-Doors, um aplicativo de assinatura paga que era basicamente um híbrido de Facebook e Instagram, mas muito mais... nu, Teddy Ray Fletcher entrou em contato comigo com a oferta de um contrato com sua produtora pornográfica. Dei sorte com Teddy. Ele é um dos bons. A oferta não era exclusiva. Eu poderia trabalhar com outras produtoras e manter minha conta ativa no ClosedDoors.

Minha primeira cena foi o vídeo de melhor desempenho da produtora naquele ano e até me garantiu uma indicação de revelação do ano no AVN Award. (É claro que não ganhei. Seria demais deixar que a gorda ganhasse. Sunny depois escreveu um post mordaz no Instagram sobre disparidade de dimensões corporais no cinema adulto. Foi tão bom que merecia ser um TED Talk.)

Quando Teddy conseguiu o contrato com o Hope Channel, eu passei meses implorando para ele me dar uma pontinha em um dos seus filmes de Natal. Eu poderia fazer o papel de irmã desleixada ou de dona da loja de roupas. Poxa, até Corista Número 3 já seria alguma coisa.

Porém, ele me disse inúmeras vezes que não misturaria pornografia indecente e conteúdo natalino recatado, então nunca imaginei que ele me ligaria duas semanas e meia antes do Natal para dizer que precisava que eu chegasse em Vermont dali a doze horas para assumir o papel de Felicity em *O salão do duque* e substituir *a* Winnie Baker.

Na verdade, quase não atendi o celular.

Teddy não sabia mandar mensagens. Ao menos, era o que dizia. Sunny contou que uma vez o vira responder a uma mensagem da ex-esposa com o emoji de foguinho, mas isso era praticamente folclore na história inacreditável de Teddy Ray Fletcher. Por isso, quase deixei ele cair na caixa postal quando seu rosto (uma foto dele dormindo na cadeira de diretor no set enquanto pessoas estavam literalmente trepando na sua frente) surgiu na tela.

Teddy ligava pelo tipo de coisas que poderiam ser facilmente comunicadas em uma mensagem: porque houve um acidente na I-10 e ele queria que eu pegasse uma rota confusa pelas montanhas, e não confiava que o GPS me direcionaria corretamente. Ou porque precisava de ideias para o aniversário de Astrid ou Angel. Ele ligava porque parou para buscar café e não lembrava se eu tomava "leite de vaca ou aquela porra vegetal vegana". Ligava porque minhas mães estavam enchendo o saco dele para mandar DVDs da minha cena mais recente — não para elas assistirem, mas para guardarem no Pequeno Hall da Fama de Bee.

Teddy definitivamente não ligava porque tinha me escalado sem querer em um filme de Natal como parte da sua tentativa de diversificar seu portfólio/virar um produtor sério. (A pornografia, aliás, era um negócio muito sério. Bastava perguntar para a previdência privada que eu abrira sob insistência das minhas mães quando tinha apenas 20 anos.)

Quando ele me falou que eu iria para Vermont, tive que literalmente largar o telefone enquanto ele continuava a pirar na linha.

— Teddy — falei, finalmente pegando o celular de novo —, me dá dez minutos. Preciso pensar.

— Cinco — exigiu, a derrota clara na voz.

Gastei um minuto inteiro tentando ligar para Sunny, mas ela estava em uma filmagem matinal e não estava na... posição para atender o telefone.

Na infância, sempre adorei estar no palco. Inclusive, passei muito tempo me perguntando quem eu seria hoje se não tivesse me tornado instantânea e suburbanamente famosa na adolescência por postar meus peitos no Instagram antes que Tanner Dunn pudesse postar. Aquele cuzão. Mas, quando chegou a oportunidade de não apenas aparecer em *O salão do duque*, mas ser a estrela no filme, eu me senti paralisada pela indecisão. E se eu não desse conta? E se meu par romântico, Nolan Shaw, simplesmente fosse embora do set ao descobrir que eu estaria substituindo Winnie? Eu era uma estrela pornô, uma queridinha dos filmes adultos! Teddy devia ter perdido a cabeça para me escalar em seu filme de Natal. Por mais que eu tivesse pedido — não, implorado — por isso.

E aí estava. Eu tinha, *sim*, pedido para ele. No fundo, queria aquilo. E o que aprendi ao postar meus peitos no Instagram seis anos antes era que eu deveria confiar nos meus instintos.

Exatamente quatro minutos depois, liguei para Teddy.

— Topo.

— Certo — disse ele, mascando o chiclete de nicotina tão alto que quase dava para sentir o aroma mentolado pelo telefone. — Vão ter algumas regras. E não são o tipo de regras que você e Sunny quebram para tirar onda. Estou falando de regras de verdade, Bee. Do tipo que realmente podem acabar comigo e com essa empreitada idiota se forem quebradas.

— Beleza — eu disse a ele, sentindo minha adolescente interior começar a se rebelar.

— Estou falando sério.

— Eu disse beleza.

— Estou fodido — murmurou. — Não literalmente.

Eu contive um sorriso. Na minha profissão, era uma distinção muito importante.

Amor de verdade era levar alguém de carro para o Aeroporto Internacional de Los Angeles, e Sunny já tinha provado seu amor por mim em muitas ocasiões, mas o trânsito naquele dia estava especialmente odioso.

— Merda — sussurrei enquanto revirava a mochila. — Esqueci meu carregador.

— Olhe no bolso lateral — disse ela, com calma. — E o carregador do laptop também deve servir para Rod.

— Rod! Não acredito que quase me esqueci dele.

Ela assentiu.

— Nenhum vibrador será deixado para trás.

Com os carregadores resolvidos, deixei a mochila cair entre as pernas, recostei a cabeça no banco, fechei os olhos e respirei fundo. Dúvidas me encheram assim que meu cérebro começou a se aquietar. Que péssima ideia. No fundo, eu sabia. Minha intuição era boa demais. Sempre senti a verdade dentro de mim, mesmo quando era o tipo de verdade que eu não queria enfrentar. E essa era uma dessas verdades.

Eu adorava meu trabalho na indústria adulta. Era um grande foda-se para todos que já me disseram que até que eu era bonitinha de rosto, ou que ninguém desejaria um corpo como o meu. Mas era mais do que isso. Meu trabalho me deixava realizada. Eu me sentia poderosa. No controle. Tinha me dado uma comunidade. Uma família, até. Mas o novo empreendimento de Teddy com a Hopeflix havia despertado sonhos que eu abandonara muito antes de conseguir verbalizá-los. Eu queria ser atriz desde o primeiro ano do fundamental, quando tive meu primeiro papel com falas na produção da escola de *A menina e o porquinho* ("Olhe aquele porco!").

Demorou alguns anos, porém, para eu encarar a realidade de ser a gorda com aspirações a protagonista. Com o tempo, meus sonhos foram perdendo o fôlego. Quanto à atuação, era mais fácil largar por completo do que assistir das arquibancadas. Assim, seria uma única grande desilusão, em vez de várias pequenininhas.

Porém, mais velha e mais segura, queria recuperar os sonhos que me foram roubados simplesmente porque um professor de teatro de ensino médio não conseguia imaginar alguém como eu encontrando o amor ou salvando o dia. E todos na indústria pornográfica — especialmente as mulheres — têm data de validade. Eu não podia deixar de pensar que aquilo poderia ser um bom começo de carreira para a futura Bee. Porém, estava sendo difícil imaginar como eu conseguiria fazer isso acontecer.

— Que péssima ideia — exclamei finalmente quando vimos a primeira placa para o aeroporto. — Preciso ligar para Teddy e mandar ele arranjar outra pessoa. E Nolan Shaw! Ainda não entrou na minha cabeça que eu terei que atuar com Nolan Shaw.

Sunny soltou um gritinho animado.

— Você acha que é melhor abrir o jogo sobre o santuário da INK que você fez acima da cama quando era criança antes ou depois da filmagem?

— Sunny! Isso não é motivo para piada!

— Você batia siririca para o ex-membro da *boyband* com quem vai contracenar em um filme natalino de viagem no tempo. Ah, e você é atriz pornô. É motivo para piada, sim.

Soltei um resmungo baixo enquanto apertava o painel central. Precisávamos voltar para casa. Precisávamos dar meia-volta.

— Tá, tá bom — disse ela, virando em uma saída aleatória que dava em um posto de gasolina com uma placa enorme anunciando KARAOKE NO ESTACIONAMENTO SÁBADO À NOITE. Ela estacionou e tirou o cinto de segurança para me encarar e me dar total atenção. — Você já fez uma cena de sexo num jet ski. Sem tirar o colete salva-vidas. Você consegue, Bee. E eu me lembro daqueles vídeos e fotos que suas mães me mostraram naquele ano em que você me levou para sua casa no Dia de Ação de Graças. A Beezinha era uma verdadeira nerd de teatro. A Beezinha está *amando* esse momento.

— A Beezona também — eu disse, baixo. — Mas estou assustada. Estou com medo de me dar mal. Estou com medo de encontrar Nolan e ele ser um babaca, ou de ele ser um daqueles caras bosta que acham que meninas gordas nem deveriam se candidatar...

— Certo, em primeiro lugar: foda-se essa possível versão de Nolan Shaw. Você é uma deusa e tem seres humanos no seu inbox neste instante que pagariam para limpar sua casa.

— Eu sei, eu sei, eu sei. Mas é que... Nossa, eu amava ele naquela época. Ainda tenho INK nas minhas playlists. Mas... ele estava esperando Winnie Baker, Sunny. Não Bee Hobbes, total desconhecida.

— Total desconhecida para ele — murmurou Sunny e, na mesma voz que usava para dizer "está tudo bem, tudo sob controle, esses grampos de mamilos não estão presos, só são teimosos", acrescentou: — Escuta, fiquei sabendo que Winnie não foi a única pessoa derrubada pelo DesFestival. Alguns membros da equipe estavam lá com ela, e você não é a única substituta que Teddy teve que encontrar com rapidez. Então vai ter rostos conhecidos também. Isso vai ajudar. E você vai ter a mim. Vou mandar tantas mensagens que você vai querer enterrar o celular na neve.

— Impossível — eu disse. — Tá, bom, talvez seja um pouco possível. Mas e as outras pessoas? Alguém que eu conheça?

Ela deu de ombros enquanto voltava a afivelar o cinto e colocou o carro em movimento, dando minha crise como controlada.

— Não sei ao certo. Fiquei sabendo que ele estava tentando entrar em contato com algumas pessoas, mas, com o Natal chegando, não tinha muitas opções. Então parece que pode ser um misto de gente da nova e da velha guarda.

— Tá, tá. Isso faz eu me sentir... melhor.

Sunny voltou para a estrada e nos levou até a próxima saída para o aeroporto.

— Ah, não, espera. O que você vai fazer no Natal? — perguntei. — Merda. O que eu vou falar para as minhas mães?

— Bee. Cala a boca. Você sabe que é minha gentia favorita, e nunca nem comemorei o Natal antes de a gente se conhecer.

— Mentira.

— Certo. Passei um Natal e meio com Cooper antes de terminarmos, mas não conta. Os pais dele abrem os presentes na véspera do Natal. Quem faz isso? O ponto todo da sua laia não é o dia do Natal? E suas mães... elas vão ficar bem. Poxa, talvez eu vá para a casa delas no Natal e finja ser filha única.

— Minhas mães corujas adorariam a ideia. Te garanto.

A placa branca gigantesca do aeroporto lançou uma sombra sobre a estrada quando entramos e seguimos as placas para o Terminal 4. Meu cérebro começou a revisitar a lista restante de todos os motivos por que eu não deveria fazer aquilo.

— E se alguém descobrir que faço pornô?

— Certo. De duas, uma. A primeira possibilidade mais provável é que ninguém descubra. As pessoas que assistem a esses filmecos sem graça definitivamente não são as mesmas que têm *Bianca von Honey calcinha à venda* no histórico de pesquisa.

— Não vendo minhas calcinhas — esclareci.

— Detalhes — ela disse. — Mas não finja que não venderia.

— Justo. Certo, e qual é a segunda possibilidade mais assustadora e muito mais terrível?

— A segunda possibilidade é que as pessoas da Hopeflix descubram o trabalho que você faz abertamente na internet.

Ela falou com simplicidade, mas não era tão descomplicado assim. Havia Teddy para considerar. E Nolan, até. Hope Channel e o que poderiam fazer quando descobrissem. Era o tipo de empresa que tinha cláusulas de moralidade nos contratos, então não conseguia imaginar que eles adorariam descobrir como já fui criativa com cordas e pepinos de camisinha no passado.

— Lá está Teddy — disse Sunny, apontando para um homem que esperava na frente do terminal, de bermuda cargo e camisa havaiana, com uma maleta encaixada entre os pés como se estivesse com receio de que alguém pudesse roubar os documentos importantíssimos com todas as mesmas informações que poderiam ser facilmente encontradas no celular se ele soubesse usá-lo.

Ele começou a andar na nossa direção assim que viu o Toyota Prius azul-bebê de 9 anos de idade de Sunny, coberto por adesivos inconfundíveis como TAMBÉM SENTO EM UM CONSOLO e NÃO QUERIA QUE SUA NAMORADA FOSSE PAGÁ QUE NEM EU?

Sunny parou o carro, apesar do trânsito esmagador atrás de nós, e saiu para me ajudar com as malas, que mal cabiam no porta-malas mais ou menos do tamanho do bolso da minha calça.

— Você vai arrasar, Bee — sussurrou ela em meio às buzinas. — Você é uma estrela. Não se esqueça disso. Nolan Shaw vai ficar em choque.

— Eu te amo, te amo, te amo — sussurrei em resposta. — Mas você vai ter que me soltar antes que alguém atropele a gente com um Tesla.

— Enfia seu Tesla no cu — gritou Sunny, para ninguém e todo mundo ao mesmo tempo, e, de volta a mim, acrescentou: — Coloquei um lubrificante portátil a mais na sua mochila. Em caso de emergência.

CAPÍTULO DOIS

Nolan

Christmas Notch, Vermont, ainda é técnica e legalmente uma cidade de verdade, mas foi difícil me lembrar disso enquanto eu desviava de figurantes tagarelas, membros da equipe técnica cheias de aparatos e uma assistente de produção muito apressada a caminho do escritório de produção da Hope Channel.

Contra o pano de fundo pitoresco de montanhas nevadas e floresta intocada, a cidadezinha era um adorável grupo de prédios de tijolinho, vitrines de vidro e casas vitorianas maravilhosas. Postes ornamentados cercavam as ruazinhas, árvores abriam galhos cobertos de neve para todo lado e, como uma fita cintilante em torno de um embrulho de presente, um lindo riacho corria pela beira da cidade. Parecia uma paisagem de cartão-postal, e era por isso que o Hope Channel ambientava tantos filmes lá — tantos que toda a economia da cidade dependia fazia anos de abrigar suas produções. O que significava que, mesmo quando acabavam as festas de fim de ano, Christmas Notch permanecia em modo natalino. Sempre havia guirlandas penduradas nas portas e luzinhas nas árvores. A árvore de Natal colossal nunca saía da praça, e música natalina tocava em todas as lojas, restaurantes e cafés, qualquer que fosse a estação.

Tudo em Christmas Notch era artificial e decorado, mas isso não me incomodava nem um pouco. Eu estava acostumado com artificial e decorado — afinal, tinha começado a carreira em uma *boyband* de reality show.

O que me incomodava era o lembrete constante e incessante de que o projeto todo era terrivelmente recatado, o que eu definitivamente *não* era. *Foco, Nolan. Vai dar tudo certo. Todo mundo erra, coisa e tal.*

Quer dizer, nem todo mundo é flagrado em um quarto de hotel com a queridinha da patinação artística americana, dois patinadores de velocidade holandeses e um minitrampolim. E *definitivamente* não é todo mundo que precede um escândalo olímpico internacional com uma semana de festas, fontes de uísque puro malte e mímicos nus. E, *ai deus*, aquele filme já era um erro enorme. Tudo aquilo era um erro enorme. Eu deveria pegar um avião de volta a Kansas City imediatamente e esquecer toda aquela ideia idiota de reabilitar a reputação manchada de Nolan Shaw. Nunca daria certo, *nunca daria certo...*

Meu celular vibrou no bolso, e instantaneamente deixei de lado todos os pensamentos que não eram sobre minha família. Eu havia passado a noite acordado ao telefone com minha mãe, mas e se o dia fosse difícil de novo? E se ela precisasse de alguma coisa que eu já não tivesse arranjado?

Parei de andar e me apressei para tirar o celular do bolso, o peito cheio de um pânico quente-frio enquanto eu me atrapalhava para abrir as mensagens. A última mensagem de minha irmã iluminou a tela:

Mads: A mãe está dormindo agora. Barb está aqui com Snapple.

Barb era nossa vizinha, e ela era um anjo enviado dos céus. (Snapple era sua cachorra, e um demônio.) Sem Barb, não sei o que faríamos quando nossa mãe estava passando por um período difícil. Eu não conseguiria trabalhar, e Maddie não conseguiria estudar. Eu definitivamente não conseguiria viajar para Vermont como parte de um plano maluco para me transformar numa celebridade digna da revista *People* e considerada para trabalhos lucrativos de jurado em programas de TV e tal.

Mandei mensagem para Maddie e guardei o celular no bolso, o pânico agudo se transformando na preocupação discreta, mas constante, que eu tinha sempre que não podia ver minha irmã e minha mãe com meus próprios olhos. Pela Maddie, eu tinha apenas os medos normais de irmão mais velho de que ela repetisse meus erros, mas pela minha mãe...

Bom, minha mãe era outra história.

Soltei o ar e puxei o gorro que cobria meu cabelo. Aquilo tinha que dar certo. Não porque eu quisesse ser jurado de televisão ou estrelar meia dúzia de filmes feitos para a TV, mas porque o dinheiro do INK tinha acabado — levado pelo charlatão do nosso empresário que dera no pé tantos anos antes — e meu emprego no teatro comunitário local não era suficiente para cobrir tudo de que precisávamos.

Minha mãe não podia trabalhar, Maddie estava no ensino médio, e eu não tinha nenhum diploma, nenhum talento de verdade, nada além de uma voz decente e um rosto de que as pessoas gostavam, e, se isso era tudo com que eu podia trabalhar para garantir que minha mãe e Maddie ficasse confortáveis, então que fosse. Eu daria um jeito.

Portanto, eu precisava chegar a tempo para a reunião com Gretchen, se quisesse causar uma boa impressão. Se quisesse mostrar que ela não havia cometido um erro ao escalar um pop star decadente e sabidamente irresponsável como o herói de seu filme.

O escritório de produção ficava do outro lado da cidade em relação à pousada em que o elenco e a equipe técnica estavam hospedados, mas, como Christmas Notch tinha apenas quatro quarteirões de extensão, não era uma caminhada longa. E, embora definitivamente estivesse frio — o tipo de frio que dava vontade de mergulhar o corpo todo em um tonel de chocolate quente, só que não de um jeito divertido e safado —, pela posição da cidade, protegida entre as montanhas, não ventava muito, o que já era vantagem.

Cheguei dez minutos adiantado, o que foi, tipo, a primeira vez que cheguei tão cedo a qualquer coisa em minha vida, e entrei no casarão que tinha sido convertido em escritório de produção. Era uma daquelas mansões vitorianas que pareciam uma casa de bonecas gigante, com aca-bamento em madeira e um grande alpendre. Mesmo à luz do dia, dava para ver velas elétricas brilhando das janelas compridas e uma árvore de Natal cintilando da janela mais alta sobre a porta. Ridículo.

No minuto em que entrei, trombei com uma mulher de longo vestido floral e botas de neve. Ela tinha a pele clara e sardenta e um coque loiro bagunçado que era genuinamente bagunçado, e usava grandes óculos de armação quadrada que dominavam todo o rosto. Quando segurei seu cotovelo para equilibrá-la, ela abriu um sorriso sonhador para mim.

Eu tinha quase certeza que era Pearl Purkiss, a roteirista.

— Gretchen! — gritou. — O duque chegou!

Muitos ex-astros adolescentes eram megafodidos, que nem eu.

Não era o caso de Gretchen Young.

Ela não só tinha um Oscar em sua bagagem elegante de couro vegano, como, depois de se aposentar da atuação, havia dedicado seu tempo a coisas boas e valorosas, como meditação e ativismo climático, além de adotar cães resgatados que ela nem obrigava a usar lenços no pescoço para fotos no Instagram.

Agora que estava de volta no mercado, teria sido fácil para ela demonstrar desdém por algo tão superficial quanto um filme do Hope Channel, mas não. Ela se mostrou completamente séria, empenhada e diligente enquanto caminhávamos por Christmas Notch, e isso me deixou muito, mas muito consciente de que meu histórico nunca chegou a indicar que eu fosse sério nem empenhado em relação a nada.

— A maioria dos lugares onde vamos trabalhar é ao longo da Rua Principal — disse Gretchen, parando na ponta da praça da cidade. Um membro da equipe técnica estava instalando um trilho para um carrinho de câmera na calçada enquanto uma mulher passeava com um cachorrão fungando pela trilha aberta no meio da neve. — Vai ter algumas cenas aqui na praça. Logo ali fica a lanchonete, onde vai ter uma cena com o duque e Felicity. Ah, ele não é para o filme, mas, se quiser um bom drinque sem firulas, o Bola de Neve Suja fica logo depois da avenida Ameixa por ali. E dois quarteirões depois fica a velha loja de brinquedos. Não é uma loja de brinquedos de verdade — acrescentou, vendo a interrogação em meu rosto. — É onde vai ficar a equipe de cabelo e maquiagem. De figurino também.

— Estava para perguntar isso. Minha agente comentou de um acidente com parte da equipe? No mesmo festival em que Winnie ficou doente?

Gretchen fez que sim.

— Mas Teddy Fletcher vai nos mandar substitutos para os quatro membros feridos da equipe. Eles devem chegar aqui hoje, incluindo o novo figurinista. É bom você ajustar os figurinos do duque com ele assim que der. Sei que a figurinista antiga já tinha enviado algumas peças, mas ela não chegou a vir pessoalmente, então ninguém sabe onde essas peças estão no departamento de figurino.

— Vou falar com a pessoa nova assim que acabarmos — prometi, sentindo-me um aluno que tentava impressionar a professora para ganhar pontos extras. Eu precisava de todos os pontos extras que pudesse arranjar. — Tem mais alguma coisa que você gostaria que eu fizesse?

— Na verdade, tem — disse Gretchen e, bem nesse momento, meu celular começou a tocar.

Com uma velha música do INK. Foi um pouco constrangedor.

— Desculpa, desculpa mesmo — eu disse, tirando o celular do bolso para olhar a tela enquanto as notas de abertura de "2 Wicked 2 Love" tocavam.

Eu não havia silenciado o celular para o caso de minha família precisar entrar em contato comigo. Porém, visto que eu estava tentando impressionar Gretchen Young e, por tabela, o resto do mundo, o toque não ajudou muito. Devo ter parecido um imbecil.

— Tudo bem — disse Gretchen com calma. — Pode atender, se precisar.

Era minha agente, Steph D'Arezzo, não Maddie, nem minha mãe, e eu estava prestes a mandar Steph para a caixa postal quando um dos assistentes de produção veio correndo até Gretchen para perguntar alguma coisa.

Aproveitei a oportunidade para atender a ligação com um alô baixo.

— Nolan — disse Steph, soando vagamente esbaforida. — Pode falar?

— Mais ou menos — eu disse, olhando de relance para Gretchen, que estava curvada sobre o iPad do assistente. — Você pode falar? Parece estar ocupada.

— Estou um tiquinho atrasada para esse voozinho que vou pegar — respondeu —, então não posso falar muito. Só liguei para avisar que a substituta de Winnie deve chegar ao set logo mais.

— Certo — eu disse, chutando um banco de neve por perto. — Bee qualquer coisa?

— Bee Hobbes. Segundo Teddy, ela só fez coisas independentes, tipo filmes de estudante, então é basicamente nova nisso. Seja gentil com ela.

Fiquei um pouco magoado.

— É claro que vou ser gentil. Sou um cara gentil, poxa.

— Nolan, poucos dias depois de encantar o mundo na cerimônia de abertura das Olimpíadas, você convenceu a ingênua patinadora artística favorita dos Estados Unidos a participar de uma orgia. Uma orgia com *europeus*.

— Não foi bem assim — eu disse, gesticulando, embora ela não pudesse me ver. — Já falei para você que não *convenci* ninguém. E os atletas holandeses eram patinadores de velocidade. Você já viu as coxas de patinadores de velocidade? Eles teriam feito seu próprio convencimento, mesmo se eu não estivesse envolvido. Quer dizer, se eu estivesse envolvido no sentido bíblico.

— Não foi assim que a imprensa viu. Não foi assim que *Dominic Diamond* viu.

Rosnei um pouco com a menção daquele blogueiro paparazzo escroto que construiu a carreira a partir das minhas cagadas. As Olimpíadas de Duluth tinham sido a joia de sua coroa de fofocas e, depois disso, ele se tornara o repórter de celebridades do momento, apesar de estar errado com frequência e de ser, bom, um escroto.

— Sei que você o odeia, mas, goste ou não, ele tem o poder de zerar suas chances de começar do zero. — Ouvi o som das rodinhas da mala em um piso duro e, então, o zumbido abafado de um anúncio de embarque vindo de algum lugar distante quando ela voltou a falar. — E não preciso lembrar você de…

— Manter a cara limpa — interrompo. — Eu sei, eu sei.

— Não pague de espertinho comigo. Criei meu nome pegando fracassados que nem você e dando a eles recuperações reais e sólidas. Eu sei fazer isso. Mas não tenho tempo a perder com um cliente que não siga as regras. E, sejamos sinceros, você não é exatamente conhecido por seguir as regras.

Bom. Justo.

— Estou falando sério, Nolan. Até sua marca estar reabilitada, você vai ser tão puro quanto a neve cenográfica desse filme. Você vai ser tão celibatário que freiras beneditinas vão seguir seu exemplo.

Fiquei aliviado por ela não conseguir ver minha careta. Havia um motivo muito bom para eu ter tanta facilidade para entrar no papel de *bad boy* no INK, e era porque eu tinha basicamente nascido para esse papel. Eu me metia em encrencas com naturalidade, e manter níveis de celibato dignos de freiras pelo tempo que fosse seria um saco. De verdade.

Mas, se fosse o preço para ajudar minha mãe e Maddie...

Contive um suspiro. Pelo visto minha mão direita viria a ser útil no futuro próximo. Graças a Deus minha criadora favorita do ClosedDoors postava quase todos os dias.

Steph continuou falando, e as rodinhas da mala continuaram rolando.

— O contrato com o Hope Channel exige seu bom comportamento até o lançamento do filme. Então, se eu sentir o *cheiro* de um escândalo — alertou —, se eu sentir um *trago* de um burburinho de que você está comendo alguém no set, vou transformar suas artérias em lacinhos de cabelo. Você está me entendendo? *Lacinhos*. Vou usá-los no seu funeral. Vou cobrir sua lápide com eles como se fossem bandeirolas.

— Bandeirolas. Certo.

Olhei de relance para Gretchen de novo.

— Certo, e seja gentil com a Nova Winnie, e não fechem a porta ainda, estou literalmente bem aqui. Não, é uma bagagem de mão. Ah, mas eu *vou* fazer caber no compartimento superior. Sei o que estou fazendo.

Ficou claro que Steph havia chegado ao portão, então me despedi dela e desliguei.

Bem nessa hora, o celular vibrou em minha mão. Baixei os olhos e vi uma atualização do ClosedDoors. Bianca von Honey tinha publicado um vídeo novo.

Meu pau teve uma reação automática com a visão do nome em minha tela. Quando eu estava exausto do trabalho no teatro, quando minha vida parecia se resumir a supervisionar lições de casa de matemática, coordenar consultas médicas e organizar contas e contas e mais contas, a única coisa que me fazia sobreviver ao dia era saber que, depois, eu me fecharia no quarto e teria um tempinho a sós com a srta. Von Honey.

Não que eu não transasse — eu transava —, mas ser Nolan Shaw, ex-*idol* do INK, quase sempre tornava relacionamentos esquisitos pra cacete. Descobri que a maioria das pessoas queria uma história para contar para os amigos depois de transarmos *ou* ficavam com medo que eu as transformasse na história.

O que posso dizer? Não era fácil a vida de um ex-membro desonrado de uma *boyband*.

Pelo menos eu tinha minha paixonite pornográfica. E talvez um dia eu encontrasse alguém na vida real que fosse tão perfeitamente safada como Bianca. Não que isso importasse no momento, considerando minhas novas ordens — puro como a neve cenográfica e tudo mais.

Gretchen estava terminando a conversa com o assistente, e cheguei perto dela.

— Desculpa pela ligação — eu disse, enfiando o celular de volta no bolso. — Você estava dizendo...?

— Ah, sim — disse ela —, verdade. Pode se lembrar de dizer oi para Bee quando ela chegar hoje? Sei que é um tempo de filmagem curto, então quero garantir que vocês dois sintam-se à vontade para entrar de cabeça em suas cenas juntos.

— Com certeza... — Fui interrompido quando "2 Wicked 2 Love" começou a tocar alto em meu bolso de novo. A sobrancelha de Gretchen se ergueu, e me senti um completo idiota. — Desculpa — eu disse rápido. — Deve ser minha agente de novo. Só vou mandar para a caixa postal, um segundo...

Mas, quando tirei o celular do bolso, não era minha agente.

Era minha mãe.

— Desculpa mesmo — eu disse, desejando poder entrar embaixo de um banco de neve e me esconder para sempre. — É minha mãe. Posso...?

Gretchen fez que sim.

— Claro.

Mas sua sobrancelha não voltou a baixar, o que não me pareceu um bom sinal.

Eu me afastei de Gretchen e andei alguns passos pela praça antes de atender.

— Oi, mãe — eu disse. — Está tudo bem?

— Está, sim — disse minha mãe. — Eu só...

— Maddie está bem? Você está bem? Precisa que eu adiante a consulta com o dr. Sam?

— Nolan. Está tudo ótimo. Só estava ligando para desejar boa sorte na sua filmagem. Não é hoje que começa?

Soltei um longo suspiro e voltei os olhos para a diretora, que estava parada no frio olhando para o celular e devia estar pensando em como eu era desrespeitoso. Que ótimo.

— Amanhã — eu disse. — Hoje é mais o dia de organizar tudo.

— Que bom — respondeu minha mãe.

Sua voz era praticamente inexpressiva. Ao fundo, eu ouvia os barulhos de uma televisão e de Barb paparicando Snapple, a cachorra.

— Tem certeza de que não quer que eu veja se dá para adiantar a consulta? — perguntei baixo.

— Está tudo bem — disse de novo e, dessa vez, a voz dela me soou um pouco mais sincera. — Quero que você se concentre no trabalho, sem se preocupar com sua velha mãe, que, aliás, vai ficar totalmente bem sem você aqui.

Revirei os olhos.

— Você *não* é velha, e não estou preocupado. — Era uma mentira, eu estava *muito* preocupado. — Só quero ajudar.

— Você está ajudando — respondeu ela —, e vai ficar tudo bem, juro. Me ligue amanhã para contar como foi o dia?

Gretchen estava tirando os olhos do celular para colocá-los em mim, a sobrancelha ainda erguida em um arco perfeito, digno de um Oscar.

— Ligo — eu disse à minha mãe, precisando voltar para Gretchen, mas relutante em desligar. — E ligo hoje à noite também. E Kallum vai passar aí de novo, e você pode me ligar a qualquer hora, está bem? Eu te amo.

— Também te amo, filho — ela disse, e fiquei olhando para o celular por um minuto depois que ela desligou, meu estômago apertado em um nó tenso e seco.

— Pronto? — perguntou Gretchen enquanto eu guardava o celular de volta no bolso e me aproximava.

— Sim — eu disse. E então acrescentei, em vão: — Desculpa.

— Tudo bem — disse ela, rapidamente. — Me deixe mostrar para você onde fica a loja de brinquedos, onde você pode conversar com o figurinista. E, no caminho, podemos conversar um pouco sobre o duque. Por falar nisso, você ainda sabe fazer um olhar ardente?

Uma hora depois, o figurinista novo — um homem branco alto de sobrancelhas grossas e um cabelo mais arrumado do que o roteiro — se aproximou de mim no departamento de figurino/loja de brinquedos. Ele levou a mão ao queixo e acenou, pensativo, para a calça de couro com buracos na bunda na cadeira à nossa frente, como se fosse um visitante em uma exposição de calças de couro sem bunda.

— Então você está dizendo — disse o figurinista depois de um minuto — que não pode usar essa calça no filme.

Alívio percorreu meu corpo.

— Exato.

— E que precisa de...

— Uma calça larga na frente.

— Uma calça larga na frente. Mas não pode ser essa, embora ela seja tão larga que nem frente tem.

O figurinista me olhou com cara de quem achava que eu precisava repensar.

Dei um passo para o lado, espiando atrás da cadeira dobrável para a arara de roupa vazia e para as caixas de roupas.

— Você se importa se eu...? — Fiz um gesto na direção das caixas de roupa.

O figurinista revirou os olhos e soltou um suspiro fundo.

— Tá.

Puxei uma caixa no chão e a abri, na esperança de que quem quer que a tivesse embalado tivesse ao menos separado as roupas contemporâneas das históricas. Mas o que me saudou sob a abertura não era nem o uniforme habitual do Hope Channel de suéteres e cachecóis, nem as vestimentas vitorianas que eu estava buscando. Ergui uma regata e estreitei os olhos para a penteadeira que eu conseguia ver através da malha fina e verde-néon.

— Quando o sr. Fletcher me ligou, eu não sabia ao certo sobre o que era esse filme ou o que estava acontecendo com ele — disse o figurinista —, então trouxe o básico comigo caso não houvesse chegado mais nada aqui ainda.

Puxei uma calcinha fio dental de couro — com um bolsinho na frente que definitivamente era feito para guardar pênis — e a joguei de volta na caixa. A origem da calça de couro sem bunda estava começando a fazer mais sentido, só que...

— Espera. *Básico?*

O figurinista deu de ombros quando voltei a olhar para ele, como se dissesse: *Foi o que eu disse.*

A caixa seguinte estava cheia de mais do mesmo — além de algumas roupas que pareciam saídas da seção sexy de uma loja de Halloween, e de uma coleira. Eu conseguia pensar em muitas coisas a fazer com uma coleira antes de pensar em um filme da Hopeflix, mas isso não estava ajudando.

— Certo — disse o figurinista. — Então, essas caixas aqui são todas minhas. Provavelmente não vai ter essas tais calças largas aí. Mas aquelas no fundo estavam aqui quando cheguei, então acho que a figurinista anterior as encomendou.

Apertei o olho com a palma da mão.

— Você não podia ter dito isso antes?

— Você estava tão determinado — disse ele. — Estava na onda. Eu não queria atrapalhar sua onda.

— Certo — eu disse, fechando a caixa da coleira e indo até a montanha de caixas que ele havia apontado.

A primeira que abri revelou um tesouro de coletes e babados.

Bingo histórico.

O figurinista chegou perto de mim, espiando o conteúdo da caixa enquanto eu vasculhava as camadas de camisa e meias-calças para encontrar aquilo de que precisava. Triunfante, peguei uma calça e a ergui para avaliar o tamanho.

— É essa? — perguntou o figurinista, desconfiado.

— É — eu disse, já tirando os tênis.

Não havia tempo a perder, porque a filmagem começaria no dia seguinte e o ritmo seria acelerado, até para meus padrões (e olhe que eu já tinha feito três turnês mundiais). Tínhamos menos de três semanas no set para filmar todo *O salão do duque* e, então, aquela cidadezinha melosa de Natal constante seria sumariamente entregue à equipe do filme seguinte no Ano-Novo.

— Acho que não entendi o problema da calça que mostrei para você — disse o figurinista depois de um momento. — Você queria...

— Calça larga na frente — repeti pela milionésima vez enquanto enfiava os tênis embaixo de uma cadeira.

— Certo, e olhe, essas calças se abrem na frente, e a que mostrei já é aberta. Não tem frente para abrir. Não economiza tempo?

Olhei para ele.

— Para *quê*?

— Sobre o que é esse filme mesmo?

— Uma noiva que não acredita no espírito natalino é mandada de volta no tempo pela Bruxa do Natal? E então ela conhece um duque e aprende o verdadeiro sentido do Natal?

O figurinista balançava a cabeça enquanto eu entrava atrás do monte de caixas, que chegava à altura da minha cintura, para tirar a calça jeans.

— Então não tem sexo nesse?

Eu o encarei, a calça embolada nos calcanhares.

— Hm. Não.

— Hm.

Hm mesmo.

Assim que vesti a calça e vi que ela servia, houve uma batida na porta. Uma assistente colocou a cabeça dentro da sala.

— Desculpa interromper, sr. Shaw — falou, alegre —, mas Gretchen me pediu para avisar você quando a sra. Hobbes chegasse.

— Ótimo, obrigado — eu disse.

Eu daria uma saída rápida para dizer oi para a Nova Winnie e então voltaria para descobrir qual paletó e colete queria usar com a calça.

Depois de voltar a enfiar os tênis e encontrar meu casaco, saí da falsa loja de brinquedos. Olhei a rua principal coberta de neve até ver algumas pessoas reunidas na ponte que dava para a igreja com seu campanário, e fui andando, tirando o gorro e bagunçando o cabelo castanho-escuro no caminho. De todas as lições que eu havia aprendido em meus 31 anos de vida, talvez a mais importante era que meu cabelo costumava representar uns bons cinquenta por cento do motivo para as pessoas gostarem de mim. Os outros cinquenta por cento eram divididos entre minha voz, meus olhos e meu ar de quem está *pouco se fodendo*, que as pessoas achavam um charme por algum motivo. Pelo menos antes de as Olimpíadas acontecerem.

O ar de *pouco se fodendo* tinha que dar lugar para *tediosamente atraente* e *confiavelmente empenhado*, então restava ao cabelo se responsabilizar por uma boa impressão.

Com o gorro na mão, cheguei perto do grupo e ouvi as notas musicais da voz de Pearl Purkiss dizendo:

—... e esse riacho é alimentado pela água das montanhas, se quiser recarregar seus cristais em água corrente enquanto está aqui.

— Obrigada pela dica — veio a resposta numa voz sensual e, quando entrei no círculo de pessoas, vi a origem da voz imediatamente.

Um choque me perpassou ao vê-la e, então, meu corpo todo corou com um calor ávido e voraz.

Cabelo escuro caindo por toda parte.

Pele clara que tinha sido transformada pelo sol em um tom de dourado pálido.

Olhos verde-azeitona, lábios carnudos e um piercing no septo que cintilava sob a luz fraca do inverno. E um corpo exuberante, perfeita e sedutoramente revelado por uma saia curta e um suéter pecaminosamente justo.

Porra.

Uma ânsia deixou toda minha pele tensa, e percebi tarde demais que as calças largas na frente *não* eram feitas para esconder ereções quando meu pau duro pressionou o tecido.

Por instinto, cobri a virilha com a mão que segurava o gorro enquanto olhava nos olhos da mulher para quem eu havia batido punheta inúmeras vezes. A mulher que tinha usado os próprios dedos ontem à noite até ter um orgasmo que corou seus seios e fez suas pernas tremerem, ao vivo, apenas para seus fãs.

A mulher que havia estrelado meus sonhos mais eróticos nos últimos seis anos.

Bee Hobbes não era ninguém menos que Bianca von Honey.

CAPÍTULO TRÊS

Bee

Quando cheguei ao aeroporto, Teddy me entregou o cardápio infantil do restaurante mexicano, em cujo verso havia escrito suas regras cuidadosamente. Ele também tinha completado o caça-palavras e o labirinto, e murmurou algo sobre manter o cérebro afiado quando viu que eu estava observando seu trabalho. Durante o voo e o trajeto de carro para Christmas Notch, recitei as regras várias e várias vezes para mim mesma.

1. Proibido transar. Nem diante das câmeras, nem por prazer.

2. Você é Bee Hobbes. Você nunca ouviu falar de Bianca. Nunca nem assistiu a pornografia. Você usa controle parental na Netflix porque é puritana pra caralho. Você é praticamente virgem. (Sim, eu sei. Virgindade é uma construção social. Blá-blá-blá.)

3. Crie uma história para o seu passado e não mude. Você foi tirada da obscuridade de filmes estudantis e está muito agradecida por essa grande oportunidade.

4.

consumidores de filmes adultos

telespectadores da Hopeflix

Está vendo o buraco gigante no vão entre as duas bolhas? É nossa única chance de nos safar dessa. CUIDADO COM O VÃO.

4.b. Guarde as piadas sobre buracos gigantes para você.

5. Proibido. Transar.

6. Não estou brincando.

Quando desembarquei do meu voo noturno, fazia quase vinte e quatro horas que eu não dormia. E eu finalmente estava ali, naquela vila natalina pacata que parecia uma cópia barata de *Natal branco* na vida real, com Pearl Purkiss me escoltando e Nolan Shaw parado a meros centímetros de mim. Nolan. Shaw. Porra.

— E, se precisar de mais cristais — disse Pearl —, tenho alguns prontos para emprestar. Gosto de pensar neles como, tipo, um seguro energético.

Ela deu as costas para a paisagem onírica ao ver Nolan, que olhava, hesitante, para mim, seus olhos azuis ainda mais brilhantes do que no pôster em meu quarto de adolescência. Um músculo saltou na linha pálida de seu maxilar.

Meus joelhos ficaram subitamente fracos.

— Ah. — A voz de Pearl baixou um oitavo. — Que bom. Já sinto a energia entre vocês dois cheia de química. — Ela pegou minha mão. — Bee, a gente sabia desde o começo que você era a escolha certa.

— Bee, certo? — perguntou Nolan, sua voz rouca e indiferente. — Acho que isso faz de você a Nova Winnie?

— Não — eu disse, a palavra ácida enquanto eu esquecia por um momento com quem eu estava falando. — Não sou a Nova Ninguém. Apenas Bee.

— Apenas Bee — repetiu ele, enquanto torcia o gorro nos punhos brancos.

Ele me lançou aquele olhar. O olhar que eu tinha quase certeza que dizia que ninguém o avisou que seu novo par romântico seria uma mulher gorda. Aprendi desde cedo em minha carreira a definir as expectativas. A indústria pornográfica não era exatamente conhecida por boa comunicação, então precisei apenas que alguns parceiros de cena desistissem de um trabalho ao chegarem ao set para saber que, pelo bem ou pelo mal, era sempre melhor deixar claro exatamente quem eu era.

Pearl deu um gritinho de euforia antes de retomar a energia serena e apontar para o roteiro que eu segurava junto ao peito.

— E aí, o que você achou de Felicity?

— Ela é… ótima — eu disse. — Tão intrigante… e… e envolvente. Estou muito interessada em mergulhar na motivação dela e descobrir exatamente por que ela quer trocar o mundo moderno e todas as suas conveniências por espartilhos e comadres.

Felizmente, as pálpebras loiras de Pearl palpitaram sob o peso de meus elogios, porque não havia muito mais a dizer sobre *O salão do duque* além de:

— Na verdade, eu estava lendo no avião — continuei — e notei que está faltando a última página?

Pearl olhou para mim, piscando várias vezes, como se minha pergunta pudesse desaparecer em pleno ar se ela piscasse o suficiente. Por fim, ela respirou fundo para se acalmar e disse:

— Você vai recebê-la quando for a hora.

E então, embora o único som fosse o riacho que corria poucos dias antes de congelar sob a ponte pitoresca de madeira e ferro em que estávamos, Pearl se empertigou e disse:

— Ah! Acabei de ouvir meu nome. Vou deixar vocês dois se conhecerem melhor.

Eu e Nolan esperamos ela sair em direção à praça, que era metade cidade funcional e metade set de filmagem. A torre da igreja de madeira branca, onde eu supunha que em breve deixaria meu marido fictício no altar para viajar no tempo e cair no colo do duque de Frostmere, projetava uma sombra sobre nós.

Voltei a olhar para ele, com a cabeça ainda inclinada na direção de Pearl.

— Isso foi… esquisito?

Ele coçou o pescoço, e o gogó se mexeu sob a barba rala.

— Ela anda bem reservada em relação ao final.

Abri meu roteiro na última página, que se interrompia no meio do diálogo.

— Diz literalmente: "E, todo esse tempo, o sentido do Natal estava bem diante de mim. O sentido do Natal era…".

Ele conteve um sorriso irônico, o tipo de sorriso que alguém abre quando está um pouco contente demais com um cheirinho de caos.

— Ouvi o diretor de fotografia comentar com alguém ao telefone que Pearl não para de reescrever a última página. Ela não consegue decidir qual é o sentido do Natal.

Soltei uma gargalhada e cobri a boca com a mão imediatamente.

— Como assim? Está falando sério? Como vamos fazer um filme inteiro se não sabemos o final?

Ele pensou por um momento, e a pausa foi longa o suficiente para eu me lembrar que *Ai, meu Deus, esse é Nolan Shaw*. Ele era um pouco mais alto e um pouco mais largo do que eu imaginava. Todos os centímetros de seu corpo eram de músculo esbelto, com uma estrutura forte e firme. Ele não era um daqueles babacas sarados, como tantos que conheci set atrás de set, e eu estava acostumada a ver caras como Nolan e pensar que poderia parti-lo no meio se sentasse neles com todo o meu peso. Mas algo nele parecia resistente e firme. Pensei em coisas que não tinha como dispensar. Apertei bem as coxas, implorando para meu corpo se lembrar de todas as regras seríssimas de Teddy. Pior de tudo, Nolan tinha o tipo de rosto — o tipo de sorriso — que o ajudava a se safar de praticamente qualquer coisa.

— Acho que vai ser uma surpresa — disse ele, por fim. — É melhor eu voltar para minha prova de roupa, mas foi um prazer conhecer você, Bee-*ee*. — A maneira como ele disse meu nome foi estendida e abrupta ao mesmo tempo, como se o estivesse soletrando, embora tivesse apenas uma sílaba. — Talvez a gente possa ensaiar as falas em algum momento depois que você tiver se instalado?

— Claro. Sim, com certeza. Falas. Eu adoraria.

Minhas entranhas formigaram, embora aquilo fosse algo totalmente rotineiro que pessoas em filmes honestos faziam. No pornô, existiam falas... às vezes, mas o foco era mais nas posições, nos limites e nos improvisos. Eu não tinha nenhuma fala de verdade para decorar desde que fizera o papel de Yente, a casamenteira intrometida, na produção teatral de *Um violinista no telhado* na escola. (Verdade seja dita, eu fizera o teste para Tevye *e* Golde, e fora roubada em ambos os papéis. Programas de teatro escolar no subúrbio do Texas não eram muito gentis com meninas gordas.)

Nolan se virou para voltar ao departamento de figurino no centro da cidade, e fiquei olhando o máximo de tempo que conseguia antes de alguém notar que eu estava secando um dos meus ídolos da adolescência.

Eu tinha 14 anos na primeira vez que alguém partiu meu coração. Eu estava esperando três horas em uma chuva torrencial do Texas por uma chance de conhecer Isaac, Nolan e Kallum depois da parada da turnê *Fresh INK* do INK em Dallas enquanto minhas mães me protegiam da multidão de fãs incansáveis, nós três usando capas de chuva combinando que Mama Pam guardava no painel central do Honda Odissey para qualquer eventualidade. No fim, os meninos tinham escapado em um carro anônimo poucos momentos depois do bis, deixando o ônibus de turnê estacionado na frente do estádio, junto a um exército de fãs encharcados e decepcionados.

Para ser sincera, essa primeira vez ainda dói.

Embora devesse tirar um cochilo rápido, eu estava um pouco elétrica pelo voo e por conhecer Nolan, então voltei à Pousada Edelvais, onde fui deixada assim que pousei mas não conseguira fazer o check-in porque tinha chegado cedo demais. (Apesar de as únicas pessoas hospedadas no hotel serem o elenco e a equipe técnica.) A pousada, com sua atmosfera de cabana de madeira, era decorada como algo saído diretamente de *A noviça rebelde*.

Stella, a mulher mais velha e robusta que parecia fazer tudo, desde o check-in a coquetéis (no ritmo dela, claro), me entregou um envelope pardo com *Bee Hobbes* escrito na frente.

Ela tirou minha bagagem da recepção, onde eu a havia deixado mais cedo.

— Tem alguma coisa em uma das malas que não para de vibrar.

Contive um sorriso.

— Obrigada.

Abri o envelope e encontrei a fotocópia de um mapa desenhado à mão de Christmas Notch, junto a alguns panfletos de turismo e a minha programação para o dia seguinte, incluindo um post-it que dizia SUJEITO A ALTERAÇÕES colado no cronograma.

Tirei o restante do conteúdo do envelope, que incluía uma chave com um chaveiro de madeira entalhado à mão marcado como SUÍTE AZEVINHO. Depois de estudar o restante dos materiais — incluindo informações de onde encontrar o bufê de comida e um diretório de números de telefone do elenco e da equipe técnica —, esperei diante do elevador por alguns minutos antes de Stella finalmente chegar perto das portas e fixar um aviso de EM MANUTENÇÃO sobre os botões.

— Certo — eu disse enquanto ela se afastava sem dizer uma palavra.

Reunindo todas as energias que me restavam, carreguei as malas até o terceiro andar. Eu sempre dizia que sexo era minha atividade aeróbica preferida, mas aquele exercício também servia.

Ao chegar finalmente à Suíte Azevinho, encontrei uma cama *king* decorada com uma cabeceira de veludo em forma de coração e uma banheira Jacuzzi — também em forma de coração — com vista para as montanhas nevadas que pontilhavam o horizonte. Era tão bonito que me fez esquecer que o quarto todo, tirando o banheiro, era coberto por carpete verde e papel de parede xadrez vermelho.

O dia já tinha sido tão cheio de primeiras vezes que só agora eu estava me dando conta de que era minha primeira vez vendo neve de verdade. Lá no Texas, nevava de tantos em tantos anos, mas normalmente ela derretia antes de cobrir o chão, ou era mais uma mistura de gelo e granizo. Mesmo assim, cancelávamos as aulas e hibernávamos por um ou dois dias, para o caso de as estradas estarem escorregadias. Me mudar de Arlington, no Texas, para Los Angeles assim que saí do ensino médio significou que nunca tive um Natal nevado e — puta merda. Eu ainda tinha que ligar para casa e contar da mudança de planos. Minhas mães sabiam que eu estava em Vermont, mas eu não tinha dado muitos detalhes. Isso não as impediria de responder à minha mensagem com uma série infinita de perguntas.

Ao me vestir antes do voo, eu me imaginara chegando toda gostosa nessa vilinha pacata de Vermont com meu suéter rosa-bebê curtinho e minha saia de estudante xadrez pela qual eu era louca no ensino médio, mas nunca tivera coragem de usar. Porém, depois de chegar ali, minhas pernas estavam tão geladas que troquei a saia por uma legging forrada de lá que tinha conseguido comprar na véspera. Eu me encapotei na jaqueta vintage de pele falsa, que só era um casaco no sentido simbólico, porque, sendo do Texas e da Califórnia, roupas de frio tinham mais a ver com estética do que com funcionalidade.

Bem quando estava me atrapalhando com a chave para trancar a porta do quarto, o celular vibrou no meu bolso.

Quatro mensagens não lidas e duas notificações.

Sunny Dee: Me liga à noite! Quero todos os detalhes. ☺

Mamãe: Você precisa ligar para suas mães.

Mama Pam: Filhotinha, Mamãe está preocupada com você. Ela sabe que você fica enjoada no pouso. Você pediu um saco de papel para a aeromoça? Não precisa ter vergonha. Eles lidam com esse tipo de coisa o tempo todo. Dá um toque pra gente.

Teddy: Melhor. Comportamento. Possível.

ClosedDoors: 20.440 curtidas em seu vídeo
ClosedDoors: 3.262 comentários em seu vídeo

Era difícil não sentir a gratificação imediata de um aplicativo como ClosedDoors. Eu também gostava que ele servia tanto para astros da pornografia como para socialites e influencers com uma veia safada. E pagava minhas contas e um pouco mais. Toda pessoa que se inscrevia em minha página pagava uma assinatura mensal. Era renda suficiente para eu poder escolher exatamente qual pornô eu queria fazer, e outros atores também podiam fazer o mesmo. O movimento *body positive*, acolhendo todos os corpos, podia estar em alta (e eu torcia para ser mais do que uma fase), mas ainda havia muitos atores e atrizes que não queriam contracenar comigo porque eu não combinava com sua marca. Mensagem recebida em alto e bom som.

Escrevi uma mensagem rápida para minhas mães, jurando que estava bem e que faria uma chamada de vídeo com elas em breve. Às vezes, elas me escreviam como se outra pessoa estivesse com meu celular e eu estivesse sendo mantida em cativeiro, e a única forma de provar que eu estava viva e bem era mostrar meu rosto. Aquela era uma dessas vezes.

Voltei a descer a escada e caminhei sem pressa para minha prova de figurino. Toda a vilinha me lembrava uma cidade do Velho Oeste que eu tinha visitado na infância quando fizemos uma viagem em família ao Grand Canyon. Eu não sabia dizer quem morava ali e quem estava na cidade para o filme. Pelo que Teddy me contara, eles ainda não tinham anunciado para todo o elenco e a equipe a ausência de Winnie por causa do DesFestival, mas, como não fui a única que eles tiveram que substituir, eu imaginava que o segredo não duraria muito.

Também era um pouco difícil saber quais lojas eram de verdade e quais eram parte do cenário. Finalmente, porém, encontrei um café com uma fila e achei seguro supor que as pessoas nela eram de verdade.

Depois de pegar comida de verdade na cafeteria de verdade, caminhei com meu *latte* de caramelo e meu croissant de chocolate até o fim da praça, onde me disseram que eu encontraria a fachada da loja de brinquedo de mentira que servia de departamento de figurino.

— Oi? — chamei quando o sino da porta tocou. — Tem alguém aqui?

— Ave — gemeu uma voz nos fundos. — Pela última vez, aqui não é uma loja de brinquedos de verdade. E, se fosse, não são esses os tipos de brinquedo que eu… — A voz perdeu o fôlego quando uma pessoa alta de kilt de lá, calça de couro e um suéter de tricô preto com um NÃO bordado apareceu.

Eu arfei.

Ele deu um gritinho.

— Luca!

— Bee!

Larguei a bolsa e corri para trás do balcão para abraçá-lo.

— O que você está fazendo aqui? — perguntei em um sussurro, como se Teddy pudesse descobrir que um dos funcionários que contratava para pornô tinha brotado no set do filme recatado de Natal.

— Tio Ray-Ray me mandou — disse ele.

Revirei os olhos.

— Teddy. O nome dele é Teddy.

O nome do estúdio de Teddy tinha sido uma decisão de mau gosto tomada quando ele tinha 20 e poucos anos, e agora ele era pão-duro demais para tentar mudar, embora o corpo todo dele se crispasse ao ouvir o nome em voz alta.

— Tanto faz — disse Luca. — Exigi classe executiva, mas tive que me contentar com espaço extra para as pernas.

Massageei o quadril com os dedos.

— Eu teria adorado a classe executiva. Parece que meu corpo todo foi selado a vácuo.

Ele riu.

— Bee, não aja como se você não pudesse arranjar um upgrade. Mas, sinceramente, isso nem importa. Se Teddy quer essas belezinhas em Vermont — ele apontou para minha bunda imensa —, ele deve saber que você merece frete premium.

Luca tinha um temperamento complicado e às vezes era difícil no trabalho, mas eu tinha que admitir que ele estava certo.

— Bom, ainda vai ter o voo de volta… que pode acontecer antes do esperado se eu não conseguir esconder todo o lance do trabalho sexual, se entende o que quero dizer.

Ele assentiu com vigor.

— Ah, tio Ray… Teddy já deixou bem claro que, se eu quiser fazer o figurino de *O sacão do duque*, tenho que ser mais recatado que um corretor de seguros.

Eu ri, e Luca franziu a testa em confusão.

— Ah. Pensei que… você sabe que é *O salão do duque*, e não *O sacão do duque*, né?

A ficha caiu, e ele ficou boquiaberto.

— Combina muito mais com a marca da Hopeflix. — Ele assentiu com a cabeça, e não pude deixar de imaginar que ele passara vinte e quatro horas muito confusas se preparando para um pornô simpático da Hopeflix. — Já ouviu falar de… como Nolan chamou mesmo? Calções largos na frente?

Dei um tapinha no ombro dele.

— Acho que o Google vai ser seu melhor amigo nas próximas semanas. Não é estranho ver Nolan Shaw em carne e osso?

Ele estalou a língua.

— Nolan Shaw está morto para mim.

Coloquei a mão no ombro dele.

— Ai, meu Deus. O que ele falou para você? Estava com tanto medo de que ele fosse um babaca.

— Hm, ele apenas destruiu a oportunidade de medalha de ouro de Emily Albright, a princesa do gelo americana de que precisávamos mas nunca merecemos!

— Ah — eu disse. — Teve isso.

Ele me guiou para a sala dos fundos, cheia de caixas que precisavam ser abertas.

— Tudo isso é figurino? — perguntei.

Ele apontou para quatro cestas marcadas com fita adesiva em que estava escrito *Luca* com canetinha.

— Menos aquelas ali. Trouxe algumas opções de emergência. Teddy não me falou com o que eu estaria trabalhando, então quis vir preparado.

Olhei para uma caixa aberta.

— Com mordaças e calcinhas abertas na virilha?

— Não aja como se eu nunca tivesse salvado sua pele no set — retrucou em tom de brincadeira.

Era verdade. Luca tinha começado a fazer figurinos dois anos antes quando a filha de Teddy, Astrid, o recomendara depois de ele largar a faculdade de moda, precisando desesperadamente de um trabalho para não ter que fazer sua trouxinha e trocar Los Angeles pela sua cidade natal caipira do Oregon, onde ele ainda era conhecido como Jeffrey. Você pode dizer o que quiser de Teddy, mas ele tem um fraco por pessoas que estão tentando ganhar a vida em Los Angeles, e não é um predador, o que já o diferencia de muitas pessoas nessa indústria.

Luca abriu uma cesta sem rótulo.

— Tá, com isso eu consigo trabalhar — disse, erguendo um espartilho azul-marinho com uma delicada estampa em brocado.

Observei a tal peça. Na pressa de substituírem Winnie por mim, parecia que ninguém tinha parado para considerar que ela era magra como uma estrela de Hollywood, enquanto eu era gorda como uma pessoa de verdade.

— Luca, você sabe costurar, certo?

Ele deu as costas para mim com o ar dramático, como se nem aguentasse olhar nos meus olhos.

— Meu Deus, Bee. Está tentando me insultar?

— Tem mais algum desses espartilhos aí? Porque acho que vamos precisar de pelo menos dois juntos para evitar que o filme vire *O sacão do duque*.

CAPÍTULO QUATRO

Nolan

Uau, a bela e terrível ironia. A menina dos meus sonhos eróticos apareceu logo em *Christmas Notch, Vermont,* pronta para passar duas semanas usando espartilhos na minha frente (!!!), e, em vez de levá-la para tomar uns drinques e pedi-la em casamento, tenho que manter o zíper fechado. E não fechado em um sentido de *Vamos fingir que estamos no ensino médio e se pegar por cima da calça,* mas em um sentido de *Minha agente vai me largar e não vou ter dinheiro para cuidar da minha família.*

Então tinha que manter as coisas em um nível profissional e casto.

Tinha que manter as coisas em um nível tão platônico que o próprio Platão ergueria um cálice para brindar em homenagem a meu esforço.

Minha Nossa Senhora.

Tentei argumentar com minha libido enquanto comia sozinho meu triste jantar de delivery na sala de jantar da Pousada Edelvais. Porque, mesmo se Steph não tivesse ameaçado fazer bandeirolas de meus intestinos ou sei lá o quê, eu ainda assim tentaria manter distância de Bee. Eu havia tocado mãos suficientes de adolescentes aos berros para saber como essas fantasias parassociais eram unilaterais. E eu tinha certeza de que o mesmo servia para ela... e provavelmente com um fator bizarro exponencialmente maior. Eu já tinha visto comentários estranhos o suficiente em seus vídeos e fotos para saber que uma quantidade incômoda de assinantes se sentia dona do corpo e da atenção dela. Eu não queria ser uma versão física disso.

Mas, meu Deus, tinha que ser *ela*?

A gracinha de Winnie Baker, em sua glória virtuosa de covinhas, não teria sido um problema. Outra atriz igualmente insossa não teria sido um problema. Mas, não, tinha que ser Bianca von Honey, com aquele cabelo escuro sedoso e aquelas curvas aveludadas. O tipo de curvas que imploravam por dedos e dentes...

Por sorte, meu celular tocou na mesa, distraindo-me dessa linha de raciocínio completamente inútil, e o peguei para ver um lembrete da próxima consulta psiquiátrica de minha mãe. Barb estava se revelando um anjo de novo e levaria minha mãe de carro, já que Maddie tinha aula. Encaminhei as informações para Barb e minha mãe, depois mandei mais uma outra mensagem rápida para minha mãe, dizendo "eu te amo, me liga se precisar de alguma coisa", embora tivéssemos nos falado de novo pelo telefone e eu soubesse que estava tudo bem.

Ficaria tudo bem, mesmo que eu não estivesse presente. Eu tinha que acreditar nisso. Com Barb, Maddie e Kallum passando a noite toda lá, ficaria tudo bem.

Eu só precisava fazer minha parte em Christmas Notch e garantir que daria tudo certo no futuro também.

Antes de ir para a cama, passei no departamento de figurino, precisando encontrar o figurinista, cujo nome eu havia descoberto ser Luca. ("Luca de quê?" "Só Luca. Que nem Jesus. Ou Ke$ha.")

Eu tinha encontrado um colete e um paletó que combinavam com a calça, mas o paletó precisava ser ajustado na cintura. E, como o duque de Frostmere faria sua declaração grandiosa *amanhã*, eu precisava das alterações feitas para ontem.

Porém, quando encontrei Luca, ele parecia ainda menos disposto a me ajudar do que no começo do dia. Ele estava sentado a uma mesa com uma máquina de costura, os tênis de cano alto apoiados na mesa enquanto desfazia com cuidado os pontos de um espartilho. Um podcast sobre Tonya Harding tocava no celular enquanto ele trabalhava.

— Oi — eu disse, chegando perto da mesa. — Queria saber se você poderia ajustar um paletó para mim. Preciso dele para amanhã. Os ombros e as mangas estão bons, é só a cintura, na verdade...

Luca piscou longamente para o espartilho e, então, devagar, voltou os olhos para mim.

— Estou ocupado — disse por fim. — Com outro figurino. Vou levar a noite toda.

— Eu... tudo bem.

Eu não poderia atropelar as necessidades de figurino de outra pessoa, obviamente, mas aquilo era um problema.

— Então — disse Luca.

Ele não acrescentou nada ao *então*; apenas voltou a atenção ao espartilho — depois de aumentar o volume do podcast.

O Nolan de seis anos antes teria enfrentado aquilo com uma atitude *muito* desaforada, mas o Nolan dos dias atuais literalmente não podia demonstrar atitude nenhuma além de *o que for preciso*.

— Certo, então posso pegar sua máquina de costura emprestada? — perguntei mais alto que o narrador que descrevia a infância de Jeff Gillooly.

Luca soltou um suspiro pesado sobre o espartilho.

Estreitei os olhos para ele.

— Você não gosta de mim, por acaso?

Ele apertou as pontas dos dedos na testa, como se eu estivesse lhe dando uma dor de cabeça lancinante.

— Me deixe perguntar uma coisa, Nolan Shaw: tudo precisa ter a ver com *você* o tempo todo? Você nunca parou para pensar que as outras pessoas têm vidas e carreiras que precisam sobreviver a seu caos franjudo?

Fiquei chocado com o pequeno discurso. Tipo, sim, o caos franjudo tinha sido verdade, mas também tinha sido *seis anos antes*. Eu vinha sendo um exemplar cidadão bissexual desde então! Saía em encontros muito normais e decepcionantes! Tinha um seguro de saúde, e não participara de nenhuma outra suruba no circo!

Quanto tempo uma pessoa precisaria viver tranquila e monótona para seus pecados dos tempos franjudos serem perdoados?

— Eu *acho* — disse Luca, com um ar de martírio intenso — que você pode ficar aqui e usar minha máquina de costura quando eu não a estiver usando ativamente. Mas *não* vou mudar o podcast.

Ele estendeu a mão e empurrou uma almofada de alfinetes no formato de um personagem de *Yuri!!! on Ice* pela mesa de costura. E então acrescentou um carretel de linha, colocando-o na mesa como um bartender que serve um copo de shot.

— Pronto — disse, apontando com a mão para a almofada e a linha. Seu tom era ligeiramente mais convidativo. — Para você começar.

O que for preciso, Nolan, lembrei a mim mesmo. E, ao som do romance florescente entre Tonya Harding e Jeff Gillooly, eu me sentei e comecei a trabalhar.

Acordei logo depois do amanhecer, os olhos irritados por dormir pouco e os dedos doloridos pelas picadas de agulha de alterar o paletó do duque de Frostmere. Eu também estava com uma ereção absurda, que se recusava a relaxar enquanto eu tateava o caminho até o banheiro e escovava os dentes, e que pulsou furiosamente sob a água morna do chuveiro. Eu tentei não bater punheta desde que conhecera Bee, porque não me parecia certo. E também porque achei que talvez eu pudesse adestrar minha ereção com muito amor e disciplina.

Porém, menos de um dia depois da decisão, eu não aguentava mais. Se eu não aliviasse a pressão, o duque de Frostmere teria, além do sangue azul, um saco roxo, e era melhor não correr o risco no set. Não depois de o incidente da véspera com a calça me mostrar que ela não escondia muita coisa.

Então, com a ajuda de um pouco de hidratante de cortesia da cesta de hóspedes da Pousada Edelvais — com o aroma temático de nada mais, nada menos do que biscoito de gengibre —, me dei um orgasmo rápido e violento. Até me esforcei ao máximo para não pensar em Bianca von Honey durante o ato… embora tenha acabado por falhar nessa missão específica. (Foi a memória de seus mamilos aparecendo através de um maiô em um post do ClosedDoors que me fez chegar ao clímax.)

Depois que terminei, encostei a testa na parede ladrilhada do chuveiro e inspirei fundo, e triste, o aroma de biscoito de gengibre. Eu não me sentia muito melhor. Inclusive, minha ereção já estava se esforçando valorosamente para retornar, na esperança de uma sessão mais longa. De preferência com o celular na mão esquerda e o ClosedDoors aberto no último post de Bianca, que exibia uma lingerie muito transparente e um vibrador rosa-choque.

Ficou claro que eu teria que dar um jeito de lidar com aquilo durante a filmagem. Não dar atenção ao meu pau já estava se provando um saco — literalmente — e, por causa dos decretos de Steph, buscar prazer com alguém que não estrelasse o filme também não daria certo. *E eu não faria isso de todo modo porque já sabia que não me satisfaria.* Seria que nem comer uma marca barata de bolacha em vez de Oreo ou assistir a *Enterprise* em vez de *Discovery*. Só me daria mais vontade da versão original.

Porém, eu não tinha mais tempo para pensar naquilo. Eu e meu pau com aroma de gengibre tínhamos que estar na loja de brinquedos em vinte minutos para cabelo e maquiagem e depois pegar uma van rumo à falsa Mansão Frostmere. Eu teria que traçar uma Estratégia Bee enquanto estivesse sendo penteado e repreendido por tentar comer croissant ao mesmo tempo.

Desliguei o chuveiro e terminei de me preparar, tomando o cuidado de pegar meu paletó recém-ajustado ao sair. Eu estava torcendo para que minha escuta paciente de podcasts tivesse me valorizado aos olhos de Luca, de modo que ele talvez me ajudasse mais com o figurino, embora eu meio que duvidasse.

Talvez ele tivesse sido mais fã de One Direction na juventude.

Cabelo e maquiagem correram até que bem — consegui comer uma rosquinha antes de Maya começar a me maquiar —, mas Denise, a cabeleireira, teve que pesquisar no Google *penteados vitorianos* antes de começar a trabalhar em mim.

— Desculpa — disse Denise, mascando um chiclete enquanto largava o celular e se voltava para mim. — Cheguei só ontem à noite. Teddy me mandou para substituir o povo da presa de morsa.

— Sem problema — eu a tranquilizei.

Ela estava revirando os kits que tinham sido enviados pela equipe original, saindo vitoriosa com dois apliques que seriam aparados para se tornar minhas costeletas à moda antiga.

— Normalmente, eu estaria me livrando de pelos, não colocando mais! — explicou. E então acrescentou: — Mas pelo menos não tenho que ver ninguém cobrir espinhas na bunda hoje. Nem nas bolas!

Ela riu consigo mesma enquanto começava a aparar as costeletas.

Hm. Ok.

Depois que terminei o cabelo e a maquiagem e vesti meu figurino recém-ajustado, o assistente de produção me colocou em uma van a caminho da falsa Mansão Frostmere. Eu tinha que admitir, enquanto o veículo passava pelo desfiladeiro nas montanhas que cercavam Christmas Notch, que era um lugar maravilhoso. Se eu fosse um magnata do aço do fim do século XIX, também teria construído minha mansão de férias ali.

A casa em si era tão deslumbrante quanto as paisagens nevadas ao redor. Feita de mármore pálido prateado, com enormes colunas e janelas arqueadas na fachada, a mansão parecia pertencer à França iluminista em vez de escondida no interiorzão de Vermont. Mas a visão arquitetônica excêntrica do magnata era o ganha-pão de Christmas Notch — a cidade tinha uma mansão inglesa de mentira pronta para ser alugada para filmes como o nosso.

— Oi, olá, oi! — disse a assistente de produção, Cammy, quando abri a porta da van.

Ela me esperou sair, afundando na neve, enquanto se chacoalhava sem sair do lugar. Vermelho brotava em suas bochechas cor de bronze--claro, fosse pelo frio ou pela agitação, e ela tentou me dar cem coisas diferentes ao mesmo tempo.

Certo, eram apenas duas — novas páginas de roteiro impresso e um café —, mas eu já estava tentando segurar a cartola, a bengala e o celular, então minha *impressão* era de que eram umas cem coisas.

— Obrigado — eu disse, depois que consegui pegar tudo.

— De nad…

Ela parou de falar quando o relógio digital em seu punho vibrou e ela leu a mensagem que chegou. Devia ser importante, porque ela tocou meu ombro para indicar que precisávamos avançar. Rápido.

— Gretchen está no saguão — disse Cammy enquanto caminhávamos.

Eu vi seu punho se enchendo de mensagens enquanto ela apontava para a casa; uma enxurrada de conversa estática saía de um walkie-talkie escondido em algum lugar de seu casaco. Cammy era claramente uma mulher requisitada, o que fazia sentido, pensei. O Hope Channel fazia cerca de mil e duzentos filmes como aquele por ano, e tamanho fluxo não seria possível sem economizar alguns trocados. Trocados como fazer um filme inteiro com apenas um ou dois assistentes de produção.

— Nada mudou em relação à agenda que você recebeu ontem à noite. Suas primeiras quatro cenas hoje são aqui na mansão, e depois tem mais uma cena na cidade às dezoito horas — dizia Cammy enquanto dávamos a volta na casa para a entrada de serviço, para não deixarmos marcas de neve na frente da mansão. — Suas primeiras três cenas são internas, duas com Felicity e uma com seu sobrinho órfão, e depois você vai sair no jardim sozinho perto do pôr do sol. A cena de hoje à noite na praça também vai ser com Felicity, lá em Christmas Notch propriamente. O almoço é às treze, aqui na mansão, e o jantar é por sua conta.

Três cenas com Bee. Três cenas em que eu teria que me lembrar de não pensar em seu rosto lindo ou seu corpo sexy ou a boca perfeita que eu seria obrigado a beijar...

Eu conseguia fazer isso. Eu conseguia fazer isso.

Moleza.

— Ótimo, obrigado — eu disse —, e obrigado de novo pelo café.

— Ele deixa as pessoas felizes — disse Cammy em tom confidencial.

— Quer dizer, algumas pessoas. Tive que arranjar chá de cúrcuma para Pearl.

Entramos, e ela me guiou por um corredor estreito até uma porta decorada que levava ao grande saguão central da casa. Havia grinaldas, bicos-de-papagaio e guirlandas por toda parte. Uma escada de mármore dominava o cômodo, com plantas penduradas dos corrimãos dourados, e uma árvore de Natal gigante fora instalada por perto. As janelas altas davam para o vale nevado lá embaixo e as montanhas cobertas de árvores logo além.

O sol matinal — que mal havia nascido — enchia o espaço com uma luz delicada, em tons de dourado e rosa pálido.

Era tão bonito e tão impossivelmente *natalino* que até eu fiquei impressionado, e eu basicamente tinha o nível de exigência de Gordon Ramsay para julgar coisas de Natal.

— O sr. Hobbes deve chegar a qualquer minuto — completou Cammy enquanto me levava aonde Gretchen Young estava conversando com o técnico-chefe sobre a iluminação da cena. — Me avise se precisar de qualquer coisa — acrescentou, e me virei para agradecer de novo, mas ela já tinha saído correndo, o walkie-talkie na mão e o olhar no relógio de pulso.

— Só não quero nenhuma sombra embaixo do rosto deles — Gretchen estava dizendo.

O técnico, um rapaz magro de calças mais justas que Deus e pele marrom-clara, acenava com a cabeça enquanto ela falava, como se Gretchen não estivesse dizendo nada que ele já não soubesse.

— Certo. Certo. Sem sombras nos peitos.

Gretchen abriu a boca, como se não soubesse direito como responder, e então balançou a cabeça.

— Acho que é uma boa maneira de pensar. Estamos prontos para começar?

— Uma última checagem nas luzes e pronto — garantiu ele. — Acha que vão aumentar o aquecedor aqui? Está *um gelo*.

Meu celular vibrou enquanto eles finalizavam a conversa. Consegui colocar a cartola na cabeça e transferir a bengala para a mão que segurava o café para liberar a outra a fim de usar o celular.

Kallum com K: Snapple me mordeu.
Kallum com K: Acha que infeccionou?

Abri a tela e vi uma foto muito nojenta de um dedo que definitivamente estava infeccionado.

Eu: Sim, sua aberração de merda. Acho mesmo que infeccionou. VÁ AO MÉDICO.

Eu: Por que você estava com a mão perto da boca de Snapple, aliás???? Você sabe que ela morde.

Kallum com K: Fiz uma pizza de cachorro especial para ela! Queria dar na boca dela!

Assim como eu, Kallum havia perdido quase todo o dinheiro do INK quando nosso empresário fugiu do país, mas ele tinha o suficiente para abrir uma empresa (muito) pequena que, em vez de ser algo remotamente próximo a sua experiência de vida como um fenômeno pop indicado ao Grammy, era uma pizzaria chamada Slice, Slice, Baby. A princípio, eu pensei que era uma péssima ideia, mas, desde que ele havia aberto a primeira unidade, só tivera sucesso. Ele expandira por toda a região metropolitana de Kansas City e estava pensando em ir ainda mais longe — Iowa, Arkansas. Talvez até o Texas.

E, como era um bom rapaz, ele havia levado uma pizza da SSB para nossa casa na noite anterior. Ele era responsável por dar uma olhada em Maddie e minha mãe enquanto eu estava aqui e, somando a presença dele e de Barb, eu achava que havia uma boa rede de segurança no caso de o período difícil de minha mãe continuar por mais tempo do que essas fases difíceis normalmente duravam. Eu estava agradecido pela ajuda, embora não aliviasse a bola gigante de preocupação que eu carregava comigo por toda parte.

Eu: Obrigado por doar um dedo para a causa.

Kallum com K: Tudo pela sra. K!!!

(Sra. K era minha mãe, April Kowalczk. Ele a chamava assim desde o primeiro dia em que tinha batido em nossa porta na pré-escola, perguntando se poderia ser meu melhor amigo e também se poderia levar umas balas de goma)

Kallum com K: Você ainda acha que vai perder o Natal?

A tristeza se infiltrou como um verme gosmento em meu peito enquanto eu digitava uma resposta relutante.

Eu: Acho.

Quando meu pai ainda estava vivo, o Natal era *o lance* da família Kowalczk. Nossa casa tinha dez trilhões de decorações infláveis no gramado; meu pai passava dias e dias alegremente mexendo nas luzes de Natal; minha mãe transformava todo um cômodo da casa em uma estação de empacotamento com laços, fitas e etiquetas escritas à mão. (Joanna Gaines não chegava nem aos pés dela.)

Até que tudo mudou. Meu pai morreu de um ataque cardíaco um mês depois do desastre de Duluth e, como eu estava fazendo jus à minha fama de *bad boy*, foi só depois do enterro que me dei conta de tudo que ele vinha fazendo nos bastidores. Minha mãe era incrivelmente brilhante, inteligente, engraçada e compreensiva, mas, com seu transtorno bipolar, nossa família precisava de um pouco mais de arrimo que a maioria, e meu pai vinha cumprindo esse papel. Então, depois que voltei para casa, decidi desistir da carreira que já havia destruído de todo modo e ser essa base. Eu me mudei, arranjei um emprego respeitável (como Nolan Kowalczk, não Nolan Shaw) e mantive todas as tradições familiares vivas, incluindo tornar todo Natal um verdadeiro Natal Kowalczk.

Só que precisávamos de mais dinheiro, e minha única maneira de conseguir isso era passar as festas de fim de ano longe de casa. Meu Deus, a ironia de perder o Natal para proporcionar a alegria do Natal para as outras pessoas. Que inferno.

Kallum com K: Já encontrou Winnie Baker?

Ah, verdade. Ainda não tinha contado para ele do desastre do Des-Festival.

Eu: Ela ficou doente (longa história) e teve que ser substituída de última hora (história mais longa ainda).

Kallum com K: Ah

Kallum com K: Saquei

Eu: Por quê?

Três pontinhos apareceram e então desapareceram, como se ele tivesse começado a digitar e mudado de ideia.

Balancei a cabeça. Ele agia estranho em relação a Winnie desde uma cerimônia desastrosa do Teen Choice Awards alguns anos antes, quando ele meio que a machucou com um troféu em forma de prancha de surfe e também meio que causou um escândalo gigante envolvendo-a no *after* do *after* da festa. Bons tempos.

— Certo, então, Nolan — disse Gretchen, e me virei para olhar para ela, escondendo o celular no paletó e tentando parecer um Ator Sério e não alguém que está com metade do cérebro em Kansas City com a família e um amigo dono de pizzaria. — Queria conversar com você. Ver como você está se sentindo em relação ao duque desde que conversamos ontem.

— Estou me sentindo excelente — eu disse.

Embora a visão de Gretchen pudesse ser profunda, a escrita de Pearl... não era. Não tanto assim. E tudo bem, porque o ritmo da gravação não permitiria muita profundidade de todo modo. Então eu me sentia bem confiante de que poderia fazer o tipo de olhar ardente e ranzinza que Gretchen parecia querer. Afinal, em um passado distante, eu havia usado caras e bocas para conquistar milhares de corações.

— Que bom, que bom — disse ela, entrando atrás da câmera perto de nós para dar uma olhada na lente. — E você teve a oportunidade de conhecer Bee?

Fique frio, Nolan. Ninguém precisa saber que você já bateu punheta para ela.

Limpei a garganta.

— Hm. Tive. Acho que ela vai dar para o gasto.

Tá, isso não soou bem.

Para compensar, acrescentei com entusiasmo:

— Estou muito ansioso para trabalhar com ela!

— Que bom — disse Gretchen com firmeza, finalmente voltando a olhar para mim. — Ela é nova, então quero garantir que todos ao redor deem uma mãozinha e mostrem para ela como as coisas funcionam.

— Eu também sou novo — brinquei, mas Gretchen ergueu uma sobrancelha para mim.

— Seu tipo de novo não conta, sr. Idol...

Ela foi interrompida por uma comoção nova no corredor, o barulho de vozes e risadas.

E então, de repente, como alguém saída de um filme da Hope Channel, Bee Hobbes entrou sob a luz dourada do saguão de mármore, parecendo uma princesa do Natal que ganhou vida.

CAPÍTULO CINCO

Nolan

A luz rebrilhava na seda vermelho-escura do vestido, e o cabelo dela estava arrumado com primor em um penteado alto, de onde descia para cair sobre os ombros. Vislumbres de grampos de pérola e ouro cintilavam nas mechas escuras. Rubis e diamantes falsos cintilavam ao redor do pescoço, mas eles não eram páreo para seus olhos reluzentes quando ela atravessou o piso centenário.

Era oficial.

Bianca von Honey era tão deslumbrante em metros e metros de seda quanto em absolutamente nada.

E as curvas dela naquele espartilho…

Eu deveria ter usado aquele hidratante de biscoito de gengibre pelo menos mais três vezes antes de sair do quarto.

Ela me viu com Gretchen e acenou, aproximando-se com a cabeleireira e a maquiadora em sua cola. Além de Luca, que por algum motivo estava usando óculos escuros mesmo dentro da mansão.

— Bee, você está linda — disse Gretchen com sinceridade, e Bee abriu um sorriso de covinhas e deu uma voltinha para nós, tão fofa que eu não conseguia suportar.

— Você está incrível — eu disse, e Bee me retribuiu com um sorriso.

— Eu sei — disse ela, um pouco convencida. — *E* meus peitos estão fantásticos.

— *E* não vai ter sombra nenhuma neles — disse o técnico, saindo do nada.

— Angel! — exclamou Bee. — Não sabia que você estava aqui!

Ela puxou o técnico de iluminação em um abraço apertado, e uma inveja me percorreu, rápida como um incêndio.

Eu queria um abraço daqueles. Com o espartilho, os peitos fantásticos e aquela cara de felicidade.

— Papai me chamou depois do lance da presa — disse Angel. — Normalmente eu não ajudaria, mas o semestre já acabou mesmo e, além do mais, queria ver você toda chique. Ver você abrir as asinhas.

— Como se você nunca a tivesse visto abrir as asinhas antes — disse a cabeleireira.

Bee, Angel e Luca gargalharam muito com isso, enquanto eu, Gretchen, e a maquiadora, Maya, demos uma risadinha de quem não fazia ideia de qual era a piada.

— Angel é filho do produtor, Teddy — explicou Bee para mim. — Ele é um animador brilhante, mas passou dois anos estudando cinema antes de mudar de graduação.

— O que significa que posso apontar luzes sempre que meu pai precisar — acrescentou Angel. — E já iluminei Bee algumas vezes.

Ele mexeu as sobrancelhas para cima e para baixo.

— Para, hm, uns filmes universitários — interveio Bee rapidamente.

— Claro — disse Angel. — Lembro bem que tinha umas réguas no meio.

— Fico feliz que você pôde nos ajudar — disse Gretchen, e tocou o ombro de Bee. — E fico incrivelmente agradecida por você ter aceitado se juntar a nós tão em cima da hora. Agora, vocês se importam se eu roubar Nolan e Bee rapidinho? Não? Foi o que imaginei.

Ela nos guiou para um canto do saguão que não estava lotado nem de equipamentos nem de decorações de Natal e, lá, se voltou para nós.

— Quero ser transparente sobre o fato de que não temos orçamento para um coordenador de intimidade nessa filmagem. Temos apenas dois beijos no roteiro, mas quero garantir que os coreografemos da maneira certa.

Quando olhei para Bee, eu a encontrei me encarando. Ela baixou os olhos rapidamente, mas era tarde demais. Meu coração já havia acelerado.

— Então, o beijo de hoje é o último beijo do filme — disse Gretchen —, e quero muito que tudo que esses personagens são, seus corpos, mentes e almas estejam presentes nesse beijo. O Hope Channel não dá muita importância ao corpo em si, então quero garantir que vamos transmitir um nível imenso de desejo mesmo com uma corporalidade limitada.

Desejo.

Olhando para Bee, com sua seda, seu espartilho e seus grandes olhos verdes, não pensei que desejo pudesse ser um problema. Muito pelo contrário.

— Então vamos ensaiar antes de começarmos — continuou Gretchen. — Temos as duas primeiras falas e, então, acho que, se vocês tocarem nas mãos um do outro...

Eu sabia que teríamos de nos tocar em algum momento; é claro que teríamos. Era nosso trabalho ser Felicity e o duque, e eles estavam apaixonados, e, portanto, é claro que se tocariam da maneira segura do Hope Channel como os personagens do Hope Channel se tocavam. Porém, quando Bee ergueu os olhos para mim e estendeu as mãos, senti um nervosismo que não sentia desde o nono ano, quando Jake Casebolt perguntou se eu queria ir com ele para debaixo da arquibancada depois do anoitecer. Como se não houvesse nada que eu quisesse mais em todo o mundo e, ao mesmo tempo, estivesse morrendo de medo de conseguir.

Mordi o lábio inferior para impedir que meu rosto fizesse alguma coisa idiota e estendi as mãos também. Com o aceno de Gretchen, envolvi os dedos em torno dos de Bee e, assim, pela primeira vez desde que nos conhecemos, nos tocamos.

Ao longo da minha vida, devo ter tocado milhares de pessoas — e transado com uma porcentagem nada insignificante desse número —, mas nada poderia ter me preparado para o que senti ao segurar as mãos de Bee. As mãos de *Bianca von Honey*. Porque, nos últimos seis anos, eu havia fantasiado sem parar com aqueles dedos que segurava. Eu a havia visto usá-los em si mesma, em colegas de elenco, em amigos; eu havia visto aqueles dedos provocarem, esfregarem e massagearem. Eu havia me deixado em carne viva pensando neles em minha boca e em volta do meu pau, neles torcendo meu cabelo enquanto eu metia fundo nela, e finalmente eles estavam apertados com firmeza na minha mão e...

— Certo e, agora, Felicity diz sua fala — disse Gretchen, tirando-me do transe induzido por uma mão.

Nossa diretora estreitava os olhos para nós, como se fôssemos uma pilha de peças de um móvel à espera de ser montado.

— Hmm — disse ela, erguendo a mão e, então, inclinando a cabeça. — E se você tentar tocar na cintura dela, Nolan? Ficamos à vontade com isso?

Bee curvou a boca em um pequeno sorriso.

— Por mim tudo bem — disse ela, e foi impossível não considerar como devia ser trabalhar a intimidade nessa escala se normalmente ela estava negociando coisas como se haveria ou não uma camisinha cobrindo o vibrador varinha mágica.

Quase sorri também — passar do pornô para o Hope Channel devia ser engraçado pra cacete —, mas, no último minuto, lembrei que ela não sabia que *eu* sabia que ela era Bianca von Honey. E imaginei que Gretchen também não soubesse.

Portanto, em vez de sorrir, mordi o lábio. E, em resposta ao murmúrio de Gretchen, levei a mão à cintura de Bee.

Bee inspirou fundo quando a toquei, e não sei se foi um suspiro contente ou impaciente, mas, quanto a mim, eu estava achando difícil respirar. Simplesmente sentir o espartilho se mover com suas inspirações e expirações... sentir as estruturas de ferro sob a seda...

Imaginar a renda nas costas e os seios que precisariam de muitas carícias e beijos depois de passarem o dia enfiados naquele espartilho...

Precisei tensionar todos os músculos do braço para que ela não sentisse minha mão tremer. E meu pau *não* estava cooperando comigo, mas quem poderia julgar? Afinal: *espartilho*.

ESPARTILHO.

— E aí vem a fala sobre Felicity ficar no seu tempo — disse Gretchen, virando uma página do roteiro. — Depois o beijo... talvez se ela tocasse em você primeiro antes de você dar o beijo nela? Vai deixar um pouco mais afetuoso.

— Posso tocar no maxilar dele? — sugeriu Bee. — Encostar a mão no rosto e olhar nos olhos dele?

— Boa ideia — eu me ouvi dizer. Com a voz áspera. Pigarreei. — Para deixar um pouco mais afetuoso e tal.

E então, sem nenhum aviso, Bee fez isso. Ela encostou a palma no meu maxilar e olhou para mim. Como se eu fosse a única pessoa em todo o mundo. Acariciou minha bochecha com muita delicadeza, passando as pontas dos dedos pela barba rala e descendo onde meu cabelo caía em ondas sobre a orelha.

Não consegui me conter, e fechei os olhos.

— Nolan, está *perfeito* assim — disse Gretchen, contente. — Adorei isso de fechar os olhos. Certo, depois vocês vão se inclinar, contar um, dois, três, e Nolan diz a fala dele e, aí, beijo! Puta merda, a luz já está mudando — disse antes de realmente chegarmos ao beijo. — Querem mais uma passada rápida? Querem mudar alguma coisa? Ou acham que está bom?

Bee balançou a cabeça, afastando a mão tão rápido que parecia que minha pele era feita de baterias de celular em combustão.

— Não — disse ela. — Estou pronta.

Concordei com a cabeça. Embora eu definitivamente não estivesse pronto para tocar a cintura de Bee em um espartilho de novo e definitivamente, *definitivamente*, não estivesse pronto para sentir seus lábios nos meus.

Eu mal tinha aguentado ensaiar a coreografia anterior ao beijo. O que eu deveria fazer quando a gente fosse se beijar de verdade? Mesmo um beijo cinematográfico envolveria a boca de Bee sob a minha, a respiração dela misturada à minha, o cheiro e o calor dela ao meu redor.

Puro como a neve cenográfica, Nolan.

Puro como a neve cenográfica.

Eu não podia fazer nenhuma cagada.

Enquanto a cabeleireira e a maquiadora davam uma última olhada em Bee — e Pearl ressurgia de uma meditação restauradora em algum lugar —, chupei uma balinha de menta e tentei imaginar que era o duque. Um duque do Hope Channel que nunca tinha transado, nunca tinha pensado em transar e nunca tinha nem visto dois cavalos transando num campo, nem nada.

O duque de zero ereções. O duque mais brocha que já brochou. Esse era eu.

Logo chegou a hora de começar, e eu e Bee encontramos nossa marcação. Aquele momento acontecia logo depois de Felicity voltar correndo do presente — e de passar por uma transformação vitoriana glamorosa graças à Bruxa do Natal — para declarar seus sentimentos. O duque de zero ereções admitia que os retribuía e, então... o beijo.

Os olhos de Bee encontraram os meus. Ela parecia tão nervosa quanto eu me sentia — embora provavelmente por motivos menos lascivos e mais a ver com *primeiro filme de verdade*. Abri um sorriso rápido para ela, e ela o retribuiu, a covinha aparecendo na bochecha.

— Ação! — gritou Gretchen, e começamos.

— Então é verdade? Você me ama? — disse Bee, aproximando-se de mim.

O farfalhar do vestido era minha deixa; dei um passo à frente também.

— Minha querida Felicity — falei, com sotaque inglês —, eu a amo desde que você apareceu em meu salão de baile usando suas roupas estranhas. Eu a amo desde que me levou de volta a seu tempo e me fez experimentar batatas fritas com queijo e bacon.

Ela pegou minhas mãos, como tínhamos ensaiado, os olhos verdes arregalados fixos nos meus.

— Quero ficar aqui. Com você.

As palavras foram esbaforidas, ardentes, e, quando ela ergueu os olhos para mim assim, eu esqueci que ela era Felicity e eu era o duque do Pau Mole. Quase esqueci que era tudo de mentira e que eu não estava em um sonho erótico mágico de Natal com Bianca von Honey.

Segurei a cintura dela, e senti meu pau dar um piparote rápido na calça, como se tentasse me lembrar de que estávamos chegando muito perto do limite da resistência dele.

— Está sendo sincera, meu amor? — eu disse como o duque, baixando os olhos para as maçãs do rosto sobressalentes. Dava para ver a pequena abertura, coberta de maquiagem, de onde seu piercing no septo tinha sido tirado. — Quer mesmo ficar? Mesmo que deva deixar tudo para trás?

Ela colocou a mão em meu maxilar, e minhas pálpebras se fecharam. Eu poderia ficar assim para sempre.

— Estou, Hugh — sussurrou. Hugh era o nome de batismo do duque. — Digo isso com todo meu coração.

Eu não estava atuando quando deixei meu olhar descer à boca de Bee. E não estava atuando quando meus lábios se entreabriram em uma reação instintiva.

— Felicity — eu disse com a voz rouca. — Com você, eu entendo o verdadeiro significado do Natal. Com você, tudo faz sentido.

E, com isso, levei minha boca à dela e a beijei.

Esse era o beijo principal e, por isso, era para durar alguns segundos. Por motivos de #hopechannel, eu não poderia puxá-la junto a mim, envolver sua nuca para manter a boca encaixada na minha enquanto a explorava, mal podia ter paixão alguma, mas era melhor assim, pois eu estava por um fio. A delicadeza de seus lábios se encaixando nos meus, a maneira como ela cedia às minhas demandas suaves... era demais.

Mesmo que não passasse de um beijo técnico. Mesmo que eu tivesse feito aquilo inúmeras vezes para videoclipes da banda. Mesmo que devesse ser simples, não era nada simples, porque era *Bee*, e ela tinha um cheiro doce de biscoito amanteigado quentinho, e a curva da cintura espartilhada sob minha mão era um pecado por si só...

Uma centelha de calor úmido trouxe minha atenção da cintura de volta ao beijo. Um toque suave de sua língua foi seguido por outro e, depois, mais outro — gostinhos que me fizeram gemer baixo em sua boca. Eu não conseguia me conter, nem um pouco, porque ela estava me beijando *pra valer*, sua língua buscando a minha, acariciando-a com maestria, e pensei que eu nunca havia sido beijado assim, beijado com uma habilidade tão delicada. Eu nunca tinha sido beijado como se já estivesse na cama com o zíper aberto. Porque era essa a sensação. Um beijo feito para foder.

71

E, então, lá estava: o colapso de minhas tentativas com aroma de biscoito de gengibre. Com um único beijo de Bee, todo o meu controle se desfez, e meu corpo se agitou em busca dela. Eu teria um problema para tentar esconder a reação depois, mas isso não me impediu de intensificar o beijo, de abraçá-la com firmeza enquanto ela explorava minha boca com uma avidez suave e doce.

Depois eu tentaria entender o que estava rolando ali.

Porém, foi naquele momento que ela interrompeu o beijo, suavemente. E, quando recuou para me olhar com o olhar límpido e concentrado, eu me dei conta de que ela ainda era Felicity. Ela ainda estava em cena. O que significava que o beijo não era de verdade e que eu ainda tinha que ser a porra do duque, embora minha ereção estivesse desviando todo o sangue do meu cérebro.

Merda. Qual era minha próxima fala?

Ah, claro.

— Venha, meu amor — eu disse, pegando sua mão. Eu tinha que levá-la ao salão de baile, mas, se ela se mexesse um centímetro sequer, minha ereção ficaria visível para todos em um raio de dez metros. Então, em vez disso, beijei o dorso da mão dela e sorri. — Vamos encontrar os outros e avisar que descobrimos o verdadeiro sentido do Natal.

Ela sorriu em resposta. Havia um leve rubor em suas bochechas, como se o beijo também a tivesse afetado, mas talvez fosse apenas a maquiagem, ou as luzes.

— Corta! — gritou Gretchen. — Certo, tomada fantástica, parabéns. Vamos fazer só mais algumas tomadas para garantir que cobrimos todos os ângulos e, então, vamos dar uma pausa e passar para o momento da declaração.

Mais algumas tomadas?

Engoli em seco, sem soltar a mão de Bee até conseguir me ajustar sutilmente na calça, e foi então que concluí que definitivamente não sobreviveria ao dia. Não se ela me beijasse assim em toda tomada. Minha Estratégia Bee precisaria de grandes ajustes, ou Steph acabaria com tantas bandeirolas arteriais elegantes que nem saberia o que fazer com elas.

CAPÍTULO SEIS

Bee

A verdade era que transar na frente das câmeras não era tão diferente de fazer outras coisas na frente das câmaras. Parar no meio de uma declaração de amor para esperar ajustes de luz era, de certa forma, tão constrangedor quanto parar no meio do clímax para esperar um avião passar. Em uma estranha reviravolta, eu estava cercada por mais rostos conhecidos do que havia imaginado, o que me deu a injeção de ânimo de que eu precisava para mergulhar de cabeça em minha primeira cena com Nolan, que talvez fosse um dos momentos mais íntimos de todo o roteiro. Eu me peguei realmente acreditando que talvez pudesse seguir carreira como atriz convencional. Talvez não fosse tão fora da realidade assim. Obriguei meu cérebro a encobrir a cláusula de moralidade em meu contrato com o Hope Channel que poderia basicamente fazer toda essa jornada se autodestruir caso meu segredo fosse revelado. Como Bee era meu apelido — e como eu não usava *Bianca* Hobbes para nada além do contrato do meu apartamento —, eu sabia que qualquer busca no Google por *Bee Hobbes* não traria resultado algum. Então, se tudo desse certo, mesmo se houvesse algum telespectador do Hope Channel que também assistisse a pornô — o que era improvável —, pensaria apenas que eu tinha um rosto comum e deixaria para lá.

Deixando de lado a potencial implosão da causa de moralidade, com Angel e Luca no set, eu estava me sentindo mais e mais em casa em Christmas Notch.

Os dois andaram alguns passos à minha frente enquanto eu navegava pelas mensagens em minha conta do ClosedDoors — em sua maioria, pedidos muito específicos para meu próximo vídeo. Frutas e legumes como consolos sempre faziam muito sucesso. Pareciam saciar algum tipo de fetiche de educação sexual da escola. Vídeos de pés eram simples de organizar e, em um sentido prático, eram sempre convenientes durante a menstruação. Mas, de vez em quando, havia uma mensagem que ultrapassava os limites. Às vezes era algo inocente, mas esquisito, como alguém que tinha me visto em público e queria saber se eu morava na região. E às vezes era puramente violento e grotesco — um lembrete duro de que, para algumas pessoas, meu corpo não passava de uma máquina automática de vendas para suas necessidades. Imediata e descartável.

Eu sempre denunciava e bloqueava os dois tipos. Cuidado nunca era demais em minha profissão.

Angel se virou para mim.

— O que você acha, Bee?

— Hmm?

Minha atenção ainda estava na caixa de entrada.

— Uma saideira! — disse Luca enquanto se virava, desfrutando a tranquilidade do céu escuro aveludado em contraste com a neve fofa que cobria absolutamente tudo.

A magia daquele lugar era muito concreta.

— Parece que tem uma boate de strip nos arredores, chamada Polo Norte — disse Angel.

Guardei o celular no bolso do casaco e apertei o passo para alcançar os dois.

— Qualquer outra noite, eu supertoparia, mas estou exausta.

Angel passou o braço em volta dos meus ombros.

— Não vão faltar noites para lubrificar a economia do trabalho sexual — prometeu.

Luca conteve um sorriso. Ele nunca admitiria, porque Luca nunca se atreveria a admitir vulnerabilidade alguma, mas fazia tempo que tinha uma quedinha por Angel. Eu estava feliz em voltar para meu quarto e dormir cedo para, assim, dar aos dois um tempinho ininterrupto juntos naquele paraíso invernal.

Quando chegamos à frente da pousada, Angel abriu o celular para procurar os aplicativos de transporte.

— Não sei se dá para encontrar um Uber por aqui — eu disse gentilmente, para não destruir seus sonhos de strippers natalinas.

Bem nesse momento, o bondinho estacionado sob a garagem da pousada abriu a porta com um rangido chiado.

— Vocês estão procurando uma carona? — disse o homem atrás do volante, cuja barba crespa grisalha era tão comprida que cobria a parte superior do macacão.

Luca balançou a cabeça, o corpo todo entrando no modo de pavor de estranhos perigosos de quem mora em Los Angeles.

— Hm, estamos bem...

— O Polo Norte! — gritei mais alto que a hesitação dele.

O motorista soltou uma risada irônica.

— Podem subir, então. Vou passar de novo meia-noite e quinze. Se não tiverem terminado até lá, vão ter que se virar até de manhã.

Angel pegou a mão de Luca e avançou.

— Perfeito. — Ele deu tchauzinho. — Até de manhã, Bee!

Luca olhou para trás, em pânico.

Fiz sinal de joinha para ele, e toda sua ansiedade desapareceu quando ele revirou os olhos diante dos meus níveis insuportáveis de entusiasmo maternal.

Dei risada enquanto o bondinho — coberto de luzes e guirlandas de Natal multicoloridas — partia em direção ao que eu supunha ser a única boate de strip em um raio de oitenta quilômetros.

Dentro da pousada, a onda de calor foi tão imediata que precisei tirar o casaco antes de me aventurar escada acima. Eu estava começando a me questionar se o elevador daquele lugar havia chegado a funcionar algum dia e se a placa de EM MANUTENÇÃO de Stella não era mais permanente do que ela tinha me levado a crer.

— Ah, Bee! — chamou uma voz lírica.

Sentadas na frente da lareira crepitante do saguão estavam Pearl e Gretchen, abraçadinhas, esta última pegando no sono.

Pearl cutucou Gretchen.

— Amor, é a Bee.

Gretchen piscou os olhos para focar.

— Ah, oi, Bee. Foi bom seu primeiro dia?

Fiz um joinha para as duas.

— Um sonho que virou realidade, agora que parei para pensar.

Meu primeiro dia no set tinha passado tão rápido que eu mal tivera tempo de processar na hora, e talvez fosse melhor assim, porque tudo estava voltando à minha mente em instantâneos avassaladores. O ensaio do beijo. Declarações de amor eterno. A cena à noite em que o duque revelava seu passado trágico. O beijo de verdade. Minha respiração falhando sempre que minha língua tocava a de Nolan. Ao fim da última tomada, meu corpo estava ansiando por mais enquanto eu começava a me perguntar o que mais ele conseguia fazer com aquela língua.

Eu ainda não conseguia acreditar. Eu tinha dado um beijo no alvo de minha obsessão adolescente, Nolan Shaw. A Bee adolescente estava desfalecendo. A Bee adulta estava desfalecendo. Não era à toa que o teto do meu quarto de adolescência era coberto por pôsteres do INK. Claro, eu também era caidinha por Kallum e Isaac, mas Nolan era o menino cujo olhar distante parecia ser dirigido apenas para mim. Todo post. Toda sessão de fotos. O olhar azul penetrante de Nolan era o sonho erótico número um da Bee adolescente.

— Sente-se aqui por um segundinho, se não se importa — disse Gretchen, apontando o pufe de couro.

Obedeci. Afinal, quem diria não a Gretchen? *A* Gretchen Young. Eu estava tão preocupada em contracenar com Nolan que não tinha parado um momento para considerar o fato de que estava trabalhando tão perto de Gretchen, a *it girl* perfeita da minha adolescência. Ela tinha feito filmes da Disney, adaptações de livros adolescentes e também alguns filmes independentes que a tornaram ainda mais incrivelmente interessante. Se você não quisesse beijá-la, você queria ser ela, e, mesmo se quisesse beijá-la, provavelmente ainda queria ser ela.

— Você foi ótima hoje — disse, com sinceridade.

— Muito natural — confirmou Pearl.

— E não quero interferir em seu processo — continuou Gretchen. — Mas só queria avisar que não tem pressão para estar com o... corpo tão presente nas cenas de beijo.

— Corpo... presente?

Gretchen fez um biquinho enquanto pensava por um momento.

Pearl se inclinou para a frente, como se nós três fôssemos apenas meninas conversando em uma festa de pijama.

— Língua — disse, com uma piscadinha. — A Hopeflix nem nos deixa mostrar esse tipo de coisa, então só precisamos de um bom e velho beijo técnico inocente.

Meu corpo todo se paralisou, o sangue se esvaindo de meu rosto.

— Ah. — Eu não consegui esconder como estava horrorizada. Era claro que o beijo da manhã era para ser um beijo técnico, e era claro que eu tinha enfiado a língua dentro da garganta de Nolan Shaw como se estivéssemos filmando um tipo de preliminar soft-core. — Eu... acho que só me deixei levar pelo momento.

— E é isso que amamos em você — disse Pearl, a voz quase sobre-natural.

Gretchen concordou com a cabeça, seu olhar de ternura perdurando em Pearl como se até ela soubesse que sua namorada e roteirista era algum tipo de ser feérico feito de algodão-doce e rochas lunares.

— Só não queremos que você pense que isso é exigido de você.

Eu me levantei e concordei com a cabeça. Eu precisava subir antes que todo meu corpo entrasse em combustão de tanta vergonha.

— Claro — eu disse. — E obrigada. Eu agradeço.

— Boa noite — disseram as duas de forma amorosa enquanto eu me despedia antes de desaparecer escada acima.

Ótimo. *Que* maravilha. Primeiro dia de trabalho em um filme de verdade que não era pornô e eu tinha enfiado minha língua indecente na boca do par romântico como se estivesse desentupindo sua pia. Uma graça. Quem sabe amanhã eu não deslocaria o maxilar e o engoliria diante da equipe toda.

No quarto, troquei as meias opacas, a saia de veludo e o suéter de flanela pela camiseta antiga do meu ex-namorado que eu não conseguia abandonar. (Era macia, está bem?) Depois de colocar meu piercing no septo e uma máscara facial, eu me deitei na cama com o laptop e fiz algo que vinha planejando fazer desde que cheguei.

— Prova! De! Vida! — gritou Mama Pam no momento em que seu rosto surgiu na tela, e vi muitos de seus traços parecidos com os meus. Nossos narizinhos e maxilares arredondados com bochechas cheinhas e a mesma pele cor de marfim com tons quentes.

— Oiiiiiii — eu disse timidamente, tentando não mexer muito o rosto para a máscara facial não cair.

— Del! — gritou ela para trás, para chamar minha outra mãe, Delia. — Bee está no telefone! Venha aqui.

Mesmo através das caixas de som do computador, eu ouvia os passos ressonantes de Mamãe enquanto ela descia a escada, sem sombra de dúvida já no meio de se arrumar para dormir. Eu não sabia dizer quando nem por quê, mas Mamãe sempre tinha sido Mamãe e Mama Pam sempre tinha sido Mama Pam, e meu relacionamento com cada uma era igualmente distinto. Mamãe era mais durona, com expectativas quase impossíveis às vezes, enquanto Mama Pam estava sempre lá para lembrar Mamãe que eu não era perfeita e não tinha que ser.

Mamãe se sentou ao lado de Mama Pam à mesa da cozinha, pegando o celular e o virando de lado para que as duas ficassem no enquadramento. O cabelo escuro comprido da Mamãe estava em uma trança grossa que cobria o ombro e o peito. Ela estava com a faixa de felpa cor-de-rosa que usava toda noite para prender o cabelo durante a rotina complexa de cuidados com a pele.

— Não é prova de vida se não conseguimos ver seu rosto, bebê — disse Mamãe. — Mas fico feliz que esteja cuidando da pele.

Revirei os olhos, e Mama Pam, que usava apenas sabonete de barra e um xampu e condicionador dois em um, deu de ombros.

— Sua mensagem disse que você estava indo para Vermont? — perguntou Mamãe.

— Deve ser um trabalho e tanto, se vocês estão filmando em locação — disse Mama Pam.

As duas sempre tinham me apoiado muito, embora Mamãe tenha demorado alguns meses para alcançar o nível de entusiasmo de Mama Pam. E, embora elas nunca hesitassem em se referir a mim como uma atriz de filmes adultos ou modelo do ClosedDoors, geralmente se referiam a meu trabalho propriamente dito em termos gerais. *Filmagem. Atuação.* Eram palavras mais fáceis para nos comunicarmos.

— Está nevando aí? — perguntou Mama Pam, que, ao contrário da Mamãe, nasceu e foi criada em uma cidadezinha do Texas e tinha como único casaco de inverno um corta-vento.

— Na verdade, acabou de voltar a nevar, bem quando eu estava no caminho do hotel.

Mamãe suspirou.

— Que experiência linda, um pouquinho de neve perto do Natal.

— Por falar em Natal... — eu disse.

— Pois não — interrompeu Mama Pam. — Precisamos conversar sobre a véspera de Natal. Os Turner nos convidaram para a festa anual deles. Aparentemente, eles vão chamar o coral de gays da Episcopal St. Paul's como atração, mas queremos deixar para você decidir.

Mamãe apoiou a cabeça no ombro de Mama Pam.

— Ah, vá, fale a verdade. É só que não queremos dividir você com mais ninguém enquanto estiver aqui.

Eu precisava contar para elas. Mama Pam poderia chorar e Mamãe poderia atravessar a tela para me matar com as próprias mãos, mas eu tinha que contar.

Mama Pam concordou com a cabeça.

— Mas o coral é muito tentador. Eles são quase impossíveis de reservar hoje em dia e...

— Não vou estar em casa no Natal — falei de uma vez.

As duas ficaram tão imóveis que tive que confirmar para ver se a tela não tinha travado.

— Você tão aí? — perguntei, meu sotaque do Texas mais forte do que nunca. — Mães?

Mamãe pigarreou depois de um longo momento.

— Ainda estamos, sim, filha, mas acho que não ouvimos você direito.

— Você acabou de dizer que não comemoraria o Natal com a gente? — perguntou Mama Pam.

— Bom... quando você fala nesses termos... É só que estou em locação e não tenho um dia inteiro de folga. Eu teria que voar para casa e retornar no voo seguinte — tentei explicar.

Mamãe respondia bem à lógica. Sem dúvida ela entenderia bem meu dilema.

Mamãe se inclinou para a frente de modo que eu mal via Mama Pam, deixando bem claro que essa conversa era entre mim e ela.

— O que exatamente você está fazendo em Vermont? Não consigo imaginar que um filme adulto precise ser filmado durante as festas, Bianca. — E não havia absolutamente nada de sexy na maneira como ela disse meu nome de batismo, que depois se tornara meu nome pornô.

— Querida, tem alguma coisa que você não esteja nos contando? Você está namorando alguém?

— Você voltou com Spencer? — perguntou Mama Pam no fundo. — Tudo bem. Não vamos ficar bravas.

Era uma mentira deslavada. Elas ficariam muito bravas se eu voltasse com Spencer. Eu mesma ficaria brava se voltasse com Spencer, o aspirante a roteirista com quem fiquei indo e voltando por um ano e meio até oito meses antes, quando estava certa de que ele estava me traindo. Descobri depois que ele não estava me traindo. Ele estava apenas indo a uma série de casamentos de parentes, mas tinha vergonha demais de me levar. Se eu não tivesse dado um fora nele imediatamente, Sunny teria feito isso por mim.

Uma batida alta soou na minha porta. Tão alta que elas ouviram.

— Quem é? — perguntaram em uníssono.

— Estou com cara de quem está esperando alguém? — perguntei, apontando para a máscara facial e a camiseta surrada.

— Não teria problema se estivesse — disse Mamãe. — Você é uma mulher adulta perfeitamente capaz de tomar decisões sexuais seguras e conscientes.

Eu me levantei e deixei o laptop na cama.

— Mas talvez seja bom vestir uma calça primeiro — disse Mamãe pela tela.

— Del — repreendeu Mama Pam.

Ao olhar pelo olho mágico, encontrei Nolan traçando o queixo com o polegar... o mesmo queixo que eu havia tocado de manhã. Eu praticamente ainda sentia a barba rala em meus dedos. Um calor subiu pelo meu abdome.

— Merda — murmurei.

— Quem é? — perguntou Mamãe de novo, mais alto agora.

Corri de volta ao computador e arranquei a máscara do rosto.

— Preciso correr, gente, mas ligo de novo em breve, prometo.

— Não se esqueça de espremer o excesso da máscara fácil e massagear no rosto — recomendou Mamãe sem fôlego. — Especialmente no pescoço! É onde você envelhece primeiro. Nele e nas mãos.

— Te amamos, bebê — disse Mama Pam.

— Também amo vocês.

Fechei o laptop antes que elas pudessem dizer mais uma palavra sobre Natal ou excesso de produtos de pele, e corri para o banheiro em busca de um roupão.

— Merda, merda, merda — exclamei baixinho.

Ele bateu de novo e, dessa vez, chamou:

— Bee?

Dei uma olhada na camiseta de Spencer, que estava rasgada na gola e era uma das poucas lembranças que eu ainda tinha do namoro. Eu a tirei rapidamente antes de vestir o roupão da pousada que estava atrás da porta do banheiro. Tamanho único? Só se for para pessoas que não têm peitos, bundas nem órgãos internos em geral.

Apertei o cinto com firmeza sob o busto e tomei a decisão absolutamente ridícula de enrolar o cabelo em uma toalha. *É um look completo*, tentei me convencer.

E puta merda. O *bad boy* Nolan Shaw estava batendo na porta do meu quarto de hotel. Era como se minha fanfic do INK favorita tivesse ganhado vida. Inclusive, acho que a cena inicial de *18 horas em Tóquio* começava exatamente assim. Depois que a banda acabou, eu tinha rondado sites de fanfic que nem um urubu, na esperança de que as histórias que encontrasse lá me dessem um encerramento que o próprio INK não tinha dado.

Não sei se me deram encerramento, mas sem dúvida me deram alguns de meus primeiros orgasmos. Escrita em primeira pessoa, *18 horas em Tóquio* começava com Nolan fazendo um contato visual forte e profundo com uma desconhecida (a leitora) em um elevador durante uma parada da turnê. A desconhecida dava a ele uma chave antes de subir para seu andar e, bom... digamos que as coisas imaginárias que o Nolan imaginário fazia com essa pessoa misteriosa imaginária viveram em minha imaginação por muitos anos.

A maneira como meus mamilos se endureceram instantaneamente no banheiro perfumado do hotel em resposta à simples lembrança dessa fanfic indicava que uma coisa era certa: eu poderia ter superado minha fase do INK, mas definitivamente não havia superado minha quedinha por Nolan Shaw.

Uma última batida rápida soou na porta.

— Já vou! — eu disse enquanto fechava o roupão em torno dos quadris, sem conseguir impedir a fresta de coxa visível.

Ergui as mãos para as bochechas. Estavam muito quentes e coradas. Eu queria poder mergulhar em um banho gelado.

Atravessei o quarto correndo e abri a porta antes de sair para o corredor.

— Oi. Boa noite — eu disse, com a vez de uma hostess do Outback. *Mesa para um?*

Nolan ergueu as sobrancelhas por um breve momento antes de assumir uma expressão de indiferença. Ele tirou o gorro da cabeça e o enfiou no bolso de trás da calça antes de passar a mão no cabelo, como se estivesse tentando arrancá-lo da cabeça.

Precisei de todas as minhas forças para não erguer o braço e tirar a mão dele, implorando para ele pegar leve consigo mesmo.

— Hm, desculpa interromper qualquer coisa. Sei que está tarde. — Ele olhou para os dois lados do corredor. — É constrangedor, mas não consegui fazer o telefone do quarto funcionar e não estava encontrando aquele diretório que nos deram, então não consegui mandar mensagem para você e...

— Tudo bem — eu disse, dando um passo na direção dele.

Havia uma energia nervosa nele, como se vibrasse de eletricidade, e tudo que eu queria era colocar a mão em seu peito para fazê-lo se lembrar de respirar.

— Certo. É só que... você foi ótima hoje.

— Obrigada.

Eu esperava que a luz fraca do corredor escondesse o rubor do meu rosto.

— Será que a gente poderia ensaiar as falas amanhã? A gente só começa a filmar bem tarde.

— Podemos, sim.

— No estúdio de dança por volta do meio-dia? — perguntou. — Acho que temos que nos encontrar lá mais adiante na semana para a cena do baile.

— Ai, meu Deus — eu disse. — Quase esqueci que tínhamos que dançar.

— Não deve ser mais difícil do que beijar — disse ele, baixo.

— Não mesmo — respondi.

— Bom, boa noite, Bee Hobbes.

— Boa noite, Nolan Shaw.

Observei ele descer até a pontinha do corredor. O último quarto à esquerda.

E, quando ele tirou a chave do bolso e acenou para mim uma última vez antes de entrar no quarto, lembrei que eu definitivamente tinha colocado a língua na boca de Nolan Shaw naquele dia durante nosso beijo.

E Nolan Shaw havia retribuído o favor. Língua e tudo. Eu não era a única que se esquecera de manter o filme inocente.

Ele era mesmo o *bad boy* do INK, não era?

Dormi com as cortinas bem abertas porque, senão, eu definitivamente não acordaria com nenhum dos despertadores. Foi difícil pegar no sono. Eu estava frustrada e excitada demais. Toda vez que fechava os olhos e deixava os dedos descerem pelo peito, via Nolan torcendo o gorro entre as mãos. Mordendo o lábio. Parado em um elevador. Olhando em meus olhos. Passando a chave na porta de um quarto de hotel enquanto eu esperava do outro lado. E finalmente cedi — ao menos para conseguir dormir um pouco.

Me masturbar pensando em meu parceiro de elenco parecia um caminho perigoso que levava diretamente à quebra de todas as regras de Teddy, mas isso com certeza não foi o suficiente para me impedir, e não demorou para eu estar mordendo o travesseiro, agradecida por ter me lembrado de levar o carregador do vibrador.

Ao finalmente pegar no sono, não conseguira me impedir de sonhar com nosso beijo vezes e mais vezes. Eu não ficava tão excitada por um beijo desde que Robert Pattinson e Kristen Stewart se beijaram no fim de *Crepúsculo* com Iron & Wine tocando no fundo. (Descobri que queria ser *e* beijar tanto Edward *como* Bella. Ainda sofro pelo fato de a paródia pornô de *Crepúsculo* ter sido filmada antes da minha época.)

Ao me sentar de manhãzinha, ainda recostada na cabeceira, o som de alguém testando minha maçaneta me acordou completamente. *Por favor, não seja um assassino em série natalino.* Andei com cuidado na ponta dos pés até a porta e espiei pelo olho mágico.

— Angel? — perguntei enquanto abria a fechadura para encontrar um Angel surpreendido, parcialmente bêbado e parcialmente já de ressaca, parado no corredor, segurando a chave do próprio quarto na mão fraca.

— Opa — disse ele, no meio de um soluço. — Quarto errado. Não consigo encontrar meu quarto, então todos os quartos são errados.

Soltei uma gargalhada e o puxei para dentro antes de fechar a porta.

— Vou pegar uma água para você. Por favor, me diga que não ficou vagando pelos corredores deste lugar a noite toda!

— Não, não, não — disse com um bocejo. — Ficamos no bar até umas duas. Daí Empinadora nos deu uma carona de volta. — Ele acenou com os olhos fechados. — Sal da terra. Strippers são. O. Sal. Da. Terra.

Abri o frigobar que não funcionava de verdade e passei uma garrafa d'água em temperatura ambiente para ele, que a tomou em três goles.

— E aí eu e Luca voltamos para o quarto dele…

— Ah?

Ele ergueu um dedo e o chacoalhou na minha cara.

— E pegamos no sono assistindo a um show antigo de Celine Dion.

— Ah — eu disse, ao mesmo tempo decepcionada e nem um pouco surpresa. — Até que parece bem romântico.

Ele cambaleou até o frigobar e pegou minha segunda e última garrafa de água gratuita.

— Não. Nem comece. Meu cérebro dói demais até para considerar o significado de eu estar perfeitamente contente em pegar no sono numa conchinha inocente enquanto assistia a um show antigo da Celine Dion, porque isso só pode significar duas coisas. Ou estou velho, ou estou apaixonado, e não estou nenhuma dessas coisas.

— Ou está as duas — sugeri.

Ele virou a segunda garrafa e amassou o plástico antes de jogá-la na pequena lixeira de recicláveis.

— Desfaça sua maldição, bruxa.

Depois de um momento, ele se espreguiçou todo e abriu bem os olhos.

— Certo. Certo. Certo. Estou acordado. Estou sóbrio. E, meu Deus, preciso de um banho.

— Ah, ah, ah, espera! — Eu me levantei de um salto da beira da banheira de hidromassagem. — Antes de ir, pode me fazer um favor? Esqueci meu tripé e preciso muito de um vídeo para minha página do ClosedDoors.

Ele estendeu a mão para pegar meu celular.

— Obrigada, obrigada, obrigada! — dei um gritinho. — Me dá, tipo, dez minutos. Preciso me preparar. Vou fazer aquela cara de "ah, transei tanto a noite inteira e mal consigo abrir os olhos, mas olha meu rabinho pronto e ansioso".

Deveria haver algum tipo de meio-termo entre manter meus fãs felizes e não irritar Teddy. E eu tinha quase certeza de que mais algumas postagens pagas em uma conta já pornográfica no ClosedDoors não mudariam fundamentalmente o cálculo de risco em relação à minha cláusula de moralidade com o Hope Channel.

— Ou seja, natural? — perguntou Angel.

— Exatamente — eu disse enquanto vasculhava a mala em busca da calcinha quase invisível perfeita.

CAPÍTULO SETE
Nolan

Não olhe a conta dela no ClosedDoors. Não olhe a conta dela no ClosedDoors.

Eu me sentei na beira da cama, de banho tomado e celular na mão. Eu tinha acabado de receber a notificação da postagem nova dela, e eu não olharia, definitivamente não olharia. Porque, se olhasse, eu cederia, e não queria ceder, não na primeira manhã em que implementava minha nova e aprimorada Estratégia Bee.

A nova estratégia era assim: *nenhum orgasmo em Christmas Notch*. Absolutamente nenhum. Minhas partes íntimas estavam proibidas para mim.

Como a sessão de chuveiro da véspera havia me mostrado, eu era incapaz de tirar Bee da cabeça quando batia uma e, depois do beijo…

Gemi só de lembrar. O toque sedoso da língua dela na minha. A provocação silenciosa dos lábios. Tinha sido um beijo que dizia *gostaria de sentar na sua cara, por favor*, e seria completa e absolutamente impossível para mim bater uma sem pensar nisso. Ou sem pensar nos dois beijos que tinham vindo depois do primeiro — um mais indecente que o outro, mas terrivelmente inocente também, porque, quando separávamos o beijo, eu recuava e a encontrava olhando para mim com lindos olhos arregalados, e sua expressão não demonstrava nada além de um comprometimento total com Felicity. Era como se ela não fizesse ideia de que beijos técnicos existiam. E ela definitivamente não fazia ideia do que faziam comigo. Embora fossem os beijos mais carnais que eu já tinha sentido na vida, ela claramente não estava tentando ser nem um pouco carnal, o que me tornava um completo pervertido por retribuir seus beijos.

Claro, claro, eu sempre poderia dizer que não queria estragar a tomada, mas a verdade trespassava minha consciência como uma tesoura em papel de embrulho: eu queria retribuir o beijo dela. Eu queria sentir a língua dela na minha. Que se danasse o profissionalismo, que se danassem os avisos de Steph, eu *queria*.

Porém, por motivos morais e práticos (certo, mais práticos do que morais, sejamos honestos), eu tinha que abafar todos os pensamentos relacionados a Bee. Tínhamos apenas mais uma cena de beijo para filmar e, se eu não quisesse sair babando atrás dela feito um cachorrinho, precisava cortar todas as minhas fantasias pela raiz.

Por isso era uma ideia terrível olhar o post dela no ClosedDoors. Terrível. Simplesmente terrível.

Mas talvez só uma espiadinha…

Meu polegar se moveu por conta própria, a memória muscular tomando conta enquanto eu destravava a tela e clicava na notificação do aplicativo para me levar ao post mais recente. E, *puta que pariu*, que post bom. Mordi o dedo enquanto olhava, um gemido baixando escapando de meu peito.

Bianca von Honey de calcinha minúscula de renda, o cabelo desgrenhado, a bunda para cima enquanto encarava a câmera com os olhos entreabertos e sedutores.

Humpf.

Nossa, imagina estar no mesmo quarto que ela, andar na direção daquela cama sabendo que poderia dar uns tapas naquela bunda curvilínea. Estar *com* ela, perto dela, poder beijá-la pra valer sem ninguém assistindo…

Meu pau se endureceu e se alongou, empurrando a toalha que eu havia enrolado na cintura, e, quer saber, dane-se a estratégia, dane-se o plano.

Eu precisaria de uma força sobre-humana para resistir a uma imagem como aquela, e talvez fosse mais inteligente parar quando o hidratante de biscoito de gengibre acabasse completamente, como um fumante que para depois que termina o maço...

Antes que eu pudesse sair da cama para encontrar o frasco, algo na imagem chamou minha atenção.

Algo que parecia muito o reflexo de alguém na janela atrás de Bee.

Estava turvo e semiobscurecido pelas cortinas com estampa de bengala doce, mas, depois que dei zoom, não havia dúvida: era alguém segurando o celular, como se estivesse tirando a foto para ela.

E então me lembrei da noite anterior quando eu batera na porta dela, depois de passar trinta minutos criando coragem para convidá-la a ensaiar as falas, e ela havia atendido a porta só de roupão, com uma cara de quem tinha sido interrompida no meio de alguma coisa. E como ela saíra para o corredor em vez de ficar com a porta aberta, como se não quisesse que eu visse o quarto dentro.

Senti como se tivesse levado uma cacetada no joelho. Ela não estava sozinha na noite anterior.

Estava com alguém.

Foi um erro sugerir o estúdio de dança para ensaiar as falas. Eu devia ter sugerido a Lanchonete Boneco de Neve (que servia panquecas nevadas!) ou talvez o salão da pousada cafona. Ou, melhor ainda, a praça, onde eu não teria a mínima chance de ter pensamentos indignos de freiras beneditinas porque estaria virando picolé.

Mas não, eu tinha sugerido o estúdio de dança. Que, além de estar completamente vazio tirando eu e, em breve, minha coprotagonista, também tinha espelho. E uma barra.

Que parecia feita sob medida para apoiar a perna de uma pessoa enquanto eu a comia por trás.

Mas talvez Bee Hobbes já tivesse alguém com quem fazer isso?

Andei de um lado para o outro enquanto esperava por ela, enrolando o roteiro no menor cilindro possível e me sentindo idiota. Normalmente, eu achava estúdios de dança reconfortantes. Apesar de todas as coisas ridículas que estivessem acontecendo em nossas vidas, apesar de tudo que estivesse rolando entre mim, Kallum e Isaac, quando entrávamos em um estúdio, tudo ficava mais fácil. Simples. Aprender a coreografia. Praticar até acertar. Não havia nenhum problema que música e suor não resolvessem.

Claro, não era mais tão fácil assim, nesses tempos pós-INK. Por isso eu estava esperando por Bee quando era provável que ela ainda estivesse se despedindo de quem quer que tivesse passado a noite em seu quarto.

Assim que pensei isso, quis bater na minha cabeça com o roteiro enrolado, como se eu fosse um cachorro malcomportado. De que importava se ela não estava sozinha? Ela tinha todo direito de estar com quem quisesse!

Mas nossa — como eu queria que fosse eu. Eu queria aqueles olhos sedutores pousados em *mim*, queria aquele cabelo emaranhado e bagunçado por *mim*. Queria beijá-la e fazê-la se derreter da mesma maneira como eu me derretera quando ela tinha me beijado na cena.

Você não poderia de todo modo, eu me lembrei. Eu não poderia ser a pessoa no quarto dela, nem se ela quisesse. Havia muita coisa em jogo para eu correr o risco de ser pego me comportando mal, mesmo que fosse por uma mulher em torno da qual eu havia criado mil fantasias de mau comportamento. Na verdade, talvez *especialmente* por essa mulher, porque ser pego transando seria ruim. Mas ser pego transando com uma estrela pornô? *Pior ainda.*

Então por que mesmo eu havia escolhido um salão cheio de espelhos cercado por uma barra muito convidativa?

Bee não ajudou o ambiente inesperadamente sexy ao aparecer de legging justa e suéter cortado acima da cintura, de modo que dava para ver uma faixa de pele quente e bronzeada entre a barra da blusa e a cintura da legging.

Precisei virar as costas enquanto ela tirava o casaco e batia as botas no tapete na frente da porta. Era para tirar a neve, mas tinha o efeito fantástico de fazer suas coxas e sua bunda acompanharem o movimento, e seus seios também — e, se eu observasse por mais tempo, teria problemas para manter os níveis de flacidez aprovados por Steph.

Eu de repente precisava estar em qualquer lugar que não ali. Qualquer lugar em que não estivesse com uma mulher que não poderia ser minha por diversos motivos e que estava explodindo o autocontrole que eu havia levado anos para dominar.

Acabe logo com isso e fuja, eu disse a mim mesmo. *Assim você pode se recompor antes de estar no set com ela de novo.*

— Obrigada por me encontrar — disse Bee.

— É — eu disse, minha voz saindo mais grossa do que eu pretendia.

— Tranquilo.

Como eu não ouvia mais batidas, supus que era seguro me virar. Tomei o cuidado de manter o olhar acima dos ombros dela. Eu não podia deixar de ver a boca macia ou aqueles olhos verdes marcantes, mas pelo menos ela não pensaria que eu a estava secando. Até que senti meu olhar voltar a ser atraído por sua boca, e aquela secada não ajudava nem um pouco na minha nova Estratégia Bee de fingir que estava tudo bem, então obriguei meus olhos a passar por ela até a janela da porta e a rua principal coberta de neve lá fora.

— É melhor começarmos — eu disse, conferindo o relógio. — Não vamos ter muito tempo antes do cabelo e da maquiagem.

— Claro — disse ela, a voz mais fria do que antes e, quando finalmente me atrevi a olhar para ela, vi algo de quase desafiador em sua expressão, que desapareceu antes que eu pudesse decifrar o que era.

— Certo — respondi inutilmente, um pouco incomodado, sem saber por quê. Apontei para a outra ponta do estúdio, onde havia uma mesinha e duas cadeiras perto da parede. — Vamos?

— Vamos — disse ela, e começou a se dirigir à mesa.

Fui atrás, confirmando que meu celular estava no modo vibratório. Eu não podia perder nenhuma ligação de casa, especialmente depois da consulta da minha mãe.

Bee se sentou e abriu as páginas da semana na mesa à sua frente. Seu cabelo caía sobre o ombro em ondas brilhantes, e o que eu mais queria era enrolar aquelas ondas na mão e puxar.

Soltei um suspiro longo. Como eu sobreviveria à presença dela pelo tempo que levaria para lermos nossas falas?

Também me sentei e desenrolei o roteiro com cuidado, tentando indicar que deveríamos começar, quando Bee colocou as mãos na mesa e olhou para mim. Parecia que ela tinha perdido uma aposta consigo mesma ou coisa assim, como se não quisesse dizer o que diria em seguida, mas não tinha escolha.

— Então preciso perguntar — disse ela, a voz ainda fria, mas as palavras um pouco apressadas. Talvez ela estivesse curiosa, ou nervosa... ou as duas coisas. — O que o rebelde Nolan Shaw está fazendo em um filme de Natal? Logo para o Hope Channel?

Então, Bee, preciso do dinheiro. Preciso da imagem de celebridade incólume. E, tirando o fato de que já fui famoso no passado, não tenho nenhum talento além de me meter em confusão e pintar cenários, portanto abrir um sorriso bonito para a câmera da Hopeflix foi minha única opção.

Mas eu não poderia dizer isso tudo, não para a garota dos meus sonhos. Então dei para ela o discurso que Steph havia preparado.

— Sempre adorei atuar, e esse projeto chamou minha atenção. — Na linguagem de relações públicas, queria dizer: *Foi o primeiro projeto em que consegui ser contratado.* — E saber que era dirigido por Gretchen Young o tornou irresistível.

Essa parte, *sim*, era verdade. Eu estivera perto de fama manufaturada e de talento artificial por tempo suficiente para reconhecer dom genuíno, e Gretchen era fenomenal. Por isso era tão fascinante ela querer fazer sua estreia como diretora logo em um filme de Natal para a TV. Eu teria imaginado um filme independente, triste e excêntrico ou talvez algum filme de super-heroína de grande orçamento. Mas não Hope Channel.

Eu desconfiava que sua namorada roteirista com cara de iogue tinha algo a ver com isso, mas vai saber? Talvez Gretchen só gostasse muito de filmes natalinos.

Bee estava olhando para mim enquanto eu brincava com as páginas do roteiro, e tive a sensação desconfortável de que conseguia ver a verdade por trás de meu discurso e que não estava muito impressionada. Tentei não me importar; eu nunca me importava com nada! Mas era de Bianca von Honey que estávamos falando. Meu orgulho ficou ferido pela desaprovação dela.

— E você? — perguntei, tentando tirar o foco de mim. — O que traz você a *O salão do duque*?

Bee mordeu o lábio inferior por um momento — tempo suficiente para eu acompanhar avidamente os pontos brancos de seus incisivos se cravando na pele carnuda — e então inspirou rápido para se preparar.

— Acho que também sempre adorei atuar — disse rapidamente. — Já fiz, hm, uns trabalhos de modelo em Los Angeles, mas meu verdadeiro amor sempre foi o teatro e o cinema. Faz um tempo que estou tentando começar a atuar, mas... — Ela deu de ombros, fazendo mais do cabelo sedoso deslizar por toda parte. — É difícil para uma atriz gorda. Ou ninguém quer escalar você ou os papéis em que escalam você não são exatamente bons. É tipo teatro no ensino médio tudo de novo.

Tentei não fazer uma careta quando ela se chamou de gorda. Bee era a mulher mais sexy do mundo para mim, então era difícil entender ela se descrevendo com uma palavra que parecia um xingamento infantil. A maneira como ela dissera *gorda*, porém, era totalmente direta, como se fosse apenas uma verdade neutra.

Isso me fez ver que o problema não era Bee. O problema não era a palavra "gorda". A maneira como o mundo e, em especial, a indústria de entretenimento tratavam pessoas como Bee... *esse*, sim, era o problema.

— Sinto muito — eu disse.

Estava falando sério. Eu tinha visto algumas das manchetes direcionadas a Kallum por sua barriguinha, e já eram horríveis. Eu imaginava que era mil vezes pior para uma mulher na indústria.

Ela ergueu uma sobrancelha.

— Bom, a gordofobia está por toda parte. — Havia um tom incisivo em sua voz que não consegui identificar e, antes que eu pudesse tentar, ela abriu o roteiro. — Vamos começar?

— Hm. Claro.

Folheei o roteiro até encontrar as cenas do dia seguinte. Como a falsa Mansão Frostmere também recebia casamentos e outros eventos variados, além de filmagens ocasionais, tínhamos reservas por períodos de tempo estranhos. No dia seguinte, filmaríamos na mansão o primeiro jantar vitoriano de Felicity com o duque e a declaração de amor mútuo que vinha antes do beijo final.

A lembrança do beijo me dominou, fazendo um calor correr diretamente para minha virilha.

Pigarreei.

— Que cena você gostaria de fazer primeiro?

— Podemos fazer a última de nossas páginas? — perguntou Bee. — A cena logo antes do beijo?

— Claro — eu disse, tentando não pensar demais no beijo.

Era difícil, porque ela estava passando o dedo na beira da página, porque suas unhas estavam pintadas em um tom de rosa que me fazia pensar nos lugares rosa de seu corpo. Como seus lábios. Entre outras partes.

Puro como a neve cenográfica, Nolan. Celibatário como uma freira.

Eu me ajeitei na cadeira e imaginei freiras e neve. Freiras fazendo anjos na neve, de hábitos e terços grandes de madeira e tal.

— Sua Graça — Bee começou a ler, mantendo o sotaque americano contemporâneo de Felicity —, finalmente entendo o que a bruxa queria que eu aprendesse. Finalmente entendo por que ela me mandou aqui. Até milorde.

— Não diga "Sua Graça" como se fôssemos desconhecidos, querida Felicity — respondi, olhando para ela, visto que eu já tinha decorado quase todas as falas. — Ou como se você fosse uma pessoa menor do que eu. Você não é. Você é tudo para mim. Você é o meu mundo todo.

Bee ergueu os olhos. A luz do sol rebrilhou em seu piercing no septo.

— Esqueci de falar ontem. Seu sotaque britânico é *incrível*.

Apesar de tudo, não consegui conter o sorriso presunçoso que se abriu em meu rosto.

— Pois é.

— *Como?* — perguntou ela. — Não ensinaram naquele campo de treinamento, né?

Fiz que não com a cabeça. *Academia de Boyband* foi o reality show em que comecei a carreira; meninos de todo o país vinham para aprender a dançar, cantar e chafurdar em ego. Zero aula de sotaque. Embora, estranhamente, tivesse muitas aulas de etiqueta.

— É uma habilidade que cultivei antes do INK — eu disse. — Você não era a única louca por teatro no ensino médio, sabe? Você está olhando para o mais jovem Wadsworth que já agraciou o palco da escola Olathe North.

— Você foi o mordomo de *Detetive*?

— No segundo ano — eu disse com orgulho. — E fui o príncipe Eric em *A pequena sereia*.

Havia uma leve covinha na bochecha dela, como se estivesse contendo um sorriso.

— Estou tentando imaginar você de príncipe da Disney. É muito difícil.

Levei a mão ao peito, fingindo mágoa.

— Essa doeu. Você não acha que todo esse cabelo faz de mim o príncipe perfeito?

Tirei o gorro e passei as mãos no cabelo para que saísse da frente do rosto com um ar principesco.

A covinha dela ia ficando mais funda.

— Acho que até vejo o ar de príncipe... se você fosse a Fera de *A Bela e a Fera*.

Suspirei, dramático.

— Esse me escapou. Kallum conseguiu o papel. Eu tive que ser Gaston.

— Kallum? — perguntou Bee, seu rosto se iluminando. — Kallum Lieberman? Ele foi a Fera?

Resisti a uma pequena birra. Eu não achava que todo mundo cairia de amores por mim porque tinha sido um astro do pop adolescente ou sei lá, mas tinha presumido que Bee nutria uma apatia geral por qualquer ex-membro de *boyband*. *Não* que ela estivesse interessada em Kallum com K em vez de mim.

— Foi — eu disse. Embirrado. — Mas ele tropeçou em Horloge e derrubou o cenário na noite de estreia, então não foi muito bom.

— Então vocês dois estudaram mesmo juntos? — perguntou. — Não foi, tipo, uma historinha fofa de mentira?

Hmm. Então ela sabia essa pequena curiosidade sobre os INK? Talvez ela se importasse mais com minha história no INK do que havia demonstrado.

— Crescemos basicamente no quintal um do outro. Eu era o encrenqueiro, e Kallum era o menino que topava todas as minhas ideias malucas. — (A ideia mais maluca que já tive? Dirigir até Los Angeles e fazer o teste para um programa chamado *Academia de Boyband*. Ai, ai.) — Éramos meio que Pinky e o Cérebro. Todos os problemas em que nos metíamos eram culpa minha. Por sorte, no ensino médio, eram mais pegadinhas com o professor de teatro e uma ou outra pegação no sofá dos bastidores.

Bee arregalou os olhos como pires.

— Um com o outro?

Dei risada.

— Bem que eu queria.

Eu tinha passado por uma grande fase a fim de Kallum, mas nunca tinha ido a lugar nenhum. Kallum era bem flexível para um cara heteroflexível, mas nunca estava exatamente *disponível*. Começando por Kayla Schechter, ele sempre parecia estar se apaixonando, completamente apaixonado ou com o coração partido depois de estar apaixonado.

— É difícil imaginar Kallum no teatro — disse Bee depois de um minuto. — Eu sempre imaginei que ele jogava futebol americano ou coisa assim.

Kallum definitivamente tinha cara de ex-atleta, mas fazer o quê? O cara amava cantar e dançar.

— Foi ele quem me levou para o teatro, na verdade — eu disse a ela. — No ensino fundamental. Aceitei fazer o teste para *Era uma vez um colchão* com a condição de que ele me emprestasse seu Game Boy, e fui parar no elenco. Acabei adorando.

Fora do palco, eu era só mais um aluno ruim com mau comportamento. Mas, no palco, podia ser qualquer pessoa. E, quando eu cantava — mesmo canções bestas de musicais que não tinham nada a ver com minha vida —, às vezes parecia que as palavras e as melodias estavam se formando para expressar uma parte de mim que eu nunca teria conseguido explicar de outro modo.

— Você ainda fala com ele? — perguntou Bee, e dessa vez nem me esforcei para esconder a birra.

— Por que você está tão interessada em Kallum? — perguntei.

Meu bico era mais real do que falso, mas o sorrisinho acanhado que recebi em resposta valeu a pena.

— Por nada — disse ela, voltando a olhar para o roteiro.

Mas a covinha tinha vindo para ficar. De repente, eu não estava mais tão interessado em apressar a leitura. Eu queria fazer todo o possível para ver aquele sorriso de novo.

— Ei — eu disse, cobrindo com os dedos a parte de cima do roteiro dela. — Queria dizer que você foi fantástica ontem.

Ela ergueu os olhos para mim, as sobrancelhas levantadas de surpresa.

— Sério? Você acha? — disse ela e, então, escondeu o rosto nas mãos e gemeu. — Pareci tão carente agora. *Desculpa.*

— Somos todos carentes aqui. Não é à toa que somos artistas, e não engenheiros de empresas de software.

Ela riu e olhou para mim por entre os dedos. Era muito fofo.

— E, sério — eu disse baixinho —, você foi muito boa. Você tem jeito para a coisa, sabe? Para demonstrar todas as facetas de uma personagem. Sem querer falar mal de Pearl, mas essa não é uma tarefa fácil com o material em mãos. E nem todo mundo dá conta de passar do teatro para as telas.

Só Deus sabia como foi difícil para mim. Precisei de inúmeros clipes musicais e milhões de sessões de foto para aprender a atuar com a precisão discreta e sutil que era tão contrária à atuação grandiosa com que eu estava acostumado no teatro. Minha persona jovem de *bad boy* estava mais para John Travolta em *Grease* do que para uma apatia adolescente perfeitamente fabricada.

— É só que... — Ela balançou a cabeça. — Eu me sinto tão deslocada aqui. Esse papel era de Winnie. Você deveria estar sentado aqui com a doce e inocente Winnie Baker.

— Winnie não é minha coprotagonista. Você é. E você rouba a porra da cena no melhor sentido possível. Fãs de Natal de todo o mundo vão adorar você. Cinco estrelas de Belém. Contracenaria de novo.

Bee baixou as mãos e revelou as bochechas bem rosadas, das quais parecia um pouco envergonhada. Ela tossiu de leve, ajeitou o roteiro em cima da mesa e, então, murmurou alguma coisa que parecia *obrigada cala a boca.*

Sorri e a cutuquei com o pé por baixo da mesa.

— É verdade. Vou lembrar você disso todos os dias, se precisar.

De algum modo, consegui me comportar pelo resto da minissessão de ensaio. Mesmo depois de ela mudar de posição e encostar o joelho no meu, e o calor de sua pele atravessar minha calça jeans. Mesmo depois de ela abrir um sorriso de despedida que, de tão grande e brilhante, dava a sensação de que o verão tinha chegado em Christmas Notch.

Eu me perguntei se ela tinha sorrido daquele jeito para a pessoa com quem tinha passado a noite.

Eu me perguntei se a pessoa tinha se sentido capaz de mover montanhas depois.

Enfim, eu me comportei, o que foi muito bom, porque só quando voltei ao quarto digeri completamente o fato de que Bee não havia mencionado nada sobre pornô ou Bianca von Honey quando estava explicando por que estava ali. Inclusive, que eu lembrasse, ninguém havia mencionado nada sobre isso — nem Pearl, nem Steph, nem Teddy.

O que devia significar que *eles* não sabiam.

O que significava que era um segredo.

O que significava que, assim como eu, ela estava tentando impedir que o passado atrapalhasse seu futuro.

CAPÍTULO OITO
Bee

Nolan Shaw tinha um lado sensível. Um lado sensível e um coração mole. E suas palavras de incentivo eram tudo em que eu conseguia pensar enquanto entrava, um pouco saltitante, no departamento de figurino, onde Luca estava abraçado a uma prancheta enquanto avaliava uma arara de roupas extremamente normais e Angel estava sentado atrás do caixa falso da loja de brinquedos falsa com os pés apoiados no balcão falso.

— Pois é, o término deles está se tornando o divórcio pornográfico do século — dizia Angel, mexendo avidamente no celular. — É, tipo, dez vezes pior do que quando meus pais se divorciaram. Pelo menos minha mãe deixou a Tio Ray-Ray praticamente intacta.

— Sua mãe produz programas de entrevistas diurnos — disse Luca. — Ela deve ter pagado para Teddy ficar com a produtora pornô.

— Término de quem? — perguntei enquanto mexia no vestido etiquetado como MONTAGEM NOTURNA DOS TEMPOS MODERNOS DE FELICITY.

Era um vestido de veludo na altura dos joelhos com uma gola de Peter Pan e um casaco de lã marfim complementado com meias-calças pretas e um cachecol vermelho. Era fofo. Nada que eu usaria normalmente, mas fofo.

— Gostou? — perguntou Luca. — Parece a roupa de uma virgem que viaja no tempo?

— Com certeza — eu disse enquanto tirava o casaco.

— Jack Hart e Levi Banks — disse Angel com um suspiro. — A situação está ficando feia.

Franzi a testa. Jack e Levi estavam juntos desde o começo da minha carreira pornô e, no ano anterior, tinham se casado em uma cerimônia enorme em que os dois usaram ternos jeans à la Britney e Justin. Inclusive, tinham planejado a cerimônia para o mesmo fim de semana do AVN Award, depois de Levi ser esnobado pelo segundo ano consecutivo, e a festa deles encheu mais do que o *after* do AVN no Virgin Hotel em Las Vegas. A indústria pornográfica não havia recebido nada bem a notícia do término.

— Pensei que a separação tinha sido amigável.

— Não é o que diz o último post de Jack no Instagram — disse Luca. — Pense assim. Se essa fosse uma briga pela guarda, parece que Levi levou tudo, até o cachorro.

— Miss Crumpets?

Coitado do Jack... eita porra, *Jack*! Arfei e peguei o celular.

— Merda — falei.

— O que você esqueceu? — perguntou Luca enquanto abria a porta do provador improvisado.

— Só preciso mandar uma mensagem.

Entrei com o figurino e comecei a digitar uma mensagem para Jack. Eu sabia que estava esquecendo alguma coisa quando viajei. Eu tinha tirado o mês de dezembro inteiro de férias. Passei o ano todo me organizando para aquilo. Seria o mês em que eu aprenderia a fazer bolos ou iria a um restaurante do outro lado da cidade só porque estava a fim. Até que, algumas semanas antes, Jack me ligara, dizendo que estava desesperado atrás de uma parceira de cena para um trabalho que havia arranjado. Ele não dera muitos detalhes, mas Jack tinha me tirado de uma situação ruim quando eu estava começando, então eu tinha uma dívida com ele. Além disso, eu me sentia mal pelo divórcio.

Eu: Ei, espero que você esteja bem. Sei que as coisas não estão fáceis agora. Mil desculpas por isto, mas estou em Vermont (longa história), e vou ter que remarcar nossa filmagem. Te mando mensagem quando voltar.

— Tudo bem aí dentro? — perguntou Luca.
Joguei o celular na pilha de roupas que havia despido devagar.
— Tudo! Tranquilo.

Cobri o rosto com as mãos, tentando segurar a gargalhada ao ver Nolan.
— Ora, vamos — disse ele, tocando o cabelo enquanto Denise, a cabeleireira, tirava as mãos dele. — Não está tão ruim assim.
Eu tinha encontrado Denise em algumas filmagens para a Tio Ray-Ray, e todas as vezes eu tinha que me apresentar de novo, então preferi nem me dar ao trabalho. Denise tinha uma energia de mãezona suburbana. O cabelo acaju e volumoso era cacheado por um permanente, e o conjuntinho esportivo dava um ar de *eu tenho uma van e não tenho medo de usá-la*.
— Quando você for pago para mexer no cabelo — disse ela —, vai poder mexer. Até lá, ele é meu.
Nolan se afundou na cadeira. Suas mechas normalmente rebeldes tinham sido lambidas e repartidas de modo que...
— Você parece um político republicano — falei sem pensar.
Ele colocou a mão no peito, magoado.
— É pela *arte*, Bee. A arte que vai me mandar um belo cheque nem um pouco artístico. Pode ser uma surpresa, mas até ex-membros de *boybands* precisam de plano de saúde acessível.
— Atrizes pornô também — murmurei.
— O que você disse?
— Atrizes desempregadas também — eu disse com um sorriso.
— Bom, você está parecendo uma bibliotecária.
Ele deu um tapinha na cadeira dobrável ao lado dele e, pela primeira vez, vi que a parte de trás da cadeira tinha meu nome estampado.

Procurei o celular nos bolsos fundos do casaco que tinha comprado na loja minúscula da cidade, um casaco muito mais adequado ao dezembro de Vermont do que o que eu havia trazido de Los Angeles.

— É meio nerd eu tirar uma foto disso? — perguntei, empolgada.

Ele sorriu.

— Está de brincadeira? Seu nome numa cadeira? É foda.

Ergui o celular.

— Fala "foda".

— Foda — ele disse, com um sorriso largo e caloroso.

Antes que eu esquecesse, enviei a foto para Sunny. Ela ficaria maluca.

Eu me ajeitei e consegui encaixar o quadril na cadeira inclemente com um resmungo.

— Minha bunda não foi feita para essa cadeira.

Ele balançou a cabeça, sem se incomodar.

— Não, é a cadeira que não foi feita para sua bunda.

Tentei engolir em seco, mas minha garganta apertou de repente, minha língua parecia grossa demais, e eu não conseguia formar palavra nenhuma. Então, só deixei que o comentário pairasse entre nós, tirando aos poucos o ar de meus pulmões enquanto ondas de desejo passavam sobre mim. Será que Nolan Shaw curtia bundas? Será que ele curtia a minha bunda?

Alguns momentos depois, Gretchen veio em nossa direção.

— Vocês estão lindos — disse. — Hoje só queremos alguns momentos bem lúdicos para a montagem. Vamos gravar um pouco na lanchonete e depois partir para algumas cenas de rua. Não quero manter vocês dois acordados até tarde porque começamos cedo amanhã. Finalmente conseguimos substituir quase toda a equipe técnica, então estamos prontos para avançar em um ritmo mais rápido a partir de amanhã cedo.

Eu e Nolan concordamos com a cabeça. Gretchen sempre parecia estar no controle, mesmo quando não estava, e havia algo de muito tranquilizador nisso. Ela era como aquela amiga que sempre se oferecia para ser a motorista da rodada.

— Nolan, hoje deve ser fichinha para você. Uma montagem é apenas um clipe — disse ela.

Ele concordou, confiante, e nós dois fomos guiados para dentro da lanchonete, que estava decorada para o Natal em tons de vermelho e prata. Todos os figurantes lá dentro estavam encapotados com cachecóis e toucas, e as garçonetes usavam patins com rodinhas vermelhas e brancas e vestidos nas mesmas cores.

Quando nos sentamos à mesa, aquelas de cabine, fiquei grata pelo trabalho da noite ser leve. Depois do comentário de Nolan sobre minha bunda, meu cérebro dificilmente conseguiria concatenar uma frase.

Fazia só alguns dias que tínhamos começado. Eu não fazia ideia de como sobreviveria às semanas seguintes sem implodir, e sinceramente não sabia se minha siririca da véspera tinha melhorado ou piorado a situação.

— Bee? — chamou ele. — Precisam saber se você é vegetariana.

— Hm?

Balancei a cabeça, tentando afastar as lembranças safadas e perturbadas da Bee adolescente.

— Para as batatas fritas com chili — esclareceu Noah.

Sorri para o aderecista, que estava esperando pela minha resposta sem muita paciência.

— Hm, não. Sou uma vegetariana fracassada. Talvez um dia dê certo.

— Não precisa engolir — disse ele, dando de ombros. — Pode cuspir, se precisar. É só dar uma mordida para a câmera.

Ele saiu andando pelo corredor estreito.

Nolan ergueu o queixo.

— Ele acabou de...? Foi meio...?

Eu me inclinei para fora do banco e observei o cara do outro lado do restaurante. Pensando bem, ele me era vagamente familiar. Devia ser alguém da equipe de Teddy.

— Pareceu safadeza, sim — eu disse, rindo.

— Uma vegetariana fracassada, hein? — perguntou Nolan.

— Costumo me comportar em Los Angeles, mas o churrasco do Texas acaba comigo toda vez.

— Inferior — ele tossiu na mão.

— Como é que é? — questionei, cruzando os braços na defensiva.

— Escuta — disse ele, estendendo a mão sobre a mesa para tocar meu braço com delicadeza. Senti o calor da ponta de seus dedos através do veludo da manga e contive um suspiro trêmulo. — Não é culpa sua que você passou a vida inteira perdida e nunca sentiu o poder do evangelho do churrasco do Kansas dentro de si, mas nunca é tarde para aceitar nosso Senhor e Salvador, Z-man Cristo, em seu coração e seu estômago.

— Z-quem? — perguntei.

Ele ficou de queixo caído.

— Z-man. Simplesmente o melhor sanduíche conhecido pela humanidade. Peito bovino na brasa, provolone defumado, pãozinho austríaco, anéis de cebola e molho do Joe's Kansas City Bar-B-Que. A perfeição.

Afastei a ideia com a mão e revirei os olhos.

— O churrasco do Texas não precisa de pão. De tão bom que é.

Ele recuou, ferido, e abriu a boca para argumentar, bem quando uma montanha de batatas fritas com chili foi colocada entre nós.

Enquanto começávamos a filmar tomada atrás de tomada, eu e Nolan alternamos entre dar batatas fritas na boca um do outro. De tantos em tantos minutos, trocavam nosso prato por uma montanha nova.

— Nunca mais vou ver batatas fritas com chili do mesmo jeito — disse Nolan entre uma cena e outra.

— Tá — disse Gretchen, se sentando ao meu lado no banco de repente. — Tive uma ideia. Que tal tentar um momento meio *A dama e o vagabundo* com as batatas?

Olhei para Nolan, que deu de ombros.

— Acho que pode ser — respondeu ele.

Apontei para o lado dele.

— Vou para lá ou…

Gretchen se levantou.

— Nolan, venha se sentar com Bee. Nossa, estou adorando como ela fica nessa luz. — Ela se voltou para ele. — Ela não está perfeita nessa luz?

Ele pigarreou e se sentou ao meu lado.

— Está, sim — disse, inexpressivo.

Ficamos sentados por um momento, de quadris encostados, esperando uma instrução.

— Talvez um abracinho? — sugeriu Gretchen, atrás da câmera.

Nolan fez que sim e passou o braço sobre meus ombros. Não, não, não. Era o duque. O duque e Felicity. O duque passou o braço sobre os ombros de Felicity.

— Tudo bem? — perguntou.

Fiz que sim com a cabeça, porque as palavras… estavam difíceis de formar.

— Não sei qual batata escolher — disse ele, um tom de pânico na voz.

— Melhor escolher uma boa — sussurrei.

— Silêncio no set! — gritou Gretchen ao mesmo tempo.

Com um sorriso malandro, Nolan puxou com cuidado uma batata do meio da pilha como se estivesse jogando pega-varetas.

Ele a ofereceu para mim enquanto pressionava meu ombro, puxando-me para mais perto.

Quando coloquei a batata na boca, ele mordeu a ponta oposta, com uma gargalhada. Nós dois continuamos a morder a batata até os dentes dele estarem tão perto dos meus lábios que eu senti o estalo de seu maxilar.

Seu lábio inferior tocou no meu e, apesar do hálito de batata com chili, das câmeras e do aderecista cuja única experiência provavelmente era com consolos e lubrificante, arfei na boca dele.

Eu me sentia descontrolada.

— Corta! — gritou Gretchen.

Puta que pariu, graças a Deus.

Depois da cena do jantar, eu e Nolan fomos guiados ao redor da praça pela equipe técnica. Andamos pela calçada, voltamos, andamos de novo, voltamos, andamos de novo, e assim por diante. Logo comecei a ver como partes daquele trabalho poderiam ser entediantes. No pornô, tínhamos que prestar atenção à câmera, sem dúvida, e às vezes era preciso refazer um gemido específico ou uma mudança de posição para que a câmera certa o capturasse. Mas, de modo geral, filmar sexo era bem simples. A tomada não tinha que ser perfeita, desde que desse tesão.

Um pouco depois das onze da noite, Gretchen encerrou e nos liberou para tirar o figurino, o penteado e a maquiagem.

— Você está indo muito bem, Bee — sussurrou ela, com uma piscadinha, antes de eu sair.

Talvez ela só estivesse sendo gentil, ou talvez fosse sincera, mas, seja como for, suas palavras provocaram algo mágico em mim. Notei que eu andava com a cabeça mais erguida enquanto caminhava para o departamento de cabelo e maquiagem. Divaguei e me permiti imaginar como seria se *aquele* fosse meu trabalho. Eu me odiei um pouco por isso. Parecia uma certa traição — contra mim e contra todos os profissionais do sexo que eu amava e respeitava —, mas havia algo de maravilhosamente simples em ter o tipo de trabalho que avós poderiam explicar facilmente para os amigos. E esse era um pensamento que eu não conseguia esquecer.

Depois de estar de volta em minhas roupas normais, a van levou alguns de nós, incluindo Nolan, de volta à pousada. Quando chegamos, Luca e Angel saltaram para fora assim que a van parou.

— Alguém quer fazer uma viagem ao Polo Norte? — perguntou Angel.

— Eu! — cantarolou Luca. — Bee, você topa?

Balancei a cabeça enquanto olhava a hora no celular.

— Hm, é quase meia-noite e começo amanhã às seis, o que significa que vocês devem começar pelo menos às cinco.

Angel revirou os olhos e puxou Luca para o bondinho.

— Exato, o que significa que mal deve dar tempo para dormir, então por que tentar?

— Boa noite, Ronald — disse Luca ao motorista com uma grande reverência enquanto as portas se fechavam atrás deles.

— Não é melhor contar que não é assim que funciona o sono? — perguntou Nolan.

Suspirei.

— Não acho que faria diferença.

— Eu gostaria de saber que Polo Norte é esse — comentou ele.

— Você acreditaria em mim se eu dissesse que é uma boate de strip natalino?

Ele abriu a boca em um leve O admirado.

O celular começou a vibrar em minha mão, me distraindo da expressão divertida de Nolan, e a foto de Jack Hart de cuequinha minúscula e chantili nos mamilos, tirada em sua despedida de solteiro, iluminou minha tela.

— Hm, preciso atender — eu disse rápido.

— Boa noite. Até daqui a algumas horas — disse Nolan atrás de mim enquanto eu apertava o casaco ao meu redor e saía da proteção da garagem.

Deslizei para aceitar a videochamada e o rosto embasbacado de Jack me cumprimentou imediatamente com um volume alto ao questionar:

— E por que você está na porra de Vermont e não vai sentar na minha rola esta semana como combinamos?

Levei o dedo aos lábios, silenciando-o, e olhei para trás, torcendo para Nolan já ter entrado.

— Dá para parar com isso?

Abaixei o volume o máximo que dava sem colocá-lo no mudo. Não apenas Jack falava alto, como a neve tornava o ambiente extremamente silencioso.

— Quem tem que parar com isso é você — retrucou ele.

Eu amava Jack, e eram poucas as pessoas que poderiam dizer o mesmo, mas até eu admitiria que ele às vezes era bem mala. Era de se entender. Ele era um dos poucos atores homens que realmente faziam pornô gay e hétero. Há quem pense que uma indústria que se baseia em filmar pessoas transando seria bem aberta e acolhedora, mas, quando se tratava de homens no pornô, não eram muitos que faziam essa travessia. O ex-marido de Jack, Levi Banks, era o rei do pornô entre homens. Seu site, The Cockery, era tão popular que houve boatos de que vários grandes serviços de streaming tradicionais estavam tentando comprá-lo.

Dizer que eles eram um par complicado era até pouco.

— Sei que é um mau momento — eu disse — e juro que vou compensar você quando voltar à cidade, mas estou aqui trabalhando em uma coisa para Teddy.

Isso o silenciou por um momento enquanto ele digeria a informação.

— Teddy Ray Fletcher? Teddy mandou você para filmar um pornô em Vermont? Teddy não viaja nem com os filhos dele nas férias.

— Não é verdade — eu disse, em defesa de Teddy. — Ele levou Angel e Astrid para aquele cruzeiro no verão passado. Teddy teve uma intoxicação alimentar, Angel partiu o coração do salva-vidas e Astrid ficou em primeiro lugar na competição de karaoke.

— Cruzeiros não contam como férias. É que nem um acampamento, mas em um barco com gente que você não conhece nem curte, e a comida é igualmente ruim — disse Jack, enfático. — Enfim, por que Teddy levaria você para Vermont? Tem alguém em Vermont que assiste a pornô, por acaso? Não responda.

— Tem gente que assiste a pornô em qualquer lugar — eu disse, dando de ombros. — E não é pornô… é uma parada. É uma parada sobre a qual não posso falar, e eu não teria dado um bolo em você se não fosse importante.

Ele pensou por um momento antes de balançar a cabeça.

— Você precisa voltar. Você precisa voltar esta semana. Não tem nenhum dia de folga dessa sua parada secreta que não é pornô em Vermont?

— No mês que vem — eu disse de novo. — Prometo.

— Ninguém quer dar para mim — exclamou. — E no mês que vem já vou ser um cinquentão em anos pornô e virar completamente irrelevante.

— Bem, você não é a praia de todo mundo, né — eu disse, sem muita convicção.

Havia os homens gays que não queriam trabalhar com um cara que também comia mulheres, e havia as mulheres que não queriam dar para um cara bissexual, e também havia as pessoas que só não queriam dar para Jack Hart porque, como eu disse, Jack Hart podia ser bem mala. Então, embora ele tivesse muitos fãs, a lista de parceiros de cena em potencial de Jack ia diminuindo.

— Não é esse o problema — ele disse. — É Levi. Ele está fazendo minha caveira. Está ligando para todo mundo, Bee. Atores. Estúdios. Produtores. Diretores. Quem quer que dê ouvidos, e é muita gente. Se eu não arranjar logo trabalhos novos pós-divórcio, vou virar *persona non grata* antes que você consiga dizer "*glory hole* de Berlim".

— Vou ver se arranjo alguém para me substituir — sugeri. — Que tal…

— Não se atreva a dizer Sunny — disse ele. — Nem pronuncie o nome dela.

— Acho que você ainda está chateado pelo lance da sua mãe.

— Nem. Fale. Disso — retrucou, entredentes.

Não era culpa de Sunny que, depois do casamento de Jack, ela levou para casa uma gata grisalha deslumbrante que, por acaso, era a mãe de um dos noivos.

— Bee, não sei o que é que você está fazendo aí para Teddy, mas, se você ferrar comigo, vou acabar com você. Você sabe disso.

E então ele desapareceu, terminando a ligação antes que eu pudesse dizer mais alguma palavra.

Guardei o celular no bolso do casaco e soltei um gemido feroz. Eu odiava aquela sensação. Todas as mentiras, as meias-verdades e as identidades secretas estavam apertando meu peito, pesando sobre mim.

— Bote tudo para fora — disse uma voz atrás de mim.

Dei meia-volta e vi Pearl deitada, de olhos fechados, em um saco de dormir prateado que lembrava vagamente um traje espacial, posicionado no meio da grama nevada na frente da pousada.

— Pearl, não vi você aí! Você está bem? O que está fazendo aqui fora? Está um gelo.

Ela cruzou os braços no peito, como se estivesse deitada no caixão.

— É lua cheia — disse. — Saí do set um pouco mais cedo para modificar a última página do roteiro e me recarregar sob a lua cheia.

Ao dar um passo para mais perto, notei os cristais ao redor dela.

— Parece gostoso — admiti. — Mas você não está congelando?

— A Mãe Lua me aquece — disse ela, solene.

— Certo, bom, tomara que eu não tenha incomodado você com meu telefonema.

Tomara mesmo, de verdade.

Ela balançou a cabeça.

— Eu estava tentando uma projeção astral, então meus sentidos estavam ocupados.

Relaxei os ombros de alívio.

— Tem certeza de que está bem aqui fora?

— Tem certeza de que está bem aqui fora? — ela me imitou.

Eita. Essa doeu um pouco. Olhei para ela por mais um longo momento antes de decidir acreditar que ela não tinha ouvido minha conversa com Jack. Onde quer que estivesse mentalmente, ali é que não era.

— Certo, então, boa noite, Pearl.

— Fique bem! — disse ela enquanto eu voltava à pousada.

Ao entrar no saguão, encontrei Gretchen sentada perto da lareira com um caderno.

Apontei para trás com o polegar.

— Hm, Pearl está...

— Deitada na neve congelante. Pode deixar, eu sei. — Ela olhou o relógio. — Vou dar mais cinco minutos para ela cozinhar ou sei lá.

Dei risada.

— Vocês formam um bom casal.

O olhar de Gretchen vagou para a janela na direção de Pearl.

— Ela é poeta, sabia? — disse, a voz mais suave do que eu já tinha ouvido. — Foi assim que nos conhecemos. Encontrei um livreto dela em uma livrariazinha, e fiquei completamente cativada por suas palavras etéreas... e estranhas. Era como estar no sonho de outra pessoa. — Um sorriso, tão suave quanto sua voz. — Eu tinha que conhecê-la, e o resto todo mundo já sabe. Ela leva minha cabeça para as nuvens e eu coloco os pés dela no chão. Funciona.

— Deve ser incrível traduzir as palavras dela para o cinema, então.

Ela ergueu um ombro, ainda olhando para a namorada na neve.

— Eu adoro filmes de Natal, confesso, mas isso também é um pouco mais prático para Pearl. Não tem plano de saúde para poetas, sabe? Mas para roteiristas é outra história.

— Sei bem como é — eu disse.

Apólices de seguro acessíveis para estrelas pornôs não cresciam em árvores.

Gretchen finalmente se voltou para mim.

— Estava tudo bem lá fora? Pareceu um telefonema bem intenso.

Minha mão voou instintivamente para o bolso que guardava o celular.

— Ah. Não foi nada. Só... um amigo em crise.

— O mundo nunca está em paz, né? Até num lugar como Christmas Notch, o caos nos encontra.

Fiz que sim com a cabeça, uma tensão apertando meu peito.

— Boa noite, Bee. Você foi perfeita hoje.

Ela era tão boa. Tão gentil. Não era justo com ela que algo tão simples como minha identidade pudesse pôr um fim em tudo aquilo.

— Boa noite — eu disse enquanto pisava na escada, finalmente baixando a guarda.

Meu coração batia forte no peito ao compreender de verdade que eu era um risco para a produção toda. Não apenas para Teddy, mas para Pearl e Gretchen, que havia trabalhado tanto para ser levada a sério depois de anos sendo descartada como nada além de uma estrela mirim.

E Nolan. Eu não conseguia entender por que ele faria um trabalho como aquele, um filme de Natal bobo para a Hopeflix. Mas ele estava ali por um motivo, e minha simples presença poderia estragar tudo. Para ele. Para todo mundo.

CAPÍTULO NOVE
Nolan

— Ficou linda a guirlanda na porta, mãe — eu disse enquanto apoiava o celular no parapeito da janela para ela me ver. Pela janela, vi Gretchen chamando Pearl para dentro. — Parece coisa de revista.

— Já fiz melhores — disse minha mãe com um suspiro. — Meu arame floral acabou no meio.

— Gostei da assimetria — eu disse enquanto desenrolava um pouco de linha.

Na minha frente estava o camisolão brocado que o duque usaria no dia seguinte, quando ele e Felicity seriam trazidos de volta ao presente. Eu queria usar um camisolão desde que vira o lendário Bruce Roach arrasando na apresentação de *Conto de inverno* no Shakespeare in the Park, mas isso foi antes de eu conhecer Luca. Antes de saber que, para usar um camisolão, eu tinha que refazer a barra toda e recosturar os passadores do cinto à mão para caber em mim.

Pelo menos Luca havia se compadecido e me deixado usar sua máquina de costura para a barra.

— E vi um monte de guirlandas assimétricas pelo Instagram e tal — garanti a ela. — Você anda bem moderninha para uma senhora de idade.

Ela soltou uma risada. Estava um pouco sem graça, mas ainda assim parecia muito melhor do que no domingo à noite.

— Eu tento. Agora me mostre esse camisolão de novo. Sua agulha é grossa o bastante para essa merda aí?

Minha mãe era como uma Martha Stewart de boca suja. Era ela quem tinha me ensinado a costurar quando eu estava na escola, já que todos os nossos figurinos vinham diretamente da lixeira do programa de teatro dos alunos mais velhos. Também tinha sido ela quem me ensinara a pintar, a transformar achados aleatórios de brechó em adereços incrivelmente específicos, a jardinar, a cozinhar, a fazer centenas e milhares de coisinhas incríveis que faziam do mundo um lugar mais doce e interessante.

Ela também era a mãe que levava pizza e refrigerante para todo mundo durante as longas noites no teatro, que dava carona para todos os alunos cujos pais não conseguiam buscá-los nos ensaios, que guardava todos os programas das minhas peças como lembrancinhas e me ajudava a lavar a cola das sobrancelhas depois de uma longa noite de maquiagem de efeitos especiais. E, quando eu um dia mostrara para ela um anúncio impresso do teste de elenco para um reality show de *boyband* em Los Angeles e dissera que eu e Kallum iríamos, foi ela quem convenceu a mãe superprotetora de Kallum a deixar que ele fosse, nos levou de carro para a Califórnia e cuidou para que tivéssemos Gatorade e barrinhas de cereal de sobra durante os dias de testes de dezesseis horas.

Ergui o camisolão na frente da câmera do celular, e ela se inclinou, estreitando os olhos para o brocado.

— E você não consegue convencer o figurinista a fazer isso? — perguntou, olhando criticamente para o tecido.

— Ele está numa boate de strip — resmunguei enquanto passava a linha na agulha.

— E você não está com ele na boate?

— Mãe! — eu disse. — Eu parei com isso! Não faço mais essas coisas!

Ela me lançou um olhar cético.

— Estou falando sério — prometi. — Sou um verdadeiro santo, e tem até uma pessoa de quem eu gosto aqui e tal.

Talvez fosse um erro contar isso para April Kowalczk, porque o rosto dela assumiu imediatamente uma expressão de Mãe Enxerida.

— Aah, alguém de quem você *gosta*, é?

— Mãe.

— O que foi? Não posso querer que meu filho pare de levar meninos e meninas às escondidas para o quarto como se fosse um adolescente? Não posso querer que ele sossegue com uma pessoa boa?

Baixei a cabeça sobre o camisolão para que ela não me visse morder o lábio. Embora Bee fosse incrivelmente sexy e também esperta, engraçada e perspicaz na vida real, eu sabia que a maioria das pessoas não consideraria uma estrela pornô *uma pessoa boa*. Minha mãe provavelmente consideraria... mas Steph, não.

Nem os produtores de um programa de competição de canto.

— Sabe — disse minha mãe, e ouvi certa cautela em sua voz. — *Se* você conhecer alguém, quero que saiba que não tem problema você se mudar.

Ergui os olhos para a tela, tentando interpretar o rosto dela.

— Mãe...

Ela desviou o rosto, e vi o brilho de lágrimas em seus olhos, súbito como uma chuva de verão.

— Mãe — eu disse de novo, suavemente. — Estou feliz em casa, juro. E quem sabe? Se eu conseguir mais coisas depois desse filme, vou viajar muito de todo modo, e não faria sentido me mudar.

Eu não falei do verdadeiro motivo para eu morar com elas: minha mãe e Maddie precisavam de todo o dinheiro que eu ganhava em meu trabalho bosta no teatro. Minha mãe mal sobrevivia com sua previdência e a tímida pensão que meu pai deixara.

Eu também não falei do *outro* verdadeiro motivo para eu morar com elas, que era o fato de minha mãe precisar de mim. Nem sempre, e nem mesmo com muita frequência. Mas, quando ela precisasse de mim, eu queria estar por perto.

Uma lágrima escapou, e ela a secou rapidamente.

— Certo — disse, com uma voz que indicava que queria mudar de assunto. — Bom. Se você quiser. Só saiba que pode. Vou ficar bem. Mesmo depois que Maddie for para a faculdade, vou ter Barb. — Ela abriu um leve sorriso. — E Snapple.

— Snapple é melhor do que qualquer filho — concordei, voltando-me para o brocado sobre o colo antes de fazer a pergunta seguinte. — Como está se sentindo com as dosagens novas?

— Bem — disse ela, baixo. — Estou me sentindo melhor do que no domingo.

Eu achava que aquela era a coisa mais cruel do transtorno bipolar: nada funcionava para sempre. Nenhum medicamento, nenhuma dose, nenhuma rotina. Minha mãe dizia que era como andar na corda bamba, em que cada passo era ligeiramente diferente do anterior e às vezes você tinha que parar e dar uma segurada até recuperar o equilíbrio. Mas ela gostava de me lembrar que às vezes a vista do alto da corda era incrível.

— Se precisar que eu volte para casa… — comecei, mas ela já estava balançando a cabeça.

— Não fiquei mal porque você viajou — disse, com firmeza. — E estou me sentindo melhor agora. Fiz uma guirlanda hoje, lembra?

— Eu e você sabemos que você fez aquela guirlanda para se livrar de Barb.

Barb era uma mulher encantadora com um coração cheio de bondade, mas era o tipo de pessoa que estava acostumada a trabalhar sessenta horas por semana e, na aposentadoria, costurava uma manta de retalhos inteira todo mês. Ela parecia achar que a cura para a depressão era se manter ocupada e, por isso, vivia incentivando minha mãe a construir coisas ou cozinhar ou fazer trabalho voluntário no jardim comunitário perto de casa. Ela era bem-intencionada, mas também era exaustivo ter que explicar vezes e mais vezes que *não era assim que a depressão funcionava*.

Minha mãe abriu um sorrisinho, dessa vez mais sincero.

— É, sim. Talvez.

— Amanhã você me conta do retorno com o dr. Sam? — pedi. — E, se precisar ligar ou conversar em algum momento e não conseguir falar comigo, Kallum pode ir a qualquer hora.

— Eu sei, eu sei. — Ela abriu outro sorriso sincero. Era cansado e eu via a tensão da semana em seus olhos, mas ainda assim era um sorriso genuíno de April Kowalczk. — Pare de se sentir culpado. Estou feliz por você estar aí, fazendo isso. Vou ficar bem, juro.

— Tá — eu disse, cheio de remorso.

Se eu soubesse o péssimo contrato que o INK estava assinando com nosso antigo empresário; se tivesse controlado melhor o dinheiro que recebi; se tivesse mais talentos ou mais diplomas ou mais *alguma coisa*.

Se eu tivesse sido como Isaac e seguido uma carreira pop solo de sucesso em vez de jogado tudo fora sem querer na Olimpíada de Duluth.

Mas eu não podia voltar atrás e mudar o passado. Só me restava consertar o futuro.

Apenas algumas horas depois de pegar no sono — que queime no inferno dos brocados a pessoa que inventou os camisolões —, meu celular me acordou com um som como se eu fosse um submarino que tinha acabado de ser atingido por um míssil.

— Merda, caralho, merda — balbuciei, o coração acelerado enquanto eu estapeava o celular, tentando fazer com que se calasse.

Finalmente consegui, olhei para a janela, onde ainda parecia meia-noite, e, por um breve momento, odiei minha vida. Se havia algo de bom no teatro profissional, era o fato de ser mais noturno. Essas madrugadas de filmagem eram um *saco*. Ainda mais quando eu acordava com um pau duro que parecia pronto para a guerra.

E, claro, quando finalmente me sentei, a primeira coisa que vi foi o frasco de hidratante de biscoito de gengibre na mesinha de canto, provocando-me com sua delícia sedosa com aroma de Natal.

Só precisaria de um pouquinho para eu me sentir *muito* melhor…
Não! *Não*.

Saí da cama e corri para um banho morno — testei um banho frio, mas estava tremendo demais para lavar o cabelo —, e tentei criar forças para mais um dia implementando o Componente Zero Orgasmo de minha Estratégia Bee. Porém, só conseguia pensar no lábio inferior dela contra o meu na noite anterior, enquanto dávamos uma de Dama e Vagabundo naquela batata frita com queijo, e na barra do vestido dela que esvoaçava em torno das coxas grossas enquanto andávamos pela praça.

Na sensação de abraçá-la e acariciar a língua dela com a minha na Mansão Frostmere…

Posso ajudar vocêêêêê, o hidratante de biscoito de gengibre chamou na mesa. *Me deixe resolver isso com o toque macio e maravilhoso do aroma de gengibre e canela. Deixe que eu seja o bálsamo festivo de seu pobre, dolorido e latejante...*

Fui andando até a mesinha, peguei o frasco e o tranquei no cofre embaixo da cama, onde seu canto de sereia seria silenciado. Por ora.

Consegui me vestir, peguei minhas coisas, incluindo meu camisolão recém-ajustado, e me dirigi à loja de brinquedos de mentira. Tudo com uma ereção furiosa que só se acalmou em uma meia bomba quando encontrei a bandeja de folhados e servi meu café da manhã.

Luca não estava lá, o que não era uma surpresa, e, depois de o cabelo e a maquiagem me transformarem em um duque vitoriano, vesti meu figurino sozinho. Uma calça escura justa e uma camisa bufante sob o camisolão, acinturado com firmeza para me proteger do frio.

Quinze minutos antes do horário, eu estava na praça da cidade, onde Felicity e o duque seriam lançados para o tempo presente. Parei perto de um dos aquecedores portáteis e observei Pearl escrever furiosamente em um caderno, depois riscar o que havia escrito e, então, rabiscar algo novo. Eu queria muito, muito mesmo, que fosse a última página do roteiro, já que ninguém fazia a menor ideia de qual seria o verdadeiro sentido do Natal.

Cammy, a assistente, estava correndo de um lado para o outro para fazer o filme acontecer, mas em algum momento ficou claro que o filme *não* poderia acontecer, porque estávamos sem Bee.

— Alguém a viu na pousada hoje? — perguntou Gretchen enquanto Cammy tentava ligar para o celular de Bee.

— Eu vi — disse um dos câmeras. — Ela estava a caminho da loja de brinquedos.

— Ela chegou a ir à loja de brinquedos — disse Denise —, porque fez o cabelo e a maquiagem antes de Nolan. Ela disse que procuraria Luca para que ele a ajudasse com o figurino.

— Vou atrás dela — ofereci. — Deixei minha garrafa d'água lá dentro mesmo.

Bem nesse momento, uma rajada de vento ameaçou soprar papéis e copos para todo lado. Fui ignorado enquanto todos os outros se esforçavam para recuperar suas coisas, então desci a rua até a loja de brinquedos e entrei.

— Tem alguém aí? — chamei, pensando que ouviria a risada de Bee ou o som de mais um podcast *Crime real na patinação no gelo*.

Não ouvi nada. A sala de cabelo e maquiagem estava vazia. O *lugar inteiro* parecia vazio.

— Bee? — tentei de novo e, dessa vez, ouvi um barulho abafado no fundo do espaço. Passei pelas mesas de maquiagem e pelas pilhas de bolsas e araras de figurino até a porta, em que bati. — Bee? Você está aí dentro?

— Sim — veio a resposta fraca e desanimada. — Nolan, é você?

— *C'est moi*. Luca está aí com você?

— Não — resmungou. — Ele não apareceu hoje cedo. E preciso... preciso de uma segunda pessoa para este figurino.

Meu pulso se acelerou, o sangue atravessando as veias com o dobro de velocidade.

— Você precisa de ajuda para se vestir?

— Argh. Preciso.

Tentei invocar todo o pseudoprofissionalismo que eu meio que tinha.

— Sabe, meu outro trabalho lá em casa é em um teatro, e ajudo muito com figurinos, especialmente históricos. Eu teria o maior prazer em dar uma mãozinha se precisar.

Ou duas.

— Você tem outro trabalho? — perguntou ela, depois de um minuto. — Por que você precisa de outro trabalho? Não vi você posando em uma cama feita de ouro maciço em um jatinho particular? No encarte de *INKrível*?

— Era um jatinho alugado. — Fiquei contente por ela não ver meu sorriso gigantesco. — Você olhou nossos encartes?

Ela ficou em silêncio, como se estivesse invocando seu direito à privacidade, então não insisti. Embora fosse guardar a informação de que a srta. Beezinha definitivamente era uma ex-fã de INK para me aquecer durante a noite.

— Na verdade, é uma história sem graça, mas a gente assinou um contrato bem bosta quando formamos a banda — eu disse do outro lado da porta. — O nosso empresário tinha controle quase total sobre nosso dinheiro e, um dia, ele desapareceu com tudo. Nessa época, INK já havia acabado, e minha tentativa de carreira solo deu errado...

— Por causa de Duluth.

— Por causa de Duluth — confirmei, apoiando o ombro na porta.

— Então, a única coisa que eu sabia fazer além de cantar, dançar e assinar pôsteres era o teatro. Mas eu sabia que, se tentasse atuar na minha cidade, as coisas ficariam estranhas muito rápido, e eu não queria que as pessoas aparecessem na peça por minha causa, ou que os críticos caíssem matando por causa de um astro pop decadente no elenco, então decidi trabalhar nos bastidores. Como Nolan Kowalczk, em vez de Nolan Shaw, para ser meio discreto.

E tinha dado certo, no geral. Houvera alguns momentos constrangedores — normalmente pessoas esperando depois das peças para tentar me encontrar na saída, para conseguir uma selfie ou um autógrafo. Eu era o segredo mais mal guardado da cena teatral de Kansas City.

Bee demorou um momento para responder à minha explicação, mas finalmente disse:

— Tá. Pode ajudar. Mas tem que prometer que não vai rir.

Girei a maçaneta e abri a porta.

— Por que eu riria... ai, meu Deus.

Não consegui me conter. Comecei a rir. Bee claramente havia tentado amarrar o próprio espartilho, e tinha enrolado os cordões em torno da maçaneta e também do gancho da cortina para apertá-lo. Precisei passar por baixo de uma teia emaranhada de cordões só para entrar no provador.

Ela fez um biquinho adorável quando me endireitei na frente dela.

— Você disse que não ia rir.

— Isso foi antes de eu saber que seria tão engraçado. Não se mexa — eu disse e, devagar, segui os cordões torcidos até a maçaneta, onde desenganchei um dos nós. — Está parecendo um cosplay meio esquisito de Homem-Aranha. Ou *shibari* que deu errado.

Havia um tom de interesse na voz dela quando disse:

— E você sabe o que é um *shibari* que deu *certo*?

Eu não poderia dizer que tinha aprendido assistindo a cenas dela, então me limitei a um som de *hmm* misterioso.

Desenganchei o outro nó da cortina e, então, com a crise resolvida, tive um momento para assimilar o que Bee estava vestindo.

Ou, melhor dizendo, o que Bee *não* estava vestindo. Porque, embora estivesse usando um espartilho em cima, não estava usando nada além de suas roupas íntimas de época embaixo. O que significava que estava usando um shortinho minúsculo de renda preta.

Em algum lugar em meio ao tecido do meu camisolão com a barra recém-feita, meu pau voltou à vida com força total.

— Uh — comecei, com a garganta seca. — Hm. Quer que eu aperte para você agora?

— Sim, por favor — ela disse.

Sua voz também soava estranha? Relaxada *demais*, talvez? Ou talvez ela realmente ficasse relaxada com um semidesconhecido apertando seu espartilho, já que, em seu outro trabalho, as pessoas a viam em estágios variados de nudez o tempo inteiro.

Pigarreei, tentando também parecer relaxado.

— Endireite um pouco os ombros — eu disse. — E lembre de deixar seus, hm, seios apontados para onde você quer.

Eu sabia, depois de anos ajudando artistas nas apresentações do Shakespeare in the Park, que ninguém gostava de ter os peitos apertados com os mamilos para baixo.

Ela riu um pouco, mas fez o que pedi, ajeitando-se ligeiramente, e eu disse a mim mesmo que conseguia fazer isso. Eu conseguia ficar sozinho em um quartinho com Bee, apertando o espartilho dela. Estava tudo bem.

Delicadamente, tirei uma longa mecha de cabelo do ombro dela com a ponta dos dedos para que não ficasse presa, movendo-a para que caísse sobre sua clavícula até o peito. Ela teve um calafrio quando meus dedos roçaram sua pele.

Senti o calafrio até o fundo do estômago.

Trabalhando de maneira metódica, tentando me manter concentrado e não deixar os dedos se demorarem na pele macia sob o rendilhado, apertei em cima e embaixo, chegando ao meio, onde daria uma apertada final e amarraria os cordões.

— Quase lá — eu disse, e ela assentiu.

Enfim, o espartilho estava completamente amarrado, e dei um passo para trás, agradecido por estar usando um manto gigantesco e pesado, que não a deixaria ver a reação do meu corpo por tê-la vestido.

— O que é isso? — perguntou ela, se virando para exibir as duas fitas penduradas na frente do espartilho. — Não é para amarrar também?

— Ah, é — eu disse. — É o cordão de busto. Ajusta o espartilho melhor no peito.

Não havia como amarrar o cordão sem meus dedos estarem perigosamente próximos de seus seios, então não fiz menção para ajudá-la até ela fazer biquinho de novo.

— Tenho medo de fazer errado — admitiu e, então, baixou o queixo para o peito em sinal de convite.

— Tem certeza? — perguntei, meu coração batendo forte.

Eu me senti como se tivesse 15 anos. Que adulto tem palpitações com a ideia de fazer um laço?

Bee abriu um sorriso para mim, um brilho em seus olhos verde-escuros.

— Juro que não tem problema… vivo pedindo para as pessoas fazerem esse tipo de coisa. Como modelo — acrescentou rápido.

— Claro — eu disse. — Modelo. Certo, um segundo.

Dei um passo para perto dela, erguendo a mão para o cordão, que ficava pendurado no centro da parte de cima do espartilho. Tínhamos apertado tanto aquilo que os seios estavam se avolumando e, quando movimentei as mãos para dar o nó, meus dedos roçaram aquelas curvas quentes.

Ela inspirou fundo no mesmo momento que eu, e nossos olhos se cruzaram. Eu poderia ter me afogado nos olhos dela naquele momento, porque eles eram francos, tão, tão francos, tão suaves e curiosos. Não havia desconfiança neles, nenhuma muralha.

Apenas ela.

Sem desviar os olhos, terminei de dar um nozinho no cordão, meus dedos acariciando a pele mais duas vezes até terminar.

— Pronto — eu disse baixinho. — Toda espartilhada.

Ela ergueu os olhos para mim por mais um momento e, então, seu rosto exibiu um toque de pânico.

— *Merda!* — exclamou, virando-se para a mesa onde o restante do figurino estava estendido. — Tenho que usar meias também. Não tenho como me dobrar nesse negócio para calçar a meia.

— Posso ajudar — eu me ouvi me oferecendo. — Posso ajudar você a calçá-las.

Ela voltou os olhos para mim por sobre o ombro, mordendo o lábio inferior rosado. Eu via a indecisão em seu rosto — a necessidade disputando com alguma outra coisa que eu não conseguia decifrar —, até ela fazer que sim.

— Seria ótimo, sim. Desculpa.

— Sem problema — eu disse, tentando manter a calma e não ter um ataque cardíaco. — Luca vai ficar devendo um drinque para todos nós hoje.

— Com certeza — disse ela. — Fico aqui em pé ou...

— Na verdade, se puder se sentar na mesa, facilitaria.

— Mesa. Claro.

Enquanto eu tentava me concentrar em qualquer coisa além do fato de que estava prestes a calçar meias na menina dos meus sonhos eróticos, Bee se sentou na beira da mesa e pegou as meias, que estendeu para mim.

Nossos dedos se tocaram quando eu as peguei, e fiquei orgulhoso por não estarem tremendo. Orgulhoso, digo, até ela abrir as pernas para que eu pudesse ajudá-la mais facilmente e, então, senti um tremor lento por todo o corpo, como se todos os músculos estivessem vibrando por estar próximo dela.

— Acho que Luca pegou do estoque dele — disse Bee depois de um minuto, e me dei conta de que ela estava encarando as meias enquanto eu recuperava a respiração. — Sei que não são historicamente corretas, mas vão caber em mim, e quase não devem aparecer na câmera mesmo.

Ela estava nervosa, talvez. Estava falando mais que o normal, atropelando as palavras em vez de pronunciá-las com o ar ousado e confiante de sempre.

— Vai dar tudo certo — eu disse.

Estava sendo sincero, mas, mesmo que estivesse prestes a calçar meias arrastão fúcsia nela, eu a tranquilizaria, porque não queria que ela mudasse de ideia. Eu não queria que aquele momento surreal e maravilhoso acabasse.

Abri as meias nas mãos — eram compridas, com renda elástica na parte de cima — e olhei para Bee, sentada na mesa, de pernas abertas, o espartilho exagerando cada respiração que ela dava.

Parecia que ela estava sem ar, mas não podia ser, ela não poderia estar realmente sem fôlego perto de mim. Devia ser o espartilho. Certo?

Eu me ajoelhei devagar em uma posição em que conseguiria mais facilmente colocar o pé dela na meia. As unhas de seus pés estavam pintadas em um tom delicado de lavanda, e eu quis beijá-las. Beijar os dedos e o arco do pé, e a dobra do tornozelo e, depois, subir a pernas com beijos lentos...

Por que mesmo eu não tinha usado o hidratante de biscoito de gengibre? Por que achara que me privar de orgasmos facilitaria? Não havia *nada* fácil naquilo, em me ajoelhar entre as pernas de Bianca von Honey enquanto ela estava de calcinha e fingir que não me afetava nem um pouco.

Mordi o lábio e abri melhor a meia para poder calçá-la. Ela prendeu a respiração enquanto eu puxava o tecido sedoso sobre a parte de cima de seu pé, pela curva do calcanhar, e alisava a meia com cuidado pela panturrilha e pelo joelho. Ela levou as mãos à parte de cima da meia enquanto eu a desenrolava, cobrindo as minhas mãos, que estavam presas entre a pele macia da coxa dela e o tecido da renda. Ergui os olhos para ela, e ela baixou os olhos para mim, nenhum dos dois parecendo respirar.

Ela não me falou que conseguia ajeitar a parte de cima da meia sozinha. Não empurrou minhas mãos.

Em vez disso, com nossos olhos fixados um no outro, ela manteve as mãos enroscadas nas minhas enquanto ajeitava a parte superior. E então, quando tirei as mãos para colocar a outra, ela soltou e curvou os dedos na beira da mesa. Seus dedos estavam brancos.

Coloquei a segunda meia em seu pé e a subi por sua perna e seu joelho e, dessa vez, Bee não me tocou. Deixou que eu a ajeitasse e a alisasse. Ela me deixou demorar mais tempo do que precisava e, quando ergui os olhos para ela, ela estava respirando com dificuldade, um rubor brotando em seu peito.

Eu a estava tocando. Eu a estava tocando e estava ajoelhado na frente dela e, se me inclinasse para a frente, conseguiria encostar o rosto em sua boceta coberta de seda e dar um beijo ali.

Eu me sentia desenfreado por dentro, turbulento como uma tempestade no mar, e algo dentro de mim finalmente se estourou. Partiu no meio, porque eu não aguentava mais, não conseguia fingir que não a queria com todas as fibras do meu ser.

Virei o rosto e beijei a parte interna do joelho coberto pela meia.

Ela prendeu o fôlego.

— Nolan — sussurrou.

Ergui os olhos para ela, implorando perdão. Ou implorando por mais, eu não sabia ao certo.

E então, de repente, ela estava agarrando meu camisolão, puxando-me para ficar em pé, e entrevi seus olhos verde-escuros e sua boca rosa delicada antes de ela afundar as mãos no meu cabelo e nos beijarmos.

Intensamente.

Ela abriu os lábios sob os meus, convencendo minha boca a se abrir também, estalando a língua maliciosamente contra a minha, e eu gemi dentro dela, encontrando seu quadril com as mãos e puxando-a para mim. Foi quando descobri que, com ela em cima da mesa e eu em pé entre suas pernas, eu estava na posição perfeita para encostar minha ereção latejante em sua boceta.

— Ai, meu Deus — gemeu ela, passando as mãos do meu cabelo para meus ombros e meu peito, onde encontrou as lapelas do camisolão e tentou tirá-lo de mim.

Eu ajudei, puxando a roupa pelos ombros até tirá-la, deixando que caísse amontoada no chão enquanto eu descia as mãos para a bunda dela e a apertava com firmeza junto a mim. Rocei nela, me demorando na busca, saboreando o momento quando nos encaixamos perfeitamente e dei ao clitóris o atrito de que precisava.

Ela interrompeu o beijo para apoiar a cabeça no meu ombro.

— Nolan, puta merda — disse.

— Posso? — sussurrei, roçando nela de novo, morrendo com a sensação dela tão macia e quente, a apenas poucas camadas de tecido de mim.

Desci as mãos às coxas dela, minha ereção se rebelando dentro da calça, implorando para ser liberta.

— Nossa, sim — arfou, enquanto eu continuava fodendo-a através das roupas, segurando-a com firmeza enquanto me esfregava no seu clitóris, e ela arfou de novo quando abaixei o rosto para seu pescoço e a beijei ali.

Eu a beijei como havia passado os seis anos anteriores sonhando em beijá-la, com a boca vagarosa e pequenos chupões e mordiscadas, deixando marquinhas vermelhas que se apagavam imediatamente depois que eu avançava.

— Linda — murmurei, beijando seu pescoço uma última vez antes de traçar beijos de volta à boca. — Quero brincar com essa sua calcinha gostosa. Quero puxá-la para o lado e ver exatamente o que esconde de mim.

— Você... quer? — disse ela sob minha boca, as palavras esbaforidas e atordoadas.

— Quero — eu disse. — Quero ver você toda rosada e molhadinha. Você está molhada, não está? Se eu passar a mão em você, você vai estar tão úmida que meus dedos vão entrar deslizando?

— Nossa — disse ela. — *Sim.*

Eu queria enfiar a mão entre nós e fazer todas as coisas que tinha acabado de falar, mas então ela jogou a cabeça para trás, tremulando os cílios como se ela estivesse com dificuldade para manter os olhos abertos.

— Acho que eu... — Ela soltou algo entre um gemido e uma gargalhada, como se não conseguisse acreditar. — Acho que vou gozar. Jesus Cristo. Vou gozar só com isso. Não pare, por favor, não pare.

Como se eu conseguisse parar de me esfregar naquela boceta gostosa. Como se conseguisse parar de ser a pessoa que faria Bianca von Honey gozar apenas com uns amassos safados antes das sete da manhã.

E assim ela gozou, descendo as mãos para minha bunda e apertando com força enquanto abria a boca em um O grande e o rubor subia por seu pescoço. Eu a senti tensionar o corpo contra o meu, senti as leves vibrações de seu sexo, e as coxas envolvendo meu quadril com firmeza, como se quisesse garantir que eu não iria a lugar nenhum até ela terminar de me usar.

Até parece que eu sairia dali. Por mim, eu ficaria naquele cômodo com ela para sempre, deixando que ela me usasse quantas vezes precisasse para gozar. Era a coisa mais excitante que eu já tinha sentido, a coisa mais sexy que já tinha feito, e eu me perdi na sensação, na necessidade de me mexer, esfregar e gozar.

— Isso — ronronou em meu ouvido, deslizando as mãos entre nós, e de repente minha calça estava aberta e meu pau estava para fora, queimando o ar frio do cômodo como se fosse um tição.

Ela se recostou um pouco para trás e, finalmente, fez todos os meus sonhos se transformarem em realidade. Ela puxou a calcinha para o lado, exibindo a boceta, e, antes que eu pudesse ter uma experiência extracorpórea só de olhar, pegou minha ereção e a pressionou contra si. Conseguimos nos roçar como estávamos fazendo antes — mas pele com pele. Sexo com sexo.

Nossos olhos se cruzaram enquanto ela ajeitava a parte de cima da calcinha ao redor de mim. Eu estava dentro daquele shortinho, o tecido nos mantendo colados um ao outro e, quando me mexi...

— Porra — falei, tremendo tanto que estava prestes a me desfazer.

— Sua boceta, puta *merda*...

Ela riu baixo, voltando os olhos doces, provocantes e verdes para mim, e foi tão diferente de como era no ClosedDoors. Ela não estava sendo sedutora, charmosa, mas *contente*. Como se estivesse *se divertindo*.

E estava tão molhada, tão quente e macia, que só me roçar contra ela já era intenso demais, eu nunca sobreviveria a estar dentro dela, jamais.

Meu saco estava tenso junto ao corpo, cheio e pronto, então me pressionei contra ela de novo, sentindo o fogo inevitável na base da coluna, a tensão nas coxas e no estômago enquanto meu corpo se preparava para dar a ela tudo que eu tinha. Eu estava prestes a gozar na minha obsessão perfeita, explodir com minha fantasia safada transformada em realidade.

Uma última roçada úmida, e vi estrelas.

— *Caralho*, Bianca — gemi. — Você é tão gostosa. Eu sabia que seria, eu sabia que seria o paraíso, porra.

Com um forte impulso, pulsei em cima dela, fazendo uma sujeira tremenda entre nós. Meu corpo todo foi devastado, arrepiando-se e tremendo e se contraindo, até eu me esvaziar de tudo que tinha, até estar completamente seco.

Eu mal conseguia respirar quando terminei. Fazia anos que não gozava tão forte. E nem tínhamos tirado toda a roupa.

Puta merda.

Porém, quando finalmente consegui voltar a respirar, quando finalmente consegui *enxergar*, encontrei Bee me encarando com uma expressão espantada no rosto.

Uma expressão espantada e *descontente.*

Por meio segundo confuso, eu me perguntei se ela estava brava por eu ter gozado — ou brava por ter gozado nela sem perguntar antes se tudo bem —, mas então a memória dos últimos trinta segundos caiu sobre mim como um tsunami. O nome que eu tinha dito enquanto me esfregava nela até gozar.

Não tinha gemido *Bee.* Mas *Bianca.*

E ela sabia que eu sabia. Que ela não era apenas uma atriz iniciante que também trabalhava de modelo. Que eu não apenas *sabia* sobre seu pornô, mas provavelmente havia assistido. Conhecia intimamente. E provavelmente ela também conseguia adivinhar que eu já tinha batido punheta a vendo.

Estávamos nos encarando, e ela ainda parecia tão chocada que eu precisava dizer alguma coisa, qualquer coisa, para explicar...

— Bee — comecei, sem saber por onde começar. — Eu...

Uma série de batidas rápidas na porta nos afastou, assustados, e então nós dois estávamos caçando nossas roupas, alisando e arrumando o cabelo, ajeitando o batom.

— Merda — murmurou Bee, e eu concordei. — Merda, merda, merda.

— Bee? — veio a voz de Cammy do outro lado. — Você está aí?

— Estou — disse Bee, e fiquei admirado por suas habilidades de atuação porque, mesmo enquanto se limpava com a camiseta com uma mão e tirava uma mancha de batom com a outra, sua voz parecia completamente normal. — Desculpa, tive um acidente com o figurino, e Nolan veio me ajudar.

A maçaneta girou, e Cammy entrou, parando quando me viu no que eu torcia para ser uma pose supercasual perto da janela.

— Certo — disse, deslizando o olhar de mim para Bee com astúcia até demais.

Eu senti o pânico crescendo em meu sangue. Já via os tuítes de Dominic Diamond, já escutava Steph me dizendo que ia me largar.

Já sentia o futuro em que cuidava de minha mãe e de Maddie escapar antes mesmo de começar.

Será que Bee estava em pânico também? Era óbvio que ela queria manter a discrição enquanto estava ali, porque era impossível que o Hope Channel escolhesse uma estrela pornô como protagonista de um filme — e eu não achava mesmo que a equipe técnica soubesse desse segredo em particular.

— Estão esperando vocês no set — disse Cammy por fim. — Precisa de mais ajuda com o figurino, Bee?

Bee fez que não e, embora tecnicamente estivesse sorrindo, havia um tom cortante em sua voz quando disse:

— Acho que consigo terminar de me vestir sozinha, muito obrigada.

CAPÍTULO DEZ

Bee

No momento em que Nolan saiu, quase me arrependi de tê-lo mandado embora. Em parte, porque já estava pronta para um segundo round e, em parte, porque me vestir sozinha era mais difícil do que eu imaginava.

Felizmente, porém, os botões de mentira de meu vestido, que era bordô com um bordado filigranado ao redor do decote, escondiam um zíper muito robusto e bem-feito. Depois de enfiar o vestido com dificuldade e usar um cabide para fechar o zíper, eu estava perdidamente sem fôlego e tinha suor cobrindo a testa.

Ótimo, a equipe de cabelo e maquiagem ia adorar aquilo. *Oi, sim, acabei de me esfregar horrores na ereção do meu par romântico, quase fui pega e, depois, fiz tantas peripécias para entrar nesse vestido que parecia até Dwayne "The Rock" Johnson. Pode, por favor, retocar minha maquiagem e ajeitar meu cabelo rebelde? Muito obrigada. Sou uma atriz cem por cento profissional.*

Eu me recostei na mesa — a mesma que eu e Nolan tínhamos acabado de profanar. O sol nem tinha nascido e eu já quebrara uma das regras mais importantes de Teddy. Não apenas isso, como Nolan *sabia*. Ele sabia sobre Bianca e só havia um motivo possível para saber. Um calor subiu em meu peito e, de alguma forma, me senti ao mesmo tempo profundamente desejada e profundamente envergonhada.

Mas como eu teria resistido a ele naquele momento? Aos lábios dele encostados na parte de dentro da minha coxa… A parte inferior do meu corpo tinha sido toda chamuscada pelas evidências dele. Como se ele tivesse deixado um rastro de calor a cada toque. E o momento em que havia pressionado a ereção em mim…

Merda, eu precisava de uma xícara de café. E de um banho frio. Mas provavelmente só conseguiria uma dessas duas coisas num futuro próximo.

— Você está bem aí, Bee? — chamou Cammy pela porta fechada.

— Já vou — gritei enquanto jogava os ombros para trás, tentando meu melhor para emanar uma energia de quem está com a cabeça no lugar ao sair pela porta. — Temos tempo de passar no bufê?

Ela passou às pressas para abrir a porta para mim e meu vestido, que parecia mais um séquito do que uma peça de roupa.

— Oficialmente, não, mas, extraoficialmente, ninguém pode fazer esse filme sem você, então, se você precisa de café, nós precisamos de café.

O sopro de ar frio matinal transformou meu suor em um arrepio gelado quando os olhos de Nolan encontraram os meus do outro lado da rua onde ele falava com Pearl. Ou, melhor dizendo, onde *Pearl* falava com ele enquanto o olhar voraz de Nolan seguia todos os meus movimentos.

— É, vou precisar daquele café.

— Pearl, Nolan! Precisam de alguma coisa do bufê? — gritou Cammy.

Pearl fez que não enquanto tirava o capuz do casaco baiacu lilás de corpo inteiro.

— Não costumo comer nada antes de tomar meu kombucha matinal.

— Nolan? — perguntou Cammy.

— Eu comeria — disse ele, mordendo o lábio inferior.

Naquela manhã, estávamos filmando a cena em que Felicity dizia um adeus lacrimejante para o duque no coreto no centro da cidade, depois de tê-lo acompanhado ao baile de Natal na noite anterior e decidido que tinha que voltar aos tempos modernos para pedir desculpas à irmã por roubar a receita de biscoito de gengibre da mãe morta.

Entre uma tomada e outra, Luca entrou discretamente no meio da equipe técnica e baixou os óculos escuros na minha direção com uma careta. Eu tinha quase certeza de que era sua tentativa de desculpas. Pela cara dele, porém, a ressaca já era castigo suficiente.

— Acho que foi bom não termos ido com eles ontem à noite — murmurou Nolan enquanto Maya passava um lenço umedecido embaixo do meu olho antes de retocar minha maquiagem.

Eu tinha me surpreendido (e acho que surpreendido todos) ao conseguir derramar lágrimas de verdade diante das câmeras. Gretchen havia me tranquilizado, dizendo que tínhamos vários produtos à disposição para estimular as lágrimas, mas bastou imaginar o que aconteceria se Nolan não fosse a única pessoa a me reconhecer no set. Ou talvez não fosse isso. Não sei, mas, nos últimos dias, eu sentia algo dentro de mim que eu vinha escondendo por anos subir à superfície.

Quando Teddy me ligara para oferecer o trabalho, eu tinha pensado que iria até ali, diria algumas falas cafonas e usaria uns vestidos bonitos. Mas não estava esperando que essa vulnerabilidade perturbadora mas emocionante tomasse conta de mim toda vez que ligassem as câmeras. Eu sentia que estava começando a querer isso para valer, e isso me aterrorizava.

Fizemos mais duas tomadas comigo chorando e Nolan com o olhar distante enquanto o duque retomava sua pose fria diante da desilusão amorosa antes de Gretchen gritar:

— Corta! Por aqui, está ficando ótimo. A conexão entre vocês dois está bem acertada.

Nolan olhou de canto de olho para mim, mas eu mantive o olhar fixo em Gretchen.

— Acho que vocês dois estão livres por algumas horas, mas falem com Cammy antes de desaparecerem. Tivemos algumas mudanças de última hora na agenda. Um dos cavalos fez um exame odontológico ontem e ainda está se sentindo um pouco tonto.

— Então não vamos ter cavalos hoje? — perguntei com alívio.

Eu não tinha nada contra cavalos. Não queria que aqueles demônios de casco virassem sabão, nem nada. Só planejava fazer tudo em meu poder para evitá-los. Um calafrio me perpassou enquanto eu imaginava seus dentes medonhos e quase humanos… apenas mastigando.

Minha dúvida não foi respondida, mas Cammy já estava colocando novos cronogramas em nossas mãos com os números de cena atualizados.

— Vocês dois estão livres até as quinze. Divirtam-se — disse, inexpressiva.

Abracei o cronograma junto ao peito e marchei até Luca, que estava esperando com o xale-manta térmico bufante que eu usava entre uma tomada e outra.

— Bom dia — eu disse, tentando, sem sucesso, parecer seca.

— Já é de manhã? — perguntou, enquanto tateava a cabeça atrás dos óculos escuros.

— Estão na sua cara — eu disse enquanto me afastava dele, agora com o xale sobre os ombros. — Tem alguma coisa que queira me dizer?

Ele fez que sim.

— Terça é noite de cinquenta por cento de desconto nos aperitivos e shots de gelatina no Polo Norte.

— Eu estava pensando mais na linha de *sinto muito*, mas isso explica bem por que você não apareceu hoje.

— Eu *sinto* muito — admitiu. — As coisas… saíram um pouco do controle ontem à noite.

— No bom ou no mau sentido?

Ele abriu a boca em um sorrisão maníaco.

— Bom. Muito bom. Tipo, melhor impossível.

Meu queixo caiu.

— Você e Angel?

Finalmente. Os dois tinham passado o último ano se comendo com os olhos. Parecia que tudo que eles precisavam era vazar de Los Angeles.

Ele fez que sim.

— Daí bateu aquele soninho depois do sexo e, quando dei por mim, o despertador já tinha tocado três vezes. Não ajudou que meu celular estava no silencioso e dentro da pochete de couro da Balenciaga.

— Você precisa de um relógio digital ou coisa assim. Aquelas coisas não falam para você se mexer a cada trinta minutos?

— E parecer um personagem de *Pequenos espiões*? Não, obrigado.

Ele abriu a porta da loja de brinquedos e parou ali por um momento enquanto Angel passava pela fachada e abria para ele o tipo de sorriso que fez até *meu* coração palpitar. Luca não tinha a mínima chance.

Enquanto eu caminhava até a pousada, meu celular tocou com uma notificação de mensagem de voz e uma ligação perdida de Teddy.

— Bee. Me liga. Estou tentando acordar Angel. Recebi uma ligação de uma assistente de produção muito séria dizendo que ele não apareceu hoje de manhã. Nem ele, nem Luca. Já mencionei que é praticamente madrugada aqui? Nem as tias do yoga estão acordadas ainda. Se vir meu filho, pode falar que ele não está na colônia de férias? Vidas de verdade estão em jogo aqui, especialmente a minha. — A mensagem de voz crepitou por mais alguns segundos antes de Teddy dizer: — Telefone maldito.

E a mensagem terminava aí.

Eu tinha nutrido muitas fantasias de Nolan Shaw batendo em minha porta, mas dessa vez era eu que estava esperando no corredor para ele atender.

Ele abriu a porta depois de duas batidas rápidas, esfregando a palma da mão nos olhos.

— Bee?

Eu não estava preparada para a fofura que era Nolan sonolento. Como ele havia conseguido voltar tão rápido e já cochilar? Será que ele gostava de dormir de conchinha? Não que importasse. Cochilar com Nolan Shaw definitivamente não estava no meu mapa celeste tão cedo.

Inspirando fundo, dei um passo mais para perto, mas tomei cuidado para não atravessar o batente entre o quarto e o corredor.

— Precisamos conversar — eu disse.

Ele deu um passo para o lado, sua indiferença fria habitual substituída por uma simpatia breve e inesperada.

— Entre, entre.

Fiz que não com a cabeça, e ele franziu a testa naquela expressão taciturna de sempre.

— Quer deixar o corredor inteiro escutar nossa conversa?

Ele tinha razão.

— Tá, mas temos que deixar a porta aberta — eu disse.

— Sua mãe vai passar para confirmar que estamos a quinze centímetros de distância e ver se precisamos de mais salgadinho?

— O salgadinho, sim — eu disse enquanto passava pela abertura estreita entre ele e a porta. — Os centímetros, não. Pam e Delia Hobbes são muito progressistas e positivas em relação a sexo.

— Bom, sorte a sua — disse ele, ao se sentar na beira da cama. — E minha.

Ele deu um tapinha no espaço ao lado dele, mas, em vez disso, me sentei na poltrona xadrez vermelha e verde. Todo cuidado era pouco. Estar tão perto dele a sós fazia eu me sentir como um robô sexual.

— Eu e você não podemos nos sentar um ao lado do outro na cama porque vamos fazer muito mais do que ficar sentados.

— Certo. É. E isso...

— Nunca pode acontecer de novo.

Ele concordou com a cabeça.

— Nunca mais. Bee, desculpa.

— Não podemos deixar que isso aconteça... e ninguém pode saber sobre Bianca, Nolan.

O desespero em minha voz era tão claro que chegava a ser desconfortável.

Ele encontrou o meu olhar e, por um breve momento, todos os fingimentos foram abandonados, e eu vi *além* de Nolan Shaw. Ele precisava que aquele filme desse certo tanto quanto eu, se não mais.

— Puro como a neve cenográfica — murmurou.

— Puro como o quê?

— Nada... é só que... deixa quieto, mas concordo com você... Quer dizer, não me entenda mal. Bee, aquilo foi... você foi...

Ele mordeu o nó de um dedo e soltou um suspiro-assobio lento e controlado.

Concordei com a cabeça e me levantei.

— Que bom. Certo. Vamos ser bonzinhos. Santos. Puros como o que você falou.

Ele se levantou para me acompanhar e, ai, Deus, aqueles quartos eram menores do que pensei. Eu tinha que sair dali. Eu tinha que sair dali e ligar para minhas mães. Isso diminuiria a temperatura crescente em meu abdome mais rápido do que Sunny conseguiria encher uma bolsa de emergência de *sex toys*.

Mas eu tinha uma pergunta antes.

— Nolan?

— Hmm?

— Quando você me reconheceu?

— Assim que te vi. — Ele mordeu o lábio inferior na tentativa de impedir que um sorriso se formasse, mas era tarde demais. — Naquele primeiro dia na rua com Pearl.

— Como você… você já tinha visto algum dos meus…

— Assinante fiel — disse ele, erguendo os olhos do chão e olhando para mim… e só para mim. — Três anos e pouco. No nível Pote de Mel.

O ClosedDoors permitia aos usuários se inscreverem em níveis diferentes, o que dava ao assinante acesso a mais ou menos conteúdo dependendo do nível. O nível Pote de Mel significava que Nolan tinha visto e consumido cada centímetro meu antes de nosso encontro algumas horas antes. Era impossível não sorrir com a ideia.

— Não é sempre que posso agradecer a meus assinantes pessoalmente.

— Pois é, não vi Roçada Matinal na lista de vantagens da minha conta.

— Para Nolan Shaw, posso fazer uma exceção única que nunca será mencionada novamente. É melhor eu descansar um pouco. Ligar para minhas mães.

— Manda um oi por mim — disse ele, enquanto andávamos até a porta.

— Não sei, Nolan. Mama Pam ainda guarda bastante ressentimento do dia em que você deixou suas fãs leais na chuva durante a turnê de *Fresh INK* em Dallas.

— Eu fiz o quê?

— Você e os meninos desapareceram depois do show, mas deixaram o ônibus da turnê no estádio, então todos os seus fãs, inclusive eu, ficamos na chuva por horas, esperando à toa.

Ele apertou o peito.

— Você foi ver INK? Ao vivo?

— No meu aniversário, seu babaca — eu disse com uma risada.

— Acho que um "desculpa" não basta. — Ele estendeu a mão na direção da minha, mas recuou. — Talvez hoje de manhã tenha compensado?

— Só se ninguém descobrir — eu disse enquanto descia o corredor de volta para o meu quarto. Mas eu ainda estava sorrindo.

Tentei o fixo e os celulares das duas, mas minhas mães não atenderam. Bem quando desliguei a caixa de entrada da Mamãe um segundo depois do bipe — uma implicância pessoal minha —, um e-mail automático de ClosedDoors iluminou minha tela.

> BIANCA VON HONEY,
> Seus fãs estão desde ontem sem receber atualizações suas. Clique <u>aqui</u> para compartilhar uma atualização e deixar que eles saibam o que há de novo.
> Equipe de Suporte do ClosedDoors
> *Onde a rede social não tem limites.*

Era o período mais longo que eu passava sem nem fazer login desde que minhas mães comemoraram o aniversário de casadas em um cruzeiro pelo Alaska no verão anterior e levaram eu e Sunny junto. (Apesar da insistência de Sunny de que eu estava perdendo grandes oportunidades de conteúdo. Ela não estava errada. Meus peitos e as geleiras ao mesmo tempo teriam sido um verdadeiro sucesso.)

Embora eu não tivesse prometido *explicitamente* a Teddy que não atualizaria minha conta do ClosedDoors enquanto estava no set, postar tão pouco tempo depois daquela manhã era brincar com fogo.

No entanto, eu só conhecia uma forma realmente eficaz de conter as batidas em meu peito e o calor em minha barriga que eu sentia já fazia horas.

Apoiei o celular na televisão e abri o aplicativo. Depois de enquadrar a câmera na cama para não dar nenhuma pista de onde eu estava, apertei o botão ENTRAR AO VIVO.

Nolan era uma coincidência. Uma puta coincidência. Eu duvidava que teria algum outro fã escondido em Christmas Notch, Vermont. E não poderia simplesmente ignorá-los. Eles pagavam minhas contas. Eles me apoiariam, com ou sem *O salão do duque*.

Tirei a jaqueta e fui rebolando até a beira da cama, onde ergui os olhos para a câmera e, com minha voz mais sedutora, disse:

— Bom dia, minhas a-Bee-linhas.

As pessoas realmente respondiam a posts ao vivo, e eu entendia o porquê. Havia algo de perigoso em saber que tudo poderia acontecer e que o que quer acontecesse não era ensaiado nem planejado.

E eu tinha que admitir que aquilo me excitava também. Mas não era a única coisa que me excitava no momento.

Cruzei os braços diante da barriga e tirei o suéter antes de abrir as pernas enquanto passava os dedos pela frente das meias altas. As mesmas meias que Nolan havia calçado e passado pelos meus joelhos até suas mãos chegarem pertinho do calor úmido que se acumulava entre minhas pernas. Eu tinha me esquecido de tirá-las na loja de brinquedos e pensei que, depois daquela manhã, nunca conseguiria devolvê-las. Não, eu dormiria com aquelas belezinhas embaixo do travesseiro até estar no meu leito de morte e as passaria para meus netos na esperança de que eles tivessem a mesma alegria de transar — ou quase transar — com seu ex-*crush* famoso algum dia.

Em vez de parar para me despir completamente, ergui a saia até a cintura e deixei meus seios fartos saírem do sutiã de renda rosa-claro que eu tinha vestido depois de tirar o espartilho.

Apoiada em um cotovelo, desci a outra mão na frente do shortinho de renda úmido.

Não demorei muito tempo. Bastou pensar em Nolan, a poucos quartos de distância, com o celular em uma mão e o pau duro na outra.

Bee era boazinha. Ela sobreviveria às semanas seguintes sem nem sombra de mau comportamento.

Bianca? Nem tanto.

CAPÍTULO ONZE

Nolan

Coberto de fluidos, com e sem aroma de gengibre, deixei o celular na cama e esfreguei o rosto com a mão não pegajosa.

Será que seria mais fácil se não tivéssemos compartilhado uma *petite mort* no departamento de figurino de manhã? Com certeza, sim; definitivamente, se não a tivesse sentido, com seu calor úmido e macio, teria muito mais força para resistir ao canto de sereia de Bianca. Era sempre mais fácil desistir quando não se sabia do que realmente estava desistindo, quando se podia fingir que aquilo não passava de uma fantasia exagerada.

Porém, infelizmente para mim, absolutamente *nada* naquela fantasia era exagerado. Portanto, meu pau valente ainda estava se agitando querendo mais, mesmo depois de eu ter me regalado com o vídeo ao vivo dela. Um vídeo ao vivo com requintes um tanto cruéis, diga-se de passagem. Ela sabia que eu era um assinante Pote de Mel, então com certeza sabia que eu veria. Será que significava alguma coisa?

Faria diferença?

Decidi dar um trato na ereção renovada no chuveiro — talvez aproveitar todas as esfregadas com o sabonete — e, depois, me vesti e me dei um sermão sobre manter um espaço considerável entre mim e Bee sempre que estivéssemos juntos. Eu poderia ceder e me satisfazer com seus posts no ClosedDoors de tempos em tempos, mas Bee precisava que sua identidade permanecesse secreta, e eu precisava que minha nova identidade se mantivesse limpa a ponto de merecer uma música do Outkast.

Mas isso me fez questionar. Quem quer que tivesse tirado a foto na outra noite com certeza sabia quem era Bianca von Honey, não? E, se sabia, será que essa pessoa também tivera a chance de...

Tentei cortar essa linha de raciocínio pela raiz. Não era da minha conta. Bee podia tocar quem ela quisesse e, se ela se sentia segura o bastante para estar com outra pessoa enquanto filmava, era um direito dela. O mais importante era que ficássemos longe um do outro e não fizéssemos nada para estragar nossas respectivas oportunidades com esse filme.

Nada de Bee, eu disse a mim mesmo, como uma oração. *Puro como a neve cenográfica.*

Nada de Bee, puro como a neve cenográfica.

Repetindo meu novo mantra em silêncio, desci e saí para a Boneco de Neve, onde me atualizei dos TikToks de teatro e comi o melhor sanduíche de bacon, alface e tomate da vida. Kallum me mandou mensagem bem quando eu estava contemplando pedir mais cinco.

Kallum com K: Você falou com Isaac hoje? Esta é a semana.

Ele tinha finalizado a mensagem com um emoji chorando — aquele com uma única lágrima, não o superdramático — e então acrescentou:

Kallum com K: Tentei ligar, mas ele não atendeu.

Eu me recostei no banco de vinil, um peso novo no peito. Isaac não atendia uma ligação minha nem de Kallum desde o velório da esposa, que ocorrera quase exatamente um ano antes. Embora o relacionamento de Isaac e Brooklyn tivesse começado como armação — ele era o galã da *boyband*, ela, a megaestrela do pop —, eles realmente se apaixonaram. Não como Kallum sempre pensava estar apaixonado, ligando para mim tarde da noite para dissecar mensagens de três palavras ou dar detalhes

138

de um aniversário de seis semanas. Mas amor *de verdade*. O tipo sobre o qual as *boybands* cantam.

Então, quando Brooklyn morrera de maneira tão inesperada, foi como se uma parte de Isaac tivesse morrido junto com ela. E, embora sempre houvesse, antes da morte de Brooklyn, certa distância discreta entre Isaac, de um lado, e eu e Kallum, de outro, aquilo tinha se tornado um abismo intransponível depois que ela se fora. A melancolia de compositor normal de Isaac havia se transformado em verdadeira reclusão — inclusive de seus ex-colegas de banda.

> **Eu:** Vou tentar ligar também. E mandar mensagem. Às vezes ele responde mensagens, né?

> **Kallum com K:** Ele precisa sair daquela casa. Deve ser que nem morar em uma tumba.

Isaac ainda estava na casa de Malibu em que tinha morado com Brooklyn, a casa em que Brooklyn havia morrido, dando o último suspiro nos braços de Isaac. Era tudo muito triste, muito vitoriano.

E por isso eu e Kallum às vezes nos preocupávamos por ele ainda morar lá.

> **Kallum com K:** Aliás, passei na sua casa para deixar uns pães de alho. Está todo mundo bem. Maddie estava com um menino.

> **Eu:** O QUÊ???!?!

> **Kallum com K:** Ei, grandão. O sol já vai se pôr.

> **Eu:** QUE MENINO???

> **Kallum com K:** Eles estavam se preparando para uma apresentação de economia que valia nota. Pareciam filhotinhos de advogados corporativos. Foi bem fofo. Aliás, caso tenha se esquecido, a sra. K ainda é a mãe de verdade de Maddie, e ela disse que não tinha problema.

Kallum com K: Aliás, lembra como você era quando tinha 17 anos?

Olhei feio para o celular. Eu lembrava, sim, como eu era aos 17 anos. Por isso estava preocupado!

Kallum com K: Então, se já tiver cansado de ser escroto por sua irmã ter uma vida social ativa...

Rangi os dentes. Meu Deus, como queria estar em casa. Em casa, onde poderia ficar de olho em todos e garantir que tudo corria como deveria, sem meninos adolescentes aleatórios rondando minha irmã.

Eu: Tudo bem. Tranquilo. Como minha mãe está?

Quando eu conversei com ela mais cedo, ela havia mencionado que, por um atraso na farmácia, ainda não tinha conseguido pegar um dos remédios. Trocar de medicamentos e dosagens sempre exigia uma verdadeira coreografia, e era esse tipo de coisa que poderia deixar toda a dança química fora de ordem.

Kallum com K: Ela está bem, Nolan. Você sabe que eu seria o primeiro a falar se a sra. K precisasse que você voltasse.

Eu tinha que admitir que era verdade. Embora ele amasse a própria mãe com uma devoção fervorosa, havia um lugar especial em seu coração para a mãe coruja que sempre havia dado a Kallum todas as balinhas de goma que ele queria.

Eu: Obrigado de novo.

Kallum com K: Pare de se estressar. Você só vai passar mais duas semanas fora. Vai ficar tudo bem.

Certo. Só mais duas semanas.
Ficaria tudo bem.

— Acho que todos aqueles seus clipes valeram a pena — disse Gretchen no dia seguinte enquanto eu chegava perto dela e Pearl em meu cavalo, que se chamava Cem Por Cento Cavalão.

— Ah, vá — eu disse, fazendo Cem Por Cento Cavalão executar um círculo perfeito. — É só um talento natural! Só andei de cavalo em dois clipes!

E tinha passado dois verões na colônia de férias de equitação, mas essa parte eu não mencionei.

Gretchen bufou bem quando meu celular vibrou no bolso do gibão de duque. Ela baixou os olhos para a página que Cammy, a assistente, estava entregando para ela, e aproveitei sua desatenção para tirar o telefone do gibão e dar uma olhada rápida. Eu *tecnicamente* não deveria estar com o celular no set, mas estava no mudo, e eu não o estava usando para escrever mensagens sacanas nem nada. Só precisava estar disponível para Maddie e minha mãe.

Mads: ei pode me ligar

Tá, talvez nem tão disponível assim.

Eu: filmando uma cena rapidinho, te ligo quando terminar, juro

Guardei o celular no bolso a tempo de ver Bee saindo da mansão, de casaco de inverno grosso e botas de neve combinando com o figurino moderno de Felicity, o cabelo preso para cima dentro de um gorro ajustadinho, provavelmente para manter os cachos prontos para as cenas mais tarde. Seus olhos verdes eram como verão em meio a toda aquela neve.

Para o caso de ela não ter visto na primeira vez, fiz Cem Por Cento Cavalão dar outra voltinha.

— Pare de se exibir — disse Gretchen, e eu e Cavalão bufamos ao mesmo tempo.

— Não estou me exibindo.

141

— Está um pouco, sim — disse Bee com a voz rouca de sempre, parando perto de Gretchen. — Não precisa chegar tão perto — pediu, quando parei o cavalo na frente delas.

— Você não gosta de cavalos? — perguntei.

— Não gosto de levar um coice na cara — esclareceu Bee, desconfiada, e estreitou os olhos ao ver Cavalão erguer a cabeça. — Nem de ser jogada no chão feito uma boneca de pano.

— Um cavalo nunca faria isso — tranquilizou Pearl. — Eles pressentem uma alma ressonante.

— E — interveio Gretchen, com firmeza — um cavalo neste set nunca faria isso, porque não usamos cavalos perigosos. Você vai ver quando conhecer o seu.

— O meu? — perguntou Bee, a desconfiança estampada no rosto.

— Posso ir com você para conhecer o seu, se quiser — eu me ofereci, e percebi tarde demais que estava flertando, definitivamente estava flertando.

Convidar Bee para um encontro cavalar em que ficaríamos a sós não era uma boa forma de mantermos nossas bocas nem nossos genitais separados, e Bee parecia estar achando o mesmo quando disse:

— Não sei...

Pearl disse, ao mesmo tempo:

— Ideia brilhante, Nolan! Vou com vocês!

Ergui as sobrancelhas para Bee, como se dissesse: *O que poderíamos aprontar sendo acompanhados por Pearl?*

Bee torceu a boca para o lado em uma curvinha fofa e soltou um suspiro.

— Tá. Depois que terminarmos aqui.

— Não vamos demorar — disse Gretchen. — Só vamos precisar dele cavalgando em toda a sua glória de duque e, depois, cavalgando com mais... tristeza.

Ela não estava sendo reducionista; era exatamente isso que o roteiro dizia.

EXT. MANSÃO FROSTMERE
Duque cavalga com tristeza.

— Vamos começar, pessoal — disse Gretchen, para que a equipe ao redor pudesse ouvir também. — Não resta muita luz boa, então vamos tentar fazer isso o mais rápido possível! Nolan, em sua posição, por favor.

Não pude deixar de me exibir um pouco e trotei até o campo nevado, virando o cavalo com um floreio. Eu sabia que eu e Bee tínhamos combinado que sexo estava fora de cogitação, e talvez, enquanto eu estivesse sob contrato com Steph, Bianca von Honey fosse proibida em termos de relações-públicas, mas, nossa, como eu queria impressioná-la.

Depois que a câmera começou a rodar, incentivei Cem Por Cento Cavalão a galopar e dei meu máximo para fazer o papel de um duque de olhar ardente, cavalgando ardentemente até sua mansão. Eu sentia o casaco balançar ao redor das minhas coxas, a leveza de meu lugar na sela, o vento soprar pelo meu cabelo, e torci para que Bee estivesse vendo e pensando em como minhas coxas ficavam ótimas nessa calça...

Bzzz. Bzzz.

Uma vibração familiar reverberou dentro de meu gibão. Não era uma mensagem, mas uma ligação. E uma ligação poderia ser qualquer coisa; poderia ser inúmeras coisas insignificantes pelas quais não valeria a pena irritar Gretchen Young, mas, se fosse Maddie, e não fosse insignificante, e houvesse algo assustador acontecendo, e ela não estivesse conseguindo entrar em contato com Barb ou Kallum...

Murmurando um palavrão em alemão que eu tinha aprendido com um motorista de ônibus de turnê na juventude, freei o cavalo no meio do campo. Estávamos no meio da cena, e eu estava estragando a tomada, e sabia que parecia um babaca gigantesco quando tirei o celular do bolso e o atendi.

— Ei, agora não é um bom momento — eu disse, sem fôlego, virando o cavalo na direção de Gretchen e da equipe técnica.

Pearl parecia perplexa, o câmera parecia absolutamente irritado e o rosto de Gretchen não havia mudado nada, de uma forma que parecia não significar coisas muito boas em relação a sua opinião sobre mim.

E Bee? A decepção no rosto dela era suficiente para encolher meu coração, meus pulmões *e* minhas bolas.

Mas tudo isso foi esquecido quando ouvi os soluços lacrimejantes de Maddie.

— Ei — eu disse, rapidamente, o pânico crescendo —, ei, ei. Está tudo bem, Maddie. Está tudo bem. Pode me dizer o que está acontecendo?

— Não está nada bem — disse ela, com uma voz tremida que fez minha garganta doer. — Estou na farmácia, e falaram que a caixa de um mês do remédio da mãe custaria mais de mil dólares, e disseram que eu tinha que ligar para o pessoal da Medicaid estadual, e eu liguei, e eles estão sendo muito maldosos comigo agora, e não sei o que fazer, porque ainda não tenho mil dólares e, se eu não tiver esse dinheiro, não consigo comprar o remédio da mãe.

Suas palavras vieram tão rapidamente, uma em cima da outra, que demorei um momento para entender.

— Ah, Maddie — eu disse.

— E sei que você falou que, se um dia eu tivesse que ligar para alguma coisa pela mamãe, eu deveria fingir que era ela, mas a farmacêutica estava ali, e não achei que conseguiria mentir na frente dela, e…

— Vou dar um jeito — prometi. — Está tudo bem. Às vezes lugares como a Medicaid negam coisas por motivos que são muito fáceis de resolver.

E às vezes as resoluções não eram tão fáceis — ou possíveis —, mas decidi não dizer isso para Maddie.

— A Medicaid ainda está na outra linha? — perguntei.

Uma fungada.

— Está.

— Passe meu número para eles. Vou lidar com eles, e devo diminuir o preço. Pode voltar à farmácia no fim do dia?

Outra fungada.

— Posso, depois do ensaio da banda.

Eu não podia suspirar agora, não sem ela ouvir, mas soltei uma longa respiração lenta. Se eu estivesse lá, Maddie não estaria chorando. Se eu estivesse lá, poderia resolver tudo e Maddie poderia ensaiar com a banda como uma adolescente normal sem lidar com essa escrotidão desnecessária de seguro de saúde subsidiado.

— Certo, então é isso que vamos fazer. Você vai dar meu número a eles, vou resolver tudo e, então, você só vai ter que voltar e buscar o remédio… se tudo der certo, por menos de mil dólares.

Se tudo desse muito certo. Embora eu tivesse recebido minha primeira parte do dinheiro de *O salão do duque*, tudo tinha ido — ironicamente — para meu próprio seguro de saúde. Então, para que Maddie e nossa mãe tivessem comida e gás suficiente na semana seguinte, eu precisava que a medicação nova custasse muito, mas muito menos que mil dólares.

— Tá — disse Maddie baixo.

— Te amo, Mads — eu disse. — Tenho que ir agora, mas vou…

—… resolver isso. Eu sei, eu sei. Tchau, Nolan.

O som dela desligando foi como uma marretada em meu crânio. Um martelo enfiando um único fato simples em meu cérebro: eu deveria estar em casa.

Eu deveria estar em casa agora.

— Se tiver acabado — disse Gretchen, a voz alta o bastante para ser ouvida do outro lado do campo, mas ainda inexpressiva em um sentido que era *muito* expressivo para mim —, podemos tentar a filmagem de novo.

— Desculpa — eu gritei.

Era tudo que eu poderia gritar de cima do cavalo e, então, olhei de soslaio para Bee, que estava arriscando tudo para fazer esse filme e, depois, de volta a Gretchen, que havia escapado de todos os erros e armadilhas da fama juvenil, e me senti muito idiota de repente.

Quem dava a mínima para as merdas pelas quais eu estava passando em casa? Todos tinham merdas em casa. Essa era a vida, e eu não podia pedir tratamento especial porque no passado imprimiam camisetas estampadas com meu rosto.

Dei um aceno arrependido para a equipe técnica — ao qual ninguém retribuiu — e trotei de volta à minha marca para começar de novo.

CAPÍTULO DOZE

Bee

O fato de que, em algum momento, eu teria que andar a cavalo durante as filmagens de *O salão do duque* era algo que meu cérebro tinha escolhido seletivamente esquecer. Talvez porque a ideia de chegar tão longe no cronograma de produção sem ser descoberta e demitida pelo Hope Channel com um P vermelho-vivo de *pornográfica* costurado no peito parecera improvável, para dizer o mínimo.

Mas ali estávamos nós. Em exatamente dois dias, eu estaria galopando sobre um vale nevado ao lado do duque, e teria que encontrar um jeito de não apenas vencer meu medo de cavalos, mas também parecer uma professora pacata de jardim de infância que viajou no tempo e estava se apaixonando perdidamente por um homem que ficava confuso com zíperes e estava desenvolvendo uma paixão repentina por batatas fritas com chili.

Algumas pessoas não tinham absolutamente nenhum motivo concreto para ter medo de coisas como cobras ou aranhas, mas eu tinha um motivo concreto e válido para ter medo de cavalos.

Meu incidente traumatizante com cavalos *começou* com uma das amigas das minhas mães, uma curadora de arte elegante e fora da casinha, mas cheia de boas intenções, que alugou um pônei para que seu antigo grupo de amigas lésbicas que viraram mães suburbanas fizesse a trilha para sua casa chique e moderna no norte de Dallas para um brunch de mimosas e tacos veganos. O incidente *terminou* com uma Bee de 6 anos, um nariz quebrado e um vestido branco encharcado de sangue. Mal me lembro do incidente em si, mas nunca vou me esquecer da voz da Mamãe tentando me tranquilizar de que eu ficaria bem depois de uma visita rápida ao hospital enquanto eu encarava minhas mãos cobertas de sangue e Mama Pam ficava sentada com a cabeça entre as pernas, prestes a desmaiar.

Eu havia aprendido da pior maneira que cavalos não gostavam de cócegas. E, embora nunca fosse tentar aquilo de novo na vida adulta, o medo de ter a cabeça esmagada por um e o fato de ter chegado perto disso haviam apenas se cristalizado com o tempo.

— Você parece até um encantador de cavalos — eu disse a Nolan enquanto caminhávamos alguns passos atrás de Luca e Angel no caminho de volta à pousada depois de um longo dia filmando cenas na praça.

— Whitney Relinchtoun gostou de você.

Ele deu de ombros, o ar frio de Vermont passando por sua jaqueta aberta, como se não o incomodasse. Nos estábulos, ele estava tão à vontade que foi um pouco menos aterrorizante ficar cara a focinho com Whitney Relinchtoun, minha égua branca de barriga marrom.

— Você acha que tentar comer meus dedos é gostar de mim? — perguntei.

Depois que tirei o figurino do dia, eu e Pearl ficamos de encontrar Nolan e o treinador de animais no estábulo para ver meu cavalo, mas Pearl desistira no último minuto, dizendo que estava passando por uma crise criativa. Então apenas Nolan me acompanhara e, embora eu soubesse que ficar a sós com ele não era uma boa ideia, entrar sozinha no estábulo também não daria certo.

— Ela não queria comer seus dedos! — insistiu Nolan. — Você estava com um monte de cenouras que nós concordamos que você daria para ela comer quando chegássemos à baia. Mas daí você ficou parada lá! Era que nem estar do lado de um boneco de cera.

— Eu congelei, tá? Vi o olhar mortal dela com sede de sangue, e os dentes quase humanos, e congelei. E, por falar em boneco de cera, tenho uma foto com o INK no Madame Tussauds em Orlando.

Ele curvou os lábios em um sorriso lento.

— Jura?

Escondi o rosto entre as mãos. Quatro dias inteiros e longos haviam se passado desde nosso… encontro na loja de brinquedos. E, embora as mãos dele em mim fossem a primeira coisa em que eu pensava toda manhã e a única coisa em que eu pensava a noite toda, o fato de que ele tinha me visto em um momento de desejo tão vulnerável facilitava revelar todas as verdades constrangedoras sobre minha obsessão por INK.

— Foi minha tela de bloqueio no celular por dois anos — admiti.

— Infelizmente… minha foto favorita de você não pode ser usada como tela de bloqueio — disse ele, as palavras tão baixas que foram quase levadas pelo vento.

Um calor subiu pelo meu pescoço, apesar do frio constante de fazer bater os dentes.

Como um enviado divino, Luca deu meia-volta quando entramos embaixo do toldo.

— Bee, você vem com a gente hoje.

Um resmungo reverberou em meu peito. Eu estava cansada e queria experimentar a máscara facial de panda que tinha comprado em uma máquina automática no aeroporto de Los Angeles. Sem mencionar que eu finalmente estava voltando cedo o bastante para ligar para minhas mães e Sunny.

— Você não pode vir até este paraíso invernal e não experimentar a magia do Polo Norte — disse Angel, em um tom muito menos exigente.

E então, como em um passe de mágica de Christmas Notch, a porta do bondinho se abriu.

— Aonde posso levar os senhores nesta belíssima noite? — perguntou o velho simpático de bochechas rosadas atrás do volante, cujo crachá indicava que seu nome era Ronald.

Eu me virei para Nolan e depois para Luca.

— Só se Nolan vier junto.

Nolan pigarreou com o punho diante da boca, hesitante em fazer contato visual com Luca, como se tivesse medo dele, ou quisesse deixar claro que estávamos sob o domínio de Luca.

— Tanto faz — disse Luca enquanto entrava no bondinho. — Não é um evento fechado nem nada.

— Obrigado pelo convite caloroso! — disse Nolan atrás dele, e não consegui conter o riso.

Angel estava certo. Teria sido um crime me privar de uma visita ao Polo Norte. Eu tinha certeza de que essa saída definitivamente quebrava ao menos uma regra na lista de Teddy, mas, se esse fosse meu fim, tudo bem.

Cada centímetro do lugar estava enfeitado com luzes de Natal multicoloridas e moldes vintage de tudo, desde Papai Noel e suas renas até velas bruxuleantes gigantescas.

— Mais alguém ouviu um barulho de apito? — perguntou Nolan enquanto uma hostess chamada Hortelã, que estava vestida de duende sexy, nos guiava a nossos lugares.

Inclinei a cabeça para prestar atenção e, dito e feito, ouvi bem a tempo um trem de brinquedo apitar em cima do palco.

— É a primeira vez com a gente? — perguntou Hortelã a mim e Nolan enquanto nos deixava na mesa na ponta do palco onde a passarela se transformava em balada. — Aqueles dois viraram fregueses antes que desse para dizer "stripperzinha do Papai Noel". Tentei avisar que só temos mulheres dançando em cima do palco, mas isso não os impediu.

— Somos patronos das artes — esclareceu Luca.

Sorri para Hortelã.

— É nossa primeira vez, sim.

— Bom, o drinque especial de hoje é o Ponche Grinch: *schnapps* de pêssego, Sprite, rum, curaçau azul e suco de laranja. Os aperitivos têm cinquenta por cento de desconto até a meia-noite. Não experimentem os rolinhos-primavera, e não me perguntem por quê.

— Não precisa avisar duas vezes — murmurou Nolan.

Angel pediu o Ponche Grinch e palitos de muçarela para a mesa e, bem quando Hortelã saiu, luz azul banhou o palco enquanto "Santa Baby" começava a tocar e uma Mamãe Noel sexy subia rebolando no palco.

Luca soltou um assobio alto.

— Aquela é Empinadora — nos contou ele. — Na verdade, o nome dela é Whitney, mas todas as dançarinas atendem por nomes de rena.

Olhei para a decoração kitsch e a dançarina flexível que descia sem dificuldade pela barra. Eu já tinha feito um pouquinho de *pole dance* para algumas cenas e sempre ficava impressionada com quem conseguia fazer aquilo parecer fácil.

— Este lugar faria sucesso em Los Angeles.

Deixei o canto de minha visão vagar o mais discretamente possível na direção de Nolan. Eu não o julgaria se ele estivesse babando por Empinadora, mas, em vez disso, seu olhar encontrou o meu como se estivesse observando minha crescente compenetração na dança natalina diante de nós.

Luca interrompeu o momento passando por mim e jogando algumas notas de dólar em nossos colos.

— Espero reembolso total, com juros e inflação.

Nolan ergueu um dólar e disse:

— Não costumo pegar dinheiro emprestado de ninguém, mas quem sou eu para privar empreendedores locais de seu dinheirinho suado?

Bem nesse momento, Empinadora esticou o braço para fora do palco e tirou o dólar dos dedos dele com uma piscadinha.

— E por isso — falei para ela por sobre a música — você vai ganhar mais dólares!

Com uma risadinha, ela se deitou à nossa frente, arqueou as costas e tirou o sutiã para revelar dois tapa-mamilos no formato de toucas de Papai Noel enquanto a cobríamos de notas de dólar. Feliz Natal para mim!

Nós quatro pedimos mais aperitivos e drinques enquanto a boate começava a se encher um pouco mais, sem chegar a lotar. Algo naquele lugar embolorado com luzes brilhantes cobertas de ouropel dava a sensação de que o mundo exterior não existia e não havia perigo no que aconteceria se tudo viesse abaixo. Ali dentro, só havia felicidade natalina, drinques doces demais e aperitivos pela metade do preço.

Depois de mais algumas músicas, as dançarinas começaram a circular pelo salão, e fui direto ao caixa eletrônico porque Sunny me mataria se eu saísse sem uma *lap dance*. Sunny colecionava danças exclusivas em lugares novos como algumas pessoas colecionavam chaveiros, então, se ela não podia estar ali para receber, eu ao menos tinha que ter a experiência completa para lhe contar sobre a magia desse lugar.

Enquanto meus dedos pairavam sobre o teclado e eu decidia quanto dinheiro sacar, voltei o olhar na direção em que Nolan estava sentado na frente do palco. Ele parecia estar dando seu melhor para fazer apenas contato visual com as dançarinas, o que era muito distante da persona de *bad boy* que se dedicara a incorporar por anos.

Nolan merecia se divertir. Ele merecia ser um pouco irresponsável em um lugar seguro, e eu poderia estar lá para apoiá-lo. No mínimo, talvez a tensão em seus ombros se aliviasse um pouco com uma menina bonita em seu colo, mesmo que essa menina não pudesse ser eu.

Eu me voltei para o caixa eletrônico. Metade da diversão de comprar uma *lap dance* também era comprar uma para um amigo, não era?

— Acabei de pedir mais uma porção de nachos — disse Nolan enquanto me seguia pela boate para uma das salas reservadas. — O que exatamente nós vamos...?

Ele interrompeu a frase no meio quando parei na frente da cortina. Só havia duas coisas que valia a pena explorar nos fundos de uma boate de strip: os banheiros, que só deveriam ser visitados em caso de emergência, e as salas reservadas em que aconteciam danças reservadas, o que provavelmente era um território familiar para Nolan.

— Bee — disse ele, com firmeza. — Parece uma má ideia.

— Não vamos tocar um no outro — eu disse com inocência. — Na verdade, nem vamos tocar nela.

— Nela quem?

Abri a cortina para revelar Empinadora sentada como um presente em um sofá de veludo vermelho, com uma fantasia de rena sexy com arnês de sinos e tudo.

Nolan olhou para mim, depois para Empinadora e, então, de volta para mim antes de balançar a cabeça.

— Não.

— E se eu fizer biquinho e implorar? — perguntei, fazendo biquinho e implorando.

Ele contraiu o maxilar, e a veia em seu pescoço pulou antes de ele soltar um suspiro resignado.

— E o Hope Channel também não pode descobrir.

— Óbvio. E isso é *reservado*. Quem vai saber além de nós?

Ele assentiu, um sorriso melancólico nos lábios.

— Faz sentido.

Empinadora deu um gritinho quando entramos e nos acomodamos ao redor dela.

— Eu adoro casais! Que romântico!

— Ah, não, não somos um casal — disse Nolan, tão rápido que me magoou, embora fosse verdade.

— Só amigos — eu disse com um sorriso magoado.

— Legal. Quem vai primeiro? — perguntou ela.

Eu e Nolan apontamos um para o outro.

Empinadora se levantou com elegância, o que era realmente impressionante em seus saltos plataforma de quinze centímetros de couro vermelho envernizado.

— A stripper escolhe, então. Como ela pagou, ela vai primeiro.

— Ouviu? — perguntou Nolan. — Você pagou. Você vai primeiro.

Bem nesse momento, meu celular vibrou.

Sunny Dee: Cadê você? Você prometeu me ligar para me atualizar hoje! Exijo detalhes de como é a bunda de Nolan Shaw em calças de época ou pantalonas ou seja lá o que for.

Virei a câmera do celular e a ergui sobre mim, e mordi o lábio inferior enquanto arregalava os olhos inocentemente para tirar uma série de fotos rápidas. Eu precisava exagerar para Sunny, óbvio.

Bem quando apertei o botão de capturar, Nolan murmurou:

— *Porra*. Bee.

Olhei para ele. Essas duas palavras soavam insuportavelmente bem saindo da boca dele.

Mandei uma das fotos para Sunny e digitei rapidamente:

Na boate de strip natalina dos seus sonhos. Depois te conto mais!

Empinadora apertou um botão em um controle remoto pequeno, e uma versão em jazz lento de "Jingle Bells" começou a tocar.

— Agora — disse ela —, você não pode encostar, mas pode olhar o quanto quiser.

— Sim, senhora — eu disse enquanto ela descia sobre meu colo com as costas para meu peito e a bunda perfeita roçando em mim.

Quem sabia que o Natal poderia ser tão sexy? Mesmo sem Nolan ali, essa cidadezinha tinha tentações de sobra escondidas.

— Você é, tipo, muito boa em seu trabalho — eu disse a ela enquanto meu corpo começava a responder a ela e meu quadril encontrava o seu.

— Obrigada — disse ela, enquanto se virava de modo a estar montada nas minhas coxas com os seios fartos a poucos centímetros de meu rosto. — Eu gosto muito. Adoro fazer as pessoas felizes e nada traz mais alegria do que Natal e peitos.

Eu me virei para Nolan, cujo olhar penetrante me observava com atenção.

— Você não está errada.

— Vocês estão na cidade trabalhando naquele filme de duque? — perguntou Empinadora.

Fiz que sim.

— Inclusive, você está dançando no colo da estrela — falou Nolan.

Com isso, Empinadora se sentou no meu colo como se eu fosse o Papai Noel e arfou.

— Está falando sério?

— E aquele ali é o duque em carne e osso — eu disse, denunciando Nolan.

Ela cobriu a boca com a mão, mas isso não impediu as palavras de saírem rapidamente.

— Eu sabia! Ouvi dizer que Nolan Shaw estrelaria um filme do Hope Channel, e pensei que fosse você quando subi lá no palco, mas nunca vi uma pessoa famosa na vida real antes e minha irmã é tipo uma cópia barata da Jennifer Lawrence e gente sem noção vive pedindo para tirar fotos com ela e eu não queria ser uma dessas pessoas porque, se Nolan Shaw estivesse mesmo aqui em Christmas Notch, por que ele viria ao Polo Norte?

— Por quê, não é mesmo? — perguntou ele com uma risada.

— Mas você está aqui! Na minha boate! Você viu meus peitos… é uma honra! Posso tirar uma foto? — perguntou ela, emocionada. — Por favor!

Nolan fez que sim quase automaticamente, e pude ver que ele estava acostumado a dizer sim a fotos mesmo quando não queria.

Empinadora tirou o celular do bustiê e o ergueu para uma selfie.

— Você também — disse ela, para mim. — Desculpa, não perguntei seu nome.

— Bee — eu disse a ela enquanto chegava perto de Nolan. — E tudo bem se guardar essas fotos para você? O Hope Channel é superintenso com a marca deles e tal.

— Ah, sim, sim — disse ela. — Vão ficar completamente escondidas, juro.

Depois que ela tirou várias fotos e as olhou rapidamente, a voz do DJ saiu pelas caixas de som.

— O último bondinho de volta à cidade sai daqui a dois minutos. Depois disso, vocês vão ficar por conta própria ou à mercê de quem ainda tiver um veículo no estacionamento na hora de fechar. Última chamada, pessoal.

Empinadora, ainda no meu colo, olhou para nós, fazendo biquinho.

— Não terminei sua dança! E nem fiz a sua — disse ela a Nolan. — Tome. Posso te reembolsar.

— Não, não, não — eu disse enquanto começava a me inclinar para a frente e ela se levantava. — Tudo bem. Sua companhia já valeu o preço da entrada.

Nolan se levantou.

— Ela tem razão. Obrigado, Empinadora.

— Foi um prazer conhecer vocês dois. Boa sorte com o filme! E se quiserem fazer os tabloides pensarem que um de vocês está namorando Jennifer Lawrence, posso pedir para minha irmã posar para uma foto com vocês de longe. E talvez à noite seja melhor.

— A gente te avisa — disse Nolan enquanto abria a cortina para mim. Meu telefone se iluminou com uma mensagem.

Luca: A gente vai voltar de carona com Hortelã.

Ergui o celular para Nolan ver.

— Pelo menos amanhã é nosso dia de folga, então não temos que nos preocupar com mais um desaparecimento matinal — disse ele.

No bondinho, ficamos em silêncio, um de cada lado do corredor, enquanto o condutor nos observava pelo retrovisor imenso com um sorriso gigantesco no rosto.

No silêncio suave e escuro da viagem de volta à cidade, tudo em que consegui pensar eram os olhos de Nolan em mim a noite toda e o tom grave de sua voz ao dizer: "*Porra*. Bee".

Por um momento, nada importava. O filme. Meu segredo. Sua reputação. Tudo que eu queria era o corpo dele no meu, satisfazendo quase uma década de tesão.

O bondinho freou, e Nolan me esperou sair. Ele me ajudou a descer os degraus estreitos do bondinho e me guiou para dentro da pousada quente e bem-iluminada. Meu coração deu um pulinho de alegria quando vi que a placa EM MANUTENÇÃO não estava mais no elevador.

Nolan me seguiu de perto enquanto eu entrava e apertou o botão do nosso andar, ficando ao alcance do meu toque enquanto as portas se fechavam e o elevador subia. Ou o elevador era mais antigo até do que pornografia ou o tempo estava escorrendo devagar, porque o caminho chegava a ser torturante de tão lento. No momento em que as portas se abriram no nosso andar, ele saiu para o corredor e se afastou o máximo possível de mim.

Tentei ficar lisonjeada em vez de ofendida. Não tínhamos muito autocontrole quando tocávamos um no outro, mas mesmo assim me senti uma pária.

— Boa noite, Nolan Shaw.

— Kowalczk. É polonês. A, hm, gravadora achou que Shaw era mais acessível — disse ele com a voz seca.

— Kowalczk — repeti com cuidado. — Gostei. Gosto de múltiplas sílabas.

Ele entreabriu um sorriso e entrou em seu quarto.

— Boa noite, Bee.

Depois de destrancar a porta, eu me afundei na beira da cama e tirei o celular do bolso, abrindo meu rolo da câmera cheio das fotos que eu havia tirado para Sunny. Algumas me mostravam olhando para o celular e as outras me capturaram enquanto meus olhos se desviavam da câmera para Nolan.

Entrei no aplicativo de ClosedDoors, fiz o upload da foto com o olhar voltado na direção de Nolan e digitei rapidamente:

Quando você quer a pessoa, mas não pode ficar com ela.

Não era meu tipo de post normal. Parecia mais exposto e aberto do que qualquer foto sem sutiã ou vídeo de mim transando que já compartilhei.

Joguei o celular em cima da cama e fui ao banheiro atrás da minha máscara facial de panda.

Eu não tinha nem acendido a luz quando duas batidas firmes fizeram minha porta tremer.

Rapidamente, e com faíscas de eletricidade reverberando nas veias, corri e abri a porta.

Nolan, os lábios numa linha fina e o corpo todo vibrando de determinação, entrou sem esperar um convite.

— Você está tentando me matar? — Suas palavras saíram como uma acusação dolorida.

— Não — eu disse com a voz rouca. — Sim. Não.

— Então o quê? — perguntou com uma urgência desesperada.

— Não sei — eu disse, sem ter para onde fugir. — Mas talvez... talvez seja melhor matar logo nossa curiosidade.

— Sobre o quê?

— Isso. Nós. — A palavra seguinte saiu dos meus lábios antes que eu pudesse impedir. — Sexo.

CAPÍTULO TREZE

Nolan

Antes que desse por mim, eu já estava em movimento, fechando a porta atrás com o pé. Passei as mãos no cabelo escuro e sedoso de Bee e minha boca pairou sobre a dela enquanto eu a empurrava para trás e para trás e para trás até ela estar encostada na parede, arfando sobre minha boca. Cada respiração abria um buraco novo no meu autocontrole, que já era frágil quando o assunto era ela.

Nossa, como eu precisava daquilo; precisava daquilo mais do que de qualquer outra coisa.

Os poucos dias desde o Incidente do Camisolão já tinham sido difíceis, e vê-la receber uma *lap dance* foi quase impossível. Mas aquela foto que ela tinha postado, com os olhões verdes e o beicinho macio, macio…

Quando você quer a pessoa, mas não pode ficar com ela.

Ela me *queria*. De repente, mais nada importava. Nem o filme, nem o relançamento da minha carreira. Nem me manter bom e controlável para os outros.

Fechei o punho com mais firmeza no cabelo da minha coprotagonista e a imobilizei enquanto roçava a boca na dela, sentindo o sabor de brilho labial e Ponche Grinch, os pés encostados nos dela e praticamente a aprisionando entre mim e a parede que parecia uma jaqueta natalina de 1989. Um calor subiu pelas minhas coxas e queimou até meus pulmões.

— Vou tomar isso como um *sim* — murmurou ela.

Concordei com um grunhido, selando minha boca na dela, e a lambi sem perder tempo. Seus lábios eram tão quentes, tão macios, e sua língua me acolheu, úmida, fazendo meu corpo tensionar. O dela, pressionado contra o meu, não era nada além de voltas, volumes e curvas, tudo só para mim.

Naquela noite, era tudo só para mim.

— Só para matar a curiosidade — repetiu ela, entre um beijo e outro, arfando quando levei a boca para seu queixo e, então, segui para seu pescoço.

Meu pau, que latejava mais do que deveria considerando a quantidade de hidratante de biscoito de gengibre que eu vinha tendo que usar, empurrava o zíper da calça jeans, pronto para mais.

— Só para matar a curiosidade — concordei, afundando o nariz atrás da orelha dela e sentindo seu cheiro açucarado.

Ela cheirava a doçura e inocência absoluta, mas dava a *sensação* de pecado encarnado. Como se ela tivesse sido feita para a diversão safada e nada mais.

Minhas mãos tremeram ao descer do cabelo para a cintura dela. Por baixo da barra do suéter curtinho, eu senti a pele nua da barriga antes de chegar à cintura da legging. Quando deslizei um dedo sob o elástico largo e passei pela pele ali, ela tremeu.

— Mas não podemos ser pegos — adverti.

— Eu sei — disse ela em uma expiração quando levei as duas mãos às coxas dela, deslizei as palmas pelo quadril e apertei. — Teddy vai me matar se formos pegos.

— *Steph* vai me matar — eu disse — e depois profanar meu cadáver com bandeirolas, sei lá.

— *Bandeirolas?* — perguntou ela, sem fôlego. — Que nem... as de coretos nas praças de antigamente?

— Coretos — confirmei, apertando sua bunda e puxando seu quadril para perto do meu. — Mas não importa, porque não aguento mais. Tenho que ter isso antes que o desejo me mate.

Ela soltou um longo suspiro, encontrando meu olhar enquanto eu descia a mão pela frente da legging dela, até entrar na calcinha. Quando meus dedos abriram suas dobras para encontrar o clitóris inchado e pedindo atenção, ela bateu a cabeça na parede.

— Nolan — sussurrou.

— Shh.

Sua excitação úmida cobriu a ponta dos meus dedos enquanto eu vasculhava a nascente tensa entre suas pernas e voltava a subir até o botão carente no topo. Ela estava quase molhada demais, meus dedos deslizavam na pele, tudo escorregadio e úmido demais. Mas, assim que consegui um encaixe e fiz um movimento bom e firme, os joelhos dela bambearam — e, porra, os meus também. Eu não sabia como continuaria em pé com ela assim; não sabia como continuaria pensando, *respirando*.

Eu estava dedando Bianca von Honey, e ela estava adorando.

Eu a massageei de novo, e ela ficou frenética, puxando meu cabelo e, então, minha camiseta, que tirou. Ela inspirou fundo ao ver minha pele nua.

— Nolan — disse ela, com a voz fraca. — Você ainda tem as tatuagens da época do INK.

Sorri, ainda a acariciando com estocadas safadas e constantes que faziam um rubor subir pelo pescoço dela.

— Não dá para ser um *bad boy* sem tatuagens — murmurei, levando a mão livre ao pescoço dela. — E eu era o *bad boy*, lembra?

— Ô, se lembro — arfou.

Ela subiu e desceu a mão pelo meu peito, pelas luzes de Natal enroscadas que eu tatuara depois do meu primeiro Natal longe de casa e, depois, pela tatuagem no quadril, do ônibus da minha primeira turnê, com asas nas laterais, como se fosse o ônibus dos sonhos. Tive um vislumbre de verde-vivo entre seus cílios grossos quando ela fechou os olhos e, então, eu me abaixei para dar outro beijo nela, usando a mão ao redor de seu pescoço para inclinar seu rosto para o meu.

— É uma pena que você teve que mudar de vida.

— Quem disse que a mudança foi permanente? — murmurei logo antes de morder seu lábio inferior e puxar. Com força.

Ela choramingou, o quadril cedendo sob meu toque, mas então inspirou fundo e manteve o corpo quase completamente imóvel.

Ela estava estranhamente tensa, sendo que antes era puro calor e entrega.

Recuei para ver se estava tudo bem.

— Não pare — disse ela, franzindo a testa ao olhar para mim. — Por que parou?

Ela ainda estava encostada na parede, e ainda sem fôlego, arfando no alto do peito. A princípio, pensei que talvez ela não quisesse que eu continuasse, que suas palavras e olhos suplicantes estavam escondendo algo, mas, quando comecei a tirar a mão, ela chiou que nem um gato e a enfiou de volta onde deveria estar.

Ri um pouco enquanto voltava a brincar com ela.

— Tá, não vou parar.

— Acho *bom* — bufou, indignada.

Mas, enquanto eu a massageava, aconteceu de novo. A respiração estranha, a postura tensa. Como se ela estivesse tentando manter apenas a boceta perto de mim e mais nada. Como se estivesse tentando impedir a barriga de encostar em meu antebraço enquanto eu a acariciava.

— Bee — eu disse baixinho. — Não faça isso.

Ela olhou para mim, confusa.

— Não fazer o quê?

Soltei o pescoço dela e desci os dedos pelas costelas até a cintura. E então a barriga. Um tipo novo de tensão tomou conta dela.

— Me deixa sentir você — murmurei. — Por favor, querida. Me deixa sentir você.

Ela engoliu em seco.

— Tá — disse ela, mas havia uma hesitação em seu rosto, como se eu não estivesse extremamente duro só de tocar nela.

Como se não tivesse passado anos me tocando pensando naquele corpo.

Ela balançou a cabeça, como se estivesse se repreendendo internamente.

— Desculpa — disse. — Estou muito acostumada a pensar na câmera... nos ângulos.

— Você não *precisa* de ângulos — eu disse a ela, deslizando os dedos por sua entrada e a penetrando lentamente, observando-a se derreter pouco a pouco. Sentindo-a arquear e apertar o corpo contra o meu, bem como deveria. — Você me faz perder a cabeça. Você me deixa louco pra caralho. — Peguei a mão dela e a apertei no volume duro de minha ereção. — Sinta. Sinta o que você faz comigo.

Ela estremeceu, subindo e descendo a mão pelo meu pau sob a calça jeans enquanto eu metia fundo nela com os dedos. Seus olhos brilharam verdes e, então, ela disse:

— Jesus, não consigo esperar mais. A gente tem que transar. Agora, a gente tem que transar agora.

Ela ainda estava de suéter e legging. Eu ainda estava de bota e nem a tinha feito gozar ainda.

— Mas...

— Faz dez anos que quero isso — disse ela, abrindo os botões da minha calça jeans. — Não aguento esperar nem mais um segundo. Eu *preciso* disso.

— Porra, eu também, cacete... — Ela tinha abaixado minha calça jeans e começado a me acariciar com movimentos fortes e experientes que fizeram líquido se formar na ponta. — Mas me deixe fazer você gozar primeiro.

— Ah, eu vou gozar — disse ela, jogando o cabelo por cima do ombro. — Você tem camisinha?

— Ah, merda — eu disse, visualizando clara e dolorosamente a carteira no meu quarto, fazendo companhia para o hidratante de biscoito de gengibre e meia garrafa de água na minha mesa de cabeceira. — Não.

— Tudo bem, eu vim preparada — disse ela, e saiu de perto da parede para ir até a mala.

Foi preciso um esforço sobre-humano para tirar a mão da calcinha dela e deixar que ela saísse, mas consegui, seguindo-a pelo quarto com o pau para fora do zíper aberto da calça jeans.

Chupei meus dedos enquanto ela revirava a mala e, quando se virou e me viu lamber a mão, ela deu um riso baixo que foi direto para minhas bolas.

— Nossa, como você é sexy — disse ela, rindo de novo, e me lembrei de como ela tinha rido e sorrido comigo no provador, como tinha sido diferente de sua persona sedutora do ClosedDoors. Ela ria porque estava se divertindo, e se divertindo *comigo*.

Eu me dei conta de que era *aquilo* que eu queria. Quer dizer, eu queria o sexo também, claro, mas, ao ouvi-la rir e vê-la sorrir e se divertir comigo, finalmente entendi minhas inseguranças pelo seu post do ClosedDoors no outro dia. Não me importava que ela estivesse compartilhando seu corpo; mesmo se eu não soubesse do seu trabalho sexual, minha própria história sexual estava longe de ser um estudo sobre monogamia. Mas saber que ela poderia estar se *apaixonando* por outra pessoa, que essa outra pessoa poderia estar fazendo-a rir radiante e ocupando seus pensamentos... era *dessa* pessoa imaginária que eu tinha ciúme.

Determinado a ver mais de seu sorriso, lambi os dedos de maneira ainda mais dramática.

— Gosto de homens que limpam o prato — provocou, e dei um passo à frente, pronto para parar com essa bobagem de camisinha e enfiar a cara entre as pernas dela e mostrar *exatamente* como limparia o prato se tivesse a oportunidade, mas então ela começou a jogar objetos coloridos de um lado a outro da mala e meu cérebro tarado entrou em curto-circuito.

— São brinquedinhos? — perguntei.

Um sorriso maroto.

— Óbvio.

— E lubrificante?

— Com sabor de biscoitinho amanteigado.

Olhei para a mala de Mary Poppins safada com todo o sistema nervoso central em chamas, incapaz de processar o grau de libertinagem que eu conseguiria alcançar se tivesse tempo e acesso suficiente àquela mala. Um tesão zonzo e delirante tomou conta de mim, percorrendo minha pele e entrando em meu peito e na ereção latejante que escapava da calça jeans.

Fazia *tanto tempo* que eu me comportava; eu tinha sido um Nolan muito, muito bonzinho. Tinha sido tão bonzinho que tinha me esquecido de como era excitante ser mau.

Bee se levantou com uma camisinha na mão, os lábios fartos curvados em um sorriso irônico ao me ver observando sua mala.

— Outro conhecedor, pelo visto.

Sem estar inteiramente consciente, eu tinha baixado a mão para me tocar.

— Pode-se dizer que sim — eu disse com a voz rouca, voltando os olhos para os vibradores e plugues empilhados na mala.

Meu pau deu um pulo só de pensar em usá-los nela... ou nela os usando em mim.

— Venha cá — disse ela, com a voz mais rouca que o normal, e afastou minha mão como se meu pau não pertencesse mais a mim.

Ela abriu a embalagem de camisinha com os dentes, algo que sempre achei insuportavelmente sexy, e estendeu o látex, cobrindo-me com uma suavidade praticada que fez os dedos de meus pés se curvarem.

Quando ela desceu a mão para me envolver, perdi o controle. Enfiei as mãos em seu cabelo e a beijei intensamente enquanto a empurrava para a cama.

— A gente tem que transar — grunhi, mordendo o lábio dela e a virando de costas.

— Pois é — arfou ela, enquanto nós dois puxávamos a cintura da legging dela. — É o que eu estava dizendo... — Suas palavras foram interrompidas por um gemido-riso quando dei um tapão na bunda dela e a joguei na cama.

Queria poder dizer que diminuí o ritmo para saborear o momento, que parei e me ajoelhei atrás dela na cama e dei outro tapa, mas eu estava uma confusão. Eu estava uma confusão e ela também. Nós dois ainda estávamos praticamente vestidos — sua legging estava abaixada apenas o suficiente para expor a abertura úmida em que eu estava doido para entrar — e já estávamos meio enroscados no edredom do hotel e havia almofadas em forma de bengala doce para todo canto.

Ela estava me dizendo para ir logo, logo, logo e, quando peguei sua cintura e coloquei a ponta grossa do meu pau em sua abertura, ela balançou para trás na minha direção, tentando se cravar com meu sexo.

— Vai logo — arfou, olhando para trás como se eu estivesse a negando de propósito. — Não consigo esperar, não me faça esperar... puta que *pariu*.

Essa foi a primeira estocada, que me deixou no meio de seu aperto molhado e estreito. Estava escorregadia, tão úmida que cintilava sob a luz da árvore de Natal no canto, mas eu tinha que me esforçar mesmo assim, pegando seu quadril com as duas mãos e a comendo com estocadas curtas e agressivas até estar completamente dentro dela. A sensação trêmula subiu pelo meu membro; o orgasmo iminente, que parecia tão brutal quanto urgente, me atingiu como um soco no estômago.

Inspirei várias vezes para recuperar certo controle, mas não parei. Eu não *conseguia* parar. A menos que Bee me falasse para parar, nada poderia ter me impedido de me afundar dentro dela mais e mais vezes. A cama poderia literalmente pegar fogo que eu ainda estaria ali, metendo na minha garota como um homem possuído.

— Puta que pariu — finalmente consegui ecoar, ainda quase incapaz de respirar porque Bee Hobbes estava arrancando minha alma pelo pau.

Talvez eu estivesse morrendo a melhor morte do mundo, bem ali naquela cama xadrez e listrada.

Ela pareceu estar sentindo algo parecido, porque pendeu a cabeça para a frente e eu vi seu corpo palpitar enquanto ela respirava.

— Que gostoso — disse ela, com a voz um pouco irregular. — Nolan, isso está... muito gostoso.

— É? — perguntei.

— Mais fundo — implorou, com a mão entre as pernas. As pontas de seus dedos roçaram em mim enquanto ela se tocava, e eu gemi. — Preciso mais fundo. Nunca consigo tão fundo quanto quero porque temos que mostrar certos ângulos para a câmera... ai, Deus, isso, isso, exatamente assim. Meu *Deus*.

Abri os joelhos para ter mais firmeza e, então, fui o mais fundo possível, dando estocadas fortes enquanto ela gemia na minha frente. Atrás dela, eu via o arco de suas costas e o cabelo espalhado, e via a mão de apoio apertar a coberta enquanto ela começava a rebolar para trás, encontrando-me a cada vaivém. A legging ao redor das coxas mantinha suas pernas unidas, deixando tudo mais apertado e sexy, como se eu a tivesse amarrado assim.

O pensamento fez uma tensão maravilhosa apertar com firmeza a base da minha coluna, e fui ainda mais forte até que ela encostou a barriga na cama, rindo e gemendo, e então a empurrando com força para ficarmos mais próximos da beirada do precipício.

— Não pare — ofegou, ainda meio rindo, o rosto iluminado por um sorriso enquanto virava a cabeça para o lado.

Sua mão estava embaixo dela, ainda se tocando, e, embora eu estivesse completamente em cima dela, seu quadril se contorcia sem parar sob o meu, como se ela precisasse de mais atrito. Dei isso a ela, penetrando-a profundamente, feroz, e eu iria gozar a qualquer minuto... *mas não antes dela, caramba.*

Já estávamos quase na beira da cama, a coberta escorregando embaixo de nós e caindo no chão, e eu a sentia apertar, sentia seus dedos se mexerem mais e mais rápido. Ela exclamou, com a voz engasgada:

— Eu vou... Nolan... puta que pariu...

Ela gemeu quando me soltei, me mexendo com uma ânsia irracional e selvagem, com tanta força que caímos da beira da cama, com coberta e tudo. Consegui nos segurar enquanto tombávamos no chão, mas não parei, não conseguia parar o movimento do quadril enquanto o orgasmo escapava de meu corpo, e acabei assim: no chão, em cima dela, enrolado na coberta, uma almofada de bengala doce em cima da minha bunda.

Baixei a cabeça, arfando no pescoço dela enquanto enchia a camisinha.

— Isso foi bom — murmurou Bee com a voz fraca.

— Ah, não acabamos — rosnei, e a virei de costas enquanto me libertava. Encontrei seu sexo úmido e voltei a usar os dedos. — Você interrompeu isso antes, lembra?

— Mas eu já... — Ela abanou a cabeça, o cabelo espalhado ao redor dela no chão como uma auréola escura enquanto ela erguia um sorriso para mim. — Estamos fazendo isso fora da ordem.

Enfiei a mão livre embaixo de seu suéter e apertei seu seio, massageando-o enquanto minha outra mão continuava muito ocupada.

— Me conte mais sobre essa ordem de acontecimentos. É outra coisa do pornô?

— Como se você já não soubesse — provocou Bee, antes de prender a respiração. — Isso, mais rápido, *ahhhh.* — Eu tinha chegado mais perto dela e começado a chupar seu pescoço, beijando a garganta e a clavícula e o maxilar enquanto massageava seu clitóris durinho. — Normalmente — conseguiu dizer com a voz rouca —, no pornô hétero, o orgasmo do cara é o fim da cena. Não tem outro orgasmo para a menina.

— Para essa menina, tem, sim — murmurei, mordiscando o lóbulo da orelha enquanto ela arqueava o quadril na direção do meu toque.

Eu só sentia o cheiro dela, de açúcar e suor, e ela era tudo que eu via, tudo que eu sentia. E, quando gozou de novo, ela olhou para mim e sussurrou meu nome como se o tivesse sussurrado mil vezes antes.

Como se tivesse passado a vida toda esperando para sussurrá-lo para mim.

Eu a abracei com firmeza até ela retornar do clímax, afundando o nariz em seu cabelo e alisando sua cintura com carícias longas e apaziguantes.

— Tudo bem? — perguntei depois de um minuto.

— Estou me sentindo a versão humana do emoji de cem — disse ela, e eu dei risada.

— Eu também — eu disse. — E talvez também a versão humana do emoji de gotinhas d'água.

— É, você está pegajoso. — Ela se sentou, fazendo eu me sentar também. — Vai se limpar, e vou ver se dá para salvar a cama.

Com mais relutância do que qualquer pessoa que não está prestes a visitar a polícia federal, eu me levantei e fui ao banheiro para cuidar da camisinha (e da pegajosidade). Aproveitei para tirar a calça jeans e as botas, porque eu é que não voltaria para o meu quarto tão cedo.

Bee riu quando saí do banheiro completamente pelado com uma nova ereção pronta para a ação.

— Precisamos revisar a ideia de "matar a curiosidade" — admiti enquanto a ajudava a cobrir a cama com o edredom.

— Por mim não tem problema — disse ela, sentando-se na cama recém-feita para tirar a legging. — Temos a noite toda, e não estou nem um pouco cansada.

— Hmm — respondi, e me ajoelhei na frente dela. Abri suas coxas e dei meu sorriso mais Nolan Shaw, *Bad Boy* do INK. — Vamos ver o que podemos fazer em relação a isso.

CAPÍTULO CATORZE

Bee

Quando acordei, o braço de Nolan estava enrolado com firmeza ao redor da minha cintura, ancorando-me a ele enquanto a luz da manhã entrava pelas frestas das cortinas xadrez.

Perdi a respiração quando me dei conta de que ele ainda estava ali. Nolan Shaw — não, Kowalczk. Nolan Kowalczk estava ali na minha cama. Não apenas isso, mas eu e ele tivemos uma verdadeira maratona sexual à noite. Foi tudo fora de ordem, cheio de gargalhadas, respirações ofegantes e sinceridade. Foi uma fantasia transformada em realidade, como se eu tivesse entrado em todas as minhas fanfics mentais sobre o *bad boy* Nolan Shaw e as concretizado. Como se fôssemos dois bonecos articulados.

E talvez não fosse apenas *minha* fantasia. Talvez fosse a de Nolan também. Embora, a cada toque e gemido, eu me sentisse mais como Bee do que como Bianca. Não havia câmeras, nem fãs, nem ângulos. Apenas eu e Nolan.

Soltei um longo bocejo e, quando me arqueei para trás, minha bunda pelada encostou em um volume duro que fez meus mamilos se endurecerem imediatamente dentro da camiseta com que eu tinha pegado no sono. Aquela noite era para ser nossa única vez, nossa chance de matar a curiosidade, mas talvez a manhã ainda contasse como a noite, já que Nolan ainda não tinha saído do meu quarto.

Pressionei a bunda contra sua ereção crescente e guiei sua mão para meus seios e meus mamilos duros.

— Bom dia — grunhiu ele em meu ouvido.

— Não achei que você ainda estaria aqui — eu disse.

— E perder a chance de dormir com você em nosso dia de folga?

Eu esquecera! Todo o elenco e a equipe técnica tinham o dia de folga e, à noite, Gretchen e Pearl haviam convidado todo mundo para jantar e cantar em um karaoke, para o elenco e a equipe técnica curtirem juntos. Eu não sabia quais eram as chances, mas a ideia de Nolan cantar para mim seria suficiente para me fazer gozar na hora. Antes de isso acontecer, porém, eu tinha outros planos.

Ele roçou os dedos no meu quadril enquanto eu me virava e me apoiava nos joelhos, montando nele. Nós dois soltamos gemidos abrasadores quando as partes nuas dos nossos corpos se encontraram.

Os olhos dele se escureceram quando ele apertou minha cintura, se preparando para entrar em mim. Quase gemi só de pensar, mas consegui me soltar, enquanto deslizava ao longo dele, a cabeça de seu pau esfregando brevemente meu clitóris latejante.

— Porra — ele sussurrou.

Arfei em resposta. Era tão tentador simplesmente ceder a uma foda furiosamente rápida, mas, se fosse mesmo nossa primeira e última vez, eu tinha que aproveitar — até o talo.

— Daqui a um minuto, juro. Mas nunca pulo o café da manhã — eu disse enquanto descia mais pela cama e levava a boca ao seu pau, já pingando de pré-gozo.

Apertei a base e lambi ao longo da parte de baixo.

As pernas dele tensionaram enquanto ele gemia.

— Bee. Você vai me matar...

Devorei sua excitação, deixando que penetrasse no fundo da minha garganta antes que ele conseguisse terminar o pensamento. Ele entrelaçou os dedos no meu cabelo e puxou, enquanto ia mais fundo na minha boca.

Gemi em volta dele porque, *cacete*, sexy, sexy, e olha que eu já tinha feito sexo bom suficiente na vida para inspirar uma série de seis temporadas na HBO. Quando ele inchou e gozou na minha garganta, tive que descer a mão entre as pernas para aliviar a ânsia ali. Em poucos segundos escorregadios, eu estava lá com ele, levada ao clímax apenas por dividir espaço com Nolan, tocá-lo, sentir seu sabor. Eu nunca sentira que meu corpo era feito para outra pessoa daquele jeito.

Mas é claro que tinha que ser alguém que eu nunca poderia ter por inteiro.

— Ai, meu Deus, ai, meu Deus — disse Nolan, esbaforido, arfando. — Você me matou. Você literalmente sugou minha vida. Puta que pariu, Bee. Acabou. Estou morto. Eu... diga a minha família que a amo. Se esse é meu fim, que seja.

Um riso descontrolado escapou de mim enquanto eu voltava para o lado dele, revigorando-me completamente do orgasmo intenso que tinha acabado de dar a ele e a mim. Tirei a camisa e disse:

— Homem, 31 anos. Boquete mortal. Doutor, ele está morrendo! — Puxei seus braços inertes e levei suas mãos quentes aos meus peitos enquanto as esfregava como se fossem desfibriladores. — Carregando! — eu disse, e fiz um zumbido com a boca antes de chacoalhar nossas mãos, sacudindo meus seios fartos. — Afastem-se!

Ele me puxou junto a si de modo a deixar meus peitos apertados contra ele.

— Assim é melhor — sussurrou, com ânimo novo no olhar. — Acho que eu precisava de contato próximo para funcionar.

Depois de mais algumas posições, incluindo uma que Nolan disse que Kallum batizou de Amassar Pãozinho, acabamos amontoados e suados no chão, envoltos pelas cobertas.

— Transar na cama nunca pareceu tão inadequado — disse Nolan.

— Nós nem usamos a banheira em forma de coração — eu disse, na esperança de que talvez esse caso isolado não precisasse ser tão isolado assim, mesmo sabendo que deveria ser.

— Teria sido minha primeira vez em uma banheira em forma de coração — disse Nolan, parecendo um pouco triste por ter perdido a oportunidade. — Não me restam muitas primeiras vezes, sabe?

— Para mim também não — eu disse com a voz inexpressiva, e ele riu, virando a cabeça no chão para olhar para mim.

O sorriso se abriu devagar enquanto seu olhar azul brilhante vasculhava meu rosto.

Apesar do sexo pairando no ar, apesar da luz de inverno prateada entrando pela janela, era quase como se fôssemos adolescentes dormindo um na casa do outro. Como se estivéssemos prestes a trocar segredos aos sussurros enquanto uma música indie triste tocava ao fundo.

— Você gosta de fazer? — perguntou ele. — Pornô?

Não havia julgamento nem descrença em seu tom. Apenas curiosidade.

Não fiquei incomodada com a pergunta. Era uma que eu me acostumei a responder e, considerando que estava fazendo algo que estava *muito* longe de pornografia, era justo perguntar. Ainda assim levei um momento para responder, tentando fundir todos os meus sentimentos e sonhos díspares em uma resposta coerente.

— Gosto, *sim*, de fazer pornô — eu disse finalmente. — E construí uma carreira em que tenho quase todo o controle possível que uma artista e criadora pode ter. Peguei uma coisa que eu adorava fazer e fiz com que funcionasse ainda melhor para mim. Mas o pornô não é para sempre, e, já que preciso ter consciência do meu futuro, por que não aproveitar e tentar algo que sempre quis?

— E estar aqui? — perguntou Nolan, ainda olhando para mim. — Faz você pensar que quer continuar com a atuação convencional?

— Acho que sim — eu disse, sorrindo, e virei a cabeça para olhar o teto. Pensei no ritmo vertiginoso de filmagem, no turbilhão de preparações, na onda de dopamina de filmar uma tomada muito boa. — Quer dizer, sim. Faz. Quando sou Bianca, *eu* sou a fantasia, mas, como Bee Hobbes, atriz, posso viver dentro da fantasia também. Adoro as duas coisas, mas não são iguais, e acho que eu não tinha me dado conta do quanto precisava disso até chegar aqui.

— Então, depois de *O salão do duque*, você vai continuar fazendo... sabe?

— Pornô, você diz? — Belisquei o carpete distraidamente. Embora faltassem apenas duas semanas, o futuro pós-*O salão do duque* parecia outro mundo, outra dimensão. Uma que eu nem conseguia ver ainda.

— Eu queria ter algum plano estratégico de médio prazo, mas ainda não sei. Quero fazer mais trabalhos de atuação convencional, mas não acho que esteja pronta para abandonar o pornô. E fazer as duas coisas ao mesmo tempo parece que vai exigir feitiçaria ou muitas mentiras, e não sou feiticeira. E também não quero ser mentirosa.

— Faz sentido — disse Nolan, e havia mais do que sinceridade em sua voz.

Havia empatia.

Mas, quando olhei para ele e abri a boca para perguntar o que ele achava, uma vibração insistente encheu o quarto.

Nolan se sentou.

— Merda. Quer horas são? — perguntou enquanto se levantava aos tropeços e pegava a calça jeans que eu tinha jogado em cima da TV na véspera.

Ele pegou o celular na mesa de cabeceira, passou por cima de mim e entrou no banheiro.

Eu não queria fazer nada esquisito. Eu definitivamente *não* faria nada esquisito, como chegar perto da porta fechada do banheiro para escutar a voz abafada e subitamente séria dele. Então, em vez disso, prendi a respiração e tentei escutar do lugar exato no chão em que ele havia me deixado. Ainda era cedo, e estávamos na Costa Leste. Talvez… talvez fosse alguém da casa dele. Talvez família. Ou talvez não. Talvez uma namorada ou um namorado…

A porta se abriu, e Nolan saiu, as pernas vestidas pela primeira vez desde a véspera. A calça jeans estava baixa no quadril, implorando para ser tirada de novo.

— É melhor eu, hm, ir — disse ele, enquanto pegava a camisa e os sapatos.

— Está tudo bem? — perguntei.

— Está. Acho que sim.

Eu me levantei sem a menor graciosidade e enrolei o lençol em volta do peito.

— Essa noite foi boa — eu disse, como se estivesse fazendo uma resenha.

Ele concordou com a cabeça, abruptamente constrangido e muito profissional.

— Realmente acho que... foi a melhor maneira de agir. Agora podemos só nos concentrar.

Eu me atraquei com o lençol para fazer parecer algo diferente de uma roupa de cama de hotel impregnada de sexo.

— Concentrar. Sim.

— No filme.

Concordei.

— No trabalho. O filme. Aquele que não tem final. Nos concentrar.

Sem pensar, ergui dois polegares, e o lençol caiu, como uma cortina em um palco, formando uma poça aos meus pés.

Ele mordeu o lábio inferior e cobriu os olhos, mas então os descobriu assim que se lembrou que tínhamos literalmente transado naquela mesma cama algumas horas antes.

— Não podemos deixar que isso torne as coisas estranhas — eu disse enquanto pegava o lençol.

— Por que seria estranho? — perguntou. — Esse é o oposto de estranho.

— A antítese! — eu disse atrás dele.

— O antônimo! — disse ele, enquanto fechava a porta. — Até hoje à noite!

Não seria estranho.

A menos que fosse.

Passei a tarde explicando para minhas mães por que sua filha não passaria o Natal em casa e tentando entrar em contato com Sunny para poder revelar meu segredo em forma de pênis de Nolan Shaw/Kowalczk, mas ela não atendeu.

Então, em vez disso, comi miojo e tentei decorar as falas do resto da semana.

Mas o quarto todo estava com o cheiro dele. Os lençóis. A colcha. Caramba, até o chão. Especialmente o chão.

Saí cedo demais para jantar, mas eu não conseguia mais ficar ali. Virei o aviso da porta para que o lado de CAMAREIRA, POR FAVOR estivesse visível. A lógica de quando e como os quartos eram limpos na pousada era aleatória, para dizer o mínimo, mas, se eu voltasse à noite e ainda estivesse com o cheiro de Nolan, eu talvez tivesse que trocar de quarto.

Quando entrei no Kringle, o restaurante italiano meio chique na esquina do bulevar Dos Sinos com a alameda Ouropel, avistei Angel e Luca no bar, sentados tão grudados que eles poderiam se derreter um no outro.

— Bee! — chamou uma voz.

Eu me virei e encontrei Gretchen e Pearl na cabeceira de uma longa mesa de banquete coberta por uma toalha branca e cestas de pão de alho.

— Aqui! — chamou Pearl.

Luca olhou de relance para mim por sobre o ombro de Angel e fez um movimento sutil com a mão para me enxotar. Eu não sabia dizer se ele estava me incentivando a aproveitar o tempo a sós com a diretora e a roteirista ou se estava tentando preservar seu tempo a sós com Angel. Provavelmente um pouco dos dois.

— Que bom que você veio hoje — disse Gretchen enquanto eu me sentava sob uma teia de pisca-piscas.

— Por que eu não viria? — perguntei.

Pearl se inclinou para a frente.

— Bom, o cronograma do Hope Channel não permite muitos dias de folga.

— Por isso esta noite é totalmente opcional — acrescentou Gretchen. — Então fique à vontade para comer e sair correndo ou beber e sair correndo, ou sei lá.

Dei de ombros.

— Passei o dia inteiro enfurnada no quarto, então aceito qualquer desculpa para sair.

— Eu avisei — cantarolou Pearl.

Gretchen revirou os olhos com ironia.

— Eu estava cogitando a ideia de dar uma festa de Natal para o elenco e a equipe técnica, mas não queria que todos se sentissem obrigados a passar o dia...

— Ah, acho que seria muito legal — eu disse. — Minhas mães normalmente dão tudo de si... seria ótimo ter algo assim para planejar.

— Um festival de Yule! — disse Pearl com um encanto sonhador. — Vai ser depois do solstício, mas podemos improvisar. Já ouviu falar do festival de Saturnália, Bee?

— Vamos deixar a conversa sobre festivais romanos para depois — disse Gretchen. — Mas vou ver o que conseguimos organizar.

— Não precisa de muita coisa para o Saturnália — disse Pearl. — Para o Lupercália seria bem mais difícil.

Gretchen se virou para ela com um sorriso e Pearl deu um beijinho em sua bochecha. Eu amava muito o contraste entre as duas.

Membros do elenco e da equipe técnica foram chegando aos poucos, alguns dos quais já estavam para lá de altinhos. Angel e Luca vieram e se sentaram perto de mim, salvando-me de Maya, a maquiadora, que estava envolvida de maneira muito intensa no mundo de criação de gatos e buscando um bom pretendente para sua gata. Cruzamento às cegas.

Cada vez que a porta se abria, eu perdia o fôlego, na expectativa de que ele entrasse. Mas talvez Nolan fosse ficar no quarto. Vai ver ravioli de lagosta e karaoke não eram *bad boy* o suficiente.

Ou talvez fosse, *sim*, estranho. Talvez nossa maratona sexual tivesse tornado as coisas tão estranhas que não havia nada que pudéssemos fazer para acabar com a estranheza.

Pedi uma berinjela à parmegiana porque tinha um senso de humor masoquista e, então, me debrucei sobre as várias conversas ao meu redor enquanto minha taça de vinho era enchida até a borda com um vinho branco barato delicioso.

Angel e Luca discutiam fervorosamente sobre um anime com monstros gigantes que tinham tentáculos nos olhos enquanto Cammy perguntava casualmente a Pearl sobre a última página ainda desaparecida do roteiro (e Gretchen tentava intervir e salvar Pearl antes que ela entrasse em parafuso). A infame última página, por assim dizer, ainda estava sendo preparada, pelo visto.

Do outro lado da mesa, o aderecista — que definitivamente era da equipe do pornô de Teddy — tentava ter uma conversa séria com o engenheiro de som sobre tamanhos de mordaça.

E então o sino em cima da porta tocou, anunciando Nolan. Suspirei baixo enquanto ele tirava a franja da testa e pendurava a jaqueta de couro no cabideiro antes de procurar um lugar vazio à mesa. Ele estava usando uma calça quadriculada e uma blusa de gola rulê que apertava os bíceps.

Precisei de todo meu autocontrole para não chamar seu nome.

— Nolan! — chamou Pearl. — Aqui!

Ela olhou com expectativa para a assistente de produção, que levou um momento para se dar conta de que precisava encontrar uma cadeira e um espaço para o duque.

Tentei expirar, mas o ar saiu trêmulo enquanto meu peito se apertava com expectativas e nervosismo.

Uma cadeira foi buscada rapidamente e colocada ao lado de Gretchen, bem à minha frente.

— Muita gentileza sua se juntar a nós — disse Gretchen com a voz baixa.

— Aqui. — Pearl enfiou um cardápio na frente do rosto assustado dele. — Ainda dá tempo de pedir.

Atrás dele, apareceu uma mulher mais velha de cabelo branco e colete vermelho, pronta para anotar o pedido.

Nolan passou os olhos pelas opções.

— Vou querer o ravioli de lagosta.

Abri um sorriso largo enquanto o olhar de Nolan encontrava o meu.

Ele ergueu uma sobrancelha em sinal de pergunta, e sorri, corando, enquanto balançava a cabeça.

Quando a comida começou a chegar à mesa, Gretchen e Nolan trocaram histórias de guerra sobre a fama adolescente e concatenaram as poucas ocasiões em que estiveram no mesmo lugar ao mesmo tempo.

— Mas você não estava no Teen Choice Awards no ano em que Kallum derrubou a prancha de surfe no pé de Winnie Baker? — perguntou Nolan.

O queixo de Gretchen caiu.

— Ele fez o quê?

— Pois é. Depois ele tirou aquela foto dela desmaiada no carro no *after* do *after*, e teve todo aquele lance de que a "Winnie Baker virginal e exemplar" era na verdade uma festeira que bebia demais.

— Isso eu lembro — disse Gretchen, balançando a cabeça. — Então deve ter sido o mesmo ano em que os paparazzi escalaram a Sunset Tower até o quarto de Isaac e Brooklyn.

A luz se refletiu nos pontos safira-escuros dos olhos arregalados de Nolan, e virei minha segunda taça de vinho.

— Ai, meu Deus... eu me lembro de ler sobre isso — eu disse.

Gretchen assentiu, com o ar solene.

— Acho que todos nós bloqueamos mais coisas daquele período das nossas vidas do que nos damos conta.

Eu nunca tinha parado para pensar nisso. Minhas lembranças de Nolan daquela época eram fantasias elaboradas com base em alguém que eu nem conhecia, mas a puberdade e o ensino médio já eram difíceis por si sós. Passar por isso sob um microscópio? Era uma verdadeira fórmula para trauma.

Depois de uma rodada de champanhe e shots de tequila para dar coragem, os mais valentes dentre nós saíram pela calçada rumo ao Bola de Neve Suja.

— Que nome horrível para um bar — disse Angel.

— Acho meio charmoso — considerou Pearl.

O aderecista, que descobri ser chamado de Ron Alto, segurou a porta para o grupo todo.

— Bom, depende do tipo de bola de neve suja a que vocês estão se referindo.

— Existem tipos diferentes de bolas de neve suja? — perguntou Gretchen.

— Ah, sim — dissemos eu e Nolan em uníssono.

— Vários tipos — acrescentou Nolan.

Ele olhou para mim com um sorriso irônico, quase envergonhado. E não é que éramos dois pervertidos?

— Tenho quase certeza de que esse lugar não tem nada a ver com a bola de neve em que estou pensando — disse Ron Alto enquanto a porta se fechava atrás dele.

O sorriso de Gretchen se transformou em uma careta de repulsa como se ela pudesse vomitar.

— Dando meu melhor para não pagar de santinha aqui, se entendem o que quero dizer, mas, hm, realmente não estou a fim de pesquisar isso quando eu me sentar. Os seres humanos sempre foram tão pervertidos?

— Você não faz ideia — digo.

Quando nos sentamos às mesas ao longo da parede dos fundos, facilmente dobrando a população do bar, dei uma cotovelada em Nolan.

— Então, você vai fazer um show solo do INK hoje? — perguntei, as bebidas do Kringle fazendo eu me sentir quentinha, alta e um pouco destemida.

Ele sorriu, mordendo o lábio inferior.

— Karaoke é um esporte que só assisto hoje em dia.

Uma rodada de shots de gelatina, pedida por não sei quem, chegou à mesa. Angel estendeu uma dose para mim, e depois Pearl me passou outra. Eu não queria ser mal-educada, e coragem líquida era a única coisa que poderia me fazer subir ao palco na frente de Nolan, então virei as duas.

— Ah, vá! — disse Luca, desviando os olhos do cardápio manchado de água. — A satisfação de uma música de Natal original do INK é o mínimo que você pode fazer.

— Como assim? — perguntou Nolan. — O mínimo que posso fazer?

Luca se empertigou e apontou para a cara de Nolan.

— Quando você tirou de Emily Albright a chance de uma medalha de ouro nas Olimpíadas de Duluth, não apenas destruiu os sonhos dela, mas os meus e os de toda uma geração de fãs de patinação artística. Sou do time da Emily Albright para todo o sempre, amém. Então, sim, o mínimo que você pode fazer é cantar uma das suas músicas ridículas de Natal para mim.

Nolan pensou por um momento antes de encarar o desafio.

— Não vou discutir com você sobre as Olimpíadas de Duluth, porque, acredite em mim, eu poderia. Mas vou fazer uma proposta. Se eu subir lá e cantar uma música do álbum de Natal *Merry INKmas*, você vai me ajudar com meus figurinos.

Luca estreitou os olhos.

— Vou fazer todas as alterações de figurino futuras para você.

— Ou… você poderia estar fazendo isso desde o começo, já que é seu trabalho — disse Nolan com firmeza, conseguindo até não soar muito babaca.

— Certo. Vou fazer as alterações e ser legal... *zinho* com você.

Nolan balançou a cabeça, mas estendeu a mão para apertar.

— Temos um acordo.

Luca hesitou.

— E eu vou escolher a música.

— Combinado.

Nolan se levantou e caminhou diligentemente até o bar, onde colocou seu nome na fila do karaoke. Luca foi atrás, para escolher a música, e os dois voltaram com uma nova rodada de shots.

— Mais shots de gelatina? — perguntei enquanto Luca colocava a bandeja na mesa.

— Para mim, não — disse Nolan. — Não tenho mais idade para shots de gelatina.

Luca me passou dois shots.

— Bee vai tomar o seu.

— Ocês precisam parar de me dar gelatina alcoólica — choramignei.

— Que "ocês" é esse que acabei de ouvir? — perguntou Nolan.

— É assim que você sabe que ela está bêbada — explicou Luca.

— Não estou bêbada — eu disse, provando definitivamente que estava bêbada.

— Certo, ajudantes do Papai Noel — disse uma das garçonetes, entrando atrás do microfone enquanto um homem que reconheci como o farmacêutico da cidade fazia uma reverência depois de sua interpretação emocionante de "Christmas Without You", de Dolly Parton e Kenny Rogers, um dueto que cantou sozinho. — A seguir, temos Nolan com "All BeClaus of You".

Dei um gritinho de alegria e bati palmas feito uma maníaca enquanto Nolan subia ao palco.

— Esse é meu presente de Natal para toda a eternidade — eu disse a Luca. — Você literalmente não precisa me dar mais nada pelo resto da vida.

As notas de abertura da música — sinos misturados com o tipo de *dance music* que só se ouve nos intervalos de jogos de basquete — saíram crepitantes pelas caixas de som toscas do karaoke, e Nolan cantou o verso de abertura:

— *Sometimes it snows, sometimes it blows, but I'll always be home for Christmas, baby, and it's all beClaus of youuuuuu.*[*]

Eu fiquei em transe. Esse momento era bom demais. Eu me levantei de um salto, ignorando o leve tremor nos joelhos, e soltei um *uhul* tão entusiasmado que teria deixado Mama Pam orgulhosa.

Eu sabia a letra (e a coreografia) de cor. Inclusive, a música ainda estava na minha playlist de Natal, então fiz o que qualquer fã obstinada de INK faria e cantei a plenos pulmões enquanto me atrapalhava com a coreografia.

— *It's all beClaus of youuuuuuu* — cantarolei.

Nolan apontou para mim e o resto da mesa com ar dramático enquanto retomava suas origens do INK, estalando os dedos ao som da batida e balançando o quadril de uma maneira que fez a Bee adolescente perder o fôlego.

Quando Nolan terminou, o grupo todo foi à loucura, batendo os punhos em nossas mesas bambas. Até Luca deu uma boa salva de palmas.

Nolan voltou a se sentar, e pouco depois Luca e Angel nos deliciaram com "All I Want for Christmas Is You", de Mariah Carey. Pearl cantou uma música de Natal polonesa que nenhum de nós nunca tinha ouvido falar, nem mesmo o catálogo do karaoke, e por isso teve que cantar a cappella. E não demorou para eu estar bocejando, com o corpo caído no banco.

— Preciso de cama — eu disse, fazendo beicinho, encostando a cabeça no ombro de Nolan.

— Podemos levá-la — ofereceu Angel.

Soltei outro bocejo e tentei me levantar, mas acabei me sentando de novo, porque Nolan tinha me prendido no banco.

— Deixem que eu levo — disse ele, com a voz rouca, enquanto estendia as duas mãos para mim e me levantava.

— O duque! — eu disse. — O duque vai me acompanhar de volta a meus aposentos! — Fiz uma grande reverência à mesa. — Tenham todos

---

[*] "Às vezes neva, às vezes é uma droga, mas eu sempre estarei em casa no Natal, e é tudo por sua causa." A letra original também traz um trocadilho com "because" [porque/por] e Santa Claus [Papai Noel]. (N.E.)

uma boa noite e vejo vocês no dia por vir... que quer dizer amanhã em linguagem chique. Vocês saberiam se fossem chiques.

Nolan enfiou meus braços no casaco enquanto eu resmungava e me debatia como se estivesse sendo submetida a uma injustiça terrível.

— Por que tenho que usar isssso? Fico com frio de qualquer jeito.

— Bom, embora eu concorde que essa roupa mal configura como um casaco, é melhor você usar.

Ele cruzou meu braço no seu, o que me ofereceu um grau surpreendente de estabilidade enquanto saíamos para o frio.

— Ah, o homem sofisticado de Kansas City tem opiniões tão fortes sobre roupas de frio como tem de churrasco?

— Na verdade, sim, e poderíamos começar com aquelas leggings e sainhas deliciosas que você vive usando e que não esquentam nem um pouquinho. Você está bem para andar? — perguntou.

— Acho que sim, acho que sim, acho que sim — eu disse, citando o ícone cultural, Timothy, o Trem.

Ou talvez fosse Thomas? Tillie? Sei lá.

— Não é muito longe — prometeu ele.

Encostei a cabeça no ombro dele.

— Quando você falou das minhas roupas serem deliciosas, estava falando só das minhas roupas ou de mim também?

— De você — disse ele, sem hesitar. — Com ou sem suas roupas.

— Hmm... boa resposta. Você deveria participar de *Jeopardy*.

— Eu já fui resposta de uma pergunta no *Jeopardy* uma vez — disse ele, com uma risadinha.

— Não brinca?

— O membro rebelde do sucesso pop INK que se tornou infame na Olimpíada de Duluth — disse ele, de cor.

— Quem é Nolan Shaw? — sugeri enquanto entrava no saguão quentinho da pousada.

— Talvez seja você quem deveria participar de *Jeopardy*.

— Você é mais do que isso, sabe — eu disse baixinho enquanto entrávamos no elevador e eu me encostava na parede com os olhos fechados.

— Você é mais do que uma pergunta idiota de *Jeopardy*.

Ele ficou completamente em silêncio enquanto o elevador nos levava a nosso andar e ele me guiava pelo corredor.

— Bee, cadê sua chave? — perguntou.

— Não sei — eu disse, dando de ombros. — Acho que você vai ter que vir procurar.

E então, como sou uma boa pessoa, decidi facilitar o trabalho dele e tirei o casaco, deixando que caísse no chão. Cruzei os braços sobre a barriga e comecei a tirar o suéter e...

— Ah, não, não — disse ele, enquanto avançava na minha direção, os olhos escuros e sombreados, mas as mãos cuidadosas enquanto cobria minha barriga exposta com a jaqueta. — Vem. Vem comigo.

Ele me guiou pelo corredor, meus olhos quase fechados enquanto eu escutava o som de uma chave entrando na fechadura.

A porta se abriu e entrei, cambaleante, descalçando as botas brancas de caubói e me afundando imediatamente na cama enquanto meu cérebro tentava falar para minhas mãos tirarem o sutiã, mas todas as minhas conexões mentais estavam enroscadas demais para levar a mensagem a meus dedos.

— Argh. Tem muito seu cheiro aqui. — Era incrível e horrível. Afundei o nariz no travesseiro e inspirei fundo. — Venha cá — ordenei enquanto ele fechava o trinco e as cortinas.

— Acho que é melhor eu dormir no chão hoje, Bee.

Balancei a cabeça.

— Não. Você não pode. Nunca durmo de conchinha. Não tem conchinha no pornô. Bianca quer safadeza *e* conchinha. Por favooooor.

— Minhas pálpebras ficaram mais pesadas, por mais que eu tentasse resistir. — Por favor — murmurei.

E finalmente... *finalmente* eu o senti se deitar atrás de mim com a cabeça encostada na dobra do meu pescoço e passar um braço em torno da minha cintura. Meu corpo relaxou sob o peso dele enquanto eu deixava todos os meus músculos se soltarem.

Ele puxou meu cabelo para o lado enquanto roçava os lábios na minha nuca, o calor de sua respiração se impregnando em mim, e disse:

— Isso não é pornô, Bee. É a vida real.

CAPÍTULO QUINZE
Nolan

um.
Tum.
TUM.

A estrela pornô em meus braços se sentou de súbito, dando uma cotovelada na minha cara sem querer.

— Ai — reclamei, sonolento, enfiando a cara machucada no travesseiro.

Porra, como estava claro! A última coisa de que eu me lembrava era finalmente encontrar a chave de Bee e ajudá-la a voltar para o quarto, onde ela imediatamente me fizera cair em outra armadilha de conchinha. Eu pretendia ficar só alguns minutos, só até ela pegar no sono de novo, mas não tinha ligado o despertador. E agora estava muito claro lá fora, eu tinha levado uma cotovelada na cara e alguém estava esmurrando a porta de Bee.

Tum.

— Bee! — ouvi um homem chamar. — Abra essa porta agora!

— Você tem um perseguidor e eu não sabia? — murmurei com a cara no travesseiro. — Precisa que eu o domine valentemente?

— Shh — sussurrou Bee. — É Teddy.

— Teddy? O produtor?

Eu ainda não tinha conhecido Teddy oficialmente, mas era difícil imaginar um bom motivo para um produtor do Hope Channel bater na porta de hotel de sua jovem estrela àquela hora da manhã.

— *Shh!* — sussurrou Bee de novo. — Não deixe ele escutar você!

Pestanejei diante da luz do sol horrível, sentindo o corpo tão amassado quanto o edredom embaixo de nós.

— Bee — chamou Teddy do outro lado da porta. — Se você não abrir essa porta, vou ligar para suas mães. E nenhum de nós quer isso.

Ao meu lado, Bee praguejou. Depois baixou os olhos para mim.

— Você precisa se esconder — sussurrou, com uma voz urgente. — Se ele ligar para minhas mães, está tudo acabado.

— Como ele conhece suas mães? E o que está acabado?

— Paz! Equanimidade! Separação entre igreja e Estado! *Nolan!*

— Tá, tá — murmurei, e olhei ao redor. Havia um banheiro, uma Jacuzzi em forma de coração que por algum motivo *não* ficava no banheiro, e um closet com uma tábua de passar roupa e esquis infantis empoeirados. — Não sei bem onde…

Bee estava me empurrando, virando-me de lado.

— Rápido — suplicou.

— Espere, Bee, espere… — Eu estava enroscado na coberta e não conseguia me sentar direito, e minhas pernas estavam enroladas no edredom macio. Então ela me empurrou de novo, e caí da cama. — Ai — disse do carpete.

— *Fique aí* — sussurrou, tão mandona e sexy que fiquei no chão escondido entre a cama e a parede, enquanto ela se levantava e ia até a porta.

— Finalmente — disse Teddy quando ela abriu a porta. — Você está sozinha, certo?

— É óbvio que estou sozinha — bufou Bee.

— Bom, então você não vai se importar se eu entrar — disse Teddy, entrando no quarto.

Eu sabia que estava bem escondido, a menos que ele fosse até a parede dos fundos e espiasse a fatia de chão entre a beira da cama e a janela, mas mesmo assim fiz minha melhor imitação de cadáver à moda de

Law & Order, ficando especialmente imóvel e tentando não respirar. Porque, agora que eu estava acordado, o perigo de ser pego no quarto de Bee por Teddy, o produtor, era muito claro.

Ele pode contar para Steph. Steph pode me matar.

Depois ela vai demitir meu cadáver, e Maddie e minha mãe só poderão contar com a ajuda de Barb e Snapple para brigar com o pessoal do seguro de saúde.

Merda.

E pensar que era tudo depois de uma noite de inocência! Nem tínhamos feito nada proibido para menores de 18 anos. Ahhhh, que injustiça!

— Parece que você dormiu de roupa — disse Teddy para Bee, desconfiado.

Por que ele se importa? Não parecia da conta de um produtor, e eu estava prestes a me levantar de um salto e defender os limites de Bee e tudo mais quando ela respondeu, com a voz entediada, sem dar a menor impressão de que o produtor estava agindo esquisito com ela.

— Dormi — respondeu. — E daí? As regras do cardápio mexicano não falavam nada de ressaca.

Cardápio mexicano?

— Você ainda é jovem — disse Teddy. — Espere até fazer 46 anos e seus filhos adultos obrigarem você a participar de um bar andante no aniversário deles, e você acordar vomitando, com os músculos da coxa mais duros do que fitas de couro cru deixadas no sol. *Aí* você vai saber o que é uma ressaca de verdade.

— Teddy, por que você está aqui?

— São dez da manhã, Bee. Cheguei a esse buraco do inferno cafona e descobri que você tem que encontrar um treinador de cavalos daqui a trinta minutos e estava desaparecida.

— Então você veio aqui gritar comigo?

— Isso! — disse Teddy.

Ele falava como se estivesse balançando os braços, e não consegui me conter, precisava dar uma olhada, sobretudo para ver se Bee estava bem. Rastejei um pouco mais perto do pé da cama e espiei pela beirada, por onde vi um homem alto e troncudo de camisa havaiana, calça de neve e sandálias, carregando um saco plástico branco na mão. Ele tinha uma grande barba desgrenhada, e os pelos sobre o lábio superior eram mais compridos do que o resto, como se a princípio tivesse só um bigode, até se esquecer de raspar o resto do rosto por um mês.

Ou um ano.

E ele estava mesmo balançando os braços para Bee, mas com um ar de fantoche infeliz.

— Temos que estar acima de qualquer suspeita! — disse ele, balançando o saco plástico para cima e para baixo. — Se você se atrasar, as pessoas vão se perguntar por quê. Se elas se perguntarem por quê, podem começar a vasculhar seu passado. E, se começarem a vasculhar seu passado…

— Tá, tá — disse Bee. Era engraçado porque, embora ela fosse uma mulher adulta que tinha feito coisas muito adultas nas últimas quarenta e oito horas, no momento não parecia nada mais do que uma adolescente emburrada. Ela até fechou a cara para o chão enquanto chutava o carpete com o pé descalço. — Eu *sei*. Acima de qualquer suspeita e tudo mais.

— Estou falando sério — disse Teddy. — Preciso que isso dê certo por Angel e Astrid, e você precisa que dê certo por você mesma. Não é isso que você queria? Uma chance de criar uma marca além de Bianca?

Bianca. Então ele sabia da outra carreira dela.

Bee curvou os ombros.

— É — disse ela, com a voz subitamente muito pequena. — É, sim.

Teddy baixou os braços. Mexeu o bigode. E finalmente disse:

— Trouxe café da manhã para você.

— Trouxe?

Ele revirou o saco plástico e tirou dali um saco de papel menor.

— *Pain au chocolat* — disse, um pouco mal-humorado. — E uma banana.

Bee abraçou Teddy abruptamente e, depois de um minuto, ele deu um tapinha desajeitado nas costas dela.

— Obrigada — disse Bee, com a voz um pouco mais animada. — Você sabe que gosto de comer bananas no set.

— Sei, mas normalmente é para evitar cãibras nas pernas porque tem alguém enrolando você feito um pretzel safado. *Nada de pretzels safados em Christmas Notch.*

— Eu *sei* — disse Bee. — Agora deixa eu me trocar em paz. Prometo que não vou perder meu encontro com o cavalo.

Teddy estreitou os olhos para ela, ainda mexendo o bigode com alguma emoção profunda, e, então, com um bufo, deu meia-volta e começou a sair do quarto.

— Tchau, tio Ray — se despediu ela, enquanto ele atravessava a porta.

Ele levantou o dedo do meio para ela sem olhar para trás e bateu a porta.

Tio Ray. Tio Ray. Onde foi que ouvi esse nome antes...

Ahhhh.

Puta merda.

Era por isso que Bee e Teddy se conheciam.

Tio Ray-Ray era o estúdio tradicional com que Bee mais trabalhava e provavelmente era propriedade do tal tio Ray. E, se tio Ray era *Teddy Fletcher, O salão do duque* estava sendo produzido pela mesma pessoa que havia feito *Náufragos na ilha safada* e *Pênis-Aranha: De volta a dar.*

Eu não queria nem pensar no que aconteceria se Steph descobrisse, mas ainda pior era a possibilidade de a mídia descobrir. De Dominic Diamond descobrir. Se ele ficasse sabendo que Nolan Shaw estava fazendo um filme produzido por um empresário do pornô... e que Nolan Shaw estava contracenando naquele filme com uma verdadeira estrela pornô...

Isso não poderia acontecer. Não poderia acontecer de maneira alguma.

Bee se afundou na cama depois que a porta se fechou, apertando o *pain au chocolat* com as duas mãos.

— Puta que pariu — sussurrou. — Quase fomos pegos. Quase fomos pegos.

— Mas não fomos — eu disse, tentando tranquilizar tanto ela como a mim, contorcendo-me feito uma minhoca até me libertar do edredom e me levantar. — Estamos bem, Bee. Está tudo bem. É só tomarmos cuidado.

Ela ergueu os olhos para mim.

Tarde demais, eu me dei conta do que minhas palavras davam a entender. Que haveria mais encontros às escondidas. Que haveria *mais*, ponto.

Eu deveria ter retirado o que eu disse na mesma hora; deveria ter explicado. Porque não poderíamos fazer mais aquilo, definitivamente não poderíamos. Não com tanta coisa em risco. Não com o passado dela e Teddy em jogo, e o meu futuro correndo perigo.

Mas não retirei o que disse.

E ela não me pediu para retirar.

Mais tarde naquele mesmo dia, senti o celular vibrar no bolso.

Steph: Vou para Christmas Notch hoje à noite.
Steph: Quero confirmar se está tudo correndo bem.

Era uma mensagem surpreendentemente atenciosa de Steph, e eu estava prestes a responder e dizer isso, quando ela acrescentou:

Steph: Se *não* estiver tudo correndo bem, vou tirar seus globos oculares com minhas próprias mãos e pendurá-los em uma guirlanda de cranberry e pipoca na minha árvore.
Steph: ♥

Com um suspiro, respondi a mensagem com um joinha e estava guardando o celular no bolso interno do casaco de equitação do duque de Frostmere quando recebi outra mensagem.

Mads: Não sei o que você fez com o povo do seguro, mas deu certo! Eles liberaram o remédio da mamãe e ela conseguiu buscar hoje de manhã! Vamos à loja de artesanato depois que meu meio período na escola acabar. Tem uma liquidação de suportes de árvore de Natal. Ou coisa assim.

Um alívio me perpassou.

Eu: Que ótimo, Mads. Vou filmar a tarde toda, mas ligo à noite para ver se está tudo bem.

Guardei o celular dentro do casaco, sentindo-me subitamente tão leve que poderia sair flutuando. Eu não me sentia sobrecarregado por Mads e minha mãe precisarem da minha ajuda enquanto eu estava longe, mas também não podia estragar a oportunidade parecendo um escroto que se importava mais em atender o celular do que em filmar as cenas. Não seria irônico se eu estragasse minha única chance de cuidar da minha família... cuidando da minha família?

Argh.

Mas isso *não* aconteceria hoje, porque o problema do seguro da minha mãe estava resolvido, Mads estava incumbida de uma tarde de liquidações natalinas, e eu arrasaria nas minhas cenas. Depois ligaria para Maddie e finalmente ligaria para Isaac e, assim, seria um bom irmão e, ainda por cima, um bom ex-colega de banda.

Se eu não fosse perder o Natal — e também não estivesse sentindo saudade do gosto da boca de Bianca von Honey —, a vida seria perfeita.

Eu estava saltitante ao me aproximar da própria Bianca, que estava andando em pequenos círculos, cerrando e descerrando os punhos enquanto Luca a rodeava, tentando ajeitar a touca amarrada sob o queixo dela. Ela estava usando um vestido azul-claro e uma capa carmesim, e seu rosto estava emoldurado por cachos que pendiam em grandes ondas bonitinhas. Mais Pinterest do que fiel à época, mas ela estava absolutamente deslumbrante.

— Onde Denise *errou* nesses cachos da frente? — perguntou Luca, como um professor de história prestes a dar aula sobre uma invasão fracassada a Roma.

— Ela estava distraída — disse Bee, parecendo bem distraída também. — Maya estava falando sem parar sobre criação de gato, porque estava esperando uma ligação sobre um namorado para a gata dela. O Ultigato, sabe.

Luca desistiu de ajeitar o cabelo sob a touca e suspirou.

— Se não parar de se mexer, não tenho como tirar esse seu ar de Jane Austen.

— Ei — eu disse, aproximando-me e pegando as mãos dela. Eu as soltei quando vi Luca olhando para nós. — Está tudo bem?

Bee ergueu os olhos para mim. Suas bochechas estavam rosadas pelo frio e seu rosto estava sombreado pela aba da touca.

— Não está nada bem — disse ela, com firmeza. — Eu odeio cavalos, odeio, odeio...

— Ah, mas os cavalos falaram tão bem de você — eu disse.

Ela me lançou o olhar mais furioso que eu já tinha visto, e olha que já me sentei entre Martha Stewart e Gwyneth Paltrow no Diamond Ball da Rihanna.

— Não tem graça, Nolan — disse. — Vou subir naquela égua, e ela vai me jogar na neve e depois vai pisotear meu corpo até eu estourar feito uma uva e aí não vou poder dizer que eu avisei, porque vou estar morta. Mais morta que uma uva estourada.

— Vai ficar tudo bem, prometo. Nem mortes, nem uvas. Vou estar aqui com você, tá? O tempo todo.

Ela piscou aqueles olhos brilhantes e vulneráveis para mim, e algo dentro do meu peito virou uma massinha quente e mole.

— Você jura? — perguntou.

Apertei a palma da mão em seu maxilar. Luca que se danasse, qualquer membro da equipe por perto que se danasse, eu não conseguia ficar perto de uma Bee infeliz e não fazer nada para melhorar.

— Eu juro — prometi. Acariciei sua bochecha gelada com o polegar. — Não vou deixar que nada aconteça com você.

Ela inspirou fundo, seus olhos buscando os meus e, nesse momento, senti como se só nós dois existíssemos, sozinhos em todo o mundo.

— Acho que acredito em você — sussurrou.

— Cof. *COF.* — interveio uma voz irritada. — Não sei o que está rolando aqui, mas não parece relacionado apenas a equinos.

Eu e Bee nos afastamos de supetão, pigarreando e arrastando os pés. Luca olhou desconfiado para nós dois.

— Vamos andar de cavalo — eu disse com falso entusiasmo, e, com um sorriso fraco, Bee pegou meu braço e permitiu que eu a escoltasse para longe de Luca na direção do resto da equipe que estava se preparando.

CAPÍTULO DEZESSEIS

Bee

A ansiedade se revirou em meu peito enquanto nos aproximávamos de Whitney Relinchtoun e sua treinadora, Tabitha, uma mulher legal e simpática, exceto por ter dado uma gargalhada seca quando eu admiti meu medo de cavalos durante nossa sessão de treinamento de manhã. Talvez ela tenha achado que eu estava sendo sarcástica, e quem era eu para julgar, afinal, que adulto normal tinha medo de cavalos? Eles eram como a versão grande e desajeitada de Fabio Lanzoni no reino animal.

Inspirei fundo e soltei o ar em uma expiração lenta e trêmula. Fabio grande e desajeitado. Fabio grande e desajeitado.

E Nolan também estava ao meu lado. Ele era como o sol — bastava seu toque para espalhar calor e calma. Mas ele não estaria ao meu lado quando eu me sentasse no Fabio grande e desajeitado. Ele estaria no seu próprio monstro grande e desajeitado.

— Está preparada? — perguntou Nolan em um sussurro que me fez sentir como se fôssemos só eu e ele aconchegados embaixo das cobertas de novo.

Fiz que sim sem dizer uma palavra. Eu me sentia prestes a vomitar e, se fosse para vomitar, ao menos que fosse em uma tentativa de dizer minhas falas.

Olhei o vale nevado ao redor. Pearl e Teddy estavam sentados lado a lado na área de vídeo, onde podiam assistir facilmente ao playback. Gretchen observava com os braços cruzados e o incisivo no lábio inferior. Teddy sorria sob seu bigode de morsa — ou talvez fosse uma careta. Não dava para ter certeza. Embora sua presença no set significasse que eu e Nolan definitivamente teríamos que diminuir o calor para zero, ele era uma fonte conhecida de paz, com suas roupas descombinadas, calçados que não tinham nada a ver com a estação do ano e rabugice.

Nolan deu um passo para trás e estendeu a mão para mim enquanto eu subia os degraus de madeira que me permitiriam montar em Whitney Relinchtoun sem correr o risco de estragar meu vestido azul refinado e meus cachos de Austen.

Guiando minha mão com segurança para as rédeas de Whitney Relinchtoun, Nolan ergueu os olhos azuis intensos, chamando minha atenção.

— Vou estar do seu lado. A cada passo e a cada tomada. Prometo.

Acenei com a cabeça e expirei suavemente.

— Está bem.

E estava bem. Eu não estava louca para aquele momento, mas também sentia que talvez sobrevivesse a ele.

Nolan montou em seu cavalo sem a ajuda de escada e com total facilidade. Alguns dos membros mais experientes da equipe do Hope Channel soltaram barulhos impressionados, mas nada muito alto. Esses cavalos poderiam ser treinados para uma vida diante das câmeras, mas definitivamente dava para notar os esforços da equipe técnica para manter o set um pouco mais silencioso e calmo do que o normal.

— Silêncio no set! — alguém pediu.

— Quando estiver pronta, Bee — disse Gretchen.

Felizmente, minhas falas eram mínimas, pois essa cena abria uma das muitas montagens do filme.

A treinadora deu um passo para trás para sair do enquadramento. Como eu tinha sido instruída, apertei gentilmente a caixa torácica de Whitney Relinchtoun com as pernas enquanto respirava fundo e obrigava meu corpo a vencer a ansiedade e me transformar em uma mulher apaixonada e encantada com a ideia de cavalgar em uma fera assassina por um vale nevado enquanto seu par romântico a seguia alegremente em sua própria fera assassina.

— Ah, duque! — cantarolei. — Alcance-me se puder!

E então apertei um pouco mais firme enquanto Whitney Relinchtoun passava de um trote a pleno galope.

Olhei para trás, e meu coração quase saltou para fora do peito com a imagem de Nolan e Cem Por Cento Cavalão trotando atrás de mim, a brisa erguendo seu cabelo e o riso alegre do duque de Frostmere reverberando pelo vale.

E foi quase como se isso pudesse ser... divertido. Como se não fosse tão ruim assim.

Sem nem pensar, ergui a cabeça enquanto uma risada sincera e verdadeira me perpassava.

Deixei que a tensão em minhas coxas se aliviasse e manobrei as rédeas de Whitney Relinchtoun suavemente para dar meia-volta, e Gretchen gritou:

— Corta! Ótimo, ótimo! — acrescentou. — Bee, você nasceu para isso! Vamos fazer mais uma agora que você está um pouco mais relaxada. Nolan, você estava tão elegante como eu imaginava.

Nolan riu baixo enquanto cavalgava até mim.

— Viu? Não foi tão ruim assim.

— Não morri — admiti enquanto acariciava Whitney Relinchtoun suavemente. — Obrigada por não tirar minha vida — eu disse à égua.

Então várias coisas aconteceram ao mesmo tempo.

O celular de Nolan tocou no volume máximo.

— Só um minuto — disse ele, enquanto olhava para o celular. — Ai, merda, preciso atender isso. — Ele saltou do cavalo com o celular na orelha. — Maddie? Calma!

No mesmo momento exato, uma rajada de vento violenta desceu do alto das montanhas e soprou a copa das árvores, atirando-as no ar em nossa direção.

Whitney Relinchtoun se empinou imediatamente. Eu me segurei com o máximo de firmeza possível, o que se revelou firme demais, porque ela desatou a correr mais rápido do que Teddy sempre que ele via a ex-esposa em um dos eventos de Astrid ou Angel.

Tudo aconteceu nos quatro segundos mais lentos da minha vida, até que fui lançada ao ar e a última coisa que vi foi o céu azul cristalino de Vermont.

A verdade é que sua vida não passa diante de seus olhos logo antes de você morrer.

Em vez disso, seu cérebro se transforma em estática, e mais nada.

— Você sabe que ela odeia cavalos! — disse alguém.

— Não, na verdade eu não sabia que ela odiava cavalos. Cavalos nos meus sets não são exatamente uma coisa normal.

— Não acredito que aquele gatinho paspalho estava com o celular ligado.

— É, nada profissional. Mas não aja como se você nunca tivesse atendido o celular no meio de uma cena.

— Era um close de mim recebendo oral, beleza? E você sabe como é difícil receber uma ligação de retorno do consultório do meu médico? Fazia, tipo, três semanas que eu estava esperando aquele exame de sangue.

— Além disso, não foi o celular que assustou o cavalo. Foi o vendaval que literalmente transformou a mesa do bufê em um secador de salada.

Minha garganta estava muito seca. Era isso que acontecia quando você morria? Sua garganta se mumificava primeiro? Tentei tossir e limpar a garganta, mas eu precisava de água.

— Ela está viva!

— Ela nunca esteve morta — disse a voz mais grave e áspera.

— Bee? Bee? Consegue me ouvir?

Um hálito com aroma de chiclete de frutas vermelhas com menta entrou pelas minhas narinas. Eu reconheceria aquele aroma em qualquer lugar. Minha casa toda tinha esse cheiro.

— S-Sunny? — Minha voz saiu rouca enquanto meus olhos se abriam.

Sunny surgiu alguns centímetros acima do meu rosto, os olhos castanho-escuros arregalados e brilhantes, seu chiclete habitual pendurado como se estivesse prestes a...

— Ai, merda! — disse ela, enquanto o chiclete escorria pelo meu queixo. — Eu estava preparando essa bola desde o aeroporto de Los Angeles.

Alguns metros atrás, Teddy deu um passo à frente e a empurrou para o lado.

— Vamos pegar uma água e talvez uma escova para você. Prometi para suas mães que te botaria no FaceTime assim que você acordasse. Precisamos deixar você pronta para a câmera para falar com elas.

— Então aquele monstro feroz não me matou mesmo? — perguntei, a voz arranhada.

Olhei para Sunny atrás dele, e foi então que percebi que não apenas eu não estava morta como minha melhor amiga no mundo inteiro estava ali. E foi então que comecei a chorar — um choro ranhoso, feio e surtado de soluçar.

— Você está aqui — consegui dizer.

— Ah, puta que pariu, por favor, não chore — implorou Teddy.

— Tarde demais — eu disse enquanto Sunny se jogava em cima de mim e se debulhava em lágrimas junto comigo, porque minha melhor amiga era uma chicleteira empática.

Porém, mais importante... ela estava ali.

E Nolan não.

CAPÍTULO DEZESSETE

Nolan

— Sr. Kowalczk, não há mais nada que eu possa dizer ao senhor por enquanto — explicou um médico impaciente do outro lado da linha.

Um vento forte e frio soprou pelo canto da granja atrás da qual eu tinha me refugiado e entrou diretamente no fone, o que eu sabia que devia estar irritando o médico, mas não tinha como evitar. A fazenda e, mais importante, seu campo tinham sido alugados para as cenas de cavalgada, mas a granja estava fechada para nós, e a coisa mais próxima de ambiente interno disponível eram as coberturas de árvores sob as quais os membros da equipe estavam reunidos enquanto viravam picolé e resmungavam sobre a última página ainda desaparecida do roteiro.

Não era exatamente onde eu queria lidar com uma emergência familiar.

— Só vamos saber mais quando recebermos a tomografia — continuou o médico. — E até o restante dos exames dela voltarem.

— Ela acabou de começar uma medicação nova — eu disse, tentando parecer calmo e não como se estivesse *surtando* desde que Maddie me ligara para dizer que nossa mãe tinha desmaiado no meio do estacionamento da loja de artesanato e batido a cabeça no concreto. — Será que ela pode ter desmaiado por causa de uma reação alérgica? Quando pesquisei no Google, achei vários avisos sobre reações alérgicas graves...

— Não achamos que seja isso que está acontecendo — disse o médico.

— E a cabeça dela...

—... levou pontos e ela vai fazer a tomografia a qualquer momento para podermos descartar definitivamente a possibilidade de derrame ou concussão. — Sua voz se suavizou um pouco. — Ela está em boas mãos. Juro.

Eu sabia disso em um nível racional. Sabia que o médico provavelmente era bom profissional, que Barb importunaria qualquer pessoa que ela encontrasse que não fosse boa profissional, e que Kallum cuidaria para que tudo fora do hospital estivesse resolvido. Eu sabia que Maddie era muito mais madura do que deveria ser na idade dela e tinha feito tudo certo depois que mamãe desmaiara — chamado a ambulância, dado ao hospital uma lista dos medicamentos da mamãe, ligado para mim, para Barb e para Kallum.

Mas saber de algo não bastava, porque eu deveria estar lá. Eu deveria estar lá, para garantir que todos estivessem bem, e... e também deveria estar do outro lado da granja, para fazer meu trabalho.

Fazer meu trabalho com Bee, que tinha pavor de cavalos e estava esperando minha ajuda para sobreviver ao dia.

— Nolan? — ouvi minha irmã dizer.

O médico devia ter devolvido o celular para ela.

— Oi, Mads — eu disse, tentando emanar uma energia de irmão mais velho calmo. — Acho que é melhor eu voltar para casa hoje... ainda não tive tempo de olhar os voos, mas devo encontrar um saindo de Burlington a tempo para eu ir de carro até o aeroporto...

— Cala a boca. Você não vai fazer isso — disse Maddie.

— Maddie...

— Mamãe está bem por enquanto — continuou Maddie — e, se parar de ficar bem, está no melhor lugar possível. E agora estou oficialmente de férias, então posso ficar aqui o tempo todo.

— Mas...

— E antes que você diga que eu não deveria estar porque blá-blá-blá o adulto é você, eu estaria aqui mesmo se você estivesse também, porque quero ficar com a mamãe.

— Mas eu deveria estar aí mesmo assim — teimei.

Como é que eu me concentraria em ser um duque de mentira se minha mãe estava desmaiada em um hospital? Com um ferimento na cabeça cuja gravidade ainda não sabíamos?

— Barb e Kallum disseram que você falaria isso — comentou Maddie.

— Então você precisa considerar se quer ou não ser tão sem graça e previsível assim.

Eu estava andando de um lado para o outro, puxando a gravata ao redor do pescoço.

— Eu não sou previsível!

— É, *sim*, e está microgerenciando essa família mesmo estando em Vermont por só duas semanas — disse Maddie. — Pare com isso. Eu dou conta da situação. Barb dá conta da situação. E, depois que a mamãe acordar, ela vai dar conta também. Então só *relaxe* até eu ligar de novo.

Torci o tecido da gravata enquanto eu inspirava fundo. Eu queria pegar meu cavalo e galopar diretamente para Burlington, mas tinha responsabilidades em Vermont — responsabilidades que também importavam muito para a família.

— Você vai me ligar assim que ela acordar? — perguntei. — Ou quando receber notícias do médico?

— Vou — disse Maddie. — Agora vai lá atuar. Tchau, Nolan.

Sentindo-me de mãos atadas, desliguei e fiquei olhando para a parede da granja. Eu ainda queria ir para casa, mas Maddie estava certa. Estava tudo estável, e eu já tinha cagado com o elenco e a equipe técnica ao fugir antes de uma cena. Abandonar o filme inteiro estragaria tudo para inúmeras pessoas, incluindo Bee.

Bee. Merda. Eu precisava pedir desculpa por sair correndo enquanto ela estava no cavalo. Eu sabia como ela estava nervosa e tinha sido sincero quando dissera que pretendia ficar com ela o tempo todo. Mas, ao dar a volta na granja para voltar ao set, minha mente entrou em pane.

O set ao ar livre bem-organizado que eu havia deixado para atender o celular tinha desaparecido e, em seu lugar, havia um monte de copas de árvore deformadas, uma confusão de equipamentos espalhados pelo vento e membros da equipe técnica por toda parte tentando arrumar a bagunça. Ao longe, dava para ver a treinadora caminhando pelo campo com Whitney Relinchtoun, que estava agitada.

Whitney Relinchtoun, sem cavaleira.

— Cadê a Bee? — perguntei a Cammy quando me aproximei, o coração começando a bater forte de novo.

— O cavalo a jogou no chão — disse Cammy bruscamente, abaixando-se para pegar uma cadeira de lona. — Depois que você saiu para atender o celular, teve uma ventania e ele se assustou.

— Ele a derrubou? — murmurei.

Um chiado crepitante de pânico encheu minha mente.

Cammy ficou com pena de mim.

— Ela está bem, mas a levaram para ser examinada pelo médico da cidade. O resto do trabalho do dia foi adiado.

— Onde? — perguntei, sem ligar que devia ser falta de profissionalismo da minha parte perguntar. Eu tinha que vê-la. Tinha que saber se ela estava bem. — Onde ela está agora?

A mulher bonita na minha frente cruzou os braços.

— *Nein. Nyet. Non.*

— Por favor — implorei. — *Por favor.* Só quero saber se ela está bem.

Sunny me olhou feio.

— Ela *está* bem, apesar de você e do toque irritante do seu celular. E o médico disse que ela precisa de repouso. — Diante da expressão esperançosa em meu rosto, ela acrescentou: — *A noite toda.*

Meus ombros se afundaram.

— Tem certeza de que não posso vê-la nem por um minuto?

— Uhum — disse Sunny, estourando o chiclete. — Você não é nem médico, nem melhor amigo, nem mãe dela. Você é um boy lixo, e o horário de visita dos boys lixo só volta amanhã. E isso se eu decidir estar menos puta com você.

Sunny tinha fechado a porta atrás de si ao atender minha batida, então não tive como espiar atrás dela para ver se Bee estava no quarto. E, tirando uma briga corpo a corpo nada sexy, eu não tinha como passar pela nova guarda-costas de Bee. Que, segundo Cammy, também era nossa nova maquiadora.

Eu estava começando a me sentir vagamente amaldiçoado.

Saí da porta de Bee com um último pedido de desculpas-súplica, que foi recebido sem qualquer piedade, e, então, voltei a meu quarto, onde parei diante da mala por um longo minuto, tentando organizar meus pensamentos. Decidi colocar metade das minhas coisas na mala, para o caso de Maddie ligar com más notícias, depois me sentei e mandei mensagem para Bee. E liguei para ela.

E mandei mensagem direta no ClosedDoors:

Desculpa por não estar lá durante o acidente. E por meio que ter sido a causa do acidente. Podemos conversar quando estiver se sentindo melhor?

Não houve resposta. Nem mensagens nem ligações de Maddie — nem de Kallum nem de Barb. Tentei ligar até para Isaac, mas ele não atendeu. Foi como se tudo tivesse dado errado e eu não tivesse nenhum jeito de resolver. Tudo que eu podia fazer era segurar aquele retângulo de metal e vidro e torcer para que se acendesse em minha mão em algum momento.

A sala de jantar da pousada também funcionava como bar, mas quase nunca era usado, e as garrafas estavam tão empoeiradas que chegava a ser preocupante. Também nunca havia visto nenhum funcionário por ali, e não havia nem sinal de Stella, a dona da pousada, quando desci. Então deixei uma nota de vinte sob um porta-copos e servi um pouco de uísque, que tomei sozinho no escuro, escutando a música alegre de Natal que tocava no saguão e chegava ao salão vazio.

Eu tinha acabado de conversar com Maddie e minha mãe. Minha mãe estava acordada e se sentia muito melhor, embora um pouco cansada dos acontecimentos do dia. A boa notícia era que a tomografia voltara sem nenhum sinal de derrame nem concussão, e os médicos não achavam que o desmaio fosse uma reação alérgica a nada. Eles diagnosticaram o acontecimento como uma resposta vagal a uma dor pélvica que ela vinha sentindo e estava tentando aguentar sem nos incomodar. Ela receberia alta do hospital no dia seguinte e consultaria o ginecologista ainda naquela semana para investigar a origem da dor, embora insistisse que fosse normal para ela e que era muito barulho por nada.

— Mãe, desmaiar no estacionamento da loja não é bobagem! — eu havia resmungado.

— É, não pega bem, isso eu admito — dissera minha mãe. — Mas só vão me mandar tomar um ibuprofeno e comer mais fibra, ou coisa assim. Mal sabem eles que tomo vitamina de Metamucil toda manhã. Defeco como ninguém.

— Eca, mãe — eu tinha ouvido Maddie dizer ao fundo.

Eu havia pedido para me ligarem no dia seguinte e também as lembrara que pegaria o primeiro voo para casa se algo mudasse, e depois desligara, tentando me incentivar a não ir embora. Tentando me convencer a ficar e fazer meu trabalho, sendo que parecia que eu ainda era necessário em casa, embora tudo estivesse meio que bem por enquanto.

Mas e se não ficasse bem?

E se Maddie estiver certa e você estiver microgerenciando sua própria família?

E foi então que decidi que precisava de um uísque empoeirado.

Minha agente recém-chegada me encontrou no semibar escuro com a cabeça entre as mãos e a garrafa de uísque aberta ao lado do cotovelo.

— Essa garrafa deve ser mais velha do que você — disse Steph a título de cumprimento.

Nem me dei ao trabalho de erguer os olhos enquanto ela se sentava no banco ao meu lado, mas apontei para a garrafa, porque era um excelente anfitrião, e ela a pegou pelo gargalo e deu um longo gole.

— Você acabou de chegar aqui — eu disse. — Não pode ser tão ruim assim.

— Ah, pode, sim — disse Steph, colocando a bebida no balcão com um baque. — Acabei de vir do gabinete de produção, onde tive uma longa reunião com Teddy e Gretchen. Teddy, aliás? Um puta de um desastre. Esse é meu diagnóstico profissional, ele nem precisa pagar minha taxa de consultoria por isso.

— É por isso que você veio a Christmas Notch? Para se reunir com Gretchen e falar sobre mim?

Steph tamborilou as unhas pintadas de bordô no balcão.

— Não, vim porque queria garantir que as coisas não estavam uma bosta aqui. Esse é o primeiro filme de Teddy para o Hope Channel e sua coprotagonista é nova. São mais variáveis do que eu gostaria.

E isso sem falar de mim, a maior variável de todas.

— O que Gretchen disse? — perguntei. — Foi sobre a tarde de hoje?

— Sim, e sobre todos os outros dias em que você parecia estar mais organizando uma operadora telefônica do que sendo um duque. Sua reputação com ela está por um fio, Nolan, e acho que já deixei claro que vou fazer o molho natalino tradicional da minha vó com os ossos do seu pescoço se você foder com isso. Ser aprovado pelo Hope Channel e seus telespectadores é o primeiro passo para o novo Nolan Shaw. Sem isso, não temos nada. Zero. Então espero que essas ligações tenham valido o risco.

Parecia tão superficial quando Steph colocava nesses termos. Como se nada pudesse fazer valer o risco de estragar esse recomeço.

— Foi minha mãe — eu disse depois de um minuto. Minha voz era suave sob as notas de Nat King Cole que entravam pelas portas duplas abertas. — Ela foi parar no pronto-socorro hoje.

Quando ergui os olhos para Steph, ela estava se inclinando para a frente para colocar a mão em meu rosto. Suas pérolas de sempre cintilavam debaixo das lapelas do terninho de alfaiataria.

— Sinto muito, Nolan — disse, sem ironia. — Sinto muito por sua mãe ter tido um problema. E sei por que você está fazendo isso tudo, sei de verdade. Mas os diretores não têm tempo para seus problemas pessoais. Muito menos os produtores.

Produtores. Isso me lembrou que ela ainda não sabia que Teddy era Tio Ray-Ray, nem que Bee era Bianca. E, por Bee, fiquei um pouco aliviado por ser apenas a minha confusão que precisava ser limpa no momento.

E eu daria conta daquilo; arrumaria minha confusão. Poderia pedir desculpas a Gretchen e... e, bom, não sabia mais o quê. Talvez encontrar alguém em quem eu confiasse para ficar com meu celular enquanto estivesse diante das câmeras e torcer para minha má sorte telefônica ter chegado ao fim.

Talvez até contar a verdade para ela.

Steph estava certa ao dizer que os diretores e produtores não tinham tempo para ligar para o que cada membro individual do elenco estava passando, mas meus problemas familiares eram uma parte tão grande da minha vida...

Steph interpretou corretamente minha pausa.

— Não gosto de mentir, embora seja parte do meu trabalho — disse ela. — Normalmente, eu poderia até ser a favor de contar a verdade para Gretchen. Mas, se vazar a notícia de que sua vida familiar é complicada, com o tipo de complicação que causa problemas no set e acaba custando tempo e dinheiro, você vai desenvolver uma reputação na indústria que nem eu consigo resolver.

— Mas Gretchen não é esse tipo de pessoa — argumentei. — Ela não veria nesses termos.

— Concordo — disse Steph. — Mas você consegue jurar que Pearl não veria? Nem Teddy Fletcher? Consegue jurar que Gretchen não precisaria contar para alguém porque acha que outras pessoas também deveriam saber? Um assistente de produção? Um executivo do Hope Channel com medo de atrasos? Não existem segredos em um set de filmagem, Nolan. Nenhum. E menos ainda em Hollywood. Se as pessoas aqui de Christmas Notch souberem que você tem a atenção dividida por um motivo semipermanente, pessoas de toda parte vão saber também. E, se isso acontecer, não tenho como prometer que consigo outro trabalho com o Hope Channel. E definitivamente não tenho como prometer a você qualquer tipo de trabalho de horário nobre em que precisem que você seja confiável acima de tudo.

A verdade nas palavras dela era como um uísque barato. Um ardor no fundo do meu peito de que eu precisava, mas não exatamente curtia.

Mas Steph estava certa. Eu não podia correr o risco de manchar minha nova reputação com sequer uma gota. Eu sabia que isso significava me manter longe de qualquer devassidão visível, mas concluí que também significava fingir que todas as minhas prioridades se limitavam ao trabalho do momento.

— Você tem razão — eu disse finalmente, com o ar grave.

— É óbvio que tenho razão — disse Steph. — Agora pare com essa merda de falta de profissionalismo antes que eu faça seus dentes de brincos.

Ela deu um tapinha na minha bochecha e voltou a pegar o uísque. Sob a luz fraca que entrava do saguão, dava para ver que a bebida já estava colocando um sorriso em sua boca perfeitamente maquiada e corando suas bochechas normalmente claras.

— O que uma mulher precisa fazer para arranjar uma cereja por aqui? — murmurou consigo mesma, levantando-se para bisbilhotar a parte de trás do bar.

Olhei o celular enquanto ela fazia isso, e vi que Bee ainda não tinha respondido a nenhuma das minhas mensagens. Talvez ela estivesse mesmo repousando, como Sunny e o médico queriam. Ou talvez estivesse furiosa comigo por ser um companheiro de cavalgada infiel e não pretendesse falar comigo nunca mais. Talvez eu tivesse perdido todas as chances de rir com ela de novo, sorrir com ela de novo, *beijá-la* de novo…

Mandei mais uma mensagem e, finalmente, desisti. Depois de um aceno triste para Steph, que havia encontrado um pote empoeirado de cerejas em um recanto misterioso do bar, eu me arrastei escada acima até meu quarto.

Como era de se esperar, dormi mal pra caralho, mas, quando finalmente saí da cama, tinha uma mensagem de Maddie me dizendo que a noite tinha sido tranquila e o plano ainda era minha mãe ter alta naquele dia.

Não havia nada de Bee.

Eu era esperado para cabelo e maquiagem às dez — e maquiagem com *Sunny*, o que seria interessante —, mas tomei banho e me vesti mais cedo para encontrar Gretchen no escritório de produção antes do dia começar. Eu a encontrei no térreo com o laptop aberto na frente dela e Pearl deitadinha como uma apóstrofe humana em um sofá do lado, dormindo profundamente.

— Ei — eu disse, entrando com uma batidinha na porta aberta. — Podemos conversar?

Gretchen ergueu uma sobrancelha para mim, mas, depois de um momento, fez que sim.

— Pode entrar, Nolan.

Eu me sentei na cadeira de veludo vermelha diante da mesa dela, tentando não sentir que estava na sala da diretora. O que infelizmente era algo muito familiar para mim.

— Quero me desculpar por ontem — eu disse, olhando-a nos olhos. — E por todos os dias anteriores. Foi falta de profissionalismo da minha parte estar com o celular ligado durante as filmagens, e não vai acontecer de novo.

Tomara. Mas será que eu conseguiria viver comigo mesmo se perdesse outra ligação de emergência?

Lembre-se do que Steph disse: não existem segredos em um set de filmagem. E esse não é um segredo que você possa deixar que seja descoberto agora.

Mordi o lábio enquanto Gretchen parecia pensar. Depois de alguns segundos, ela fechou o laptop e me encarou com um olhar perspicaz.

— Quero ver isso como algo isolado e fora do contexto de seu comportamento passado, mas é muito difícil, Nolan. As coisas de que você se safou quando era mais novo... você acha que eu teria me safado? Você viu como tratavam Brooklyn, como foderam com a vida de Winnie Baker depois de uma foto constrangedora. Você viu a diferença na maneira como a imprensa tratou você e Emily Albright depois de Duluth, embora vocês dois tivessem sido fotografados com patinadores de velocidade nus. Você acha que alguém que não é um menino branco bonitinho poderia ter atropelado todas as regras, atropelado o tempo e os sentimentos dos outros, e ainda assim recebido uma segunda chance após a outra?

Fiquei vermelho.

— Não.

Ela me observou como se estivesse esperando que eu dissesse mais, e percebi que esse era meu momento. Essa era minha chance de jogar o conselho de Steph pela janela e explicar sobre minha mãe e Maddie. Dizer a Gretchen que, sim, eu era atrapalhado e pouco profissional, mas não era porque estava pouco me fodendo, nem porque era o mesmo escroto que antes ostentava seu mau comportamento por toda parte enquanto sua carreira ardia em chamas.

Mas...

Mas, na noite anterior, Steph estava certa em mais aspectos do que sobre segredos. Diretores não tinham tempo nem energia para serem conselheiros de cada ator no set, e todos ali tinham seus próprios problemas para resolver. Bee e Teddy, com certeza. Pearl com seu bloqueio de escrita. Talvez até Gretchen estivesse carregando sua própria bagagem. Devia ser alguma bagagem muito criativa e interessante, mas ainda assim.

Eu não era especial. E estava ali para provar que sabia que não era especial. Que estava pronto para trabalhar duro de verdade... e trabalhar duro por uma equipe. Exatamente como *não* havia trabalhado pelo INK naqueles últimos meses caóticos. Quando deveria estar salvando o pouco que nos havia restado depois que nosso empresário fugiu, quando deveria estar trabalhando com Kallum e Isaac para manter tudo em ordem. Eu não tinha sido um bom amigo nem colega na época, preocupado demais com estar pouco me fodendo e fodendo até demais, mas eu não era mais o mesmo Nolan de antes. Eu tinha mudado; tinha aprendido que o mundo não se limitava à próxima festa, à próxima cama em que me deitaria.

Eu estava cansado de obrigar os outros a lidar com os problemas de Nolan Shaw. E, embora meus problemas parecessem maiores do que nunca, eu daria um jeito neles. De uma forma ou de outra.

— Você pode contar comigo — eu disse finalmente a Gretchen. — Não haverá mais problemas para *O salão do duque* do ex-membro de *boyband* aqui.

E eu estava falando a verdade. Afinal, faltava menos de uma semana de filmagem.

O que poderia dar errado em uma semana?

CAPÍTULO DEZOITO
Bee

Eu sentia que tinha envelhecido cinquenta anos em uma noite ao me virar para o lado com um bocejo de estralar os ossos e encontrar Sunny com uma bala de alcaçuz pendurada na boca, os óculos de lupa na cara e a lanterna na cabeça enquanto bordava o que parecia ser uma vulva vermelha e verde emoldurada por azevinho.

— Por que parece que a TV está cada vez mais alta? — perguntei com um gemido.

— Porque está — disse ela, simplesmente. — Eu me inspirei naqueles despertadores chiques que acordam você devagar.

Estreitei os olhos para a tela na parede oposta.

— O que é que você está assistindo?

Uma versão animada de "Rudolph, the Red-Nosed Reindeer" saía pela caixa de som enquanto as palavras *Um barista de Natal* em letra cursiva vermelha surgiam na tela.

Ela abaixou o volume enquanto a música crescia.

— Filmes antigos do Hope Channel. É basicamente o único canal que funciona aqui. Quer dizer, esse e o Weather Channel, e já consigo recitar a atualização de hora em hora, incluindo o rastreador do Papai

Noel. Além do mais, o pessoal da previsão do tempo sempre diz as mesmas piadas sem parar. Se eu ouvir um cara chamado Todd fazer mais um trocadilho com a música "Baby, It's Cold Outside", vou começar a achar que a Matrix está se resetando ou coisa assim.

— A internet não cancelou essa música? — perguntei enquanto me apoiava nos cotovelos.

Ela se virou para mim, os olhos castanhos tão ampliados pelas lentes que parecia ter saído de um anime.

— Acho que a cultura do cancelamento ainda não atingiu o canal do tempo. Confie em mim. Com certeza não atingiu Todd.

Ela ergueu os óculos de lupa e desligou a lanterna de cabeça antes de me oferecer um folhado de queijo e cereja não muito fresco.

— Coma, florzinha. Depois a gente arranja comida de verdade para você, mas agora o que tem são os restos do café da manhã continental.

Resmunguei enquanto terminava de me sentar e pegava o doce dela. Era menos ofensivo visto de perto, e ainda menos quando o mordi e minha barriga roncou pedindo mais.

— O que você está fazendo aqui? — perguntei de boca cheia.

— Bom, anjinho, precisavam de outra maquiadora depois que uma delas teve algum tipo de emergência felina.

— Maya? A gata dela está bem?

Ela deu de ombros.

— Foi alguma coisa com uma gata em um cio inesperado e um futuro papai gato à espera de seu grande momento. Sei lá. Meio que parecia a premissa de um pornô ruim. Uma emergência sexual felina. Enfim, aqui estou eu! Cuidando da maquiagem do meu primeiro filme sem penetração. Meu pai está muito orgulhoso.

— Ah, Papa Sammy! Você poderia ter mandado mensagem para me avisar, aliás.

— Teddy queria fazer uma surpresa para você — disse ela.

— Que Krampus bonzinho ele é. — Então levei um susto, quase me engasgando com o resto do doce. — Ai, merda, que horas são?

Saí da cama com dificuldade, baixando os olhos para ver que estava usando uma roupa suja qualquer que tinha sido jogada no canto ao lado do frigobar.

— São dezesseis horas — disse ela, enquanto se recostava na minha cabeceira. — Você ficou praticamente desmaiada desde que te trouxemos de volta à pousada ontem à noite.

— Mas era para eu estar no set... ai, meu Deus, quer dizer que vou ter que refilmar a cena do cavalo?

Meu peito se apertou e meus olhos começaram a doer com a ideia.

— Tá, respire fundo. Boa notícia: você não precisa refilmar. Má notícia...

— Preciso mijar. — Corri até o banheiro e deixei a porta entreaberta enquanto gemia de alívio no minuto em que minha bunda tocou a porcelana. — Qual é a má notícia?

— A má notícia é que seu querido Nolan Shaw é um boy lixo de merda.

Terminei no banheiro e abri a porta com o pé enquanto lavava as mãos.

— Não é, não. No fundo, não.

Mas eu não me convenci. Não acreditava. Nem em mim mesma. Na véspera, Nolan havia me prometido que estaria lá o tempo todo. Era uma promessa tão pequena e simples de manter, e que inclusive era seu trabalho. E, claro, talvez o celular tocando tenha sido um acidente. Mas, quando parei para pensar, percebi que Nolan vivia grudado no aparelho e se distraía com ligações desde o primeiro dia.

Voltei a sair e me joguei na cama — a mesma cama em que tinha feito muitas safadezas com o tal boy lixo.

O queixo de Sunny caiu enquanto ela jogava o bordado de vulva para o lado e me dava toda a sua atenção.

— Bee "Bianca von Honey" Hobbes. Você deu para o boy lixo.

— Está mais para... — procurei a expressão mais astuciosa que conseguia encontrar, mas tudo se resumia a — uma amizade colorida.

Ela me encarou, boquiaberta.

— Bee, isso é ainda pior! Não apenas ele é um boy lixo, como *comeu* você e te abandonou em um momento de necessidade. Ele é basicamente o motivo para Whitney Relinchtoun, que aliás é um ótimo nome de cavalo, ter se assustado.

— Bom, teve uma rajada de vento muito violenta e...

Ela colocou minhas mãos em seu colo, como se estivesse tentando transmitir toda a sua preocupação e sinceridade com o simples toque de seus dedos e, para ser sincera, estava dando certo.

— Você sabe que sou a favor de amizades coloridas. Mas isso pode ficar tóxico muito rápido, o que não apenas acabaria com *você*, como poderia muito bem acabar com toda essa oportunidade. Para você e Teddy. Você estava indo muito bem pós-Spencer. Não quero que volte a esse tipo de ciclo.

Ela estava certa. Sunny sempre conseguia estar certa. Eu quase sempre tinha sido o segredo de todos com quem me relacionei. Às vezes porque era gorda. Às vezes porque era uma profissional do sexo. E às vezes pelas duas coisas. Mas ser o segredo de alguém como Nolan Shaw... era outro nível.

Eu me joguei de volta na cama, e ela se ajeitou para que eu conseguisse apoiar a cabeça em seu colo.

Então contei tudo para ela, em detalhes. Que eu e Nolan queríamos apenas matar a curiosidade e acabamos por descobrir que era mais do que curiosidade. Contei para ela do pavor absoluto que sentira ao entrar em cena na véspera, e que Nolan jurara de pé junto que estaria do meu lado. Mas então ele se fora e, de repente, eu estava voando pelos ares.

Ainda que nos conhecêssemos havia apenas uma semana, e soubesse que em pouco mais de uma semana ele seguiria seu caminho e eu o meu, não podia ignorar que me sentia profundamente magoada pelo fato de que, quando acordei depois de cair do cavalo, ele não estava lá. E que ele não conseguia ignorar o celular ou o mundo exterior por um período curto para ficar comigo.

Essa sempre era a questão. Era tudo que eu sempre quisera de uma relação — que a pessoa com quem eu estivesse saindo não estivesse comigo apenas à noite quando as coisas eram divertidas, suadas e cheias de prazer, mas também à luz do dia, quando não houvesse como se esconder da realidade. Eu queria poder voltar no tempo e dizer à pequena Bee que não havia por que ter medo do escuro e que as coisas mais difíceis da vida normalmente aconteciam à luz do dia.

E talvez isso fosse tudo que Nolan pudesse ou quisesse me dar. Aquelas horas da noite enrolados em lençóis. Mas eu devia a mim mesma descobrir. E no mínimo gritar com ele por causa daquele maldito celular.

Eu me levantei abruptamente.

— Preciso conversar com Nolan.

— Arrasa, gata! — incentivou Sunny.

Fui até a porta cheia de determinação.

— Ah, Bee?

Olhei para trás.

— Pois não?

— Talvez seja bom escovar os dentes? — Ela fez uma careta. — Desodorante também não faria mal.

Concordei e voltei para o banheiro.

— E talvez leve um lubrificante também — sugeriu Sunny. — Por via das dúvidas! Raiva é sempre motivação para uma boa transa!

Depois de um banho rápido, uma troca de roupas e, sim, de escovar os dentes e passar desodorante, coloquei meu celular sem bateria para carregar e, deixando Sunny com seus bordados natalinos, desci o corredor na direção do quarto de Nolan. Segundo a agenda da manhã, já era para ele ter terminado de filmar suas cenas sozinho àquela altura.

Eu mal tinha dado uma batida na porta quando Nolan a abriu. Sua expressão fechada começou a se dissolver em alívio enquanto ele me puxava para dentro, envolvendo-me em um abraço apertado junto ao peito e inspirando fundo com o nariz no alto da minha cabeça e do cabelo ainda molhado.

— Eu estava tão preocupado com você...

Minha determinação começou a desmoronar. *Você está aqui para conversar*, eu disse a mim mesma. *Você está aqui para conversar. E talvez até gritar um pouco.*

Nossa, o cheiro dele naquele quarto era ainda mais intenso. Não era justo. Eu estava em território inimigo.

Cambaleei para trás e fechei a porta atrás de mim, prendendo-nos naquela verdadeira estufa de Nolan Kowalczk.

A única chance que eu tinha de sobreviver era manter uma distância inocente entre nós.

— A gente precisa conversar — eu disse, ao mesmo tempo que ele dizia:

— Bee, acho que preciso te contar uma cosia.

— Você primeiro — dissemos em uníssono.

Ele respirou fundo, e eu também, então ele fez sinal para eu falar primeiro.

— Olhe — eu disse enquanto me sentava no braço do sofá de veludo vermelho. — Sei que... o que temos é casual e... provavelmente vai acabar assim que o filme terminar, e sei que somos um segredo. Pelo bem de nós dois. Mas, Nolan, preciso que você saiba que levo promessas a sério e que, quando caí de Whitney Relinchtoun depois que seu celular tocou e aquele vento passou pelo vale... e você não estava lá quando acordei... — Balancei a cabeça. Eu sentia que estava perdendo a linha de raciocínio, como se de repente não estivesse certa do que precisava dizer ou por que estava ali. Fiz o possível para escapar do ataque intenso de invalidação e seguir em frente. — O que estou tentando dizer é que, não importa se isto aqui é sério ou quanto tempo dure, preciso que você não me faça promessas que não pode cumprir.

Ele se sentou na mesinha de centro à minha frente.

— Bee, eu... Me desculpa. Eu não queria encher você de justificativas, porque não importa. Eu não estava lá quando eu disse que estaria, mas também... acho que é importante que você saiba por que estou aqui e o que me espera lá em casa. Steph não quer que eu conte para ninguém, e eu não contaria, mas então pensei mais sobre isso hoje, e você tem muita coisa em jogo também, e sinto que posso confiar em você, e...

— Espere — interrompi. — O que espera você em casa?

Ah, puta que pariu. Eu já era a outra para muita gente mundo afora, mas isso era diferente. Era...

— Minha mãe — disse ele, devagar. — E minha irmã mais nova, Maddie, que teve que amadurecer rápido demais. Elas são tudo para mim, Bee. Sabe, minha mãe... — Ele respirou fundo outra vez, depois me encarou com seu olhar azul cristalino. — Ela tem transtorno bipolar e, depois que meu pai morreu, a saúde mental dela piorou muito. Como família, todos tivemos que encontrar nosso novo normal sem ele, o que significou estar lá uns pelos outros, o máximo possível. Ainda significa isso. Mesmo quando estou aqui, preciso manter um pedaço de mim lá.

Ondas de compaixão e culpa passaram por mim em igual medida. Nunca tinha parado para pensar que tipo de ligação ele poderia estar atendendo. Eu estava tão concentrada na ideia de que não merecia tê-lo para mim — nem mesmo de uma forma física e passageira —, que era muito fácil acreditar que ele estava sendo negligente com suas promessas e meus sentimentos.

— Ah, Nolan.

Minha voz saiu como um murmúrio baixo, e a tensão em minha postura e meu coração começou a se dissolver. Houvera muitos pequenos momentos em que parecia que a cabeça e o coração dele estavam em um lugar diferente... e era porque estavam.

— Está tudo bem — disse ele, um pouco brusco, como se estivesse acostumado demais a dizer essas palavras. — Mas é por isso que preciso que esse trabalho dê certo. É por isso que preciso me recuperar o suficiente para sair do trabalho técnico do teatro, que realmente adoro, mas paga uma merda. Já caguei uma vez e perdi tudo, mas não vou fazer isso de novo. Não posso. Mas, enfim, é por isso que atendi a todas aquelas ligações, e aí ontem minha mãe desmaiou e bateu a cabeça num estacionamento. Ela teve que ir para o pronto-socorro.

— Puta merda. Ela está bem?

— Está — disse, com um suspiro cansado. — Ela está bem, e recebeu alta hoje cedo. Maddie... bom, ela é nova demais para ser tão responsável, mas ela fez tudo que precisava fazer. Fez tudo certinho.

— Sinto muito, Nolan. É... é muita coisa para carregar no set.

Ele balançou a cabeça.

— Não quero que pareça um fardo, porque não é. Minha mãe é foda, e é muito engraçada e talentosa, e tem muito amor para dar a todos que conhece, até para aquela cadela demoníaca chamada Snapple. Nossa família só precisa de um pouco de flexibilidade. E há quem pense que seria fácil de conseguir, certo? Só ceder um pouquinho. Mas é quase impossível, e *isso* é que é difícil. O difícil não é estar lá para apoiar ela, mas ter que combater o mundo para que ela possa se apoiar sozinha.

Eu me inclinei para a frente e deixei meus dedos roçarem em seu ombro, que estava rígido de tensão.

— Ela parece incrível — eu disse com a voz suave. — Maddie também.

Seu corpo relaxou um pouco sob meu toque.

— Maddie é a melhor adolescente que existe. Nenhuma irmã caçula deveria ser tão legal como ela. A melhor parte é que ela é tão jovem que ela e seus amigos estão cagando para mim ou para o INK.

— E essa é a melhor parte? — perguntei.

— Se seu primo vendesse sua cueca na internet, você ficaria agradecida por todos os parentes que não se deixam impressionar por você.

— Bom, a verdadeira pergunta é: estava limpa? Porque as cuecas bem suadas valem um bom dinheiro.

Ele ergueu os olhos sob aquelas sobrancelhas castanhas e, com um sorriso que não conseguiu evitar, disse:

— Você tem uma mente deliciosamente pervertida, Bee Hobbes.

Eu me levantei da cadeira e deixei que meu corpo vagasse na direção dele.

— Você pode tirar a garota do trabalho sexual, mas não pode tirar o trabalho sexual da garota.

— Não estou reclamando — disse ele, mantendo os olhos em mim, com a cabeça encostada na minha barriga.

— O que posso fazer para ajudar? — perguntei. — Quero fazer o possível para deixarmos sua cabeça tranquila durante essa última semana de filmagem. Será que não podemos encontrar alguém de confiança para monitorar seu celular enquanto estamos no set?

— Não é uma má ideia, mas quem? Steph insiste que ninguém pode saber disso, para eu não ficar com a pecha de *ator carente*.

Dei de ombros.

— Metade da equipe técnica é gente do pornô trazida por Teddy. Eles são melhores em guardar segredo do que Tom Hanks.

— Tom Hanks é… conhecido por isso?

— Não, mas deveria ser. Ele tem cara de confiável.

Ele esticou o pescoço enquanto a ficha caía.

— Hm. Faz... faz muito sentido isso dos membros da equipe. Luca e sua bolsa de calças sem bunda.

Fiz que sim.

— Pois é. E Angel. Lembra que comentei que ele era filho de Teddy? Ron Alto também. Quer dizer, ele não é filho de Teddy, mas também é do pornô.

— Tio Ray-Ray — disse ele. — Teddy Fletcher é Tio Ray-Ray, certo? Assenti.

— O próprio.

— Aquele cara é o rei do pornô. O que ele está fazendo produzindo um filme para o Hope Channel?

— Diversificando as fontes de renda — eu disse simplesmente. *Planejando o futuro*, pensei. *Como eu deveria estar fazendo. Como estou tentando fazer.* — As pessoas não pagam por pornografia como antigamente, e Teddy pode ser muitas coisas, mas também é um bom pai. A mensalidade da faculdade de arte chique de Angel é esmagadora, e Teddy também está tentando ajudar Astrid, a filha dele, a financiar os protótipos dos *sex toys* ecológicos dela.

— E como isso o levou a juntar forças com o Hope Channel?

— As gravações de filmes de Natal podem demorar mais do que o cronograma de um filme adulto normal, mas, fora isso, é tudo bem parecido. Enredos replicáveis, orçamentos curtos. Quando Teddy perdeu vários membros da equipe naquele acidente do DesFestival, ele começou a preencher os buracos, desculpa o trocadilho, com gente do pornô.

— Se essa não fosse minha tentativa de lançar um novo Nolan Shaw santinho, eu diria que foi um golpe de gênio.

— Sei que tem muita coisa em jogo aqui para você, Nolan. Sei mesmo. Mas Teddy é uma boa pessoa, e acho que ele consegue fazer isso dar certo. Tenha um pouco de confiança. — Ele curvou a boca em um sorriso relutante. — Ah! E Sunny também — acrescentei. — Ela está aqui substituindo Maya. Ah, ah! Sunny seria a pessoa perfeita para ficar de olho no celular para a sra. Kowalczk!

Nolan soltou um assobio baixo.

— Ela faz favores para boys lixo?

— Aaaah, esse seria um bom nome para uma ONG. Favores para Boys Lixo.

— Você perdoa este boy lixo aqui? — perguntou ele, voltando a se aconchegar na minha barriga.

— Perdoo — sussurrei, um calor crescendo sob a pele. — E obrigada por ser honesto comigo.

— Como vamos fazer agora?

Meu suspiro saiu tão trêmulo e inseguro como eu me sentia em relação a nosso futuro.

— Acho que... nós... — A resposta certa seria pararmos com tudo e retirarmos as cores da nossa amizade colorida, mas, depois que esse filme acabasse, eu não sabia se algum dia veria Nolan Shaw novamente. Se pudesse ter mais uma semana com ele, não queria desperdiçá-la na esperança e na vontade de mais. — Acho que devemos ser cuidadosos.

Ele subiu as mãos pelo meu quadril e pela cintura da minha bermuda justa.

— Cuidadosos como? — sussurrou.

Enquanto ele subia os dedos pelas laterais do meu corpo, um frasquinho caiu do bolso da minha blusa de moletom. Ele baixou a mão para ver o que era.

— Isso... é lubrificante? — perguntou com uma risada.

— Tamanho viagem — admiti, as palavras saindo um pouco mais esbaforidas do que eu pretendia porque, depois de ele me tocar e recuar tão subitamente, a pele macia de minha barriga parecia estar em chamas. — Sunny sempre insiste que eu esteja preparada.

Ele observou o frasco.

— Sabor biscoito amanteigado de novo? Hmm.

Ele o colocou na mesa e me puxou para perto, seu hálito quente em minha barriga.

Com uma delicadeza que eu ainda não tinha visto nele, ele baixou a cintura da minha bermuda, deixando que descesse pelas minhas coxas como se estivesse desembalando um presente com todas as intenções de guardar o papel.

Meus joelhos enfraqueceram, e me obriguei a não encolher a barriga nem me manter imóvel enquanto ele dava beijos pela costura da minha calcinha rendada cor-de-rosa.

Um suspiro suave perdurou em meus lábios enquanto os dentes dele traçavam a pele macia, e Nolan ergueu os olhos escuros e vorazes como se eu fosse algo a ser venerado. Como um tesouro.

Ele se levantou nesse momento, tirando meu moletom, e encostou o corpo todo no meu.

Desci a mão à sua cintura, à ereção que crescia contra o zíper da calça jeans, e usei um aperto suave para guiá-lo até a cama.

Sua voz era rouca e áspera quando ele disse:

— Isso é… você é *tudo* que eu quero.

Eu queria responder, mas não sabia que palavras dizer. Não sabia explicar que me sentia da mesma forma, e a possibilidade de isso acabar doía demais para eu admitir que *ele* era tudo que eu queria.

Ficamos ali parados diante da janela aberta, enquanto o sol pairava sobre as encostas que cercavam aquela cidadezinha, que era perfeita de longe até você olhar de perto o bastante para ver todas as suas pequenas arestas e imperfeições adoráveis. Assim como eu. E Nolan. E o que quer que tínhamos.

Ele encostou a boca na minha, passando a língua pelos meus lábios, e só me dei conta da vontade que eu tinha do seu beijo quando sua língua dançou com a minha. Arranhando as costas dele de leve, tirei sua camisa, e nós dois caímos na cama, ele pesado entre minhas coxas enquanto a costura da calça jeans roçava na renda úmida que cobria meu sexo ávido.

— Preciso de você — murmurei em sua boca, como uma confissão.

Com um rosnado, ele deixou um rastro de lambidas e beijos pelo meu pescoço e pelos meus seios arfantes. Com fascínio e tesão nos olhos, ele baixou as taças de meu sutiã, deixando meus mamilos escaparem. Ele desenhou círculos ao redor com a língua quente e os dentes prontos para morder e disse:

— Hoje não vou ter pressa.

CAPÍTULO DEZENOVE
Nolan

— Shh — eu disse a Bee, colocando a mão em sua boca enquanto a outra mão continuava a massagear seu quadril. Nada de despertador agudo para mim naquela manhã; em vez disso, eu tinha acordado com uma estrela pornô beijando meu pescoço. O que logo tinha se transformado em Bee sentando em mim como se sua vida dependesse disso. — Menina escandalosa.

Seu próximo gemido foi abafado pela palma da minha mão, mas ela estava assentindo como se eu falar para ela ficar quieta fosse algum tipo de revelação sexy. Como se a excitasse ser repreendida por se sentir tão bem, e observá-la se excitar *me* excitava. Quando ela fez outro barulho em minha mão, dei um tapa forte em sua bunda.

— Se fizer mais um barulho, vou ter que te castigar — murmurei, saboreando a maneira como ela estremeceu em cima de mim. Adorando a maneira como suas pálpebras entreabertas perpassavam tudo, dos meus olhos à minha boca ao meu peito, como se ela não conseguisse se cansar de mim, de nós, como se não conseguisse se cansar *disso*.

Seu trabalho significava que ela era a menininha safada de todos o tempo inteiro e nunca era livre para ser sua própria menina safada, nunca fazendo as safadezas *apenas* por diversão e *apenas* pelo próprio prazer. Sempre havia a imagem a considerar, a marca, a performance. Era uma vida de dar e não receber, e eu entendia bem demais. Era muito parecido com ser um astro do pop, na verdade. Dava um verdadeiro barato depois de se apresentar — um barato incrível, até —, mas às vezes você só queria cantar para si mesmo.

Encontrei seu clítoris com o polegar, apertando e girando enquanto ela rebolava.

— Já é de manhã — murmurei, ainda com a mão em sua boca. — Estamos fodendo a noite toda, e você ainda não está satisfeita, né? E todo mundo passando no corredor hoje de manhã vai saber. Vai saber que essa bocetinha linda não cansa de gozar, não é?

Senti o momento em que minhas palavras a levaram ao clímax. Ela arregalou os olhos e caiu para a frente, com as mãos apoiadas em meu peito e o cabelo caindo sobre os ombros, fazendo cócegas em meu rosto e meu maxilar enquanto ela arfava contra minha mão. Suas coxas estavam tensas, seu peito subindo e descendo, e sua vagina estava quente e palpitante ao redor de mim. Senti o sorriso dela em minha mão quando ela gozou, e tudo que eu queria era que o tempo parasse para finalmente conseguir me embeber dela, de seu corpo, seu sorriso e seu senso de humor pervertido. Porque a noite anterior não tinha sido suficiente — a manhã também não seria suficiente.

Eu não me canso dela.

No momento em que seu clímax passou e ela começou a ficar relaxada e mole, eu nos virei para que ela ficasse de costas, e eu ficasse por cima. Voltei a entrar nela em um instante, mexendo-me entre suas coxas com estocadas fortes e vorazes enquanto ela passava as mãos ávidas pelos meus bíceps e ombros. Ela abriu um sorriso para mim, os olhos ainda cintilando com o brilho atordoado de quem acabou de gozar e as bochechas ainda manchadas de rosa.

— E você? — provocou, passando as unhas em minhas costas, tirando um grunhido do fundo do meu peito. — Vai conseguir ficar quieto quando gozar? Ou todo mundo vai saber o quanto você ama me comer?

Grunhi de novo. Não tinha como esconder, não tinha como ficar quieto. Quer eu estivesse dentro de seu sexo quente e úmido ou de sua boca quente e úmida, quer estivesse em sua mão ou apenas encostado nela, Bee Hobbes me deixava completamente maluco.

Precisando de sua boca, eu me abaixei para beijá-la, deslizando os braços sob seus ombros e deitando o corpo todo sobre ela para que ficássemos grudados enquanto eu atirava o orgasmo agitado dentro dela. Eu a beijei o tempo todo, lambendo sua boca, e só parei depois de encher a camisinha.

E eu tinha sido bem barulhento.

Bee mordeu meu lábio, puxando com um sorriso, enquanto eu saía de dentro dela, relutante, e me levantava para tirar a camisinha. Depois de me limpar, encontrei minha calça de pijama e a vesti enquanto caminhava até a pequena cafeteira perto do banheiro.

— Café? — perguntei para a tentação que estava enrolada em meus lençóis.

— Só se for de um sabor sazonal horrendo — disse ela. — Nada simples.

Baixei os olhos para as cápsulas de café organizadas em um prato no formato de um floco de neve.

— Tem hortelã com chocolate, hortelã com chocolate branco e... panetone. Parece uma escolha arriscada para um sabor de café.

— Panetone, por favor — disse ela alegremente.

Fiz careta, mas obedeci, fazendo uma xícara para cada um de nós — hortelã com chocolate branco para mim, muito obrigado —, e caminhei com cuidado até a cama com elas na mão.

Foi então, com o vapor subindo do alto das canecas, com Bee se sentando e pegando seu café nojento com as mãozinhas adoráveis, que a verdade apertou meu peito.

Eu não queria que aquilo acabasse.

Nem naquele dia, nem no seguinte. Nem quando eu saísse do set. Nem em nenhum momento do futuro próximo.

Era ela que eu queria. Era isso.

E eu queria que durasse mais do que só alguns dias.

Entreguei a caneca para ela e me sentei na beira da cama, querendo gravar aquele momento para sempre na memória. O sol da manhã brilhava, o tipo de luz pálida que prometia narizes resfriados e colinas cobertas de neve, e ele adorava Bee, acariciando sua boca exuberante e suas maçãs do rosto altas, lançando sombras sob seus cílios longos. Seu cabelo estava desgrenhado e emaranhado sobre os seios e ombros e, na mesa de canto, havia uma embalagem vazia de camisinha, um elástico e seu celular, em uma bagunça que parecia uma coisa tão de namorada que fez minha garganta doer. Tudo cheirava a sexo, a café e a Natal, e era o paraíso.

Era realmente o paraíso.

— E se… — comecei, meu coração saltando ao me tocar o que estava prestes a perguntar.

O que estava prestes a arriscar. Afinal, e se ela dissesse não? Ou pior: e se achasse que eu era um daqueles tarados em seus comentários no ClosedDoors, os homens que não a desejavam como pessoa, mas como uma fantasia descartável?

Mas eu tinha que perguntar, não? Porque a ideia de *não* ter aquilo quando *O salão do duque* acabasse era como ser atropelado por um ônibus de turnê do INK *e* sua caravana de caminhões de carga. Então limpei a garganta e comecei de novo.

— E se isso não acabasse? — perguntei baixo. — E se fosse sempre assim?

Ela me encarou.

— Assim? Bebendo café de panetone em Vermont?

Deixei minha caneca na mesa e me virei para olhar para ela de frente.

— *Assim* — eu disse, envolvendo as mãos nas dela, que seguravam a caneca. Olhei no fundo de seus olhos, tão verdes quanto um prado do Kansas na primavera. — Nós.

Ela entreabriu a boca, mas não falou nada a princípio, seus olhos vasculhando os meus. Então disse, devagar:

— Nós?

— Eu gosto de você — murmurei, pegando o café das mãos dela e o deixando ao lado do meu na mesa. — Gosto tanto de você que me assusta. E, quando penso em ir embora e nunca mais te ver, fico com a sensação de que algo está sendo arrancado de mim. Algo importante, algo de que preciso para respirar e comer e viver. Quero mais memórias com você, Bee. Quero momentos em cima de momentos.

Ela engoliu em seco, os olhos descendo para nossas mãos entrelaçadas.

— Também gosto de você — murmurou. — Mais do que deveria. Mas não sei, Nolan. — Ela voltou a erguer os olhos para mim. — Você parece uma miragem para mim, como se, quanto mais perto eu chegar, menos real você vai ficar. E às vezes me pergunto se não é melhor manter você longe.

Sua voz era suave, mas as palavras me doeram, tanto por ela como por mim.

— Não sou uma miragem — eu disse, aproximando-me para roçar os lábios nos dela. — Sou de verdade. Estou aqui. E não vou desaparecer.

Ela encostou a testa na minha.

— Você promete?

— Prometo. Não sou uma miragem.

Um suspiro baixo.

— Também quero ver você depois disso.

Meu coração bateu forte no peito, e não pude evitar, dei mais um beijo nela. Afundei as mãos em seu cabelo e passei os lábios sobre os dela até ela intensificar o beijo, impaciente como sempre, como se tivesse sede do meu sabor.

— Mas — disse ela, recuando — você vai estar em Kansas City. Eu vou estar em Los Angeles.

— Vamos dar um jeito — prometi.

— Hunf.

Senti um aperto no peito, e foi minha vez de suspirar um pouco.

— Mas o que eu disse ontem à noite, sobre tomarmos cuidado. Vamos ter que tomar cuidado depois de Christmas Notch também.

— Ah — disse Bee. — Certo.

Não queria que ela me entendesse mal.

— Não porque eu queira — eu disse rápido. — Eu adoraria que ficássemos juntos para o mundo todo ver. Mas...

— Sua carreira. Sua empresária. Bandeirolas.

Ela não parecia brava nem magoada, mas havia um cuidado em suas palavras que não estava ali antes.

Tentei ler sua expressão, colocando um dedo sob o queixo dela para que ela não conseguisse desviar o rosto.

— Bee, se eu não tivesse que fazer esse trabalho de reformular meu nome, juro que...

— Eu sei — disse ela. — Eu entendo. — Então virou a cabeça para beijar meus dedos. — Eu aceito, Nolan. Só para você saber. Vou aceitar você como quiser. Mas talvez devêssemos pensar em acalmar um pouco as coisas aqui.

— Como assim? Não!

Ela riu um pouco, embora soasse forçado.

— Eu sei. Também não quero parar, mas tenho que pensar em mim e Teddy. E você está aqui por menos de uma semana, só até dois dias depois do Natal, e eu vou terminar alguns dias depois, e aí vamos ter todo o tempo que quisermos na privacidade de nossas casas ou na privacidade de um hotel. Um hotel de verdade, não um com uma banheira de coração do lado da cama. — Ela apertou a mão em meu peito, os olhos verdes fixados nos meus. — Não faz sentido arriscar tudo se não precisamos esperar tanto tempo.

Ela estava certa. Eu odiava que ela estivesse certa porque queria passar todos os momentos livres na cama com ela, mas sua lógica era inegável.

— Então vamos ficar na seca até o filme acabar? — perguntei para esclarecer.

— Acha que aguenta, sr. Bad Boy? — perguntou ela, me abraçando pelo pescoço.

— Talvez — respondi. — Desde que eu não olhe para você. Nem pense em você. Nem sinta cheiro de biscoito amanteigado, ou de panetone.

Ela se aproximou, seus suspiros perpassando meus lábios. Eu sentia as pontas duras de seus seios roçando meu peito enquanto ela me apertava.

— Talvez a história toda de ficar na seca possa começar amanhã...

Meu celular começa a tocar as notas de abertura de "Fresh INK", um toque que escolhera especialmente para Kallum por ser a música que ele menos gostava de nosso álbum de estreia.

Se Kallum estava ligando...

Um pânico me atravessou enquanto eu pensava em todas as coisas que poderiam estar erradas. Imaginei minha mãe de volta ao hospital e eu longe em Vermont.

— Um segundo — murmurei, dando um beijo na testa de Bee e pegando meu celular no balcão da cafeteira.

Atendi o mais rápido possível.

— Ai, meu Deus, é minha mãe? Ela está bem?

— Não, cara, é muito pior — disse Kallum, desolado. — Minha *sex tape* vazou.

CAPÍTULO VINTE

Bee

— Olhos fechados — me lembrou Luca enquanto eu me apoiava em seus ombros e entrava no vestido de noiva. — Sabe o que vejo toda vez que fecho os olhos? A *sex tape* de Kallum Lieberman. Puta que pariu. Ele está arrasando com aquele corpinho de pai de família. Acho que nunca pensei que pornô hétero poderia ser tão sexy até ver aquele vídeo.

— Hm, como é que é? Está me dizendo que minhas cenas hétero não são sexys?

— Ah, Bee. Você sabe que te acho uma gostosa, mas P na B não é muito meu lance. — Senti que um calafrio o perpassava enquanto ele afofava a saia do meu vestido. — Mas Kallum sempre foi meu favorito. Daria para pensar que Isaac foi feito para mim, mas algo naquele pateta do Kallum sempre me excitou. E Nolan... bom, Nolan tinha cara de pauzudo, mas Kallum *é* pauzudo, se é que me entende.

Ri baixinho. Ainda não tinha contado para Luca sobre mim e Nolan, mas eu poderia confirmar que Nolan também não tinha só cara de pauzudo. Eu não tinha visto o vídeo de Kallum, mas estava por toda parte. E não só isso: parecia que a mídia estava investigando o passado do INK, procurando qualquer detalhe sórdido de escândalos do passado ou do presente. Assim que Nolan saíra do telefone com Kallum, ele se vestira às pressas e fora em busca de Steph. Mal nos falamos desde então.

— Me sinto meio mal por Kallum — eu disse. — Ele seguiu em frente com a vida. É dono de uma pequena empresa. Não acho que queria que isso vazasse.

Luca bufou.

— Não existe um mundo em que um homem que trepe tão bem não queira que sua *sex tape* seja exibida publicamente.

Ele puxou a anágua, e quase caí para a frente.

— Tem certeza de que não estamos em uma dinâmica de equipe da Hopeflix? — perguntei.

— Não, mas esse vestido está absolutamente perfeito em você, ainda melhor do que meus croquis. Tentei fazer um vestido de casamento antes de sair da faculdade de moda, mas não tinha o orçamento de um departamento de figurino cinematográfico à minha disposição. Até um orçamento de filmeco de Natal é melhor do que um orçamento de estudante de moda.

— Nunca imaginei você como estilista de vestido de casamento — eu disse enquanto me obrigava a não roubar e entreabrir os olhos.

— Vestidos de casamento são só a primeira camada de lingerie.

Um som metálico cortou o ar enquanto os dentes do zíper se ligavam.

— Hm. É uma perspectiva extremamente sexy.

— Tão sexy como você, minha querida. — Ele soltou um gritinho que era ao mesmo tempo encantado e exasperado. — Está perfeito. Nossa, sou muito bom no meu trabalho. Você é uma verdadeira obra de arte. Abra os olhos. Contemple-se!

Abri os olhos e minhas mãos subiram devagar para cobrir minha boca em O.

— Foi você quem fez isso, Luca?

Ele examinou sua obra no reflexo do espelho triplo.

— Bom, mais ou menos. Eu desenhei. A costureira construiu, e eu acrescentei os toques finais.

Olhei para ele por sobre o ombro, um toque de represão no meu tom.

— Você tem uma costureira e obrigou Nolan a ajustar o próprio camisolão?

Ele deu de ombros com indiferença.

— O que não mata, fortalece etc. etc.

Eu me voltei para o espelho para admirar a obra de Luca por completo. O decote tinha uma curva baixa com faixas delicadas que passavam sobre meus ombros e desciam nas costas em um estilo bailarina tão baixo que chegava a ser perigoso. Renda floral subia pelo corpete, acumulando-se em uma cintura justa, depois se espalhando pela saia, que fluía em camadas suaves e fartas de tule delicado.

Quando Luca me dissera que eu não precisaria de sutiã nem espartilho, porque ele havia construído todo o forro adequado dentro do vestido, eu tinha ficado hesitante. Eu amava Luca, e confiava nele, claro, mas nós, meninas gordas, somos muito específicas em relação a nossas roupas, especialmente as de baixo. Sabemos o que funciona. Sabemos o que há no mercado para nós. E eu não via mal em mostrar um pouco de pele ou deixar a alça de um sutiã mais bonito aparecer, mas também não sabia se um dia já tinha usado algo tão fino e delicado quanto um vestido como aquele sem nenhum traço de alça ou faixa. E, embora o guarda-roupa sempre fosse um certo exercício de confiança para mim, algo na ideia de colocar um vestido de noiva para a cena de abertura de *O salão do Duque*, quando Felicity deixava o noivo dos dias atuais no altar, fazia eu me sentir ainda mais vulnerável, de uma forma que eu não tinha o menor interesse em analisar.

— Puta que pariu — disse Sunny, paralisada no batente. Teddy tropeçou atrás dela, uma coxa de peru na mão. — Não vou dizer que você parece uma virgem porque não acredito em virgindade, mas você parece uma virgem. Olá, tudo bem? Posso usar seu corpo, por favor?

Baixei os olhos mais uma vez, meu peito e minhas bochechas coradas em um tom cor-de-rosa.

— Tem certeza de que fica bem em mim?

— Como você ousa? — questionou Luca, pronunciando cada sílaba. — Como ousa questionar minha intuição criativa e também minha capacidade de deixar você incrivelmente gostosa em um filme de Natal puritano?

Teddy pigarreou e deu uma mordida na coxa de peru.

— Você está linda, Bee.

Sunny ergueu o celular e tirou uma foto.

— Para suas mães... e para eu bater uma depois.

— Encaminhe para mim — pediu Luca.

Revirei os olhos, embora me sentisse um pouco — certo, muito — bem por estar sendo bajulada e admirada.

Teddy se voltou para mim.

— Bee, suas mães estão me rondando para marcar uma ligação de Natal com você e saber quando você está liberada na véspera do Natal. Pode, por favor, pelo amor das bolinhas de queijo e da cerveja light, ligar para elas? Toda manhã, a primeira coisa que sinto é uma pontada de arrependimento por ter dado meu número de telefone para elas naquela vez em que elas visitaram o set de *Acampamento com o irmão postiço*.

— Toda vez que tento ligar, elas já estão dormindo — resmunguei.

Teddy ergueu as mãos, com a coxa de peru e tudo.

— Não é problema meu. Sunny, Luca, temos questões logísticas para resolver.

— Ei — eu disse —, já tem notícia da última página do roteiro? Era para eu ter recebido a versão atualizada com a agenda do dia ontem.

Teddy fez que não.

— Quem cuida de Pearl é Gretchen.

Luca me ajudou a descer da plataforma e pegou a cauda do vestido para me guiar para trás da divisória, onde eu poderia me trocar com privacidade — embora todos na sala já tivessem visto meus peitos com tanta frequência que eram tão excitantes para eles quanto um cardápio da lanchonete.

Luca abriu o zíper e me ajudou a sair do vestido, mas, antes que eu saísse, me virei com os braços cruzados para cobrir meu peito e disse:

— Nunca sonhei em ter um vestido de noiva, mas agora, se um dia eu vier a ter esse sonho, é esse que vou usar. É perfeito.

Era verdade. Já tínhamos filmado a cena em que eu usava uma saia de tule esfarrapada e um sobretudo, a cena em que o duque me encontrava atravessando a nevasca aos tropeços com os restos do vestido de noiva, mas o vestido em si era melhor do que qualquer coisa que eu poderia ter imaginado.

Ele suspirou, satisfeito.

— É mesmo. — O que era basicamente *obrigado* na língua de Luca.

— Você está bem aí? Acho que vamos beber no Bola de Neve Suja para aguentar essa última semana de filmagem.

Fiz que sim e ele saiu para pendurar o vestido enquanto eu começava a revirar minha pilha de roupas para encontrar meu celular que tocava.

Mamãe: Ligue para suas mães, meu bem.

Ligação perdida de Jack Hart

Jack: Talvez seja bom você me ligar se não quiser que toda essa história de filme de virgem voe pelos ares.

Jack ainda estava irritado comigo por cancelar com ele. Eu tinha planejado me redimir quando voltasse a Los Angeles, mas aquela mensagem parecia mais uma ameaça do que qualquer outra coisa. Eu ligaria depois, mas filmar com ele estava fora de questão, embora eu sentisse pena dele por como as coisas estavam correndo mal depois do divórcio.

Nolan: Perguntando por um amigo. Você está livre por volta de... agora?

Não consegui conter o sorriso enquanto colocava as alças do sutiã.

Eu: O que seu amigo tem em mente?

Três pontinhos apareceram em sua bolha de mensagem, depois desapareceram, depois reapareceram.

Nolan: Meu amigo disse que você vai ter que vir para ver com seus próprios olhos.

Um momento depois, surgiu uma imagem do pequeno rinque de patinação no gelo atrás da igreja, então coloquei meu vestido de tricô, a meia-calça, as botas e a jaqueta o mais rápido possível. Lancei um último olhar para o vestido de noiva, pendurado em um gancho no alto da parede para que a cauda não tocasse no chão, e saí da loja de brinquedo. Caminhei contra o vento até o rinque, passando pelo Cinema Visco, o cinema vinte e quatro horas de temática natalina, com ingresso a um dólar, em que eu havia planejado passar o tempo livre antes de meu tempo livre se tornar tempo Nolan.

Eu o vi antes que ele me visse. Suas bochechas estavam vermelhas enquanto ele soprava ar branco, como um garotinho fingindo fumar cachimbo no frio. Parei de andar, deixando-me camuflar na multidão do fim de tarde de quinta. Ao longo das últimas semanas, a cidade vinha ficando mais movimentada, conforme visitantes chegavam para ter uma overdose de endorfinas natalinas. Mas eu queria olhar para ele por mais um momento. Apenas para observá-lo. Um momento passageiro em que Nolan não estivesse tentando ser ninguém, nem nada para ninguém. De onde eu estava, ele não tinha preocupação nenhuma além de aproveitar o ardor do ar frio de Vermont em seus pulmões.

E então ele se virou, e abriu um sorriso lento e radiante ao me ver, como se eu tivesse caído em sua armadilha.

Decidimos dar uma segurada até depois que as filmagens acabassem, mas isso não me impedia de torcer que ele tivesse uma surpresinha sacana reservada para mim. Dei a volta pelo rinque de patinação até onde ele estava em uma pequena plataforma panorâmica com duas canecas fumegantes do que imaginei ser chocolate quente ao lado dele.

— Imagino que nenhuma delas tenha xarope de panetone? — perguntei enquanto me sentava e quase o cumprimentava com um beijo como se fôssemos um casal de verdade antes de me lembrar de repente que não estávamos na privacidade de nossos quartos, nem fingindo ser o duque e Felicity. Ali éramos apenas duas pessoas em um lugar muito público. Duas pessoas que definitivamente não transavam.

Ele grunhiu.

— Uma abominação a todas e quaisquer bebidas quentes.

— Então, cadê seu amigo? — perguntei.

— Ele teve que ir embora. Problemas em casa. Alguma coisa sobre mandar o trenó para a oficina e mudar a rota de algumas entregas.

— Bom, quando o lar chama... — eu disse, muito séria. — Então, Nolan Kowalczk...

— Pois não, Bee Hobbes?

— Isso poderia ser considerado... um encontro?

— Acho que fizemos tudo de trás para a frente, não?

Eu me permiti chegar mais perto para sentir um pouco do calor de seu corpo.

— Acho que gosto assim.

— Gosta? — perguntou, passando a mão embaixo da minha bunda.

Um calafrio perpassou meu peito.

— Estamos em público. Só para lembrar.

— Eu estava com frio na mão — disse ele, inocentemente.

Ajeitei um pouco o quadril.

— Isso deve ajudar.

— Então, sobre o que as pessoas conversam em encontros? — perguntou ele. — Nunca fui muito de encontros. Meu estilo estava mais para: *ei, vamos contratar um minizoológico para vir para minha suíte no décimo terceiro andar, tomar um ecstasy e dar uma minirrave.*

— A história de sempre.

Ele balançou a cabeça com a memória dos tempos de jovem festeiro enquanto pegava seu chocolate quente.

— Mas estou curioso. Como Bee Hobbes se tornou Bianca von Honey?

— Ah, minha história de origem de vilã — eu disse com uma risada.

— Posso dizer por experiência própria que Bianca von Honey na verdade traz alegria ao mundo. De vilã você não tem nada.

Quero beijá-lo. Quero beijá-lo. Quero beijá-lo.

— Então, começou quando mandei uma nude para o primeiro menino da escola que me deu bola. Quando perguntei se poderíamos ir juntos ao baile, ele disse que não, porque as pessoas achariam que não fazíamos sentido juntos. Ele não era nem, tipo, um atleta, nem nada. Só um tosco do coral.

Ele grunhiu com repulsa.

— Depois da formatura, quando falei para ele que estava tudo acabado e que estava cansada de trocar nudes e transar em segredo, ele ameaçou, como vingança, publicar uma foto minha sem sutiã em um site de pornografia, então postei a foto antes dele.

— Uau. — O corpo todo dele ficou tenso enquanto colocava com força o chocolate quente no banco ao seu lado. — Que escrotinho de merda.

Apreciei sua indignação por mim.

— A história viralizou, e minha foto foi apagada por causa das diretrizes do Instagram, mas gostei da atenção. Fez eu me sentir poderosa. Fiz um semestre de faculdade, mas abri minha conta no ClosedDoors quando estava lá, aí larguei a faculdade sem contar para minhas mães e me mudei para a Califórnia. Foi basicamente de oito a oitenta em termos de pessoas me olhando como um símbolo sexual. Passei de gordinha fofa para uma fantasia em questão de meses. Conheci Teddy e foi basicamente isso. Ele foi o único produtor pornô que não exigiu um contrato exclusivo nem quis dividir parte dos meus lucros do ClosedDoors.

— Teddy é um pouco… esquisito, mas que bom que você o encontrou. Muitas pessoas na indústria de entretenimento são uns abutres. Eu deveria ficar chocado por alguém querer uma parte de seu dinheiro do ClosedDoors, mas não fico. Acho que contei para você como nosso empresário era ridiculamente péssimo? Ele basicamente entregou nossas identidades para a gravadora.

— Você me contou. Nossa, é horrível — eu disse baixo, sentindo-me um pouco mal por alimentar os monstros da gravadora e do empresário com minha obsessão pelo INK.

— É, quando as coisas começarem a desmoronar, nosso empresário deu no pé e levou todo o dinheiro que ainda nos devia. Isaac ficou bem, ele sempre ficaria bem. E Kallum tinha guardado dinheiro suficiente para abrir Slice, Slice, Baby. Mas minha conta bancária escorria mais grana do que uma artéria com hemorragia em *Grey's Anatomy*.

— Por isso você precisa que esse filme dê certo.

Ele fez que sim.

— Preciso saber — eu disse. — McSteamy ou McDreamy?

Ele sorriu e mordeu o lábio inferior.

— Os dois.

E esse pensamento, dele com dois médicos grisalhos impossivelmente gostosos em um sanduíche sexy de Nolan, fez uma onda de adrenalina correr diretamente para minha virilha.

— Preciso te fazer uma pergunta muito séria.

Ele se virou para mim, com os ombros rígidos, se preparando para o pior.

— Como uma fã de carteirinha do INK, eu poderia morrer feliz neste momento se você finalmente respondesse à pergunta que arde em meu cérebro desde o nono ano da escola. Você por acaso já transou com Kallum ou Isaac?

Ele jogou a cabeça para trás, gargalhando.

— Infelizmente, a resposta pode decepcionar você.

Meus ombros se afundaram, e fiz biquinho.

Ele se aproximou, o ombro batendo no meu.

— Mas brincamos uma ou duas vezes.

Um risinho agudo tão alto que fez alguns dos patinadores se virarem para nós escapou de meu peito.

— Acho que meu cérebro explodiu. Sinto que estou no paraíso perguntando a Deus ou sei lá quem o que aconteceu com os dinossauros.

Ele abriu um sorriso sedutor mas firme para os curiosos, como se dissesse "Nada para ver aqui".

— Bom, correndo o risco de você entrar em combustão, vou admitir que eu e Isaac tivemos uma sessão de carícias muito agradável na estrada uma vez, mas os rumores sobre ménages desenfreados são infelizmente falsos. A culpa é mais do Kallum. Ele é basicamente um número um na escala Kinsey. Deus abençoe a alma praticamente hétero dele.

Afundei o corpo no banco, o peito arfando como se tivesse acabado de ter o orgasmo mais estonteante de todos.

— Não sei o que fazer com essa informação, e minhas pernas estão bambas.

Ele riu enquanto subia os olhos pelo meu pescoço até meus lábios, seu pomo de adão tremendo enquanto engolia em seco.

— Você é um dos meus ícones bi — admiti. — Eu adorava que isso nunca foi uma questão para você. Embora, para ser sincera, não tenha me preparado para como o pornô se interessaria apenas pela fantasia regida pelo homem hétero sobre a minha sexualidade. Quase sempre dá a sensação de um homem usando duas mulheres como bonecas infláveis.

Ele deu um grande suspiro.

— Não faz nenhum sentido para mim. Pornô é um ramo em que as mulheres deveriam deter todo o poder.

Apertei o nariz dele.

— Correto. Mas Teddy é bom. Ele sabe que, para cada pessoa que quer a fantasia do pornô, tem alguém que quer a realidade da intimidade. As coisas que ele produz são realmente variadas, mas, por mais que ele seja melhor do que a maioria, às vezes ainda tem um diretor que trata a mulher como uma Barbie articulável, ou uma pessoa que se recusa a trabalhar com uma artista gorda.

Ele bufou pelas narinas.

— Que merda. É muito ruim se eu pagar de machão agora e disser que vou meter a porrada nesses filhos da puta?

— É meio sexy — confessei. — Mas só em teoria. Enfim, foi incrível ver alguém como você, sob os holofotes, assumindo sua bissexualidade.

— Foi mais fácil para mim do que para muitos na indústria. Ao contrário, por exemplo, de Isaac, que era o galã feito para ser o conto de fadas de toda menina, ser bi se encaixava na minha narrativa do INK. Eu era o festeiro. A personificação do bissexual safado. E, sim, eu era bi e era safado, mas era mais do que isso também, embora nem eu mesmo acreditasse às vezes. Mas essa é a sina do desastre bissexual.

Embora estivéssemos onde todo o rinque de patinação no gelo pudesse nos ver, coloquei a mão na coxa dele e disse:

— Se dois desastres bissexuais se encontram, isso anula a parte toda do desastre? Que nem quando dois negativos dão um positivo?

— É tão sexy quando você fala de matemática comigo — disse ele, com a voz rouca.

— Acho que vou começar a fazer uma lista de todas as coisas que quero fazer com você depois que esse filme acabar — eu disse.

— Bom, se quiser uma ajuda, você poderia ver a *sex tape* de Kallum. O cara é um artista.

— Ah, ouvi dizer — respondi e, então, lembrando como Nolan estava ansioso de manhã, acrescentei: — Você está bem?

Ele suspirou.

— Estou. Steph está tentando apagar pequenos incêndios midiáticos por toda parte. De repente todas as revistas, sites e programas de fofoca de celebridade querem reviver a derrocada do INK. Kallum está surtando. A mãe dele, cujo maior sonho é que o filho conheça uma boa menina judia, está convencida de que a única forma de seguir em frente é se mudando e trocando de sobrenome.

— Coitado do Kallum — eu disse.

Nolan assentiu.

— Ele vai usar o charme para sair dessa. Só queria que não coincidisse com minha tentativa de me reformular como esse *bad boy* que mudou e virou todo certinho.

— Pois é — eu disse baixo. — Tem isso.

Eu me sentia mal de verdade por Kallum. E por Nolan também. Mas minha vida toda era uma *sex tape* gigante. Se a reputação de Nolan estava em perigo pelo vídeo pornográfico do seu melhor amigo, o que isso representava para nós? Nolan dizia que queria ficar junto depois que tudo isso acabasse, mas o que isso realmente significava? Como seria essa realidade para nós? Se a carreira dele não conseguia aguentar um ex-colega de banda com uma *sex tape*, nunca suportaria uma namorada estrela pornô.

— Bom — disse ele, enquanto se levantava —, meu chocolate quente não está mais quente, então acho que significa que está na hora.

— Hora de quê?

— Patinar no gelo, meu bem.

— Eu não sei patinar — eu disse enquanto ele me levantava. — Como você sabe andar a cavalo e patinar no gelo? Você é secretamente rico? São hobbies demais de habilidades avançadas para uma pessoa.

— O clipe de "All BeClaus of You" — explicou, simplesmente, enquanto andávamos até a cabana de aluguel de patins. — Além disso, sabe, peguei algumas dicas na Olimpíada de Duluth.

Enquanto pedíamos patins dos nossos tamanhos, tentei respirar pelo nariz, pensando em todos os resultados possíveis, incluindo cair e perder um braço ou perna por acidente.

Nós nos sentamos em um banco perto do armário de calçados. Nolan se ajoelhou na minha frente, desamarrou os cadarços de minhas botas e as tirou antes de me ajudar a calçar um patim. Era tudo estranhamente íntimo.

— E se alguém nos vir? — perguntei.

— E se alguém vir Nolan Shaw ajudando sua coprotagonista a calçar patins de gelo porque ela nunca patinou antes, você quer dizer?

— Bom, acho que, quando você fala nesses termos, não soa tão obsceno quanto parece. E já patinei, *sim*, no gelo. Só não sei fazer direito.

Ele passou a mão pela minha panturrilha, enquanto meu pé entrava no outro patim.

— Obsceno, você disse?

A tarada exibicionista em minha cabeça despertou de vez. Mas meu momento safado de patinação no gelo foi interrompido quando um homem de jaqueta de neve rosa-choque e calça da mesma cor surgiu atrás de Nolan de braços cruzados. De cabelo loiro platinado e óculos de esqui espelhados encaixados perfeitamente no cabelo como uma tiara, ele definitivamente chamava atenção na vilinha natalina aconchegante.

— *Ora, ora, ora.*

E bastaram essas três palavras — essas três palavras características que abriam todos os vídeos e artigos que ele já havia publicado — para eu reconhecê-lo. Dominic Diamond.

— Ai, meu Deus — balbuciei.

Nolan ergueu os olhos para mim, e vi o pavor franzido em sua testa enquanto ele se levantava e se virava.

— Dominic — disse ele, entredentes.

O sorriso de Dominic era ofuscante, como se ele tivesse passado a vida inteira esperando por aquele momento.

— Nolan Shaw, nunca pensei que veria você patinando no gelo numa noite de quinta. Quer dizer, pelo menos não totalmente vestido e sóbrio. Que… inocente.

O maxilar de Nolan se contraiu, e vi seu cérebro alternar entre todas as versões possíveis do que ele poderia dizer em resposta — a maioria das quais o meteria em confusões o suficiente para transformá-lo nas bandeirolas de coreto antigo nas mãos de Steph. Ele respirou fundo e curvou os lábios no sorriso charmoso e ensaiado que eu tinha passado a associar ao duque.

— É tempo de recomeçar.

CAPÍTULO VINTE E UM
Nolan

Dei um passo à frente, ainda sorrindo, mas também me colocando ligeiramente entre ele e Bee. Deve ter sido um erro, porque um brilho de serpente surgiu nos olhos dele, como se ele tivesse acabado de sentir o cheiro de um ratinho apetitoso por perto.

— E quem é essa moça encantadora? — perguntou Dominic, voltando o olhar para Bee de uma maneira que me deixou furioso.

Sorrindo para vencer a raiva que tensionava todos os meus músculos, dei mais um passo entre Dominic e Bee, bloqueando a visão dele.

— Essa é Bee Hobbes, minha coprotagonista — eu disse.

— Oi — disse Bee, espiando por trás de meu quadril. — A gente estava prestes a patinar, como você pode ver, então…

Era claramente um convite para Dominic cair fora, mas ele apenas se recostou na parede do rinque com um sorriso. Ele estava com o celular na mão, e eu via a tela iluminada entre seus dedos. Estava ligado, e provavelmente gravando. Cuzão.

— Menina de sorte — disse Dominic, bem-humorado. — Eu nunca imaginaria que Nolan patinaria antes de pegar a patinadora. Ou os *patinadores*.

— Já chega, Dominic — eu disse, o mais simpático possível enquanto meu corpo todo vibrava com a necessidade de... de... socar. Socar alguma coisa. Socar para valer. — Bee é nova no ramo, então vamos ter um pouco de respeito, por favor?

— Interessante. Você diria que respeitar mulheres é algo importante para você? Considerando o que aconteceu em Duluth?

Dominic estava tentando tirar minha calma, eu sabia.

O problema era que estava funcionando.

Eu tinha uma lembrança visceral do momento em que abrira a porta do quarto da Vila Olímpica de Emily Albright com ela aninhada em meus braços. Eu me lembrava do cheiro de roupa lavada do lençol em que a havia enrolado e, sob ele, os aromas fortes de pasta de dente de hortelã e vômito induzido por intoxicação alimentar. Os dois patinadores de velocidade estavam pelados atrás de mim, em pânico e falando em um holandês rápido, soando parecido o suficiente com inglês para ser incrivelmente disruptivo — como se a nudez por si só já não distraísse o bastante, enquanto eu também estava tentando resgatar uma patinadora artística vomitando.

E então o flash de uma câmera.

O flash que tinha sido o começo do fim de Nolan Shaw e Emily Albright.

Como Dominic Diamond havia entrado na vila, eu nunca descobri, considerando que eu tivera que fazer uso de um bom número de sorrisos de Nolan Shaw e selfies para que me permitissem a entrada, e ainda assim foi por pouco. Nunca descobri também como ele sabia que deveria esperar à porta de Emily. Mas lá ele esperou e, quando eu abri a porta para carregá-la para fora do quarto até a clínica no andar debaixo, ele tirou uma foto dela com os olhos vítreos e seminua em meus braços, os dois patinadores de velocidade completamente nus atrás de nós.

Ele postou a foto assim que pôde e gravou os patinadores de velocidade brigando para pegar seu celular. Dominic conseguiu capturar o interior do quarto de Emily — um quarto que tinha claramente sido o local de uma orgia esportiva, com lençóis espalhados e embalagens de camisinha por toda parte, incluindo em cima do minitrampolim.

Com alguns cliques de seus dedos, Dominic estragou a carreira de uma atleta talentosa cujo único crime foi sentir tesão (e comer peixe de qualidade duvidosa no jantar antes de levar dois patinadores de velocidade para o quarto para relaxar um pouco).

Ele não estivera muito preocupado com respeito naquela época.

Respirei fundo e, com calma, ofereci a mão para ajudar Bee a se levantar. Ela cambaleou por um momento em seus patins, segurando meu braço, e Dominic abriu um sorriso reptiliano enquanto erguia o celular.

— Que casal encantador vocês fazem. Algum comentário a respeito disso? Bee é sua nova Emily?

Um calafrio desceu pela minha coluna. Tive a visão súbita de Dominic revirando o passado de Bee e encontrando Bianca von Honey; tive a visão súbita do trabalho de Bee sendo espalhado por toda a imprensa e a internet, de sua carreira sendo tratada como imoral ou vulgar, sendo que não era nem uma coisa nem outra.

Sua carreira como Bee estaria acabada. A tentativa de filme de Natal de Teddy estaria acabada.

E *minha* carreira... bom. A imagem não seria a favorita de Steph. Isso se Steph me mantivesse como cliente depois que a verdade fosse revelada e meu nome fosse irrevogavelmente associado à pornografia.

— O que você quer, Dominic? — perguntei, rispidamente demais.

Seu sorriso se abriu ainda mais.

— O que sempre quis, Nolan. Que o mundo saiba quem é você de verdade.

— A Wikipédia existe para isso — eu disse e, com uma mão na parte superior das costas de Bee, puro território de colega de trabalho, eu a guiei na direção do rinque para que pudéssemos escapar de Dominic e seu celular.

— Tem certeza de que está bem? — perguntou Bee enquanto caminhávamos de volta à pousada na escuridão fria.

Da praça da cidade, dava para ouvir a música e os risos distantes vindos da feira natalina que tinha surgido da noite para o dia e ficaria ali até a véspera de Natal, dali a dois dias.

— Estou, sim — eu disse, um pouco chateado.

Eu queria poder segurar a mão dela. Ou dar um beijo nela. Ou jogá-la na parede e passar a mão dentro de seu vestidinho de tricô charmoso. Mas eu não poderia fazer nenhuma dessas coisas, muito menos *agora*, quando a imprensa e Dominic estavam loucos para alimentar a notícia da *sex tape* com um novo mau comportamento de Nolan Shaw. A primeira onda de artigos já havia chegado à internet, revirando todos os meus pecados do passado e ventilando em que escândalos futuros eu poderia me meter.

E eu estava forçando todas as fibras, células e mitocôndrias do meu ser a torcerem para a minha coprotagonista de *O salão do duque* passar batida pelas fofocas. Bastaria uma pessoa que adorasse fofocas de celebridade *e* pornô progressista para reconhecer Bee.

— Tomara que Dominic não faça nada que piore as coisas para Kallum — disse Bee quando chegamos à pousada.

— Tomara, mas Kallum sempre consegue se sair bem. — Batemos os pés na trilha salgada na porta da pousada. — E, embora a mãe dele não esteja nem um pouco feliz com isso, a internet está. Aparentemente Kallum é nosso Messias do Corpo de Pai de Família e veio matar nossa sede. Ou coisa assim.

— Uhum — disse Bee, concordando um pouco demais, e lancei um olhar para ela enquanto abria a porta.

— Nada de Kallum do Corpo de Pai de Família para você, mocinha.

Seu biquinho foi fofo o suficiente para melhorar meu humor enquanto entrávamos na pousada — pelo menos até ver Steph sentada no bar escuro, seu rosto iluminado por baixo pelo celular como se ela estivesse prestes a contar uma história de fantasma. O pote empoeirado de cerejas estava aberto na mesa à frente dela.

— Nolan — chamou Steph. — Preciso de você por um minuto.

De nada adiantava adiar o inevitável. Eu me virei para Bee enquanto ela se virava para mim e, então, nós dois nos demos conta no mesmo instante que não poderíamos dar um beijo de boa-noite, nem um abraço, nem nada que não fosse estritamente coisa de colegas de trabalho.

E doía. Doía não dar um beijo de boa-noite nela.

Merda.

— Boa noite — consegui murmurar.

— Boa — murmurou ela em resposta. Depois acrescentou: — É só até terminarmos, Nolan. Só até lá.

Concordei com a cabeça, mas, enquanto ela saía andando e eu começava a me dirigir ao bar, senti um vazio por dentro. Porque, mesmo depois que *O salão do duque* acabasse, eu ainda teria que estar no modo Nolan Puro e Irrepreensível. Nunca que Steph me permitiria namorar abertamente uma estrela pornô, mesmo que essa estrela pornô estivesse começando uma nova carreira de sucesso.

Eu e Bee ainda teríamos que nos esconder.

Steph colocou os dedos no pote enquanto eu me sentava, tirando uma cereja e a erguendo como um joalheiro inspecionando um diamante. A julgar pelas garrafas de uísque e vermute ao lado dela, fazia um tempo que ela estava lá, embora ainda estivesse usando o paletó do terninho, como se fosse fazer uma reunião importante no bar a qualquer momento.

— Mais cerejas? — perguntei.

— É um Manhattan desconstruído. Cala a boca.

Eu me recostei.

— Tomara que você tenha boas notícias — eu disse. — Dominic Diamond está aqui, e acho que está atrás de sangue. Steph D'Arezzo tem, tipo, algum plano incrível para essa circunstância?

— Plano? *Plano?!* Para o maldito pizzaiolo com uma maldita *sex tape?* — Ela gesticulou a mão que segurava a cereja de um lado para o outro. — Não existe plano para isso! E agora tudo que todos querem é lembrar todos os escândalos a que o INK já foi associado. Eles estão desenterrando coisas sobre Brooklyn e Isaac. Estão reprisando vídeos da vez em que Kallum derrubou uma prancha de surfe do Teen Choice Awards no pé de Winnie Baker. E… certo. — Ela se inclinou para a frente, com um ar muito sério e gentil de repente, o que era tão raro vindo de Steph que me deixou com as orelhas em pé. — Por falar em desenterrar, você olhou suas hashtags hoje?

— Não — eu disse, desconfiado. — Passei o dia patinando no gelo e fugindo de Dominic Diamond. Por quê?

Steph destravou o celular e o empurrou para mim. Seu rosto estava cheio de compaixão.

— Sinto muito, Nolan. De verdade.

A manchete na tela tinha o tipo de palavreado de pseudocompaixão feito para atrair cliques e evitar críticas ao mesmo tempo: "O Trágico Segredo de Nolan Shaw". E então o subtítulo: "Ex-*idol* problemático sofre para sustentar mãe doente e irmã caçula".

Com o rosto dormente, passei os olhos rapidamente pelo artigo. Havia uma foto da minha casa, pequena mas arrumadinha, enfeitada com as decorações de Natal que eu havia colocado antes de viajar para Vermont. Um balanço de pneu estava pendurado em uma árvore grande no quintal da frente, a parte de cima coberta de neve. O Honda Civic maltratado de Maddie estava estacionado na frente de casa.

A guirlanda hipster assimétrica de minha mãe estava pendurada na porta.

Invasivo não era a palavra certa para isso — ou talvez não a única —, porque eu não sentia como se fosse um exército aos meus portões, nem uma marinha entrando em meu porto. Sentia como se fossem ervas daninhas crescendo no peito, como se fossem muitas bocas corroendo meus ossos. Consumindo minha vida.

Mais adiante no artigo tinha uma foto dos meus pais, depois todos os tipos de detalhes sobre nossa família que não eram públicos. Detalhes *recentes*. Como o diagnóstico de minha mãe. Como o fato de que ela tinha acabado de sair do hospital.

Por sorte, o verdadeiro motivo de sua internação hospitalar permanecia secreto, mas, por azar, isso abria a porta para todo tipo de especulações. E, quando abri um novo navegador no celular de Steph e digitei *mãe de nolan shaw*, vi que a internet já tinha passado a noite inteira falando bobagens sobre por que minha mãe estava no hospital. Bobagens que eram três por cento totalmente absurdas e noventa e sete por cento muito escrotas sobre transtorno bipolar e saúde mental em geral.

Senti pontadas afiadas e formigamentos zonzos, como se estivesse sendo picado por agulhas em todo o corpo, e minha voz estava tremendo quando perguntei a Steph:

— Como?

Porque *como* era a única pergunta que eu precisava fazer. Sem dúvida não *por quê* — o porquê eu sabia. Porque eu não era uma pessoa para a internet, e minha mãe também não. Éramos sacos de sangue para os vampiros de fofocas, e éramos fontes de conteúdo para todos os outros. Descartáveis, moldáveis. Facilmente transformados em piada ou colocados em uma caixinha. Ou coisa pior.

— E não contei para ninguém no set, como você mandou — acrescentei, sem mencionar que havia contado para Bee.

Eu confiava em Bee completamente, por isso sabia que tinha que ser alguma outra coisa.

E era.

Depois de se fortificar com uma cereja, Steph estendeu a mão e abriu alguma coisa no celular. Era uma conta de rede social que eu nunca tinha visto antes. Pertencia a Maddie, mas tinha um nome de usuário fofinho.

— Sua irmã estava postando nessa conta — disse Steph. — Coisas normais de adolescente. Bem coisa de diário, bem detalhado. A respeito de tudo.

— Merda — murmurei. — Nem achei que...

Quando eu tinha sido escalado como duque, pedira para Maddie tirar de suas redes quaisquer detalhes identificadores, onde ela morava, em que escola estudava, coisas assim. Mas parecia que ela tinha feito essa conta, pensando que um nome de usuário diferente a tornaria secreta, e continuara postando o que quisesse. Incluindo posts sobre nossa mãe, que variavam de amorosos a cheios de rebeldia adolescente.

— Vamos pedir para ela tornar a conta privada — disse Steph. — Mas, até lá, tem muita coisa aí que você não pretendia tornar pública.

Cerrei os punhos sobre a mesa. Fiquei tão *puto* por as pessoas terem encontrado isso e achado que seria aceitável usar para artigos e posts e tuítes, e eu ainda sentia como se estivesse tendo o corpo todo picado por agulhas quentes e abrasadoras. Uma coisa era revirar todas as merdas que eu já tinha feito. Isso eu merecia. Mas ir atrás de minha mãe e minha irmã já era demais.

— Olha — disse Steph, inclinando-se para a frente. — Sei que falei que tínhamos que manter isso escondido, mas a situação mudou. O que significa que precisamos reformular a narrativa, e rápido. *Nós* precisamos ser as pessoas que vendem a versão da história que vai colar, não Dominic, nem cidadãos aleatórios do Twitter. Nós. E, se você puder se apresentar e falar sobre sua mãe e sua irmã e por quê...

— Não quero usar minha família de acessório — eu disse, tenso. — Não tenho interesse nisso.

— Não de acessório, Nolan — disse Steph. — De motivo.

— Mas é a um acessório que elas vão ser reduzidas. — Apontei a cabeça para o celular. — Minha mãe já está sendo transformada em um estereótipo agora mesmo.

— Então tome cuidado para que sua versão da história não possa ser reduzida. Tome o cuidado de dar toda a nuance, todo o contexto de que precisa.

Bufei.

— Até parece que Dominic vai escrever uma versão cheia de nuances e contexto disso.

— Talvez não. Mas, se você fizer uma entrevista filmada, vai ter mais controle. Seriam suas palavras, diretamente, exatamente como você quer que sejam.

Pensei por um momento, tentando expulsar a névoa de fúria que turvava meus pensamentos. Eu queria proteger a privacidade de minha mãe e Maddie mais do que queria proteger meu próprio orgulho, mas ainda doía pensar em dar algo para aquele escroto usar.

— Ele não vai topar, Steph. Ele não quer uma história triste, nem uma narrativa de volta por cima. Ele não quer meus motivos, nem meu arrependimento.

— Então dê a ele o que ele quer — disse ela, com um tom prático.

— E o que isso seria?

Mais um sorriso piedoso. Mais uma cereja.

— Duluth.

Eu estava tão cansado na manhã seguinte que tive um daqueles tremores estranhos de cansaço, como se meu corpo não conseguisse decidir se estava agitado ou pronto para cair em um banco de neve. Eu tinha passado a noite no celular com minha mãe e Maddie, confirmando se estava tudo bem, e vendo o que elas sentiam confortáveis que eu revelasse em uma entrevista, e acordado ao raiar do dia para conversar com Emily Albright, que agora era uma técnica em Colorado Springs e ainda mantinha o horário maluco de uma atleta competitiva.

Não nos falávamos desde aquela noite em Duluth, quando eu a tinha deixado sob os cuidados dos médicos da Vila Olímpica, o que era engraçado porque eu sentia que nossos destinos estavam estranhamente interligados. Mas a verdade era que mal nos conhecíamos antes daquela noite e as repercussões da Olimpíada tinham sido tão catastróficas que eu não tivera energia para conversar com a outra sobrevivente do escândalo. Eu imaginava que ela sentia o mesmo, porque também nunca havia entrado em contato.

Apesar de tudo, nossa conversa tinha sido calorosa e amigável, e Emily estava mais do que disposta a conversar sobre o que aceitaria tornar público.

— Acho que nunca agradeci você — disse ela, perto do fim da ligação. — Por estar lá naquela noite. Por vir quando liguei. Bram e Sem estavam com tanto medo de se meter em encrenca, tão panicados, que não podiam ajudar, e você foi a única pessoa em quem consegui pensar que não era minha técnica. E nem hesitou quando me encontrou pelada e vomitando.

— Não foi nada de mais — garanti enquanto calçava minhas botas de duque.

Steph queria que eu passasse a imagem de Ator Dedicado durante a entrevista, então eu estaria com toda a vestimenta ducal enquanto era tentado a sair na porrada com a enguia humana que era Dominic Diamond.

— Foi, sim — disse Emily. Houve um certo eco distante, como se ela tivesse acabado de entrar em um rinque vazio. — Foi o fim da sua carreira. E nunca falei nada para contradizer todas as histórias que inventaram sobre nós.

Dei uma risada melancólica.

— Minha carreira já estava no fim. Qualquer burburinho que eu tivesse pelo meu álbum solo estava sendo engolido pelas encrencas em que andava me metendo. Esse foi só o último prego no caixão que eu havia construído para mim mesmo. Sério, Emily, há um motivo para todos acreditarem que eu corrompi você em uma noite de depravação num minitrampolim. Foi uma certa justiça irônica que a única vez que eu era inocente em meio à devassidão foi a vez que tudo explodiu na minha cara.

— Você se arrepende? — perguntou ela, depois de um minuto. — Das encrencas? Da libertinagem?

Pensei por um minuto. Eu me arrependia de não ter jogado o jogo bem o bastante para garantir o futuro de minha família, e lamentava ter desperdiçado oportunidades pelas quais agora eu mataria (ou usaria costeletas falsas). Eu definitivamente me arrependia de todas as vezes em que tinha sido incômodo ou desrespeitoso ou egoísta — ou todas as três coisas.

Mas o comportamento em si? O sexo, as aventuras, as maluquices? Sinceramente, eu provavelmente teria encontrado todas como Nolan Kowalczk, de um jeito ou de outro. Nolan *Shaw* só tinha mais oportunidades e um ônibus de turnê com muitas superfícies planas em que dava para transar.

— Não — eu disse finalmente. — Não me arrependo.

— Quer saber? — disse Emily. — Eu também não.

Eu me levantei e vesti o gibão do duque, depois achei meu casaco para colocar por cima.

— Tem certeza de que não vê problema nisso tudo?

— Tenho — disse ela. — Devíamos ter feito uma declaração de verdade há muito tempo, mas eu estava envergonhada demais e, depois, quando cansei de me sentir envergonhada, fiquei com tanto medo de sentir aquele tipo de humilhação de novo que nunca nem me permiti pensar isso. E é besta, porque não fiz nada de errado. Quer dizer, exceto ter pedido tartare de peixe no Michigan.

Disso eu não tinha como discordar.

Depois que a ligação acabou e eu estava vestido, Sunny fez minha maquiagem e Denise cuidou do meu cabelo enquanto Steph ficava sentada ao meu lado e treinava todas as minhas respostas. Tínhamos longos fluxogramas sobre todas as coisas relativas a Duluth, Emily e minha família, e eu tinha decorado todas as frases de impacto. Steph estaria por perto para me ajudar com qualquer pergunta inesperada.

— Ei, duque — chamou Sunny quando eu estava saindo pela porta com Steph. — Diga a seu ex-colega de banda que a *sex tape* é muito, muito boa. E essa é uma opinião embasada, porque tenho basicamente um pós-doutorado em vídeos pornográficos.

— Pode deixar — eu disse com uma continência e, então, eu e Steph saímos para a praça da cidade.

Minha agente tinha estruturado a cena para o quadro de Ator Dedicado perfeitamente. Eu e Dominic nos sentaríamos sob uma tenda de produção perto da praça da cidade, com a feira de Natal a pleno vapor atrás de nós, e equipamentos de produção suficientes por perto para deixar bem claro que eu estava tirando um tempo precioso da filmagem para conversar. Comigo em meu figurino e com os flocos cintilantes caindo do céu, eram doses iguais de Natal e celebridade sincera e humilde. Estava ótimo.

Agora, tudo que eu tinha que fazer era dar conta de Dominic.

Quando me sentei — agradecido pelo calorzinho do pequeno aquecedor externo fora do enquadramento —, Dominic me lançou um olhar encantado.

— Que bom que você concordou com isso — disse ele, a voz excessivamente amistosa. — Acho que finalmente vai dar um pouco de paz a muitos de seus fãs decepcionados.

Argh, que escroto de merda.

Mas Steph me lançou um olhar para que eu me contivesse, então eu disse:

— Muito obrigado por me dar a chance de falar.

Cruzei as pernas como se não houvesse nada no mundo que eu quisesse mais do que conversar com o cara que havia destruído minha carreira.

Sua felicidade não diminuiu. Ele estava planejando me provocar até eu entregar *algo* escandaloso, e tinha uma entrevista inteira para isso, mas mal sabia ele que Steph havia me treinado mais do que um técnico de campeonato de soletração para acertar minhas respostas. Eu estava pronto.

Começamos com seu *Ora, ora, ora* característico e, então, ele partiu para cima.

— Nolan Shaw, você provavelmente é mais famoso pelos acontecimentos na Olimpíada de Duluth. Quando arrastou Emily Albright para um de seus bacanais de sempre, você deu início a uma série de eventos que a levou a perder o programa livre e a chance de conseguir o ouro. Ela nunca voltou a patinar competitivamente. Você sabia o preço que ela teria que pagar por passar aquela noite com você?

Era uma pergunta escrota, mas eu e Steph havíamos nos preparado para ela.

— É interessante que você pergunte isso — eu disse, com simpatia —, porque sempre me perguntei se você sabia o preço que ela pagaria quando você publicasse suas fotos daquela noite.

A resposta não o irritou, porque ele não estava nem aí que as pessoas pensassem que ele era podre, mas não dei a ele a chance de encontrar um novo ângulo para a primeira pergunta.

— Mas, para falar a verdade, eu tinha muitas outras coisas em mente naquela noite — continuei. — Porque, ao contrário dos boatos que surgiram, eu e Emily não nos conhecíamos muito bem. Não vou negar que quis conhecê-la melhor quando fomos apresentados na noite da cerimônia de abertura; é por isso que dei meu número para ela e torci para que ela ligasse. E ela ligou, mas não pelo motivo que eu tinha planejado.

Eu me inclinei um pouco para a frente, como se estivesse me preparando para divulgar algo secreto e pesado. Não seria nenhuma das duas coisas, na verdade, mas eu precisava tomar cuidado, porque havia algumas partes da verdade que eu e Emily havíamos concordado em não falar em voz alta. E eu pensei que era, sim, um pouco pesado falar a verdade depois de tantos anos em silêncio na esperança de que tudo isso desaparecesse.

— O que a maioria das pessoas não sabe é que, na noite em que as fotos foram tiradas, Emily estava passando mal. Muito mal. Ela depois foi diagnosticada com intoxicação alimentar, mas, na hora, só sabíamos que ela estava mal demais para se mexer. Ela me ligou porque precisava de ajuda, mas não queria ligar para a técnica, e nenhuma das colegas dela atendia o telefone. — Não mencionei que ela não queria ligar para a treinadora porque o quarto dela não era exatamente uma cena que a treinadora gostaria de ver, com os europeus pelados e tudo mais. Antes da intoxicação alimentar bater, ela estava no meio de um sexo épico de

Vila Olímpica. (Sexo do qual, infelizmente, não fiz parte.) — Ela estava tão mal que tive que carregá-la para a clínica. O que foi, claro, visto na famosa foto que você publicou naquela noite.

Atrás de Dominic, vi Steph assentir com a cabeça — eu tinha passado por essa parte sem fazer merda, pelo menos. Teddy Fletcher tinha parado perto dela enquanto eu falava e estava comendo amêndoas confeitadas de um cone de papel. Steph olhou para ele com uma confusão genuína no rosto, como se não fizesse ideia de como categorizá-lo em seu cérebro.

— Mas não são apenas vocês dois naquela imagem — provocou Dominic. — Você está se esquecendo dos homens pelados também. Quer mesmo que acreditemos que você e Emily não tinham nada a ver com as outras pessoas no quarto dela? Que você e Emily não estavam juntos antes daquele momento?

— A verdade é que não é da conta de ninguém o que aconteceu naquela noite — eu disse, abrindo meu maior sorriso de duque para equilibrar a franqueza de minhas palavras. — Eu e Emily, assim como os dois patinadores, éramos adultos. Se tivéssemos passado a noite juntos, se tivéssemos passado a noite com mais alguma outra pessoa lá, isso teria sido da nossa conta e de mais ninguém. Mas, para esclarecer: não, eu e Emily não estávamos juntos naquela, nem em nenhuma outra noite. Ela me ligou pedindo ajuda porque estava passando mal, e eu fui. — Dominic abriu a boca para interromper, mas continuei, sem dar a ele a chance de me atrapalhar. — E, embora eu acredite firmemente que o que aconteceu no quarto dela não seja da conta de ninguém, quero que o mundo saiba o que aconteceu, porque as pessoas criaram uma imagem errada sobre Emily. Ela não passou mal por causa de bebidas ou drogas, e ela não estava desperdiçando o maior momento da carreira dela. Ela só estava passando muito, muito mal por causa de algo que comeu, estava com duas pessoas que não podiam ajudar e eu era o único que podia. E quer saber? Se eu pudesse voltar atrás, atenderia o telefone e ajudaria, mesmo sabendo quais seriam as consequências. Algumas coisas são mais importantes do que uma reputação.

Dava para ver Dominic passar a língua sob os dentes, como se estivesse decidindo o que dizer em seguida. O que significava que eu havia lhe dado uma resposta tão boa que ele precisava mudar de tática.

Era algo positivo, mas cerrei os dentes mesmo assim. Eu sabia que a próxima pergunta seria sobre minha mãe e precisava fazer tudo certo. Eu precisava que o mundo entendesse o que minha família significava para mim ao mesmo tempo que deixava claro que elas não estavam à disposição para o consumo de fofocas.

Mas Dominic não perguntou sobre minha mãe. Nem mesmo sobre Maddie. Em vez disso, ele imitou minha postura e se inclinou para a frente, com uma caneta na mão. Ele parecia um deputado prestes a me repreender por derramar petróleo em filhotes de foca em algum lugar.

— Mas e sua coprotagonista novata, Bee Hobbes? — ele perguntou. — Embora vocês estejam no set há poucas semanas, parece que você a deixou encantada. Certas coisas não mudam, imagino.

Houve um zumbido em meus ouvidos, e o sangue correu pelo meu rosto enquanto alarme percorria minhas veias, frio e escorregadio e terrível. Eu não estava esperando uma pergunta sobre Bee quando Duluth estava na mesa e, como Steph não sabia nada sobre o outro trabalho de Bee — nem os muitos, hm, *trabalhos* que eu e Bee havíamos feito na última semana —, ela não tinha pensado em me preparar.

Atrás de Dominic, pude ver que Teddy paralisou no meio de levar uma amêndoa confeitada à boca.

Porém, de alguma forma, apesar do pânico que me perpassava, eu me peguei respondendo à pergunta. Eu estava respondendo com um tom tranquilo e um sorriso ainda mais tranquilo e, caramba, talvez eu não fosse um ator tão mau assim.

— Bee é uma atriz incrível para uma iniciante e é uma excelente colega para se ter — eu disse. — Mas ela não é nada mais do que uma colega. Não estou em um momento agora em que possa me concentrar em romance ou relacionamento. Nem em um lugar em que queira isso. Estou completamente focado em Nolan Shaw por enquanto.

Os ombros de Teddy relaxaram no que parecia ser alívio, e ele terminou de colocar a amêndoa confeitada na boca. Steph me deu um joinha.

Alívio perpassou meu corpo, contendo um pouco o pânico. Era mais do que minha carreira que estava em jogo se Dominic também se interessasse por Bee. Mas foi estranho negar na cara dura nossa... nossa... seja lá o que tínhamos.

E então, entre os ombros dos membros da equipe que estavam ao nosso redor observando, logo atrás de Ron Alto, entrevi um cabelo escuro e brilhoso enquanto a pessoa a quem ele pertencia saía da tenda. Eu conhecia aquele cabelo; havia enfiado o nariz nele, enroscado as mãos nele.

Bee estava se afastando da tenda depois da minha resposta, e eu não conseguia ver a cara dela, nem mesmo a observar enquanto ela se afastava, porque essa entrevista ainda precisava de toda minha atenção.

Será que ela estava chateada? Ou aliviada por eu não ter nos entregado?

Eu apostava que ela estava aliviada. Nós dois precisávamos que nosso lance continuasse em segredo, certo? Eu a encontraria depois para confirmar, mas sabia que ela entenderia. Entenderia por que não podíamos ser um do outro abertamente, nem naquele, nem em nenhum momento no futuro próximo.

Com os olhos um pouco semicerrados, Dominic mudou de tática mais uma vez e voltou ao assunto de Duluth, do qual desviei e reformulei de acordo com o plano de Steph e, então, ele passou para o assunto da minha mãe. Ele sabia que não poderia dizer nada diretamente ofensivo e ainda *me* fazer parecer o escroto, então fez a segunda coisa pior e fez minha mãe parecer uma donzela em apuros que eu estava resgatando.

— E ficamos todos muito preocupados quando soubemos sobre o sofrimento de sua mãe. Ela foi internada pelo transtorno mental dela recentemente, não? Quer falar um pouco sobre como conseguiu cuidar dela enquanto tentava relançar sua carreira?

Cruzei as mãos no colo, me lembrando do treinamento de Steph sobre como parecer gentil e seguro. Embora ainda quisesse recorrer à violência e encher a cara dele de porrada.

— Minha mãe não é uma vítima — eu disse, grato por minha voz soar elegante e não irritada. Eu e Steph concordamos que eu deveria parecer fervoroso em relação a minha família, porque era, mas que esse fervor não poderia de maneira alguma ser interpretado como agressivo, nem defensivo. — Então não sou fã da palavra *sofrimento* nem da ideia de que cuido dela porque ela não consegue cuidar de si mesma. Não vou falar muito sobre isso, porque cabe a ela contar a vida e a história dela, mas quero que todos saibam que minha mãe é brilhante, forte, generosa e criativa, e a coisa de que mais me orgulho no mundo é ser filho dela.

E, se as pessoas querem saber mais sobre saúde mental e transtorno bipolar em particular, existem muitas informações escritas por pessoas que vivem com isso. Por enquanto, gostaria de pedir um pouco de empatia e respeito... e, acima de tudo, privacidade. Eu aceitei ser uma celebridade e estar exposto à opinião pública. Minha família, não.

Quando a entrevista acabou, Dominic parecia um pouco mal-humorado por não ter encontrado nenhuma abertura em minha armadura. Ele não apertou minha mão, nem jogou conversa fora antes de sair da tenda. Em vez disso, levantou-se e olhou para mim.

— Eu e você deveríamos conversar de novo em breve — disse ele, em uma voz que poderia ter sido amigável se vinda de outra pessoa. — Mal posso esperar para ver que outros segredos estão escondidos no fundo desses olhos azuis.

— Hmm — eu disse, evasivo, querendo quebrar o tripé da câmera na cabeça dele. Mas me comportei.

Depois que ele saiu, me virei para encontrar um café antes de ter que trabalhar de verdade e encontrei Gretchen atrás de mim.

— Ei — disse ela, abrindo um pequeno sorriso. — A gente pode conversar um minuto?

— Claro.

Saímos da tenda e entramos no meio da rua principal, que tinha sido fechada para a feira de Natal. Os cheiros de linguiça, maçã e biscoito de gengibre enchiam o ar. Flocos de neve caíam, pequenos e cintilantes, como se estivéssemos vivendo num set de televisão cheio de estática, e eu ouvia Eartha Kitt cantar para o Papai Noel sobre todas as coisas que ela queria.

Eu adorava aquilo. Adorava os cheiros, os sons e a neve, e de repente desejei estar em casa com minha mãe e Maddie, enroscando pipoca e cranberry em guirlandas e reclamando da louça para lavar depois de assar a última fornada de biscoitos. Eu queria levar Bee comigo para casa também, queria estar com ela no colo enquanto as luzes da árvore de Natal piscavam no canto da sala. Queria vê-la aconchegada em um pijama natalino felpudo, roubando todos os beijos que queríamos.

— Eu queria pedir desculpas — disse Gretchen.

Hein?

— Desculpas?

Ela tocou meu braço.

— Só fiquei sabendo quando vi na internet. Que tinha alguma coisa acontecendo com sua mãe e você estava ajudando. As ligações... eram para isso, certo?

— Sim, mas...

— Sem *mas* — disse ela. — Você é uma versão melhor de Nolan Shaw do que eu imaginava, e peço desculpas. Além do mais, eu estava olhando o cronograma e, se incluirmos mais uma cena hoje e mais duas amanhã, podemos liberar você antes do Natal. Você vai poder ir para casa, Nolan.

Foi como se alguém tivesse acabado de entornar luz do sol líquida em minha garganta. Eu poderia passar o Natal em casa. Poderia ver minha mãe já na noite seguinte.

— Sério? — perguntei, eufórico. — Você acha que sim?

— Sim. E acho que você merece.

Eu me joguei em cima dela e a peguei no colo para girá-la em um círculo. Ela bateu em meus ombros, rindo.

— Me põe no chão! Não sou uma menina de clipe!

— Você é a menina de clipe do meu coração, Gretchen Young! Muito obrigado.

Eu a coloquei no chão, sorrindo para ela enquanto ela me dava um último tapinha no ombro por via das dúvidas e saía para encontrar Cammy a fim de mudar o cronograma.

Eu sentia como se estivesse flutuando. Tinha impedido Dominic de fazer algo típico de Dominic, iria para casa no Natal e, depois que esse filme acabasse, teria Bee de volta em meus braços e minha cama, onde era o lugar dela. Era como se Christmas Notch tivesse invocado um pouquinho da magia do Natal só para mim.

CAPÍTULO VINTE E DOIS

Bee

— Feche os olhos — pediu Sunny com paciência.

Suspirando, obedeci e deixei o celular no colo enquanto passava o vídeo da entrevista de Nolan.

— Pode desligar — disse ela. — Você já assistiu à maior parte ao vivo mesmo.

Com um beicinho, ergui os olhos para ela da cadeira de maquiagem em que estava sentada. Era o dia da minha cena de noiva em fuga. Era o momento em que Felicity deixaria o noivo dos dias atuais no altar, e uma das raras cenas que eu não filmaria com Nolan.

Para ser sincera, eu ficava um pouco mais nervosa sem ele. Tínhamos acabado de criar uma rotina. Ele sempre me trazia café do bufê e mudávamos as cadeiras de lugar para ficar o mais perto possível dos aquecedores portáteis. Eu trazia chiclete para nós dois entre uma cena e outra, e ele sempre me dava um dos AirPods para eu ouvir a playlist ou o podcast que ele estivesse escutando. E os momentos que compartilhávamos em cena… bom, estavam começando a se tornar mais e mais reais. Ficar recostada no peito dele ou segurar sua mão era como passar *aloe vera* na pele queimada pelo sol. Também era emocionante fazer com ele diante das câmeras as coisas que eu sonhava em fazermos à luz do dia como se fôssemos um casal normal.

Em muitos sentidos, toda essa experiência me fazia pensar em uma colônia de férias, e eu me pegava imaginando que, embora estivéssemos ali, em Christmas Notch, poderíamos ser qualquer pessoa e fazer qualquer coisa. E isso significava ser o par de Nolan e realizar todos meus sonhos de atuação em que tinha medo demais de acreditar quando era mais jovem.

— Feche — comandou Sunny.

Apertei o botão na lateral do celular para desligar a grande inquisição de Dominic Diamond e o virei para baixo no balcão de maquiagem antes de me recostar na cadeira e fechar os olhos.

Uma atriz incrível para uma iniciante...

Completamente focado em Nolan Shaw...

Eu sentia que as palavras de Nolan tinham sido gravadas em meu peito. Não houve hesitação nem qualquer momento para se recompor. Ele simplesmente respondeu à pergunta de Dominic sobre mim de uma maneira tão genuína que eu mesma tinha começado a acreditar na resposta.

No canto lógico do cérebro, eu sabia que Nolan estava fazendo exatamente o que precisava fazer — por nós dois.

Mas...

— É só que pareceu tão fácil — pensei em voz alta.

— Hein? — resmungou Sunny.

— O que foi tão fácil? — perguntou Luca, enquanto entrava no trailer que estávamos usando como base para filmar as cenas da igreja.

Abri o olho em que Sunny não estava passando uma sombra cintilante e esfumaçada.

— Nada — eu disse.

— Provavelmente toda a negação de Nolan em relação a ela e... — disse Sunny ao mesmo tempo.

— Sunny! — repreendi, chiando.

— Você não contou para ele? — perguntou ela, como se nós duas não soubéssemos que Luca, por mais que o amássemos, tratava segredos como figurinhas colecionáveis.

— Segredos? Você está mantendo *segredos*? — disse Luca com indignação. — De *mim*? Segredos só são sexy quando eu os guardo.

Encarei Sunny com um só olho por um momento, antes de meus ombros se afundarem e eu assentir para ela ir em frente e revelar a verdade. Talvez não fosse inteligente da minha parte, mas eu não imaginava que Luca sairia por aí espalhando nossa... nossa sei lá o quê.

Com sua melhor voz cochichada, Sunny disse:

— Bee e Nolan estão...

E então, no verdadeiro estilo Sunny, ela fez um barulho rangido para imitar um estrado de cama no meio do coito.

— Não fique bravo comigo — intervim, e fechei o olho antes que ele pudesse dizer alguma coisa.

— Uau — disse Luca, e eu o ouvi se sentar na cadeira ao meu lado.

— Uau. Primeiro a verdade sobre Duluth, que eu ainda estou processando, aliás, e já deixei uma mensagem de voz para meu terapeuta. E agora isso. Eu só... tudo que eu pensava saber está errado. Isso sim é uma reviravolta. — Ele parou por um momento. — Mas, e que fique registrado que mantenho minha desconfiança saudável de Nolan Shaw, e você também deveria manter, Bee... mas eu não estava mesmo esperando pela reviravolta da intoxicação alimentar.

Luca estava sofrendo uma verdadeira crise existencial a respeito daquilo tudo, e eu só estava aliviada por saber que ele não me odiava por estar fazendo a cama ranger com Nolan.

— Estou vivendo, tipo, um verdadeiro momento de "será que sou o vilão dessa história?" — disse Luca.

— Você conta ou eu conto? — perguntou Sunny, com um riso.

Eu sorri, mas Sunny deve ter notado minha expressão forçada, porque suspirou.

— Não dá para ter tudo, certo? Nolan não pode falar que adora estar com você e trepar com você em uma entrevista ao vivo sem estragar tudo para muita gente, mas também superentendo que você fique chateada com isso.

— Então, basicamente — disse Luca, inexpressivo —, não pense demais sobre isso, mas siga seu coração.

— Abra os olhos — disse Sunny.

Eu abri.

Ela deu de ombros.

— Tipo, sim, basicamente. Luca não está errado.

Eu ri.

— É um péssimo conselho.

Ela franziu a testa.

— Bom, não é a situação ideal, Bee. Mas, tipo, você ainda deveria aproveitar esse momento de dar uma fugidinha com ele.

— Com licença — disse Luca com um dedo erguido, como se fosse pedir só mais *uma* coisa para o garçom. — Você acabou de dizer *fugidinha*?

— Meu pai tem um gosto musical duvidoso — disse Sunny simplesmente. — Não tire sarro da minha cultura.

Luca balançou a cabeça.

— Uau. Uau, uau, uau.

Cammy abriu a porta do trailer e colocou a cabeça para dentro.

— Precisamos de você no figurino, Bee. — Depois ela voltou os olhos para Luca com desdém. — Hm, Figurino, precisamos de você no figurino.

— Eu tenho nome — gritou ele, mas a porta já havia se fechado.

Sunny aplicou cílios falsos de aparência natural em mim e cobriu minhas bochechas com um blush rosa suave antes de nós três atravessarmos a rua até a igreja, onde meu vestido estava esperando por mim na pequena sacristia atrás do altar. Luca tinha transportado meu figurino para lá para que eu não tivesse que andar muito no vestido, nem o sujasse. Eu nunca imaginara toda a pressão envolvida em usar branco.

A igreja estava cheia de figurantes que seriam deslocados estrategicamente para diferentes ângulos de câmera. Fui rapidamente apresentada a Brian, o ator de teatro local que representaria o noivo dos dias atuais de Felicity e que representava Fred Gailey todo ano na produção de Christmas Notch de *Milagre na rua 34*. Quando ele começou a me falar de suas tentativas fracassadas na Broadway, Sunny interveio para maquiá-lo e me deixou escapar para a sacristia com Luca.

Enquanto Luca fechava meu zíper, olhei pela janela e vi Nolan ser embarcado em uma van, usando o figurino completo.

— Ele vai filmar hoje? — perguntei antes de me dar conta que estava falando.

— Imagens de cobertura — disse Luca. — Entreguei o figurino para a pousada hoje de manhã para a entrevista e depois Gretchen o ajudou a encaixar mais algumas coisas com a segunda unidade para poder voltar para casa a tempo para o Natal.

— Natal? — perguntei, minha voz quase embargando. — Nolan vai passar o Natal em casa?

Eu estava em parte triste por ter sido excluída de saber essa informação, e em parte ainda mais triste por não poder passar o Natal com minhas mães, uma ideia que parecia tão reconfortante que eu senti vontade de chorar.

Talvez pela primeira vez na vida, Luca não comentou nada. Ele apenas me deu um tapinha no ombro e disse:

— Vem. Você está linda, graças a mim. Agora, respire fundo e incorpore Nossa Senhora Julia Roberts enquanto filmamos a segunda melhor cena de noiva em fuga da história cinematográfica.

— Terceira — eu disse. — *O casamento do meu melhor amigo*. Não dá para esquecer *O casamento do meu melhor amigo*.

O filme sobre o qual minhas mães entravam em discussões acaloradas toda vez que passava na TV. Mamãe amava. Mama Pam achava um lixo manipulador. *Tem cara de comédia romântica. Tem ar de comédia romântica... até que pum! É tão engraçada quanto* Titanic. Mama Pam amava Mamãe, eu, raquetebol e suas comédias românticas. Nessa ordem.

Gretchen vibrava de energia enquanto filmávamos, como se tivesse sido tomada por inspiração. Brian, que meu cérebro havia passado a chamar carinhosamente de Não Nolan, era muito dedicado ao trabalho e até se jogou de joelhos em uma tomada enquanto eu fugia da capela.

Terminamos assim que o sol começava a se pôr no alto das montanhas nevadas atrás da igreja. Todos os figurantes foram guiados para fora, e a equipe se apressou em tirar os equipamentos.

Eu me afundei no banco da frente, de vestido de noiva e tudo.

— Bee — disse Luca, um pouco exausto, enquanto se aproximava. — Preciso cuidar de todos os figurantes e dos figurinos deles, então posso tirar você do seu figurino agora ou... muito, muito mais tarde.

A ideia de ficar em pé naquele momento era exaustiva.

— Pode só abrir o zíper para mim? — pedi. — Vou pendurar tudo, e você pode vir buscar de manhã.

Luca deu de ombros.

— Se você tem certeza.

Eu me afundei no banco.

— Absoluta.

Ele estendeu a mão e baixou o zíper das minhas costas antes de correr atrás da multidão de figurantes que com certeza estava fazendo fila na loja de brinquedos, à espera dele.

O que eu não disse a Luca e mal poderia admitir para mim mesma era que não estava pronta para tirar o vestido. Eu não estava pronta para me despedir daquele momento, especialmente quando tudo que eu queria era dividi-lo com Nolan.

— Ei — disse Gretchen, enquanto passava o *headset* para Cammy. — Precisa de ajuda com o vestido?

— Não, o zíper já está abaixado. Essa é a parte difícil.

Ela hesitou por um momento, e percebi que só restávamos eu e ela.

— Você está bem? Achou que correu legal hoje? Sei que estamos avançando em um ritmo bem rápido.

— Foi bom. Foi ótimo, na verdade. Você parecia estar bem animada hoje.

Quase saltitante, ela começou a sorrir.

— Tem dias que são assim. Mas é bem emocionante. Ver toda essa gente se reunir para uma coisa em comum, criar algo do zero.

— A magia dos filmes — eu disse, e era mesmo mágico.

Eu estava tão focada em mim e Nolan que quase tinha esquecido o que realmente estava fazendo ali e que, em muitos sentidos, estava realizando meus sonhos mais malucos. E não só isso, mas o que viria depois? Quem eu seria depois de saber que poderia trabalhar em um filme convencional, e como a protagonista, ainda por cima? Eu voltaria para o pornô e o ClosedDoors e talvez até me tornaria o segredinho de Nolan? Não parecia tão ruim. Eu adorava minha carreira. Adorava as pessoas com quem trabalhava. Não tinha vergonha disso, mas, se pudesse ser tanto Bianca, a estrela pornô, como Bee, a atriz, eu toparia em um piscar de olhos.

Mas e se não fosse possível? E se eu tivesse que escolher? Ou, pior ainda, e se essa fosse minha única oportunidade, e a escolha de ficar no pornô ou ir para a grande mídia sequer existisse? Esse poderia muito ser meu primeiro e último trabalho de atuação. E... Nolan... bom, é claro que poderíamos nos arranjar por um tempo, mas a muralha entre nossos dois mundos só cresceria mais e mais.

— Tem certeza de que está bem aqui?

Fiz que sim enquanto os últimos raios de sol brilhavam através das janelas de vitral, criando um caleidoscópio sobre a barra de meu vestido.

— Só sensações de primeiro filme e, por incrível que pareça, sensações de vestido de noiva.

Ela riu.

— Figurinos podem mexer com a cabeça da gente.

O celular de Gretchen começou a tocar e ela o silenciou rapidamente com um deslizar do dedo.

— Pode ir — eu disse. — Vejo você amanhã cedo.

— Quer que eu deixe as luzes acesas?

— Não — eu disse. As nuvens tinham se dispersado, deixando luar de sobra, e a ideia de ficar sentada sozinha sob a meia-luz amarela da igreja parecia mais deprimente do que ficar sentada sozinha no escuro.

— Não vou demorar.

Ela me deu uma boa olhada e um último aceno compreensivo com a cabeça antes de seguir às pressas pelo corredor, apagando as luzes antes de sair.

Então fiquei sozinha, sentada a poucos metros do altar, no vestido de noiva que de algum modo parecia fazer parte de mim, embora eu nunca tivesse nem sonhado ou desejado um momento em que pudesse subir ao altar em um vestido tão tradicional. Nem na igreja. Muito menos na igreja. Uma estrela pornô com duas mães não costumava ser o tipo de menina que se casava na igreja, ou qualquer outro lugar.

Atrás de mim, a porta pesada da igreja se abriu e, por um momento, havia apenas uma silhueta.

— Bee? — perguntou a silhueta.

Eu me levantei e saí para o corredor.

— Nolan?

Ele entrou na igreja com o mesmo figurino do duque de Frostmere no qual tinha dado a entrevista.

Ele congelou, entreabrindo os lábios e descendo o olhar sobre mim.

Alisei as mãos no corselete do vestido, sentindo-me ao mesmo tempo insegura e transbordante de euforia, porque não tinha me dado conta do quanto queria isso. Que ele me visse nesse vestido. Nessa igreja.

A porta se fechou atrás dele, deixando-nos na escuridão quase prateada do santuário. O luar entrou pelas janelas, espalhando retângulos curvos no chão, ilhas cintilantes no escuro.

Eu o ouvi tomar fôlego, e não o tipo de fôlego que vinha antes de falar, nem o tipo de fôlego que vinha antes de um momento de reverência. Era um fôlego áspero, um fôlego profundo.

O fôlego de alguém se esforçando para manter o controle.

Eu tinha ouvido esse som mil vezes em meu trabalho. Afinal, era parte da minha profissão fazer as pessoas perderem o controle. Mas todas as outras vezes em que eu tinha ouvido esse som em minha presença, eu estava despida e — sei lá — *disponível*, com minha boca, minhas mãos ou meu corpo. Nunca usando um vestido que simbolizava promessas, eternidade, conchinhas, jantares juntos e compras de lençóis com elástico e toalhas e tal.

Essa sensação era nova, e se infiltrou mais fundo em meu corpo do que um tesão físico, mais fundo do que saber que era desejada. Era o tipo de vontade que eu nunca soube que alguém poderia ter por mim.

Nolan também me desejava, isso era claro. Ele caminhou na minha direção, os passos decididos e vorazes, as botas de cano alto do figurino cintilando e os olhos brilhando no escuro. Mas o desejo não era a única coisa estampada naquele rosto lindo, e seu olhar não estava ardendo em meus peitos ou minha boca. Não, nossos olhos estavam fixados uns nos outros, e a única vez em que seu olhar deixou o meu foi para descer pela cauda de meu vestido, pousada em um redemoinho diáfano ao redor de meus pés.

Quando ele me alcançou, comecei a falar, embora não soubesse o que queria dizer.

Gostou do meu vestido?, talvez. Ou talvez: *Você iria embora de Christmas Notch sem me avisar?* Ou talvez meu medo mais profundo, a ponta solta capaz de me desfiar se eu a puxasse.

Nunca vou passar de uma fantasia para você?

Mas Nolan não me deixou falar, não me deixou fazer nada. Ele afundou as mãos em meu cabelo e traçou a boca sobre a minha em um beijo abrasador.

— Nolan — murmurei, encontrando as lapelas do gibão de seu figurino e puxando-o para perto.

Ele já estava dentro de minha boca, me lambendo e sentindo meu sabor e então desceu a mão até meu quadril e apertou o tecido sedoso ali, puxando nossas pelves uma contra a outra.

Todo meu corpo ardia com o toque dele. Com o cabelo caprichosamente desgrenhado e a boca quente e firme. Com o toque possessivo de suas mãos e a evidência de seu desejo apertando minha barriga.

— Pode me falar o que quiser agora — disse ele, com a voz áspera. — Mas não me peça para parar.

Parar? Quando tudo que eu queria era que ele continuasse? Que esse momento se expandisse em um fractal como um floco de neve e nunca, jamais, terminasse?

— Não pare — murmurei em seus lábios e, depois, de novo. — Por favor, não pare.

Ele se inclinou, a boca queimando pelo meu pescoço e minha clavícula, e pegou minha cauda na mão antes de se endireitar e me empurrar devagar para trás. Ele me empurrou até eu encostar na grade na altura da coxa que separava a área do altar do resto da igreja, e ficar encurralada.

Nolan estendeu a cauda sobre a grade e, antes que eu pudesse prever o que ele faria em seguida, caiu de joelhos como um pecador e ergueu minhas saias até a cintura.

Não. Não como um pecador.

Como um *noivo.* Como um noivo que não conseguia esperar nem mais um segundo para possuir sua noiva, que não conseguia ficar em pé mais um momento sem sentir o gosto dela na língua. Era isso que ele parecia, com suas roupas formais de duque e comigo em um vestido de noiva, à frente do altar, bem onde um casal ficaria.

Uma noiva e um noivo.

Com um som áspero, Nolan usou o polegar para puxar minha calcinha fio-dental sem costura para o lado e beijar os cachos que encontrou por baixo. Apertei a grade atrás de mim com as duas mãos e me segurei com firmeza enquanto ele me beijava de novo, buscando o calor úmido de meu corpo e lambendo uma linha quente em meu centro.

Soltei um gemido suplicante enquanto ele abria minhas coxas com impaciência e começava a me chupar propriamente, apertando minha saia mais uma vez e mantendo o tecido amontoado em meu quadril. Suas mãos estavam tremendo na seda. Trepidantes, como se ele estivesse emocionado.

Como se estivesse morrendo e esse momento fosse seu paraíso.

Prazer subiu de meu ventre, entre ondas e espirais, criadas por sua boca quente e sua língua habilidosa. Nolan Shaw era um artista diante da tela, pintando sensações com a boca, traçando desejo com os dentes e lábios. Mas nem mesmo a boca maravilhosa de Nolan era o suficiente para explicar o que eu sentia — um coquetel perigoso de tesão, angústia e… e *saudade*, talvez? Saudade de algo que ainda não havia acontecido?

Saudade de algo que nunca aconteceria?

Baixei os olhos para o homem ajoelhado à minha frente, de mãos ainda apertando minha saia, de cabeleira escura voltada para o trabalho, e tudo era seda, tule, botas e luar e, de repente, senti tanta dor no peito que não conseguia respirar. Não conseguia respirar enquanto um orgasmo começava a surgir em algum lugar atrás de meu clítoris.

— Nolan — eu disse com a voz engasgada, sabendo que não queria que ele parasse, que eu nem sabia se *conseguiria* parar, mas sabendo também que isso era muito próximo de algo que poderia me ferir. Próximo demais de um adeus, mesmo estando onde gerações de amantes haviam jurado até que a morte os separasse.

E se isso fosse o mais próximo que eu pudesse ter de um casamento? Ou, pior, e se eu um dia me casasse, mas só conseguisse pensar em Nolan Shaw, contemplando-me em meu vestido de noiva de mentira como se eu fosse a única pessoa no mundo que o pudesse salvar?

Nolan ergueu a cabeça para mim, seus olhos escuros e sua boca úmida. O cabelo tinha caído sobre a testa, como o de um duque descuidado cairia, e o luar brilhava em suas bochechas e seu maxilar perfeitamente esculpido. Ele tirou a mão da minha saia amontoada na cintura e a ergueu até meu peito, onde segurou a palma da mão estendida sobre meu coração, como se precisasse sentir a batida desvairada com a própria mão.

Pela primeira vez, não vi nada do astro do pop na minha frente, e nada das fantasias que havia criado dele em minha cabeça adolescente. Foi apenas *ele* que eu vi. Nolan Kowalczk, um desastre bissexual, assim como eu. Nolan, que estava se esforçando para ser um bom filho e um bom irmão, que estava tentando corrigir seus erros da juventude. Nolan, que de algum modo conhecia partes de mim que eu mesma ainda não havia desvendado.

Nolan, que não deveria estar ali, que precisava manter a discrição durante a tempestade de notícias pós-Kallum, mas que ainda assim não conseguia se manter afastado.

A verdade era que eu também não conseguia e, talvez, isso fosse parte do problema. A estrela pornô e a mais nova celebridade puritana nunca foram feitas para um final feliz; nunca foram feitas para usar roupas lindas numa igreja e prometer a eternidade.

Portanto, se aquilo — aquele momento de faz de conta — fosse tudo que teríamos, eu aceitaria. Pegaria o momento com as duas mãos e sem remorso, porque não conseguia imaginar um mundo em que me arrependeria do tempo que havia passado com Nolan. Era a concretização de todas as fantasias, até mesmo as que eu nunca soube que tinha. Até mesmo as em que eu era uma noiva e ele era um noivo, e me escolhia diante do mundo. Para sempre.

Ele sabia do que eu precisava, claro. Eu precisava das promessas e dos juramentos que nunca poderíamos dizer em voz alta, então, em vez disso, ele os gravou em meu corpo. Eu precisava das lembranças, dos momentos para guardar, porque, depois que ele fosse embora, depois que *O salão do duque* acabasse, não haveria nenhuma garantia de que nos reencontraríamos ou, se nos reencontrássemos, que *deveríamos* nos reencontrar.

E, se aquela fosse nossa última vez juntos, eu não queria que nada nos segurasse.

Ele não se segurou, claro que não. Nolan Shaw descontrolado era lindo, e ele tratava meu corpo como se fosse ao mesmo tempo seu para saquear e um santuário para adorar. E, quando enfiou os dedos dentro de mim, acendendo uma chama com o toque e a boca, eu estava acabada.

Ele chupou e lambeu o clímax de meu corpo enquanto eu me segurava na grade do altar e me esforçava para me manter em pé. Com a mão livre, ele segurou meu quadril com firmeza, recusando-se a me deixar sair ou escapar. Ele continuou a me beijar enquanto eu pulsava de novo, de novo e de novo.

Eu mal tinha terminado quando ele se levantou, descendo as mãos para a cintura da calça e abrindo os botões rapidamente. Do bolso veio uma camisinha, que ele colocou com as botas ainda nos pés e o cabelo caindo sobre a testa. Seu pau embainhado brilhava sob o luar, mas, fora isso, ele ainda estava completamente vestido ao dizer, com a voz rouca:

— Ajoelha. Agora.

Suas palavras fizeram meu corpo agir como se eu tivesse sido hipnotizada. Tinham me pedido para me ajoelhar dezenas de vezes — eu tinha me ajoelhado três a quatro vezes por semana nos últimos seis anos. Mas nunca, jamais, tinha sido dessa forma. Como se eu fosse morrer se não desse a ele aquilo de que ele precisava. Como se fazê-lo gozar fosse tão necessário quando respirar.

Fiquei de joelhos na frente da grade do altar, o vestido ondulando e farfalhando ao meu redor, e então ele me colocando de quatro com facilidade, já erguendo o vestido ao redor do meu quadril e entrando em mim antes que eu pudesse parar para tomar fôlego.

— Caralho, você está tão molhada — gemeu, dando uma estocada funda e urgente dentro de mim que fez meus dedos dos pés se curvarem. Rebolei para trás na direção dele, e ele chiou. — Isso, sim. Bem assim, linda. Faz isso até eu gozar.

Ele era tão visceral enquanto fodia. Como se, depois que o desejo tomava conta, ele não passasse de um animal primitivo sem disfarces, até conseguir aquilo de que precisava. Nossa, me deixava com tanto tesão.

— Se toca — sussurrou ele. — Quero você ainda mais encharcada.

Coloquei a mão entre as pernas, a bochecha encostada ao chão, e obedeci, o primeiro toque de meus dedos no clítoris me dizendo que eu não demoraria nada para gozar de novo e, então, ele começou estocadas curtas e obscenas, correndo atrás de seu orgasmo com os dedos cravados em meu quadril.

Gozei primeiro, apertando-o, e então ele deu um grunhido abrupto e baixo, e começou a se descarregar, enchendo a camisinha enquanto me segurava contra si. Meus lábios estavam formigando, e estática dançava nos cantos da visão. Eu mal conseguia fazer uma respiração atrás da outra enquanto meu corpo era inundado por todos os hormônios conhecidos pela humanidade, e Nolan estava lá junto comigo, respirando com dificuldade, as coxas tensas apertando as minhas.

Eu desabei e arfei no chão como uma pagã recém-fodida enquanto Nolan recuava e se recompunha. Depois ele me acolheu em um abraço, envolvendo-me em seu peito enquanto se sentava com as costas apoiadas na grade, e recuperamos o fôlego juntos em um amontoado de seda e tule, as notas tênues da música da feira de Natal conseguindo entrar no prédio antigo.

Eu não sabia o que sentir pelo momento que tínhamos acabado de compartilhar, e pensar que estava abraçada ali — ao mesmo tempo satisfeita e toda revirada por dentro — vestida de Felicity, com Nolan fantasiado de duque, tornava a situação ainda mais estranha. Porque, embora eu tivesse noventa por cento de certeza de que Pearl havia escrito esse roteiro em um sonho febril entre a energia de cristais e o aroma de incenso, havia um prisma claro de verdade no coração da história de Felicity e do duque. E era que, mesmo que o acaso pudesse triunfar sobre linhas do tempo e vidas separadas, nenhum destino, nenhum amor, vinha de graça. O amor — mesmo o amor decretado pelo destino — sempre exigia sacrifício e risco.

Mas risco de quem? Sacrifício de quem? E era justo pedir isso a alguém? Mesmo pessoas que não tinham em jogo sonhos para o futuro e vidas para sustentar, como eu e Nolan tínhamos?

Eu não sabia se o calafrio que veio depois desse pensamento era da insegurança ou do frio.

Decidi fingir que era do frio, embora os braços de Nolan estivessem muito quentes ao redor de mim.

— É melhor voltarmos separados à pousada — murmurei. — Para evitar suspeitas.

Ele não respondeu por um longo momento.

— É — disse, com a voz relutante. — Seria o mais inteligente.

— Nós nos vemos amanhã. Para nos despedirmos de verdade.

— Quero mais do que amanhã, Bee — disse ele, baixo. — Mais do que uma despedida. Você sabe disso.

Eu sabia disso, sim. Ele já havia me falado isso antes. Mas por que eu não *sentia* como se fosse verdade? Por que o futuro ainda parecia fugaz como o luar que atravessava o piso da igreja em uma noite fria de dezembro?

Talvez... talvez fosse porque, às vezes, o desejo não era suficiente.

CAPÍTULO VINTE E TRÊS
Nolan

Acordei com pancadas de neve caindo do céu e, depois de me espreguiçar longamente e me demorar um momento olhando para o outro lado da cama, me perguntando como seria acordar ao lado de Bee toda manhã, fui até a janela e olhei para fora. Estava tão cedo que as luzes da rua ainda estavam acesas, e observei os flocos caírem pela alameda já coberta de neve. No canto da vista, o riacho do Corista cintilava ao passar serpenteante pelas margens congeladas e, na outra direção, dava para ver o brilho da árvore de Natal gigante na praça.

Era véspera de Natal, e eu iria para casa.

Um pouco saltitante enquanto me aprontava, escovei os dentes e me vesti rapidamente, sabendo que não havia tempo para uma reminiscência onanista da noite anterior se eu quisesse fazer as malas e ainda descer para o cabelo e a maquiagem a tempo.

Nossa, mas como eu queria reviver aquela lembrança. Lembrar a sensação daquele vestido de noiva amontoado em minhas mãos, o sabor dela naquela igreja escura…

Eu nunca havia me considerado o tipo de pessoa que pensava muito em casamento, que pensava em cerimônias, em votos ou em ficar com uma pessoa pelo resto da vida. Não que eu *não* quisesse essas coisas, necessariamente, só que elas estavam na mesma categoria que abrir um plano de previdência privada ou baixar um aplicativo de meditação: excelentes ideias, mas boas para um Nolan futuro que tivesse a cabeça no lugar.

Mas, ao ver Bee naquele vestido... de repente esse Nolan futuro parecia poder ser o *Nolan de agora*. Meu coração tinha saltado no peito e um calor havia queimado por todo o meu corpo — meu sangue, minha virilha, a parte de trás de minhas pálpebras — e, se existisse algo como um desejo de Natal, eu sabia naquele momento exatamente qual seria meu desejo.

Exceto que o *Nolan de agora* ainda tinha uma carreira para lançar e uma imagem pública higienizada para manter, e tudo isso impossibilitava uma namorada estrela pornô. Ou uma esposa estrela pornô.

Vai dar certo, eu disse a mim mesmo com firmeza. Eu não pensava nos detalhes, e não gostava da ideia de pedir a Bee para sair às escondidas, mas também não podia perder a chance de recuperar o que havia perdido e nunca pediria para ela largar seu trabalho como Bianca von Honey. Se ela amava o trabalho, então para mim estava bom. Daríamos nosso jeito.

Foi só quando eu estava pronto para sair que vi a folha que tinha sido passada embaixo da minha porta em algum momento durante a noite. A agenda atualizada do dia. Com uma cena que eu já tinha filmado antes.

Intrigado, coloquei meu gorro, dei uma última olhada geral para confirmar que tinha guardado tudo na mala e me dirigi à loja de brinquedos.

— Nolan, Bee, aí estão vocês — disse Gretchen ao entrar no departamento de figurino.

Bee já estava maquiada, e vestida de novo na seda vermelha-escura que tinha usado para a primeira cena que filmamos juntos. Eu tinha tomado cuidado com o quanto olhava para ela enquanto Sunny fazia minha maquiagem porque aquele espartilho fazia coisas com meu corpo muito visíveis na calça de moletom pré-figurino.

— Estou com a última página do roteiro aqui, e sei que falei que a filmaríamos sozinha e a emendaríamos no que já tínhamos, mas acho que vai ficar mais forte se refilmarmos e fizermos tudo de uma vez. E — disse ela, olhando para mim —, como você foi o grande herói das imagens de cobertura ontem, temos tempo.

Gretchen entregou a última página do roteiro para mim e Bee enquanto falava, a outra mão em volta de uma caneca de café reutilizável. Apoiei a página no colo e comecei a ler enquanto Sunny mexia nas costeletas falsas que Denise havia colocado em mim, tentando deixá-las mais simétricas.

— Vamos para a mansão daqui a trinta minutos, mas temos a locação só pela manhã, então precisaremos ser ágeis. E vamos usar a mesma blocagem, se vocês dois ainda se sentirem confortáveis com isso, e...

— Gretchen — eu disse, desviando os olhos da página. — Esse é mesmo o roteiro?

— Bom, o roteiro do próximo *Velozes e furiosos* é que não é.

— Não, mas... — Olhei nos olhos de Bee, que estavam arregalados. Ela estava tentando não rir. Mudei de ideia. — Você leu?

Gretchen me lançou um olhar.

— É claro que li.

Baixei os olhos para a página, que dizia:

DUQUE
Felicity. Com você, eu entendo o verdadeiro significado do Natal. Com você, tudo faz sentido.

Eles se beijam.

DUQUE (CONTINUAÇÃO)
Venha, meu amor. Vamos encontrar os outros e avisar que descobrimos o verdadeiro sentido do Natal.

FELICITY
E qual é?

DUQUE
(carinhosamente)
O verdadeiro sentido do Natal é amar e ser amado de volta.

— Gretchen, a última frase é de *Moulin Rouge* — eu disse finalmente. Ela balançou a cabeça.

— Não, não acho que seja.

Bee finalmente desatou a rir enquanto Sunny pegava a página do roteiro da mão de Bee.

— É definitivamente de *Moulin Rouge* — disse Sunny.

— *There was a boy* — comecei a cantar, para provar nosso argumento. — *A very strange, enchanted boy.*

— Se é para entrar em detalhes — disse Bee enquanto eu cantava minha versão de "Nature Boy" —, acho que veio da cabeça de David Bowie primeiro.

— Sem querer ser o chato, mas a música na verdade é de Nat King Cole — disse Luca, surgindo sabe-se lá de onde. — E não *acredito* que vocês estão simplesmente ignorando a versão icônica da Gaga com Tony Bennett.

— *Icônica* não é a palavra que me vem à mente — disse Sunny.

Continuei cantando, mas Luca falou mais alto do que eu.

— Nolan Shaw, ninguém quer ouvir sua imitação de Bowie se você não tiver um macacão de Kansai Yamamoto para combinar — bufou. Ele balançou as mãos para Sunny antes de tirar o roteiro do meu colo.

— E como você descreveria um dueto Gaga-Bennett, se *não* icônico?

— Sei lá. Barulhento? Pare de me estapear, é minha opinião! — disse Sunny enquanto Luca a atacava com a página do roteiro e Gretchen encarava o celular.

— Merda — murmurou Gretchen. — É mesmo de *Moulin Rouge*.

— Por meio de Nat King Cole — acrescentou Luca. — E aprimorada por Lady Gaga.

— Não se preocupe — disse Bee, tentando engolir o riso. — Podemos usar uma frase menos conhecida. Talvez o sentido do Natal seja que Deus nos abençoe a todos?

— O sentido do Natal é que o amor está por toda parte? — sugeri.

— Que ninguém coloca Baby no canto? — disse Sunny.

— Não há choro no beisebol? — contribuiu Luca.

— Eu sou Spartacus — disse Sunny para finalizar enquanto Gretchen olhava feio para cada um de nós.

— Não tem graça — disse ela, pressionando a caneca de café no rosto e a rolando sobre a testa como se estivesse tentando massagear uma dor de cabeça. — Tá, tá. Pearl estava com dificuldade para terminar esse roteiro, e não quero que ela se sinta pior. Que tal... o verdadeiro sentido do Natal é que o amor é um presente que podemos dar o ano inteiro?

Nós a encaramos.

— E não é que eu gostei? — disse Luca depois de um momento. — É o nível perfeito de cafona e verdadeiro.

— Essa é a formulinha — disse Gretchen, com um suspiro. — Tá, escrevam o lance novo no roteiro de vocês, por favor. Antes que eu esqueça o que disse.

— Por que você está fazendo esse filme mesmo? — perguntou Sunny com curiosidade enquanto eu e Bee procurávamos alguma coisa com que escrever. Bee pegou um lápis de sobrancelha. Eu peguei um lápis de boca. — Esse lance todo do Hope Channel não parece coerente com a marca Gretchen Young.

— Eu gosto de filmes do Hope Channel — disse Gretchen, apertando a caneca na cabeça de novo. — Eles me deixam feliz. E *feliz* e *formulado* não são incompatíveis com *inteligente* ou *importante*. Além disso, quero que minha namorada tenha um bom plano de saúde. Certo, Bee, Nolan, vejo vocês na mansão. Tchau, todo mundo.

Depois que ela saiu, Luca sorriu para Sunny e disse:

— Ela mandou a real para você.

— Cala a boca.

Depois de me vestir, eu e Bee entramos na van que nos levaria à mansão. Eu tinha uma cena para filmar depois da cena do beijo, e ela tinha cenas marcadas para a tarde que exigiam troca de figurino, então aquele era nosso último momento juntos mais ou menos a sós, exceto pelo motorista. Eu me virei para ela.

— Ei, desculpa por não ter tido a chance de falar para você que iria embora mais cedo. Eu pretendia dizer isso ontem à noite, e daí...

Ela abriu um sorriso.

— Daí preferiu transar comigo adoidado?

— Pelo jeito, tenho um fetiche.

— Por vestidos de casamento?

— Por você em um vestido de casamento — eu disse e, então, percebi como isso soava. — Quer dizer... não tipo... não estou tentando...

— Tudo bem. — Ela riu. — Sei que não está me pedindo em casamento agora.

Era estranho que eu meio que queria estar?

— Eu só não queria que você pensasse que eu estava fugindo porque estava cansado disso. De você.

Encontrei sua mão e encaixei meus dedos nos dela, mantendo nossas mãos escondidas na saia para que o motorista não visse caso olhasse para trás.

— Ah, Nolan, eu sei — disse ela, encontrando meu olhar. Ela estava usando um batom que destacava todas as curvas e inclinações de seus lábios fartos, e ergueu a boca em um sorriso muito suave. — Sei que você quer ver sua família. Caramba, também queria ver a minha. Eu faria de tudo para ver minhas mães agora.

— Só me diga que você vai atender o telefone quando eu ligar depois disso — pedi.

— Diga que *você* vai atender o telefone quando eu ligar, e estamos combinados.

Apertei a mão dela.

— Combinado.

A cena correu perfeitamente e, se notou a mudança no roteiro, Pearl não demonstrou. Mais importante, embora fosse diante de uma plateia, o beijo da cena era a única chance que eu tinha de dar um beijo de despedida em Bee.

Quase fiquei triste por termos acertado em uma tomada, porque o toque quente de seus lábios era viciante, convidativo, incrível. Eu queria beijá-la pelo resto da vida, até a mansão cair ao nosso redor, até não restar nada além do cheiro açucarado, dos pequenos suspiros baixos e da neve lá fora.

Quando terminamos, olhei para Bee, buscando uma maneira de me despedir que parecesse completamente normal para colegas de trabalho, mas que expressasse ao menos parte do quanto eu a queria e do quanto odiava deixá-la. Parte daquela sensação sinuosa de anseio que era muito mais do que desejo, respeito ou afeto — a sensação que me assustava quando eu pensava em nomeá-la.

— Está tudo bem — disse Bee, vendo minha hesitação.

Cammy estava esperando para me levar ao andar de cima, onde eu filmaria minha última cena, e Bee precisava voltar à loja de brinquedo para a troca de figurino. Não havia mais tempo, nem privacidade. Era nosso fim até depois do filme.

Se houvesse um depois.

— Lembre-se do nosso acordo — eu disse para que só ela pudesse ouvir.

— Lembre-se *você* do nosso acordo — respondeu ela, depois me abriu o maior sorriso do mundo. — Adeus, Nolan Kowalczk.

Meu corpo todo ansiava para tocar o dela, para envolvê-la em meus braços e nunca mais soltar. Mas Cammy estava vindo em minha direção, e não havia sinal de Gretchen e Pearl, que provavelmente já estavam no andar de cima esperando por mim.

— Adeus, Bee Hobbes — eu disse baixo, e então saí.

Pensei nela pelo resto do dia. Pensei nela enquanto filmava minha última cena, e enquanto alguém — Ron Alto, talvez — passava um frasco de licor Baileys para todos para me brindar depois de Cammy anunciar:

— Esta é a última cena de Nolan Shaw!

Pensei nela enquanto voltava para a pousada, torcendo para avistá-la, mas vendo apenas a feira de Natal movimentada e a rua principal lotada, e no caminho para Burlington, e enquanto embarcava no avião para casa. E tudo em que eu pensava era Bee Hobbes num vestido de casamento e em um futuro que se estendia muito além das fronteiras de Christmas Notch, Vermont.

CAPÍTULO VINTE E QUATRO

Bee

Queria que todo dia no set pudesse ser tão bom quanto aquele. Bom, exceto pela parte em que eu e Nolan tivemos que nos despedir. Porém, na loja de brinquedos com Luca, Sunny, Nolan e Gretchen de manhã, parecia que um laço havia finalmente se formado entre nós, e não achava justo criarmos um clima bem quando era quase hora de terminarmos *O salão do duque*.

Enquanto eu voltava à pousada, observei o céu, perguntando-me se Nolan estava em algum lugar sobre mim olhando Christmas Notch de cima pela última vez.

Ao virar a esquina a fim de escapar das multidões que começavam a voltar para casa para a véspera de Natal, tirei o celular do bolso e encontrei uma mensagem.

Nolan: Colocando no modo avião. Depois a gente se fala. 🖤

E então uma notificação de *oito* ligações perdidas e uma mensagem de voz de Jack Hart. Abri a caixa postal e cliquei na mensagem dele, sem ouvir nada a princípio. Por um momento, pensei que ele tinha pretendido desligar sem deixar mensagem, mas, depois de alguns segundos e barulhos abafados, a voz irritada de Jack disse:

— É melhor você me ligar de volta.

Minha primeira reação foi me eriçar, mas então todos os motivos possíveis pelos quais Jack Hart poderia me ligar oito vezes na véspera de Natal passaram por minha cabeça. Retornei a ligação dele o mais rápido que meus dedos conseguiam se mover, mas caiu direto na caixa postal. Então outra vez. Um toque e caixa postal.

Tentei mais uma vez enquanto Sunny saía correndo da pousada em minha direção.

— Bee!

Olhei para o celular e digitei uma mensagem rápida para Jack.

Eu: Não tenho como te ligar se você não me atende.

— Ei — eu disse para Sunny enquanto ela dava de cara comigo, ar branco escapando de seus lábios. — O que está rolando?

Ela engoliu em seco e recuperou o fôlego por um momento.

— Você odeia surpresas, certo?

— Odeio — respondi. — Quase sempre.

Ela acenou rapidamente.

— Tá, só confirmando. É uma daquelas coisas que você sempre diz sobre si mesma, mas eu não sabia se era que nem quando as pessoas dizem que não comemoram o aniversário, mas aí, quando ninguém lembra, elas ficam tristes.

— É, não é assim, não. Surpresas me estressam.

Ela me deu dois joinhas.

— Legal, legal, legal. Então... suas mães estão aqui.

Meus olhos começaram a formigar enquanto lágrimas se acumulavam, e soltei um gritinho parcialmente animado, parcialmente confuso.

— Minhas mães! Elas estão aqui? Tipo, aqui-aqui? Em Christmas Notch?

Sunny puxou meu braço e me arrastou na direção da pousada.

— É! Aqui-aqui! E ainda não tinha um quarto pronto, então elas deixaram as malas no seu quarto e deram um buquê de charque para

Teddy de Natal, como se ele fosse seu professor da quarta série ou coisa assim.

— Meu quarto? — perguntei.

— Enfiei sua mala de brinquedinhos no frigobar, não se preocupe. Como se elas já não soubessem que a filha é uma colecionadora ávida.

— Ai, meu Deus, não acredito que elas estão aqui! — Eu passei pela garagem e entrei no saguão, saltitante. — Sunny, você estava envolvida nisso?

— Eu não diria que *envolvida*, mas, sim, pediram minha opinião. Aliás, Mama Pam está *gata* depois de parar com as luzes e deixar o grisalho crescer.

— Pare com isso — eu disse, como se ela fosse uma pastora alemã muito safada.

— Consigo admirar sem encostar e exorcizar meus probleminhas maternais de longe, muito obrigada.

— Aí está ela! — disse Mamãe do outro lado do bar enquanto se levantava para me cumprimentar. Ao lado dela, os olhos de Mama Pam se encheram de lágrimas na mesma hora.

Passei pelos membros da equipe que se reuniam no bar em busca da alegria do Natal e, em segundos, os braços de minhas mães estavam ao meu redor em um abraço aconchegante.

— Vocês estão aqui — sussurrei.

— Não podíamos deixar de passar o Natal com nossa Bee — disse Mamãe. — Muito menos um Natal com neve!

Ela deu um passo para trás, e notei que ela e Mama Pam estavam usando roupas monocromáticas iguais, mas em cores diferentes. Mamãe, mais alta e magra, usava uma calça vermelha, um suéter vermelho de tricô e uma jaqueta baiacu da mesma cor, enquanto Mama Pam, mais gorda e baixa, usava exatamente o mesmo conjunto, só que verde-musgo. Depois que eu saíra de casa, elas tinham começado a coordenar as roupas com muito mais frequência do que eu me lembrava de fazerem antigamente.

— Vocês estão lindas — eu disse.

Mama Pam secou as lágrimas do rosto.

— Ah, obrigada, meu bem. Segundo a Sunny, gays adoram combinar.

Então ela me envolveu em mais um abraço.

Acenei para Teddy no bar quando ele bateu continência para mim com um caule de charque. Nas televisões penduradas acima dele, um meteorologista de suéter azul-marinho bordado com flocos de neve apontava para alguns gráficos, e a manchete dizia "Um Natal Ainda Mais Nevado para Vermont!".

— Puta merda do caralho! — gritou alguém atrás de nós, e metade do bar do saguão se paralisou como se fosse levar bronca.

Quase usei as mãos para tapar os ouvidos de Mama Pam, embora ela já tivesse dito coisa pior enquanto jogava boliche com seu time de boliche da Liga Arco-Íris, as Bofinhas.

A origem da voz era ninguém menos do que a agente sexy e absolutamente aterrorizante de Nolan, Steph. Ela apontou o punho para o meteorologista na tela enquanto atravessava a multidão com a mala chacoalhando atrás dela.

— Todos os aviões nesse cenário infernal natalino estão estacionados por causa do tempo.

Teddy riu em silêncio com o punho na boca quando Steph se largou ao lado dele e assobiou para Stella, que estava atrás do balcão.

— Qual é a dose maior que a dupla? — vociferou ela.

— Parece que chegamos bem a tempo — disse Mamãe, olhando para Steph.

— Pois é — murmurei. — Gretchen e Pearl estão planejando um jantar muito chique para todos que não vão para casa para as festas, então tenho certeza de que vocês duas podem...

— Na verdade — disse Sunny, entrando no nosso pequeno círculo —, elas tiveram que voltar para Los Angeles de última hora porque a irmã de alguém estava entrando em trabalho de parto... ou coisa assim. Não sei direito. Mas acho que pegaram o último voo, então Teddy vai cuidar do jantar.

— Ah. Maravilha — disse Mamãe. — Acho que nunca quis saber como seria passar a véspera de Natal com Teddy, mas estou contente por estar com você aqui. — Ela puxou Sunny para perto dela. — Com você também, Sunny.

Nós quatro nos derretemos em mais um abraço de reencontro e, por um momento, senti que eu poderia ter tudo. Poderia estrelar o filme bobo de Natal e ter o namorado ex-membro de *boyband*. Poderia ter meus fãs do ClosedDoors e um pé na indústria pornô. Poderia ser todas as versões de mim mesma, sem sacrificar nada.

Quando Teddy descobriu que estava encarregado do jantar da equipe técnica, ele o transferiu do Kringle para o Bola de Neve Suja e anunciou que todos tinham direito a batatas fritas com queijo, asinhas de frango e uma caneca de cerveja, o que, na opinião dele, constituía uma ceia de Natal.

Caminhei com minhas mães e Sunny pela neve enquanto os flocos começavam a descer em rajadas mais fortes. Mostrei a cidade para minhas mães, embora todas as lojas estivessem fechadas e só algumas luzes brilhassem dentro das casas.

Enquanto passávamos pela igreja, meu peito se apertou com minhas últimas lembranças lá com Nolan. Por ter reservado o voo de última hora, ele tinha duas escalas, mas deveria estar pousando em Kansas City logo mais. Parecia que semanas haviam se passado desde a manhã, e eu não sabia como sobreviveria a não existir no mesmo endereço que ele. Mesmo quando estávamos separados em Christmas Notch, eu conseguia senti-lo. Conseguia sentir sua presença, e isso me tranquilizava.

Com uma reverência, Sunny segurou a porta do Bola de Neve Suja, e nós entramos e nos escondemos em uma mesa tranquila nos fundos.

Sunny apontou para mim.

— Cerveja? — E então para minhas mães. — Cerveja?

Eu e Mama Pam fizemos que sim enquanto Mamãe dizia:

— Um cabernet sauvignon seria ideal.

— Entendido — disse Sunny, e saiu na direção do bar.

Mamãe, cujo coração sempre foi um pouco mais escondido do que o de Mama Pam, fez a expressão sorridente-carrancuda que fazia quando estava tão feliz que poderia chorar, por isso a testa franzida.

— Bee — disse. — Nossa querida Bee. Estamos tão orgulhosas de você.

— Sempre estivemos — acrescentou Mama Pam, estendendo a mão sobre a mesa enquanto eu notava Teddy atendendo uma ligação no balcão antes de voltar para a nevasca forte lá fora com o celular na orelha.

— Sua avó está muito animada por poder assistir a esse filme — disse Mama Pam.

E então, como eu não tinha dito aquilo em voz alta, nem sequer me tocado que era uma decisão que eu tinha que tomar sozinha, falei:

— Acho que vou manter o ClosedDoors e provavelmente continuar com os filmes adultos também, só para vocês saberem. Eu... não quero decepcionar vocês, mas é possível que esse lance do Hope Channel não se repita, sabe? E... e eu amo meu trabalho. Amo mesmo, de verdade.

Toda a suavidade desapareceu da expressão de Mamãe.

— Você nunca poderia nos decepcionar, e não pense por um minuto sequer que estamos mais orgulhosas de você por isso do que pelo seu trabalho adulto. Nós criamos uma mulher segura de si, autoconfiante, amorosa e inteligente. O que fizer você feliz nos faz feliz.

Meu coração se encheu de alegria. Saber que eu tinha as duas ao meu lado fazia o futuro incerto parecer um pouco menos aterrorizante.

— Não poderíamos ter pedido uma filha melhor — acrescentou Mama Pam enquanto Sunny voltava com uma garrafa de cerveja e uma taça de vinho.

— Consegui encontrar um cardápio para dividirmos — disse ela, tirando o papel estragado pela umidade de baixo do braço.

Minhas mães o pegaram e começaram a deliberar sobre a lista muito limitada de comida do bar.

Bem quando Sunny começava a servir a cerveja, Teddy apareceu e se inclinou sobre a mesa enquanto pigarreava como fazia quando ficava sem jeito, o que às vezes acontecia perto das minhas mães. Sobretudo porque os pais e as mães de atores não costumavam estar tão envolvidos como as minhas.

— Hm, Bee, posso roubar você por um momento?

Fiz que sim.

Sunny se levantou rapidinho para que eu pudesse passar por ela, e segui Teddy enquanto ele me guiava através do bar.

Paramos na saída e, do cabideiro, ele me atirou o casaco de algum desconhecido, que era enorme, preto, bufante e muito mais parecido com um casaco de inverno de verdade do que qualquer coisa que eu já tivera. Eu me cobri com ele como se fosse uma manta.

Saímos para a alcova estreita do bar, o vento soprando por nós, e eu disse:

— Qual é o problema, Teddy?

Eu não conseguia imaginar sobre o que ele precisava falar que não pudesse esperar.

Ele olhou para a rua e pressionou os lábios por um momento, como se talvez, se tentasse, as palavras ficassem dentro dele e nunca existissem de verdade. Algo nos ombros curvados dele e na dificuldade de encontrar as palavras certas me lembrou as muitas vezes em minha vida em que minhas mães tiveram que me contar problemas para os quais não havia soluções.

— Não é nada bom — disse ele, finalmente. — Fomos descobertos.

Levou um momento para minha mente processar o que ele tinha acabado de dizer e para meu sorriso se desfazer.

— Mas... como? O que isso significa para o filme?

— E eu lá sci? — disse ele, rangendo os dentes de frio. — Acabou de chegar ao Twitter.

Ergui as mãos para cobrir a boca, mas não consegui conter o tremor em minha voz ao dizer:

— Ai, meu Deus. Nolan.

Nesse momento, a porta se abriu, e Steph ergueu a tela luminosa do celular para Teddy ver, o corpo todo vibrando com uma fúria ardente.

— Diga que isso não é verdade. Diga que você não acabou de afundar toda essa merda de navio. Diga que não acabou de transformar a carreira de meu cliente no *Titanic*.

Teddy abriu a boca para falar, mas não saiu nada.

— Não é culpa dele — falei sem pensar, tomada por uma certa necessidade de proteger Teddy, depois de ele ter passado anos me protegendo. — Ele não sabia!

Na tela do celular estava uma foto minha com os peitos de fora no site de Dominic Diamond; ele havia coberto meus mamilos com *clip art* de gorros de Papai Noel. A manchete dizia: "A Coprotagonista Natalina de

Nolan Shaw Está na Lista de Meninas Más". Teddy desceu para a foto seguinte, de mim e Nolan com Empinadora, nossa stripper favorita.

Aquela que tinha prometido não compartilhar a foto.

Merda.

O olhar de Steph se voltou para mim.

— Você. Eu tive um pressentimento sobre você. Você faz alguma ideia do estrago que fez com a carreira de Nolan? Ele vai ter sorte se esse filme chegar a ir ao ar e...

— Pode parar — disse Teddy com firmeza. — Eu escalei Bee nesse filme. Eu sabia tudo sobre ela... porque ela trabalha para mim na Tio Ray-Ray. Que é *meu* estúdio pornô.

Ela se voltou para Teddy, com o queixo caído.

— Você... você produz pornô? Que tipo de farsa é essa?

Ele deu de ombros.

— Não é tão diferente de produzir um desses filmes de Natal, sabe? E temos valores, missões e tudo.

— Estamos todos fodidos — declarou ela, e olhou para mim. — Vamos ter sorte se o Hope Channel não terraplanar essa merda de cidade inteira quando descobrir que a marca deles está associada a uma estrela pornô... *uma estrela pornô*, puta que pariu! Não era nem para eu estar aqui. Era para eu estar na festa de Natal de David Duchovny!

— Ele não é judeu? — Teddy teve a pachorra de perguntar.

— Meio — disse Steph enquanto abria a bolsa e rasgava o forro para tirar um cigarro e uma caixa de fósforo. — Meu cigarro de emergência. Não conte para minha filha. E alguns judeus gostam de Natal, seu idiota de merda.

Enquanto ela começava a fumar, e Teddy esfregava as mãos no rosto, tudo dentro de mim começou a desmoronar.

Steph estava certa. Estávamos fodidos. E era tudo por minha causa.

Eu precisava ligar para Nolan.

— Era para ele ter pousado uma hora e meia atrás — eu disse, de ponta-cabeça na beirada da cama, torcendo para meus peitos me sufocarem de uma vez.

Depois que comemos rapidamente, eu, minhas mães e Sunny voltamos para o hotel. Eu desejei boa noite para minhas mães, que estavam exaustas, e puxei Sunny para meu quarto, onde contei para ela o que estava rolando. Felizmente, quando saímos do bar, ninguém do elenco nem da equipe técnica parecia saber o que estava acontecendo, o que significava que a história ainda não tinha ganhado tração por causa do feriado, ou que eles estavam bêbados demais para ligar para o que estava acontecendo na internet.

Eu me sentei, o sangue subindo para a cabeça. Qualquer chance de futuro que eu e Nolan tínhamos depois disso tudo já era. Eu estava certa em duvidar das chances de funcionar, mas mesmo assim me senti ridícula por alimentar a esperança de que nossa amizade colorida pudesse vir a se tornar algo mais no futuro.

Olhei o celular mais uma vez. Eu tinha ligado dezenove vezes para ele. Ele não atendera.

Enquanto eu mexia mais um pouco no celular, levei um susto quando lembrei que tinha o número do voo dele em nosso histórico de conversa. Deslizei o polegar até encontrar. Entrando em um navegador, digitei as informações em um rastreador de voo.

VOO 335: CHEGOU AO AEROPORTO INTERNACIONAL DE KANSAS CITY HÁ 34 MINUTOS

— Ele pousou — eu disse, a voz repleta de confusão e mágoa.

— Liga para ele, liga para ele! — insistiu Sunny.

— Meia hora atrás — eu disse, tentando segurar o choro. Nossa, eu odiava que alguém me visse assim, mas, se tinha que ser alguém, que bom que era Sunny. — Ele pousou há meia hora, e com certeza sabe o que está acontecendo e decidiu não me ligar de volta.

— Escuta — disse Sunny, calmamente. — Pode ser hora de pensar nas prioridades de Bee. Você sabe que, no momento em que ele saiu do avião, devia ter umas trinta e sete mensagens de Steph. Não tem como saber que tipo de defesa ela tem em mente. Pode ser cada bissexual por si agora, bebê.

Balancei a cabeça freneticamente.

— Nolan não... ele não faria isso.

Ela passou um braço protetor sobre meus ombros.

— Talvez. Mas o que sei é que nada vai ser resolvido hoje e você precisa relaxar e dormir um pouco. — Ela tirou uma garrafa grande de vitaminas mastigáveis da bolsa. — Pegue uma.

Segurei o frasco roxo na mão.

— Seu multivitamínico feminino?

Ela riu, tirou o frasco da minha mão e abriu a tampa.

— São comestíveis de *cannabis*, Bee.

Eu a encarei, sem entender.

— Jujubas de maconha? — explicou.

— Ahhhh!

Eu podia ser uma verdadeira pervertida sexual, mas minhas interações com substâncias começavam e terminavam com cerveja e drinks afrescalhados.

— Vou tomar um banho em meu quarto, mas vou voltar e passar a noite aqui com você — prometeu ela.

A ideia de ficar de conchinha com ela, ou pelo menos poder ficar a encarando enquanto não conseguia pegar no sono, me ajudava a respirar com um pouco mais de facilidade.

— Tem certeza de que não se importa?

— Acha que vou perder seu surto de ansiedade? Jamais.

Ela me deixou com o frasco de jujubas, mas não antes de ligar a TV e achar um especial natalino de crime real, como se estivesse ligando o Discovery Channel para o cachorro.

Murmurei um obrigada, porque fiquei mesmo agradecida pela consideração.

Depois que ela saiu, botei o celular para carregar, puxei as cobertas até o queixo e enfiei uma jujuba na boca antes de pensar demais e mudar de ideia.

Não tinha um cheiro nem um sabor diferente de jujuba normal. Na verdade... me lembrava as jujubas de vinho que Mamãe trazia das viagens a trabalho para Munique quando eu era mais nova.

Peguei mais uma — dessa vez, uma bala verde em formato de estrela.

Por um breve momento, eu me perguntei qual era a dose recomendada, enquanto pegava uma terceira com a ponta dos dedos.

Talvez fosse só da minha cabeça, mas eu já sentia os contornos da mente se turvando e meu nervosismo começando a se aliviar devagar.

Talvez estar fodida não fosse tão ruim. Talvez sempre estivéssemos destinados a estar fodidos.

De repente, tudo pareceu muito menor e mais contornável, e a verde era de sabor maçã ou pera? Só saberia se experimentasse mais uma...

CAPÍTULO VINTE E CINCO

Nolan

Meu avião pousou, mas demorou uma eternidade para sair da pista de pouso gelada para a zona de desembarque ainda mais gelada. Depois de cerca de uma hora tentando cochilar no avião que deslizava pelo asfalto, saí me sentindo cansado, desgrenhado e inquieto. Eu estava ansioso para voltar para casa e surpreender minha mãe e Maddie, mas não conseguia deixar de sentir que havia abandonado algo muito importante em Vermont, como meu celular ou meu pulmão direito.

Era Bee.

Eu sentia saudade de Bee.

Esfreguei o cabelo e pus o gorro enquanto andava com os ombros curvados pelo terminal na direção da esteira de bagagens. Era maluquice sentir tanta saudade de alguém depois de conhecê-la por apenas duas semanas, certo? Sentir que aquela mulher em Vermont estava segurando meu pulmão direito ofegante enquanto eu sofria para respirar longe dela? Era papo de lunático. Coisa de alguma música em que Isaac teria assumido os vocais, e *não* da vida real.

Eu me recostei em uma janela fria na área de retirada de bagagem quase vazia e esperei a esteira entregar minha mala. Enquanto os outros passageiros iam chegando, encontrei o celular e me debrucei nele. Não havia muita gente lá, e eu não via mal em dar autógrafos ou tirar fotos quando as pessoas me reconheciam, mas eu estava desanimado demais para selfies inesperadas.

Eu deveria ligar para Bee. Era isso que deveria fazer. Eu ligaria para ela e avisaria que tinha pousado, e bastaria ouvir a voz dela para essa *saudade* terrível passar.

Desativei o modo avião e esperei o celular coçar a barriga e bocejar até decidir se conectar à rede. Ergui os olhos para a esteira que começava a se mexer, trepidante, e foi então que aconteceu.

Foi então que meu celular ficou radioativo.

Setenta e duas ligações perdidas. Cinquenta e oito mensagens.

E notificações de redes sociais na casa dos milhares.

Quêêêêê?, fiz com a boca em silêncio para a tela enquanto abria as mensagens de Steph primeiro. Havia dezessete mensagens de voz dela, e coloquei a mais recente para tocar.

"Você não sabia de nada", disse, com a voz de quem já tinha tomado vários manhattans desconstruídos ao deixar a mensagem. "Se perguntarem, *você não sabia de nada.* Era para você fazer um filme com Winnie Baker, você foi compreensivo com a substituição de última hora, mas é óbvio que você não fazia ideia de que era um filhote de passarinho de *boyband* em um ninho de pornógrafos. Você não assiste a pornografia e nunca assistiria. E foi pressionado a tirar aquela selfie com a stripper; só estava sendo gentil com a moça simpática de tapa-mamilos e tal. Não, ainda estou comendo isso, por que você pensaria que a mulher com a mão cheia de nachos terminou de comer? Inclusive, quero fazer mais um pedido, e vou dar duzentos dólares para você me trazer as cerejas do bar."

Era aí que a mensagem acabava. Não escutei nem olhei as outras. Fui direto ao ícone de telefone e vi que dezenove das setenta e duas ligações perdidas eram de Bee. *Merda merda merda.* O que havia *acontecido* enquanto eu estava no ar?

Liguei para Bee, erguendo os olhos a tempo de ver minha mala deslizar pela esteira, e caminhei para pegá-la.

"Ei, aqui é Bee" disse a voz rouca gravada dela. Bastou ouvir sua voz para eu fechar os olhos e respirar fundo pela primeira vez desde que saíra de Christmas Notch. "Se estiver ligando sobre um trabalho, lembre-se de deixar seu nome, número e a data em que precisa dos resultados dos meus exames. Se for Mamãe ou Mama Pam, desculpa pelo que acabei de falar sobre resultados de exame. Se for Sunny ou Luca e precisar de um resgate de um encontro chato, finja que essa sou eu falando que meu peixinho-dourado acabou de morrer e estou inconsolável. Preciso de um amigo. Preciso de um velório de peixe. Preciso de um amigo nas profundezas de meu luto de peixe etc. etc."

Biiiipe.

Pegando a alça da mala, comecei a puxá-la em direção à porta enquanto falava rapidamente ao telefone.

— Bee, é o Nolan. Acabei de sair do avião e ligar o celular. Vou pegar um Uber para casa, mas depois vou tentar ligar de novo. Só quero que você saiba que eu te...

Parei, a palavra que estava prestes a dizer empacada na língua como uma nota esperando para ser cantada. Mas eu não podia dizer aquela palavra para ela. Era cedo demais e provavelmente não era recíproco, e eu mal podia ter certeza do *que* sentia por Bee, porque nunca tinha sentido aquilo antes. E, se eu tinha 31 anos e nunca tinha sentido aquilo antes, como poderia confiar no sentimento?

Em vez disso, terminei com:

— Só quero que saiba que gosto muito de você. E vamos dar um jeito nisso.

A primeira frase não era toda a verdade. E a segunda?

Era uma versão da verdade em que eu queria desesperadamente acreditar.

Quando o Uber chegou na frente de casa quarenta e cinco minutos depois, eu estava enjoado de tanto olhar o celular no banco de trás do carro, e mais enjoado ainda pelo que estava lendo.

O artigo de Dominic Diamond era fofoqueiro e obsceno, mas ao menos era o esperado dele. Os veículos mais respeitáveis eram felizmente mais contidos, mas a tempestade das redes sociais era... era ruim.

Imagens, vídeos e GIFs das cenas de Bee estavam por toda parte, envoltos por comentários sobre seu corpo, sobre sua carreira, sobre *ela*, embora ninguém nem a conhecesse. Ela foi chamada de vadia, de falsa bissexual servindo o olhar masculino, de pervertida, de cúmplice oportunista na fetichização do próprio corpo. Eles tinham muito a dizer sobre a tentativa dela de fazer um tipo diferente de filme — a maioria horrível. E tinham muito a dizer sobre ela ser *plus size* — *tudo* horrível.

Por causa dela e de Teddy, as filmagens de *O salão do duque* estavam sendo retratadas como um tipo de orgia natalina, tudo às custas do Hope Channel. E, claro, minha reputação como antigo entusiasta de orgias foi trazida à tona.

Não que a selfie com a stripper tenha ajudado em *alguma coisa*.

DiamondDom @domincdiamond · 24 de dez
Bomba: Coprotagonista plus size do ex-bad boy Nolan Shaw esconde identidade secreta como estrela pornô hard-core Bianca von Honey!

josiegrosie @venhajosephine · 24 de dez
duvido que NOLAN SHAW não tenha pulado em cima dessa estrela pornô enquanto estava filmando (mesmo ela sendo gorda). sou a única que não esqueceu o trenzinho sexual na alemanha???

Olive está de hiato ✦ @viajecomolive · 24 de dez
até parece que a fase bad boy foi uma "fase". aposto que a história sobre emily albright também foi mentira. afinal, não foi *ela* que veio a público para falar, então por que ele não contaria uma versão dos acontecimentos que faria dele um herói?

Thanos é meu papai @queridospence · 24 de dez
FINALMENTE UM FILME DO HOPE CHANNEL QUE QUERO ASSISTIR

Mães pela Mídia Pura @maespreocupadas9 · 24 de dez
Não vamos aturar isso vindo do Hope Channel!!! Vamos boicotar tudo do Hope Channel ou tudo desse tal Nolan Shaw do INK. O que aconteceu com a sanidade e a DECÊNCIA???

bate o sino ❄🎵 @bellabellabella · 24 de dez
Acho engraçado que *alguém* pensou que Nolan Shaw tivesse mudado. Bianca von Honey é a prova que não dá para tirar a safadeza do safadinho

Josiegrosie @venhajosephine · 24 de dez
nem brinca. aposto que o hope channel está repensando um monte de coisa agora, ainda mais pela imagem limpa que tem que manter. esse comeback do nolan shaw está condenado desde o começo

Mães pela Mídia Pura @maespreocupadas9 · 24 de dez
@hopechannel, espero que estejam preparados para esse BOICOTE. Confiamos em vocês para conteúdo familiar e decente por anos, mas agora sabemos a verdade!!! @NBCnews @ABCnews @frontline @twitter @facebook

Desliguei o celular e tentei inspirar fundo algumas vezes. Isso era ruim. *Era ruim pra cacete.* Não era apenas que Bee e Teddy tinham sido expostos como Bianca e Tio Ray-Ray. Tudo sobre o filme, sobre mim e minha tentativa de reformular minha marca estava em risco. E eu sabia que era uma possibilidade, que poderia acontecer, mas porra.

Era muito pior do que eu teria imaginado.

Porém, mesmo com todas as substâncias químicas de putamerda no corpo, eu sabia, com absoluta clareza, que a coisa estava pior para Bee. Eu era uma referência alegre de trenzinho sexual. Ela era falsa ou se fetichizava ou era simplesmente pervertida. Eu estava sendo chamado de safadinho. Ela estava sendo chamada de vadia.

As coisas de que você se safou quando era mais novo... você acha que eu teria me safado? Gretchen havia me questionado naquele dia no escritório. A resposta para minha versão mais jovem tinha sido *não* — e, seis anos depois, era a mesma. Talvez minha carreira estivesse terminada, mas a *vida* de Bee seria muito pior por causa disso.

Tentei ligar para ela de novo enquanto saía do Uber, agradecia o motorista e puxava a mala pela trilha salgada até a porta. Apesar de tudo, ver nossa casa com velas falsas apoiadas em todas as janelas e coberta de luzes e guirlandas fez uma onda de calor me perpassar. Não o ardor quente e tortuoso do pânico provocado pelo Twitter, mas o brilho lento e doce de voltar para casa.

O celular de Bee caiu na caixa postal de novo e, quando eu estava prestes a deixar outra mensagem, a porta com a guirlanda pendurada se abriu, e lá estava minha mãe. Baixa e delicada, de pijaminha confortável. O frio atingiu sua pele clara imediatamente, deixando o nariz e as bochechas cor-de-rosa, mas ela saiu correndo para o alpendre mesmo assim e me envolveu em seus braços.

— Oi — eu disse, retribuindo o abraço apertado.

Ela me empurrou o suficiente para sorrir para mim. Lágrimas brilhavam em seus olhos azuis.

— Você voltou mais cedo — sussurrou.

— Voltei para o Natal, mãe — eu disse, e então, *puf*, uma confusão adolescente de pijama e cabelo se jogou em mim. — Oi, Mads — arfei, e, por um longo momento, nenhum de nós se moveu, embora nossa respiração formasse nuvens e nuvens ao nosso redor, e o calor da casa estivesse escapando pela porta aberta.

Ficamos lá parados no alpendre nos abraçando, mesmo congelando de frio.

Na manhã de Natal, acordei com o cheiro de pizza.

Eu me espreguicei na cama e me sentei, a mente felizmente vazia. Poderia ser qualquer manhã de Natal na memória recente, em que Kallum vinha fazer café da manhã enquanto músicas natalinas enchiam a casa.

Então meu celular deu um apito indignado e os acontecimentos da noite anterior voltaram com tudo.

Fui escovar os dentes enquanto checava se Bee tinha me ligado de volta — ou mandado mensagem. Ela não fizera nem uma coisa nem outra, então liguei para ela depois de sair do banheiro e não tive resposta. Deixei outra mensagem de voz e, finalmente, liguei para Steph.

O telefone tocou duas vezes e, então, uma voz masculina grogue atendeu. Era uma voz conhecida. Uma voz que eu associava a camisas havaianas e comida.

— Alô? — disse a voz.

— Hm — eu disse, sem saber o que estava acontecendo. — Teddy?

— Pois não?

Puta merda. Será que eles...?

Não. Não podia ser. Steph usava pérolas. Ela não passava a noite com homens que comiam coxas de peru.

— Steph está aí? — perguntei, em dúvida.

— Não sei. Você está aqui, Steph?

— Me dá isso... me dá! — retrucou Steph, e ouvi um barulho inconfundível de cobertas. — Nolan?

— Hm. Oi — eu disse, em choque. — Agora é um mau momento?

— Graças ao *Tio Ray-Ray*, todo momento é um mau momento — disse Steph.

Houve um resmungo do lado dela do telefone. Imaginei que viesse do Tio Ray-Ray em pessoa. Nossa senhora.

— Desculpa, você e Teddy passaram mesmo a noi...

— Então, o que vamos fazer é o seguinte — continuou Steph, ignorando minha pergunta. — Negar, negar, negar. Você não fazia ideia do que estava acontecendo, está com o coração partido porque o Hope Channel foi enganado etc. etc., e então retomo meu catolicismo para acender uma vela para você em todas as igrejas de Vermont a Eugene.

— Então você não vai me largar como cliente? — perguntei, esperançoso.

Houve uma pausa. Uma pausa que não indicava coisa boa. E, quando Steph respondeu, sua voz era mais cautelosa do que nunca.

— Dependendo de como passarmos por essa semana... talvez haja uma chance de eu conseguir levar você a algum lugar. Mas não vou mentir, Nolan: meu trabalho é mudar o rumo de navios. Não socorrer os que já estão naufragando.

— Entendi — eu disse com a voz fraca.

— Força, garoto — disse ela. — Tudo pode dar certo. Enquanto isso, você sabe o que precisa fazer. Negue, negue, negue. Assim como São Pedro. Ah, olhe só! Talvez eu já esteja voltando a ser católica!

— Se eu negar que sabia algo sobre...

— Não *se*, Nolan. Vou preparar uma declaração agora, curta e simpática. Depois que você aprovar, vou enviar para todos os lugares.

Uma declaração. Basicamente rejeitando Bee.

— Não sei — eu disse, hesitante, e ela deu um bufo no celular.

— É claro que não. É para isso que você me paga.

Depois que desliguei e vesti um moletom além da calça de pijama, liguei para Bee, mas caiu na caixa postal mais uma vez. Eu queria saber se ela estava bem e conversar sobre as últimas doze horas, e também avisar que Steph queria publicar uma declaração em meu nome — mas nada disso parecia caber em uma mensagem de voz.

Como caberia, se não cabia nem em meus próprios pensamentos?

Desci a escada para ver se Kallum precisava de ajuda na cozinha. Ele estava diante do balcão, pesando marshmallows em uma balança pequena com a seriedade de um traficante pesando seu produto. Ele era tão alto que praticamente tinha que se abaixar para colocar os marshmallows no pote de medição, e estava usando um macacão de pijama felpudo com estampa de fatias de pizza. Música de Natal tocava na sala de estar, e as cortinas da grande janela panorâmica estavam abertas, mostrando uma nova camada de neve cintilando sobre o mundo lá fora.

— Feliz Natal — eu disse, arrastando os pés até a cafeteira. — Cadê minha mãe?

— Ela foi ao clube do livro para servir um café da manhã de panquecas para os necessitados ou coisa assim. Ela arrastou minha mãe junto.

— Seus pais não vão ao cassino este ano?

A família de Kallum era judia, mas eles também aproveitavam o bufê natalino de patas de caranguejo à vontade em seu barco-cassino preferido todo ano. Como nada em nossa comemoração de Natal era religiosa e Kallum era alérgico a frutos do mar e preferia ficar de pijama mesmo, ele era um Kowalczk na época do Natal.

— Eles vão ao cassino depois do lance de caridade.

Kallum deu um passo para trás e pegou um pote de cacau em pó.

— E Mads? Ela já acordou? — perguntei, servindo uma xícara de café, e depois olhei para a pilha de contas ao lado da cafeteira.

Estavam todas impressas em papel rosa ou azul. As contas caras. Eu havia tirado uma licença não remunerada do teatro para ir a Vermont, e recebera meu primeiro pagamento pelas filmagens de *O salão do duque*, o qual tinha ido todo para meu plano de saúde. Portanto, mesmo somando meu dinheiro e o de minha mãe, definitivamente não sobraria o bastante para pagar toda a pilha de contas, talvez nem mesmo uma delas, dependendo do valor.

Resisti ao impulso de acrescentar uísque ao café.

— Maddie ainda está dormindo, acho — disse Kallum, enquanto encaixava um batedor para massa na batedeira.

— O que você vai fazer para nós hoje?

— A pizza de ovo de café da manhã está no forno, e agora estou preparando o recheio de uma pizza de chocolate quente para quando sua mãe voltar e sua irmã finalmente acordar do coma.

A ideia da pizza de chocolate quentinha quase aliviou a dor de carregar a pilha de contas até a mesa para organizá-las. Kallum tirou a pizza de café da manhã do forno e a colocou em um suporte para resfriar e, então, começou a trabalhar na massa de chocolate.

— Ei, cara, sinto muito por todas as fofocas sobre o lance do filme. Embora eu não me sinta mal por ter tirado o foco da *sex tape* — disse ele, medindo os ingredientes secos na tigela.

— Não pense que não vamos voltar a esse assunto depois, aliás.

Ele peneirou farinha, ignorando meu comentário incisivo.

— Você fazia alguma ideia de que Bee era Bianca von Honey?

— Sim — eu disse. — Eu fazia uma ideia bem boa.

Peguei o primeiro envelope colorido de conta, do psiquiatra de minha mãe, com um carimbo enorme de Última Notificação, e senti o peso do mundo cair abruptamente sobre meus ombros.

— Mas Steph acha que devo negar. Alegar que não sabia de nada.

Kallum estava medindo os ingredientes úmidos.

— Não é uma má ideia.

— Eu me apaixonei por Bee — eu disse sem pensar, ainda olhando para a conta.

E então congelei. Eu nem tinha usado essas palavras *comigo mesmo*. Eu estava falando sério? Seria Nolan Shaw capaz disso? Seria Nolan Kowalczk capaz disso?

Enquanto isso, Kallum se virou lentamente no círculo mais dramático já virado, boquiaberto e com as sobrancelhas erguidas até perto do cabelo loiro-escuro. Ele estava com a barba suja de farinha.

— Você se apaixonou por uma estrela pornô? Nas últimas *duas semanas*? Meu Deus, Nolan, é por isso que você não pode ir a nenhum lugar sozinho.

Soltei a conta, engolindo em seco.

— Eu meio que era fã de Bianca antes do filme, na verdade. Fazia anos que eu era super a fim dela, e aí ela estava lá, como um desejo transformado em realidade. E de repente ela não era só sexy e gostosa, mas também era engraçada e boba e alegre e corajosa, e nós nos entendemos bem... e então uma coisa levou à outra. Na última semana mais ou menos, estivemos juntos. Escondidos, mas juntos.

Kallum observou meu rosto.

— Estou com a impressão de que isso dificultaria jogar a moça na fogueira de relações-públicas.

Apertei bem os olhos, porque eles de repente arderam, indicando choro iminente, e eu não queria chorar na manhã de Natal.

— Mas, se eu não a jogar na fogueira... se a tentativa de recomeçar minha carreira não sobreviver a esse escândalo, estou fodido. Vou voltar a não ter dinheiro nem para mim, nem para minha mãe, nem para Mads. Estou afundado nesse poço de contas atrasadas e rezando para manter as luzes acesas e dar à minha mãe aquilo de que ela precisa. Odeio saber que nunca, jamais vai ficar mais fácil.

Abri os olhos e vi Kallum balançar a cabeça.

— Não importa o quão gostosa a gostosa é, família vem em primeiro lugar. Sangue vale mais que safadeza.

— Mas também não quero perder Bee — eu disse baixo, olhando para as contas. — Com ela, as coisas pareciam tão possíveis, tão *leves*. Como se tudo fosse se resolver. Eu me sentia como o velho eu e o novo eu, mas também como as melhores partes dos dois.

— Certo, olha — disse Kallum, começando a andar de um lado para o outro. — É um problema que dá para resolver. Porque talvez Nolan Shaw não possa ter uma namorada estrela pornô, mas talvez possa ter uma namorada estrela pornô *secreta*.

Eu basicamente tinha sugerido a mesma coisa para Bee, mas escutar isso da boca de outra pessoa fez parecer um pouco babaca.

— Sabe como as pessoas têm um livro de ilha deserta? — continuou Kallum. — Aquele livro que elas levariam para uma ilha deserta? Ela pode ser sua gostosa de ilha deserta. Amor, longevidade, a coisa toda, só que em segredo. Talvez vocês possam se encontrar em um resort de tantos em tantos meses, tipo um Sandals.

— Sandals — repeti.

— São muito bons — disse Kallum. — Fui a um casamento em um Sandals uma vez.

— Não acho que seja o que quero — eu disse. — Ou pelo menos não tudo que quero. O sexo é incrível, e não vou recusar, mas quero todas as outras coisas ao redor também. Quero estar com ela. Tipo, *estar* de verdade. Só que em nossas vidas normais do cotidiano. Fazendo as coisas de casa e dormindo até tarde e comprando cortinas juntos.

— Não quer, não — disse Kallum, balançando a cabeça. — A parte de morar junto é um saco.

— Como você sabe? — Embora Kallum estivesse perpetuamente apaixonado, nenhuma de suas almas gêmeas nunca geminara com a alma dele por mais do que três meses. Ele só tinha morado com os pais ou o INK, e atualmente tinha um gato chamado Pão. — Você nunca nem tentou morar com nenhuma daquelas madrinhas de casamento que vive arranjando.

— Shh! — chiou, abafando o ar entre nós. — Não fale esse palavrão aqui!

— Madrinha de casamento?

Ele me olhou feio.

— A questão aqui é você — disse com firmeza. — E o que você vai fazer se a escolha for entre sua família e uma gostosa.

Depois dessa, ele pendurou um pano de prato no ombro do macacão de pijama e voltou à importante tarefa de misturar a massa de chocolate.

Terminei o café em silêncio enquanto analisava as contas uma a uma e as organizava entre as que davam para pagar logo e as que eu teria que ligar implorando por uma extensão. Ficaríamos no buraco de um jeito ou de outro e, se eu não arranjasse outro trabalho como Nolan Shaw, eu não sabia se um dia conseguiríamos sair dessa. Poxa, mesmo *com* outro trabalho como Nolan Shaw, ainda levaria meses para quitar todas as despesas médicas. E isso sem contar a última internação de minha mãe no hospital, que ainda nem tinha sido processada.

Meu telefone apitou e baixei os olhos para ver uma mensagem de Steph.

Steph: preparei sua declaração. olhe seu e-mail.

Abri o e-mail, ignorei as dezenas de pedidos de entrevista e encontrei a declaração de Steph. Era curta e grossa. Lê-la me deu um certo enjoo. Mas olhar para a pilha de contas também me dava enjoo.

Quando tudo tinha se tornado tão difícil assim?

Eu estava prestes a ligar para Bee quando Maddie desceu a escada e diminuiu o passo com um ar relaxado ao ver a cozinha, fingindo calma e tranquilidade. Ela dizia ter superado a paixonite infantil por Kallum, mas fazia pose de Não Ter Uma Paixonite de maneira tão enfática que era quase *mais* irritante do que a bendita paixonite. Foi então que minha mãe entrou pela porta dos fundos, com os ombros do casaco cobertos de neve e o maior sorriso que eu a vi abrir em anos. A cozinha imediatamente ficou barulhenta, cheia e perfeita.

Com um aperto fundo no peito, mandei um joinha em resposta a Steph e deixei o celular com a tela para baixo na mesa.

— Quem quer abrir presentes? — perguntei, e recebi uma ovação retumbante em resposta.

CAPÍTULO VINTE E SEIS

Bee

Pela primeira vez em minha vida humana, dormi durante toda a manhã de Natal. E a tarde. Ao que parecia, jujubas de maconha não eram feitas para beliscar que nem petiscos de cinema.

— Que sabor de café você quer? — ouvi Sunny perguntar através da minha névoa pós-maratona de sono.

Abrir os olhos era dolorido, então só me sentei com eles fechados.

— Qualquer coisa menos panetone.

Abri bem pouquinho um olho e a vi deslizar o dedo pelas opções até pegar uma cápsula de café ao acaso e colocá-la na máquina. Apalpando a mesa, procurei meu celular e o encontrei desligado.

— Ah, eu me adiantei e o desliguei ontem à noite — disse Sunny. — Suas notificações estavam insuportáveis e você estava dormindo muito pesado. Falei com suas mães hoje cedo para avisar que você ainda estava desmaiada.

Gemi.

— Minhas mães. Ai, meu Deus. Estraguei o Natal. Elas sabem? Elas já viram?

Ela se sentou na cama ao meu lado e me deu uma xícara de café com aroma de hortelã e chocolate.

— Se elas sabem que você é uma estrela pornô? Hm, sim, Bee. Elas sabem.

Dei um gole, deixando o líquido escaldar minha garganta.

— Você entendeu o que eu quis dizer.

Sunny apoiou a caneca dela na mesa de cabeceira e se virou para mim.

— Elas viram antes de eu contar. Acho que estava na página inicial do Yahoo. Eu deveria contar para elas que ninguém mais usa o Yahoo?

Dei mais um gole enquanto meu celular ligava. Todos no círculo próximo das minhas mães sabiam o que eu fazia. Mas isso seria novidade para alguns. Vizinhos... colegas de trabalho... pessoas com quem elas tinham que interagir regularmente, mas não sabiam a verdade.

Depois que meu celular voltou à vida, as manchetes começaram a aparecer.

INKrível: Hope Channel Assina com Estrela Pornô

A Noitada Estrondosa de Nolan Shaw em uma Boate de Strip com Estrela Pornô

Hope Channel se Dá Mal no Natal ao Trabalhar com Estrela Pornô

— Ai.

— Como isso foi vazar? — perguntou Sunny.

Meu cérebro demorou um momento para se recalibrar antes de eu lembrar tudo que tinha acontecido na véspera.

— Acho que tenho um palpite — eu disse, rangendo os dentes, enquanto navegava pelos meus contatos e levava o celular à orelha.

— Você está ligando para Nolan? — sussurrou Sunny. — Posso sair ou, tipo, ficar superquieta. Ai, meu Deus, por favor, me deixa ficar.

Fiz que sim com a cabeça e revirei os olhos quando a ligação tocou duas vezes e caiu na caixa postal.

"Aqui é Jack Hart. Nunca ouço minha caixa postal, então nem precisa deixar nada. Mande mensagem ou procure meu empresário."

Depois de um longo bipe, desatei a falar, soltando toda a raiva que sentia dele, de suas estranhas ligações e mensagens de ameaça, de Dominic Diamond e seu bordão horroroso, e do fato de ele se achar no direito de vasculhar informações particulares.

— Jack Hart, seu bosta. Como você pôde? Fui legal com você! Fui uma das únicas pessoas a ficar ao seu lado, e você me expôs para aquela sanguessuga humana! Tomara que você perca Miss Crumpets na disputa pela guarda. Ela merece alguém melhor que você.

Então desliguei, inspirando e expirando enquanto a adrenalina disparava.

— Não acredito que acabei de fazer isso.

— É. — Sunny balançou a cabeça, os olhos arregalados de admiração e um pouquinho de pavor. — Essa última parte foi brutal.

Eu me afundei na cabeceira.

— Foi?

— Não, não, mas totalmente merecida — disse ela, com lealdade inabalável. — Afinal, para ser sincera, aquela pobre cachorrinha deve precisar ser tirada da guarda de qualquer um dos dois. Só não esperava isso de você.

Coloquei a caneca na mesa com um pouco mais de força perto dela, derramando café.

— Você acha que ele vendeu você para a imprensa? — perguntou Sunny.

Fiz que sim.

— Ele mandou uma mensagem de voz ameaçadora ontem, e ainda está irritado por eu tê-lo deixado na mão.

— Acho chocante que o filho de Rebecca possa ser tão maldoso.

— Rebecca? — perguntei. — Você está falando da mãe de Jack?

O olhar dela ficou distante e nostálgico.

— Ela sempre vai ser Rebecca para mim. — Depois de um momento, ela balançou a cabeça para expulsar o pensamento e disse: — Mas, aproveitando que você já está na pilha, acho que eu deveria te mostrar isso antes que outra pessoa mostre.

Ela abriu uma captura de tela no celular e o passou para mim.

COMUNICADO À IMPRENSA

PARA DIVULGAÇÃO IMEDIATA
CHRISTMAS NOTCH, VERMONT
25 DE DEZEMBRO DE 2022
AGÊNCIA DE ARTISTAS INOVAÇÕES
PARA MAIS INFORMAÇÕES, ENTRE EM CONTATO COM:
SDasst@Agencialnovacoes.net

NOLAN SHAW NÃO TINHA QUALQUER CONHECIMENTO SOBRE A PROFISSÃO DE SUA COPROTAGONISTA

Representantes de Nolan Shaw confirmam que o sr. Shaw terminou as gravações de *O salão do duque* na véspera de Natal. Quando o sr. Shaw foi escalado pelo Hope Channel para estrelar esse filme de lançamento da Hopeflix, ele contracenaria com Winnie Baker, que ele conhece e por quem tem grande respeito e admiração há muitos anos.

Embora o sr. Shaw estivesse disposto a trabalhar com a substituta de última hora da sra. Baker, ele não tinha qualquer conhecimento prévio sobre a carreira da sra. Hobbes/Von Honey como atriz de filmes adultos. O sr. Shaw não tem nenhuma relação com pornografia nem aprova o caráter predatório da pornografia.

O sr. Shaw participou de um passeio da equipe a um bar local na tentativa de apoiar a economia de Christmas Notch, Vermont. No entanto, o sr. Shaw não sabia sobre as ofertas mais obscenas do estabelecimento.

O sr. Shaw continua orgulhoso de seu trabalho em *O salão do duque* e tem total respeito e compreensão pela imagem e pela marca do Hope Channel como fonte de entretenimento sadio para toda a família.

O celular de Sunny escapou de minha mão e caiu na cama, e tudo ficou… entorpecido. Meu cérebro começou a se desconectar do meu corpo porque, se eu me permitisse sentir a dor, talvez nunca saísse daquela cama. Jamais.

Sunny me puxou para junto dela e me abraçou, mas mal consegui sentir seu toque, que normalmente seria exatamente o tipo de conforto que me tranquilizaria.

Como se tivesse precisado de um minuto depois de ligar, meu celular começou a se iluminar com mensagens e ligações perdidas de Nolan. Mas o que qualquer um de nós poderia dizer para mudar alguma coisa?

Depois de alguns momentos, Sunny olhou para uma mensagem em seu celular.

— Suas mães estavam pensando em jantar mais cedo no Boneco de Neve ou no Kringle. Acho mesmo que você precisa sair desse quarto e comer alguma coisa também.

— É — eu disse, pequenas inspirações começando a encher meus pulmões e, embora Sunny já tivesse me visto em meu pior, eu estava desesperada para ela sair, porque o torpor estava começando a passar e, a qualquer momento, um soluço poderia escapar de meu peito. — Só me dê uma hora mais ou menos para tomar banho e tal.

Sunny se levantou e deu um beijo no topo da minha cabeça.

— Vamos sobreviver a isso.

Assim que a porta se fechou atrás dela, mordi com força meu lábio inferior — um sinal para meu corpo de que eu poderia finalmente, finalmente botar tudo para fora e chorar. Como eu pude me permitir ser tão ingênua a ponto de acreditar nesse conto de fadas?

Era apenas sexo. Era apenas para matar a curiosidade.

Até deixar de ser.

E eu tinha sentimentos. Sentimentos grandes, imensos, que não sabia nomear. E, como se já não fosse confuso o bastante, Nolan havia me traído.

Embora eu soubesse que deveria me aprontar para sair, eu me permiti voltar a me afundar nos travesseiros. Sequei as lágrimas que escorriam por minhas bochechas e meu pescoço até meu celular vibrar, e a imagem de Nolan Shaw, vestido com as roupas de duque, sentado ao lado de minha cadeira de direção na noite da cena das batatas fritas com queijo, iluminou minha tela.

O que é que poderia haver para conversar ainda? A declaração dele dissera tudo. Ele tinha me repudiado.

Mesmo assim, não consegui me conter: deslizei e atendi, e me odiei por isso.

Ele não me deu nem um momento para falar.

— Bee — disse, a voz cheia de preocupação. — Você atendeu.

— Contra o meu bom senso.

— Quê? — perguntou. — Como assim? Nossa, odeio não poder ver você. Eu deveria ter ligado por FaceTime. Sou tão vovô. Me deixa desligar e…

— Não. Nolan, não quero… não posso ver você agora. Eu só… Não sei como isso vazou, tá? E desculpa. Quer dizer, talvez eu saiba como vazou. Mas, apesar de tudo, desculpa, desculpa mesmo. Sei que isso era importante para você, e sei que não estava fazendo isso apenas por você. Mas eu estraguei essa história para todo mundo.

— Bee, não, não, não. Escuta, isso vai passar. E talvez o Hope Channel não exiba o filme. Eles têm que pagar meu contrato mesmo assim… eu acho. E, mesmo se não pagarem, haverá outras chances. Tem que haver. Steph já está fazendo o controle de danos.

— Ah, eu sei.

— Você viu o comunicado à imprensa? — disse ele, baixo.

— Vi que você me condenou de maneira bem pública, sim. — Precisei de todo meu autocontrole para não deixar minha voz embargar.

— Bee, poxa — disse ele, frenético. — Você sabe que isso tudo é só um jogo. Um espetáculo, até. Aquela porcaria de comunicado à imprensa não é de verdade.

— Talvez não para você, Nolan, mas para mim é verdade, sim. Você viu as merdas que as pessoas estão falando de mim na internet?

— Nada disso importa — disse ele, como se fosse a coisa mais simples e verdadeira do mundo.

Meu sangue começou a ferver. Como ele poderia ser tão sem-noção?

— Nada disso importa porque nada disso é sobre você!

— Você acha que não sei como é ser humilhado e reduzido a uma frase de efeito na internet, Bee?

Eu não sabia como responder. Era claro que ele sabia como era essa sensação, mas isso não mudava o fato de que Nolan era celebrado pela mídia — mesmo quando era aviltado — por sua promiscuidade e suas travessuras festeiras. Eu só era uma estrela pornô gorda e superfetichizada que mentira para entrar em uma das formas de mídia mais puras e recatadas do mundo: um filme natalino. Não era apenas o fim de minha relação com Nolan, mas também de qualquer carreira convencional pós--*O salão do duque* que eu poderia vir a ter.

Ele respirou fundo.

— Estamos brigando. Não deveríamos estar brigando. — Mais uma respiração profunda. — Bee, gosto muito de você. Não estou pronto para abrir mão do que temos.

E então, como um de nós tinha que dizer isso, sussurrei as palavrinhas que eu sabia lá no fundo, muito antes do que tinha acontecido no dia anterior.

— Já acabou.

— Não — disse ele, veemente. — Não. Podemos ficar juntos. Só nós dois. Faz anos que desejo você, Bee. Desde o primeiro momento em que vi sua foto on-line, você se tornou minha fantasia, se tornou meu sonho. E então o impossível aconteceu e você se tornou verdade. De repente, você era essa pessoa de verdade, e senti tanta sorte por estar em sua órbita. Você é inteligente e tão engraçada. Você logo se tornou a pessoa com quem eu queria dividir tudo. Você é melhor do que qualquer fantasia que eu poderia ter imaginado. E agora não consigo voltar a como era antes de você, quando você era só uma imagem no celular. Podemos fazer isso funcionar. Podemos… nos encontrar de tantos em tantos meses por um tempo. E até lá… as coisas vão se acalmar e podemos ter um pouco de privacidade.

— Privacidade? Só nós dois? Nolan, já sou o segredinho sórdido de milhões de pessoas.

Era verdade. E era a pior parte do meu trabalho. Embora na maioria dos dias eu tivesse orgulho de mim e de meu trabalho, a vergonha que as pessoas costumavam sentir por consumir meu conteúdo e meus filmes tomava conta de mim às vezes. E eu conhecia muito bem a sensação de ser reconhecida em um mercado quando um fã estava com toda a família, ou de alguém com quem eu estava saindo só me manter por perto por tempo suficiente para se divertir, mas não o bastante para me apresentar à família.

— Não foi isso que eu quis dizer — disse ele, na defensiva.

— Não. É exatamente o que você está dizendo. Você mesmo disse. Eu era sua fantasia. Seu sonho.

— Bee, eu te amo — disse ele, desesperadamente, como se fosse uma última tentativa de salvar o que quer que restasse entre nós.

Era a primeira vez que alguém me dizia essas palavras enquanto eu estava inteiramente vestida, sem nenhum gel, brinquedo ou safadeza de nenhum tipo envolvida. No entanto, não foi tão doce e maravilhoso como sempre sonhei que seria, porque não imaginava que meu primeiro *eu te amo* fosse um último esforço.

Mesmo assim, suas palavras se afundaram em meu peito, em um lugar onde eu as guardaria para sempre, porque, se tudo que Nolan Kowalczk conseguia me oferecer era um *eu te amo* falho, eu o guardaria como uma recordação delicada, embora nunca pudesse ser o suficiente para nos manter unidos.

Inspirei fundo. Eu queria dizer o mesmo, mas não podia. Doeria demais, porque a próxima coisa que eu iria dizer — a próxima coisa que eu *precisava* dizer — seria algo que ele não aceitaria em sua vida, e algo com que eu não poderia viver sem na minha.

— Nolan, não preciso que você me ame em particular. Preciso que me ame em público, para o mundo todo ver. E você não está preparado para isso.

— Bee. — Meu nome saiu pelo celular como um choro.

— Feliz Natal, Nolan. Adeus.

CAPÍTULO VINTE E SETE
Nolan

Eu odiava o dia depois do Natal. Na verdade, o ódio que sentia pelo dia 26 era proporcional ao amor que sentia pelo dia 25, o que significava que eu o odiava tanto que bastava pensar nele para me fazer querer abrir um buraco na parede e fugir para o descampado suburbano do meu bairro congelado. Eu imaginava que tinha relação com o abatimento iminente da casa, a queda abrupta daquela grande alegria aconchegante e luminosa de volta ao frio cinzento de um inverno que não estava nem aí para a nossa felicidade.

Mas aquele dia estava ruim até para um dia 26. Tão ruim que, antes de Maddie sair para trabalhar em uma das pizzarias de Kallum, ela me informara que eu estava estragando a *vibe* da casa toda. O que não tinha como ser verdade, porque estávamos cuidando de Snapple, e Snapple transformava qualquer clima em algo entre *preso na fila atrás de um cliente que quer falar com o gerente* e aquela cena em *O retorno de Jedi* em que Luke Skywalker precisa lutar contra um rancor com um osso velho de monstro.

Mas eu tinha o direito de me lamentar, porque na véspera dissera a Bee que a amava, e ela tinha me dito que não era suficiente.

E nem falara que me amava de volta.

À noite, eu já tinha tomado alguns chocolates quentes com licor Kahlúa quando minha mãe me encontrou olhando fixamente para nossa árvore de Natal enquanto eu repetia mentalmente minha conversa com Bee pela quinta-milésima vez.

Ela não entende, eu ficava me repetindo. *Ela não entende o que está em jogo para mim, nem que eu tenho que entrar nas regras deles.*

Mas e se ela entendesse? E se ela entendesse e, mesmo assim, não fizesse diferença?

— Ei — disse minha mãe, baixinho, sentando-se ao meu lado no sofá. A monstrinha que era Snapple foi até os pés dela e rebolou, seu jeito de pedir para se sentar no sofá. Minha mãe pegou a Yorkie Poo e a colocou na almofada a seu lado, onde Snapple rodou em um círculo, olhou feio para mim e deitou a cabeça nas patas para olhar feio para mim mais um pouco. — Como está segurando as pontas?

Minha mãe não estava no Twitter e quase nunca lia artigos que não eram relacionados a receita ou artesanato, deixando apenas uma opção para ela ficar sabendo das notícias.

— Imagino que o escândalo já tenha chegado ao Facebook, então?

— Já — disse ela, acariciando as orelhas de Snapple, o que custaria um dedo ou talvez até a mão inteira de qualquer outra pessoa. — Não estão sendo muito gentis com sua coprotagonista.

Eu ainda não tinha contado para minha mãe o que eu e Bee tínhamos — ou não tínhamos mais. Eu mal conseguia me imaginar tentando explicar isso para ela. Era doloroso demais.

— Não — eu disse, com um nó nas entranhas perto do peito. — Não estão.

Estavam dizendo coisas gordofóbicas, merdas de *slut-shaming*, ameaças bizarras e medonhas do que fariam com ela se descobrissem onde ela morava — sem mencionar todas as pessoas que acreditavam que ela não era uma boa feminista ou o tipo certo de mulher bi porque transava por dinheiro. E ali estava eu, me escondendo atrás da declaração de Steph, como um puta de um covarde.

Mas o que eu deveria fazer? Deixar tudo ser reduzido a cinzas? Deixar minha família sofrer porque meu coração estava me impedindo de cuidar dela? Qual poderia ser a solução certa?

— Acha mesmo que o Hope Channel vai cancelar o filme? — perguntou minha mãe, com a testa enrugada de preocupação. — Só por causa do trabalho dela como Bianca von Honey?

— Steph acha possível — eu disse. — O Hope Channel não quer correr o risco de afastar o público, não dessa forma. Seria mais fácil enterrar o filme e esperar a tempestade passar.

— Isso não dificultaria para você conseguir outro trabalho? — perguntou ela, em voz baixa.

Baixei os olhos para minha caneca de chocolate quente antes de responder.

— Não sei ainda — respondi por fim. — Steph também não sabe.

Minha mãe não disse nada por um momento e, quando olhei para ela, seu rosto estava voltado para Snapple de uma forma que me dizia que ela estava tentando esconder sua expressão de mim.

— Vai ficar tudo bem — prometi. — Vamos dar um jeito.

Ela balançou a cabeça, ainda olhando para Snapple.

— Se ao menos eu conseguisse trabalhar... — sussurrou.

— Não, mãe — eu disse. — Não precisamos disso. E, de todo modo, sua aposentadoria por invalidez vai acabar se você começar a ganhar dinheiro.

— Se eu começar a ganhar dinheiro *demais* — corrigiu. — Ajudaria, eu acho. Se eu ganhasse um pouquinho que fosse.

Ajudaria, mas a conta era mais complicada que isso.

— Você sabe que vou apoiar o que você quiser fazer — eu disse. — Mas sua saúde e sua felicidade também são importantes, mesmo que não deem dinheiro no fim do mês.

— É só que... se tenho energia para me voluntariar e fazer artesanato às vezes, acho que eu deveria estar pronta para fazer mais.

Sua mão tremia enquanto ela falava, estremecendo no pelo marrom-acinzentado de Snapple, e cobri a mão dela com a minha.

— O objetivo não é nos forçar — eu disse. — O objetivo é ficar bem. Conseguir viver com espaço e tempo em nossas vidas *para* ficar bem.

Ela ergueu os olhos cheios de lágrimas para mim.

— Não quero ser um fardo — disse, suavemente. — Não é isso que uma mãe deve ser.

Apertei a mão dela com força.

— A melhor coisa que já me aconteceu foi ser seu filho — eu disse. Minha garganta doía quase demais para eu dizer o resto. — Você me deu todo o amor, sem nunca tirar partes de si mesma para isso. Você fez questão que eu pudesse correr atrás de todos os sonhos que eu quisesse. Você acreditou em minha bondade quando os professores não acreditavam, quando a imprensa não acreditava, quando o mundo todo estava obcecado pela minha babaquice.

— A imprensa pegou pesado demais com você — insistiu ela, lealmente. — Aqueles professores também.

— Eu mereci que pegassem pesado, e você sabe muito bem — eu disse, rindo um pouco.

— Bom, talvez um *pouquinho* — disse ela, e abriu o sorriso a ponto de exibir as covinhas fundas nas bochechas redondas.

— Aprendi que amar era se manter fiel e acreditar em alguém mesmo quando parecia impossível — eu disse, minha voz ficando séria de novo. — Aprendi com você que amor era se sentir seguro e protegido mesmo quando tudo parecia incerto e... ai, merda.

Minha mãe inclinou a cabeça.

— Que foi?

Eu a puxei para um grande abraço, depois me levantei.

— Nada. Só preciso que você saiba que é uma mãe incrível e é o contrário de um fardo. Todas as coisas boas em minha vida existem porque você me ensinou a merecer coisas boas. E, por falar nisso, acho que fiz merda, e preciso dar um jeito de resolver.

— Tem alguma coisa a ver com Bee Hobbes? — perguntou minha mãe.

— Tem — eu disse, surpreso. — Caramba, intuição materna não é brincadeira.

— Sim, minha intuição materna. E também o fato de que você vive esquecendo de desconectar o bluetooth do celular quando me empresta o carro, e já vi o nome de Bianca von Honey no visor do rádio várias vezes. E ouvi os... barulhos dela.

— Ah — eu disse, com as bochechas em chamas. — Bom. Hm.

— Vá resolver essa situação, Nolan — disse minha mãe. — Se acha que mereço espaço e tempo, eu acho que você merece estar com a pessoa que faz você sentir que tem essas coisas também. — Ela me abriu um sorriso depois de respirar fundo. — E você tem razão. Vamos dar um jeito em todo o resto. Sempre demos.

Certo.

Porque era esse o sentido do amor — mais do que uma palavra, mais do que uma montanha das melhores e mais nobres intenções do mundo. Era dizer: *Vou estar aqui com você quando nada mais parecer certo.* Era dizer: *Deixe a tempestade chegar, porque nunca vou deixar de segurar sua mão.*

E era o exato oposto do que eu tinha dito a Bee no dia anterior.

— Obrigado, mãe — eu disse, e a deixei com a cachorra-demônio no sofá enquanto subia a escada.

Eu tinha uma ligação a fazer.

CAPÍTULO VINTE E OITO

Bee

Acordei de manhã sem nenhuma agenda do dia embaixo da porta, mas com um e-mail na caixa de entrada dizendo para encontrar Teddy e Gretchen no escritório de produção no fim da tarde. Passei a manhã tomando café com minhas mães e andando de um lado para o outro do quarto enquanto Sunny assistia a uma maratona de *Velozes e furiosos*.

Quando eu estava prestes a sair para o escritório de produção, meu celular tocou. O nome de Jack Hart apareceu na tela.

Sunny encarou o celular com os olhos arregalados.

A mensagem mordaz que eu tinha deixado para Jack começou a se repetir em minha cabeça enquanto eu me sentia me acovardar um pouco.

— Atendo?

— Atende — disse ela —, mas aja com cautela.

Atendi a ligação e o coloquei no viva-voz, porque era uma boa amiga e sabia que Sunny chegaria o mais perto possível do celular para escutar de um jeito ou de outro. Preparando-me para o pior, eu disse:

— Alô?

— Eu perdoo você — disse Jack, inexpressivo.

O queixo de Sunny caiu, e vi o conflito interno se desenrolando na cabeça dela enquanto se esforçava ao máximo para não dizer algo ácido em resposta.

Ergui um dedo e lancei um olhar paciente, mas duro, para ela. A última coisa que eu queria ou precisava era que os dois começassem uma gritaria. As coisas se agravariam muito rápido. Disso eu tinha certeza.

— Como é que é? — perguntei. — *Você* me perdoa?

— Pela mensagem de voz — explicou. — Podemos fingir que nunca nem escutei... especialmente a parte sobre Miss Crumpets.

— Vamos simplesmente ignorar o fato de que você me expôs como profissional do sexo para a mídia convencional?

— É isso que você acha? — perguntou. — Bee, sou muitas coisas... mas isso seria ir longe demais até para mim. Você sabe que só arruíno vidas com elegância.

— Mas você ligou e deixou aquela mensagem de voz ameaçadora! Você já estava irritado por eu ter deixado você na mão em nossa cena.

— Aquilo não era uma ameaça! Como você entendeu aquilo como uma ameaça?

Sunny conteve uma risadinha enquanto revirava os olhos.

Eu me afundei na beira da cama, sentindo-me um pouco boba por tirar conclusões precipitadas.

— Bom, se não estava me ameaçando, você estava fazendo o quê?

— Estava avisando você! — exclamou. — Que o sacana do Dominic Diamond entrou em contato comigo para confirmar sua identidade. Ele tinha aquela foto sua na boate com Nolan, que, aliás, ainda está com tudo.

— Ah.

Sunny se sentou ao meu lado, decepcionada.

— Talvez, na próxima vez que estiver tentando passar a perna no Hope Channel, seja melhor evitar a boate de strip da cidade.

— Então tudo começou com aquela foto? — perguntei, me lembrando da hesitação de Nolan e da promessa da doce Empinadora de manter a foto em segredo.

Praticamente dava para escutar Jack dando de ombros, entediado.

— Sua identidade como Bianca nunca foi um segredo. Só você e Teddy para serem tontos e otimistas a ponto de acharem que isso daria certo.

Olhei para Sunny, e ela se encolheu um pouco, o que significava que não achava que Jack estava totalmente enganado. Eu estava tão confiante que o rio do Hope Channel nunca cruzaria o rio da pornografia. Tinha tanta certeza de que eram dois públicos completamente diferentes. Talvez fossem, mas talvez não.

E algo nisso me deixava apreensiva e esperançosa ao mesmo tempo. Suspirei alto.

— Bom, obrigada por tentar me avisar, Jack. Eu agradeço.

— Não tem de quê. E você pode me recompensar me arranjando um ex-membro de *boyband* para ser minha transa de consolo pós-divórcio.

— *Tchau*, Jack.

Um latido animado no fundo soou pela caixinha de som enquanto eu desligava, e torci de verdade para que fosse Miss Crumpets.

Eu e Teddy nos sentamos no escritório de produção, olhando um para o outro de lados opostos da sala como se fôssemos duas crianças que tinham sido enviadas para a diretoria — se a diretoria fosse parecida com uma sala de estar vitoriana com uma escrivaninha e uma fotocopiadora de décadas guardada dentro dela. E, embora o Natal tivesse oficialmente passado, a casa ainda estava brilhando com árvores de Natal, velas de mentira e piscas-piscas. Era difícil não se sentir ligeiramente ridicularizada por toda sua animação decorativa.

— Tem certeza de que você não sabe de nada? — perguntei pela quinta vez.

Ele balançou a cabeça.

— O Hope Channel cortou toda a comunicação comigo.

Eu sabia que isso aconteceria desde o momento em que Teddy me contara a notícia na véspera de Natal, mas mesmo assim todos os meus músculos se contraíram e começaram a doer de pavor. Jack estava certo. Fomos idiotas de achar que isso poderia dar certo.

— Tem certeza de que Gretchen e Pearl estão vindo? — perguntei. — Talvez o Hope Channel mande algum tipo de assassino para nos eliminar e destruir todas as evidências de *O salão do duque*.

Ele se recostou, inclinando a cabeça no sofá de veludo.

— Acho que talvez eu prefira, a essa altura. — O celular dele vibrou e ele olhou para baixo, lendo uma mensagem que o fez sorrir e fazer uma careta ao mesmo tempo. Decidi que era melhor não saber. — Acho que posso refinanciar meu apartamento. Pela terceira vez. Daria para pagar um semestre da faculdade de arte e uma tiragem de grampos para mamilos sem impacto de carbono.

A porta se abriu, e Gretchen e Pearl entraram com bagagens de mão muito caras e minimalistas. Gretchen usava uma jaqueta forrada elegante, e Pearl um casaco de pele falsa desgrenhada.

— Ah, que bom que vocês dois estão aqui — disse Gretchen, com a voz neutra.

— Dois coelhos. Uma cajadada só — murmurou Teddy.

Meu coração bateu forte. Eu faria qualquer coisa para que esse momento acabasse logo. Eu me levantei abruptamente antes que alguma das duas tivesse tempo de tirar os casacos e os óculos e deixei o discurso escapar pela minha boca.

— Desculpa por mentir para vocês duas, e entendo completamente o que tiverem que fazer. E trabalhar com vocês foi uma grande honra, e me arrependo de ter estragado basicamente tudo. Argh. Só, tipo, mil desculpas.

Teddy pigarreou.

— Um idem enfático.

Gretchen andou diretamente até mim e colocou as mãos em meus ombros, e tive que me forçar para não me encolher. Eu gostava dela e a admirava tanto, tanto, e, embora muitas coisas horríveis tivessem acontecido nas últimas setenta e duas horas, decepcioná-la era ainda pior do que eu poderia ter imaginado.

Ela abriu a boca para falar, mas então Pearl esmagou o corpo contra o meu em um abraço intenso.

— Ah, Bee, como você está? Dá para sentir a energia caótica emanando de você. Você deve estar louca por um banho de som.

Gretchen apertou a mão de Pearl, puxando-a para trás.

— Você está bem, Bee? A internet pode ser um lugar violento, especialmente para mulheres.

Eu encarei as duas, Pearl embaixo do braço de Gretchen. Por que elas não estavam gritando comigo nem fazendo caras e barulhos decepcionados?

— E-espera. Nenhuma de vocês está brava?

Atrás delas, Teddy se levantou, e vi as engrenagens do cérebro rodando atrás de suas sobrancelhas grossas.

Gretchen ergueu uma sobrancelha.

— Com você? Não. — Ela olhou para Teddy. — Esse cara é outra história.

Teddy deu de ombros como se dissesse *justo*.

— Só me deixem ver se eu entendi — eu disse enquanto voltava a me afundar no sofá. — Vocês sabem que sou uma estrela pornô e não veem problema nisso? Só para deixar claro, muitas das minhas coisas não são soft-core da Cinemax. São, tipo... pornô-pornô. Tipo, níveis de pornografia típicos de exames de ginecologia e obstetrícia.

Gretchen pensou por um momento enquanto Pearl se afundava na poltrona perto da lareira e abraçava os joelhos junto ao peito.

— É — disse Gretchen, finalmente. — Quer dizer, teria sido bom saber isso desde o começo, mas, Bee, não tem nada de ruim ou vergonhoso no trabalho sexual. A única diferença entre você e a maior parte de Hollywood é que eles vendem a mentira do sexo e você vende a coisa em si.

— É meio que perfeito, na verdade — disse Pearl, como se, nas profundezas de seu subconsciente, ela tivesse se planejado exatamente para essa situação. — Quer dizer, sei que está muito além dos níveis de compreensão dos executivos do Hope Channel, mas *O salão do duque*, no fundo, é sobre as transações sexuais e o peso desproporcional que elas têm sobre as mulheres. Então, na real, é praticamente perfeito. É o comentário social extra de que meu roteiro precisava.

Teddy inclinou a cabeça para o lado como um cachorrinho confuso, e eu e Gretchen trocamos um olhar. Ah, Pearl. Doce Pearl.

— É — eu disse, muito séria. — Pois é, senti uma conexão forte com esse aspecto do roteiro.

Pearl apontou o dedo no ar.

— Viu, Gretch. Você soube só pelo retrato que ela era a escolha perfeita.

Gretchen se sentou na outra poltrona e franziu a testa por um momento.

— Sabe, é provavelmente culpa minha por não achar que o retrato com os peitos de fora era um pouco estranho. — Ela balançou a cabeça e se voltou para mim. — Olha, Bee, você precisa saber que eu e Pearl estamos do seu lado. — Ela olhou para Teddy. — E do seu também, Teddy. Mas, só para deixar claro: não gosto que mintam para mim.

— Desculpa — disse ele, com sinceridade. — E eu e Bee vamos ficar bem, tá? Façam o que precisam fazer.

Ela sorriu para ele, como se estivesse finalmente começando a descobrir a parte cativante de Teddy Ray Fletcher que eu tinha aprendido a conhecer e amar nos últimos anos.

— É muito heroico de sua parte, mas já conversei com os executivos. Eles estão indecisos sobre o que fazer com o filme, mas uma coisa é certa: faz mais sentido financeiro terminarmos de filmar. Faltam só alguns dias, então não dá para voltar atrás. É melhor para eles ter um filme terminado na prateleira para passarem à meia-noite daqui a dez anos do que cancelar os últimos dois dias de filmagem que já estão basicamente pagos.

Terminar o filme? Não tinha por quê!

— Como assim? — perguntei, em choque. — Você não pode estar falando sério. Eles não podem estar considerando lançar?

Gretchen se recostou e cruzou as pernas, a ponta do coturno pesado balançando a poucos centímetros do chão.

— Bee, vou ser sincera. Estou muito puta. Estou puta com os executivos por não apoiarem você imediatamente e por nos fazerem de fantoches. Toda a marca deles é a magia do Natal, e todos merecem essa magia. Não apenas pessoas cristãs brancas que fazem os filhos se vestir de personagens bíblicos no Halloween. Então, sim, estou puta por eles quererem que terminemos isso para arquivar para todo o sempre e, se você disser não, vou cancelar tudo. Hora da morte: agora, porra.

Olhei para Teddy do outro lado da sala. Eu já tinha violado a cláusula de moralidade de meu contrato. Como saber se eles sequer iriam me pagar? Ou se estavam considerando me processar?

Eu queria ser boazinha com eles, mas também me sentia inconsequente, como se não tivesse nada a perder.

— É você quem decide, garota — disse ele.

Balancei a cabeça.

— Não sei.

Pearl se levantou de um salto.

— Agora, esperem um minuto. Vocês todos estão olhando isso do ângulo errado. Não somos peões do Hope Channel se terminarmos isso. É o Hope Channel que é o peão, porque, se terminamos esse filme e, por alguma intervenção divina, ele for lançado no próximo Natal, vamos provar para pessoas de todo o mundo que sexo não é sujo ou errado e que só porque você é uma mulher que gosta de transar, e até é paga por isso, não quer dizer que não possa viver uma fofura de felizes para sempre. Não é desistindo que se ganha a luta… aaah! Preciso escrever essa.

Ela se afundou de novo na cadeira, como se a eletricidade que estava bombeando através de seu corpo tivesse sido desligada e ela precisasse se recarregar.

E, por mais surpresa que eu estivesse, Pearl estava certa. Mesmo se o filme nunca fosse lançado, ele nunca nem teria uma chance de dar certo se eu não me dedicasse e sobrevivesse aos últimos dias de filmagem.

Talvez eu nunca pudesse estar com Nolan para valer, mas nunca me arrependeria do que tivemos ali em Christmas Notch e, mesmo se tivesse estragado sua chance de retorno na carreira, eu poderia pelo menos terminar o filme por ele. Talvez eles até tivessem como colocar o rosto de outra pessoa na minha cabeça por computação gráfica, que nem o bebê de *Crepúsculo* ou coisa assim.

Senti um aperto no peito.

Não. Por ele, não.

Por *mim*.

Nolan Shaw tinha me deixado na chuva anos antes, na frente de seu ônibus de turnê, quando eu era adolescente. Ele me deixara de novo em uma nevasca na véspera de Natal. E uma última vez no meio de um circo midiático. Mas eu estava cansada de me desculpar por quem eu era. Se fosse para terminar *O salão do duque*, seria por mim. Seria porque eu merecia ter tudo. Merecia ser a garota que gemia na tela das pessoas com quem elas fantasiam à noite e merecia ser a menina de rosto rosado no filme de Natal inocente a que você assistia com a família inteira reunida na frente da televisão. Eu era as duas, e nem o Hope Channel, nem a internet, nem mesmo o próprio Nolan Kowalczk poderiam tirar isso de mim.

Meu olhar alternou entre Teddy, Pearl e Gretchen.

— Vamos fazer um filme.

CAPÍTULO VINTE E NOVE

Nolan

Dois dias, três temporadas de podcast e dezessete barrinhas de proteína depois, estacionei na frente do portão de Isaac Kelly em Malibu, elétrico por causa dos energéticos e precisando fazer xixi. Havia um poste ao lado da entrada com um interfone e uma câmera. Abri a janela.

— Hm, oi — eu disse para a câmera, sentindo-me idiota.

Isaac não tinha atendido nenhuma das minhas ligações no caminho para lá (como era de se esperar), e as mensagens que eu mandei também não foram respondidas, então eu não fazia ideia se ele estava ou não esperando por mim.

— O sr. Kelly disse que não pediu pizza — disse uma voz séria. Uma voz de segurança.

Olhei para trás, para a van que estava dirigindo. Quando eu contei meu plano para Kallum, ele olhou para minha picape caindo aos pedaços com buracos no chão e, depois, para o Honda Civic de confiança que eu precisava deixar em casa para minha mãe e Maddie, e insistiu para que eu levasse uma das vans da Slice, Slice, Baby. Por isso, eu tinha dirigido uma van com um desenho de fatia de pizza (com orelhas de pizza furadas, um topete de pizza loiro e o slogan *Qualquer coisa abaixo do melhor é um crime contra as pizzas!*) por todo o Kansas, subindo as montanhas e atravessando algumas áreas meio desertas até a costa.

Ah, a vida glamorosa de ex-membros de *boybands*.

— Fale para ele que é do Slice, Slice, Baby — eu disse.

Depois de uma pausa demorada, o portão se abriu para revelar uma estradinha íngreme e sinuosa que definitivamente era feita para carros esportivos e não para uma Dodge Caravan. Ainda assim, consegui subir até a casa e estacionar na frente da caixa de vidro e metal que Isaac chamava de lar.

Meu ex-colega de banda estava esperando por mim na entrada quando cheguei. Ele estava usando um suéter branco e uma calça larga de linho. Seu cabelo loiro estava despenteado sobre a testa ligeiramente bronzeada e ele estava descalço. Mesmo sob a luz fraca de fim de tarde, eu vi o azul-celeste de seus olhos, os planos elegantemente angulosos de suas bochechas e seu maxilar.

— Você parece pronto para uma sessão de fotos para a *GQ* — eu disse enquanto saía da van.

— E você está com cara de quem dirigiu pelo país para me entregar uma pizza que não quero — disse Isaac, com a voz seca. — Por que está na minha casa?

— Bom — eu disse, pegando minha mala de lona e fechando a porta. — Estou planejando uma coisa insuportavelmente melodramática e idiota e preciso de um lugar para ficar enquanto isso. O que você saberia se atendesse o celular.

Isaac me encarou, piscando com seus cílios longos e fazendo um biquinho atormentado.

— Joguei meu telefone no mar — disse finalmente, com uma voz que dava a entender que era algo totalmente normal. Então, ele se voltou na direção da porta. — Acho que é melhor você entrar.

— Eu deveria ter trazido pizza — resmunguei enquanto encarava a geladeira vazia de Isaac uma hora depois.

Apesar de ser uma daquelas geladeiras gigantes de gente rica, não havia nada dentro exceto um pote quase vazio de conserva de pepino e alguns ovos cozidos. E meio melão. Eu *odiava* melão!

— Você sabe que melão é para velórios e para fazer saladas de frutas parecerem maiores, certo?

— Já pedi comida — disse Isaac da varanda, sem olhar para mim.

Ele morava em uma daquelas mansões no alto de uma falésia que tinha uma parede inteira que se abria para uma varanda com vista para o mar. Era um pouco fria, mas a lareira suspensa na sala de estar e a lareira externa na varanda proporcionavam um pouco de calor.

— Como? Você não tem celular.

— Não joguei meu *iPad* no mar — disse Isaac. Depois acrescentou: — Vai ou não fazer uma bebida para a gente?

Com um último olhar descontente para a geladeira, fui até o bar e fiz gins-tônicas para nós dois — sem limão, porque ele também não tinha.

— Posso decorar com ovos cozidos, se quiser — sugeri enquanto me juntava a ele na varanda e entregava seu copo.

Ele o pegou sem olhar para mim, sem nem reagir à ideia de gim com ovo.

À nossa frente, o Pacífico era um ser escuro e barulhento, quebrando-se eternamente na praia. Ao nosso redor estavam as montanhas e as falésias pontuadas por dezenas de outras casas caríssimas, todas de frente para o mar. Era um tanto solitário ali, mesmo com outras casas por perto e uma das cidades mais movimentadas do mundo a uma curta distância. E tive a visão deprimente de Isaac passando uma noite após a outra assim, contemplando o oceano escuro enquanto bebia gim e pensava seus pensamentos melancólicos.

— Então, por que você jogou seu celular no mar? — perguntei, apoiando-me na grade.

Embora fosse mais friozinho fora do que dentro da casa, ainda era uns quinze graus mais quente do que em Kansas City, então eu não achava tão mau.

— As pessoas não paravam de me ligar — disse Isaac, como se isso explicasse tudo. Então perguntou: — Você vai mesmo fazer isso?

— Vou — eu disse. — Vou, sim.

Eu já tinha contado para ele toda a história de minha tentativa de relançar a carreira, do ClosedDoors, de Bianca von Honey e de conhecer Bee no set. E como acabamos na cama dela sem querer e como me apaixonei também sem querer, e então estraguei tudo.

Eu também contei do plano que elaborei abruptamente depois de conversar com minha mãe — um plano que envolvia abrir o coração e usar alguns aliados improváveis.

— E sua empresária não sabe dessa entrevista — disse Isaac.

— Não — respondi com um sorriso.

Talvez ele conseguisse ouvir o sorriso em minha voz, porque finalmente virou a cabeça para olhar para mim. Ele me lançou o mesmo olhar que costumava me lançar quando eu me deitava na cama do ônibus da turnê com uma garrafa de licor Southern Comfort e um plano ambicioso sobre como nós três deveríamos passar a noite em uma cidade nova. Como se, no fundo da mente insondável de Isaac, ele me achasse ao mesmo tempo ligeiramente divertido e profundamente confuso.

Infelizmente para o Nolan do passado, Isaac também ficava extremamente gato quando lançava esse olhar. Para ser sincero, ainda era um pouco desconcertante.

— Você sabe que dar uma entrevista sobre se apaixonar por uma estrela pornô enquanto filmava uma produção do Hope Channel é o oposto da imagem que você estava tentando passar ao aceitar esse papel, certo? — perguntou.

— Sei — eu disse simplesmente.

Eu sabia. Mas a entrevista era tudo que eu tinha a dar. Eu não tinha nenhum capital social, nenhum amigo ainda na indústria além de Isaac, que mal contava como alguém na indústria nos últimos tempos, já que estava ocupado sendo um recluso sexy e tudo o mais.

A única coisa que eu tinha era a verdade. Uma verdade sensível e ensanguentada como um joelho ralado que precisava de um beijinho para melhorar.

— Você já pensou — eu disse, baixando os olhos para o copo em minhas mãos — que talvez tenha sido isso que fez tudo dar errado na primeira vez? Deixar que a imagem importasse tanto?

Houve uma pausa, preenchida pelos sopros e rugidos do Pacífico.

— Já.

— Nós nos importávamos muito com as identidades que nos deram — continuei, com um aperto no peito pelos meninos do INK do passado e também pelos meninos do INK do presente. — Defendendo uma marca que era, na melhor das hipóteses, um pedacinho de nós e, na pior, uma máscara.

— Fizemos o que nos mandaram fazer — disse Isaac. — Porque funcionava com tanta frequência que nunca houve motivo para questionar.

Ele deu um gole, olhando para o oceano de novo depois de terminar. Eu me perguntei se ele estava pensando em Brooklyn.

— Se eu voltar a isso de ser famoso, acho que preciso fazer de outro jeito — eu disse. — Não acho que todos mereçam as partes de mim que não quero mostrar, mas mereço que as partes de mim que *quero* mostrar sejam sinceras, sabe? Só quero ser *eu*, não a versão fabricada de um *bad boy*, ou de um *bad boy* recuperado. Apenas eu. Nolan. Nolan Shaw, que está apaixonado por Bee Hobbes, ponto-final.

Isaac baixou os olhos para o copo.

— Sabe, eu e Brooklyn nunca estivemos fora dos holofotes. Em momento algum. E houve momentos em que era tão difícil que eu queria gritar. Mas, por mais difícil que ficasse — ele inspirou fundo —, nunca foi difícil estar com ela.

Deslizei ao longo do parapeito e encostei o ombro no dele. Ele permitiu, embora eu sentisse o esforço dentro dele para ficar parado, como se quisesse se encolher. Eu me perguntei se ele tinha tocado em alguém, mesmo que um amigo ou parente, desde o enterro de Brooklyn.

— Meus pêsames — eu disse a ele. — Brooklyn era incrível.

— Sim — disse ele, a voz quebradiça e estilhaçada, como cacos de vidro no chão. — Ela era mesmo.

Alguns minutos se passaram assim, nossos ombros quentes um no outro e as ondas batendo. Então Isaac virou o copo e se afastou da grade.

— Você está fazendo a coisa certa, Nolan — disse. — Mesmo se der tudo errado e você parecer um grande idiota depois, pelo menos vai saber que não perdeu nem um segundo deixando de dizer para ela o quanto a amava.

E, com isso, ele voltou para dentro da casa, deixando-me sozinho com o céu escuro e o mar revolto.

CAPÍTULO TRINTA

Bee

As filmagens de *O salão do duque* terminaram no dia 29 de dezembro por volta das onze da noite, e, não mais do que sete horas depois, eu peguei um avião com minhas mães para passar o Réveillon com elas no Texas.

Voltar a mergulhar no filme tinha sido uma boa forma de me proteger da dor esmagadora que eu sentia toda vez que pensava em Nolan. A maior parte da equipe técnica tinha sido acolhedora, especialmente a meia dúzia de pessoas que, assim como eu, era gente safada que fazia pornô. Porém, mesmo algumas das pessoas contratadas pelo Hope Channel pareceram não ver mal nenhum. Claro, havia algumas, como Maggie do bufê, que não conseguiam fazer contato visual comigo. Mas Gretchen e Pearl fizeram de tudo para que eu me sentisse o mais confortável possível. Se esse filme fosse minha única experiência com o entretenimento convencional, eu não me arrependia de nada. (Além daquela história de esconder minha verdadeira identidade.)

Sunny tinha sido minha defensora durante todo o processo e nunca saía de perto de mim. Toda noite, quando eu voltava ao hotel, minhas mães estavam esperando por mim, de modo que eu nunca ficava completamente sozinha além das horas que passava na cama, olhando fixamente para o teto até a exaustão tomar conta de mim.

Na véspera do Ano-Novo, eu me sentei sozinha em meu quarto de infância, com o laptop equilibrado no colo, e conversei pelo FaceTime com Sunny enquanto ela jogava fora semanas de correspondência inútil em nossa casa em Los Angeles.

— Aaaah, mas talvez seja bom guardar essa aqui — disse, erguendo um cupom do restaurante grego da esquina.

Concordei com a cabeça.

— Pode colocar na geladeira.

Ela apontou o cupom para mim, depois o separou.

— Afirmativo.

Guardávamos os cupons de nossos restaurantes favoritos *dentro* da geladeira, e não na porta, o que descobrimos ser a única forma de os usarmos. Uma geladeira cheia de ingredientes sem graça ou a possibilidade de pedir comida: não tinha como comparar.

— Viu o link que te mandei hoje cedo? — perguntou ela.

Sunny também vinha mantendo um olhar atento na internet para mim, e parecia que, depois do choque inicial e de a internet digerir a realidade de uma profissional do sexo escalada em um filme do Hope Channel, as pessoas tinham coisas a dizer. Assim começaram a surgir os artigos, e minha conversa com Sunny tinha se tornado uma série constante de links de matérias — todas examinadas por ela de antemão.

O Que Bianca von Honey e o Hope Channel Podem nos Ensinar Sobre Negar a Sexualidade das Mulheres

Uma Estrela Pornô, um Filme de Natal e o que Realmente Queremos Para o Fim do Ano

Usuários do Twitter Colocados na Lista dos Malcriados por Comportamento Gordofóbico Agressivo

Por Que as Mulheres Gordas Ainda Não Podem Ter a Faca e o Queijo na Mão

Tudo Que Quero Para o Natal é "O Salão do Duque"

A Coisa Mais Assustadora no Trabalho Sexual é Como Tratamos Profissionais do Sexo

Bianca von Honey: O Que Sabemos e Por Que Deveríamos Ser Seus Maiores Fãs

Eu tinha lido as manchetes. Era o máximo que eu conseguia fazer. Eu tinha sido tão facilmente afetada por toda a negatividade imediata que temia me deixar levar pela positividade — que teria uma vida curta, eu tinha certeza. Se eu aprendera algo nos últimos dias era que depender do tribunal de opinião pública não era sustentável.

Sorri para ela.

— Alguns dos textos parecem bem bons.

— Você não precisa ler. Só quero que você saiba que nem tudo é ruim. Tem algumas reações muito boas, na verdade.

Mordi o canto do lábio.

— Notei até um aumento de assinantes.

— Pega essa grana, anjo.

— Bee? — perguntou Mamãe, atrás da porta do meu quarto. — Vamos pedir pizza e estourar um champanhe. Desça se quiser opinar sobre sabor. Mama Pam está louca por cogumelos.

— Já desço! — falei por sobre o ombro. — Preciso ir — disse a Sunny —, mas, olha, devo pegar um voo para Los Angeles daqui a alguns dias.

— Tá, que bom, porque temos assuntos domésticos muito sérios para tratar — disse ela enquanto estendia o braço atrás do laptop e voltava com um gato preto enorme na frente da câmera. O gato não estava contente. — Hm, por favor, não fique brava.

Arregalei os olhos.

— Esse gato está em nossa casa? Em nossa casa alugada, cujo proprietário proíbe animais de estimação?

Ela o pegou no colo como um bebê e, surpreendentemente, ele deixou.

— Fiquei muito solitária sem você — disse, fazendo biquinho. — Contratei uma babá de gato enquanto estava em Vermont. Ele se chama sr. Tumnus e ama salgadinhos de queijo.

— Certo, bom, bem-vindo à família, sr. Tumnus.

Teríamos que escondê-lo do proprietário, mas eu é que não deixaria nosso primogênito gato órfão.

Sunny sorriu.

— Sr. Tumnus! Você ouviu? Papai Bee te ama!

— Tá, tá, preciso ir — eu disse.

— Ah, Bee, hm, talvez, já que você está em casa, possa ser um bom momento para redecorar.

Ela apontou para a parede atrás de mim.

Não precisei me virar para saber que ela estava se referindo ao santuário ao INK que a Bee adolescente havia cuidadosamente montado. Eu não podia falar para ela que não queria tirar tudo, e que dormir olhando para o rosto de Nolan me permitira a melhor noite de sono que tivera em dias.

— Eu sei, eu sei — eu disse finalmente. — Tá, depois te ligo. Feliz Ano-Novo para você e o sr. Tumnus.

Desci à sala a tempo de implorar para Mamãe pedir meia pizza de abacaxi com presunto.

Depois de pegar uma escada, ajudei Mama Pam a encontrar as taças de champanhe de sua cerimônia de casamento. Quando eu era adolescente, elas haviam encontrado uma terceira taça da mesma coleção, para que eu pudesse participar do brinde à meia-noite com elas.

Na sala de estar, eu ouvia Mamãe xingar a televisão.

— Ela está tentando fazer um vídeo do celular passar na televisão — explicou Mama Pam.

— Tudo bem aí? — perguntei enquanto descia e ia até Mamãe.

Ela estava usando um chapéu de papel com FELIZ ANO-NOVO escrito em letras douradas de purpurina.

— Toma — disse, e me deu uma tiara de plumas. — Só estou tentando fazer isso passar…

Então ouvi três palavras familiares quando o celular e a televisão se sincronizavam.

— Ora, ora, ora.

Virei a cabeça para a televisão, e tive que resistir a todos os instintos de meu corpo para não arrancar o controle da mão de Mamãe e tirar Dominic Diamond da tela.

Até que eu o vi. Nolan. *Meu Nolan*, sentando em um estúdio vazio totalmente branco, de frente para Dominic. Ele estava de calça jeans e botas — do tipo que se usam no trabalho — e tinha leves olheiras. Porém, sua postura não era tensa. Nada nele parecia defensivo.

Eu me afundei na poltrona de Mamãe, sem conseguir desviar os olhos dele.

— Estou aqui com Nolan Shaw do INK e, mais recentemente, *O salão do duque*. — Dominic se voltou para ele. — Essa, sim, é uma surpresa e tanto de Réveillon.

Nolan assentiu.

— Dizem para terminar o ano da maneira que você deseja que o próximo comece, e começar como você pretende que ele continue... então aqui estou eu.

— Os meninos do INK deram o que falar este ano: Isaac se fechando em reclusão depois da morte trágica de Brooklyn. A *sex tape* de Kallum. E agora você, com sua coprotagonista e a rede de mentiras dela.

Meu estômago se revirou quando Dominic me mencionou. O que Nolan estava fazendo? Como isso poderia acabar bem?

— Não se engane. Bee nunca mentiu sobre quem ela era. Ela planejava fazer *O salão do duque* com seu nome verdadeiro, enquanto todo seu conteúdo adulto estava sob seu nome artístico. Atores mudam de nome ou atendem por nomes diferentes o tempo todo. Poxa, Shaw nem é meu sobrenome de verdade.

— Então você está compactuando oficialmente com Hobbes e os laços dela com pornografia?

Meu coração parecia estar saindo pela garganta.

Nolan se empertigou.

— Estou vindo a público para apoiar Bee Hobbes e Bianca von Honey, e profissionais do sexo de todo o mundo. — Ele balançou a cabeça, e deu para ver que estava tentando se controlar. Manter a calma. — Todo nosso trabalho é vender a experiência humana. Atores, músicos, artistas de todo tipo. Mas não é isso que as pessoas querem, é? Querem a ideia de humanidade, mas não querem a coisa em si. Seria confuso demais, complicado demais. E, Dominic, você é parte do problema.

— Bom, acho que talvez estejamos fugindo um pouco d...

— Não — disse Nolan com firmeza. — Você disse que queria esta entrevista, então aqui está. Você passou anos de sua vida dissecando e esmiuçando todos os movimentos que eu fazia. Fez o mesmo com Isaac e Kallum. E até mesmo com Bee. Você formulou essa narrativa sobre ela, você a fez parecer mentirosa e manipuladora quando tudo que ela estava fazendo, tudo que todos nós estávamos fazendo, era tentar sobreviver e, talvez, quem sabe, seguir o sonho que nos trouxe para a indústria no começo.

Pela primeira vez na vida, Dominic Diamond ficou em silêncio.

Sequei a bochecha com o dorso da mão, sem conseguir conter todas as lágrimas que escorriam. Senti as palavras de Nolan no fundo de meu ser. Conhecê-lo e me apaixonar por ele tinha sido uma experiência inesquecível, mas o que inicialmente me levara a Vermont era meu sonho. O sonho de que eu poderia ter tudo. Que eu poderia ser o par romântico em uma história doce e melosa, e também o objeto de desejo. E Nolan me fez perceber que eu poderia ser essas duas coisas e mais. Eu nem sempre tinha que ser uma coisa ou outra.

Apesar de toda a dor e mágoa que eu tinha sofrido nos últimos dias, eu sabia que Nolan também estava preso em uma situação impossível. E, se nada mais acontecesse entre nós, eu poderia ao menos me consolar sabendo que o perdoava e que, no fim, ele me defendera.

— Dominic — disse Nolan —, passei todos aqueles anos no INK pensando que tinha que dar a meus fãs e à mídia todas as partes de mim. Que a única forma de ser verdadeiro e digno das atenções e da adoração era expor minha alma. Mas, mesmo assim, isso era apenas uma versão muito específica e selecionada de mim. Se essa segunda tentativa de carreira realmente der certo, posso dizer que entendo melhor das coisas agora. Não tenho que dar tudo até não restar mais nada de mim, e não tenho que me encaixar nessa caixinha muito estreita do que um estúdio ou empresário pensa que devo ser. E posso prometer que o que vou compartilhar vai ser honesto, e essa honestidade começa agora.

— Começa mesmo? — perguntou Dominic, finalmente recuperado da reprimenda de Nolan.

Nolan apertou os braços da cadeira e se voltou diretamente para a câmera.

— Eu te amo, Bee Hobbes. Eu te amo na frente de todo o mundo.

Suas palavras tiraram meu fôlego.

Nolan Shaw me amava.

E eu também o amava.

Era exatamente do que eu precisava, e era aquilo que eu pensava que ele nunca poderia me dar. Voltei a lacrimejar enquanto o peso do que ele tinha acabado de fazer me atingiu.

A campainha tocou.

— Deve ser a pizza — ouvi uma de minhas mães dizer.

— Ora, ora, ora — disse Dominic, mas não consegui compreender mais nada.

Meu cérebro estava cheio de perguntas e tudo que aquilo poderia significar para Nolan. Steph provavelmente o largaria. E ele voltaria à beira da falência. O que seria de sua mãe e…

— Bee! — disse Mamãe pelo que não parecia ser a primeira vez. — Bee, é para você.

Eu me levantei, meu corpo todo parecendo robótico enquanto minhas mães abriam caminho até a porta e a varanda vazia.

Olhei para Mama Pam, que apertou meus dedos e assentiu com a cabeça.

Saí para a noite fria e estrelada do Texas, e Nolan Kowalczk estava na garagem da minha casa, na frente de uma…

— Essa é uma van de entrega de pizza? — perguntei.

Bufando e rindo baixo, minhas mães fecharam a porta atrás de mim.

Ele deu um tapinha no capô da van com um sorriso.

— É, sim. Eu e ela ficamos bem próximos durante nossa aventura pelo Oeste nesses últimos quatro dias.

— Quatro di... você dirigiu do Kansas até a Califórnia e, depois, até o Texas?

Ele veio na minha direção.

— Pois é, é meu novo calendário de turnê. Não é tão global quanto já foi, mas fiz questão de passar por todos os pontos turísticos. Aliás, você sabia que a maior parte do Texas é uma planície praticamente vazia e sem fim?

— Falou o cara do Kansas. Nós temos moinhos — eu disse, sem conseguir evitar dar um passo para perto. — E vacas.

— E churrasco de segunda categoria.

Abri a boca para refutar a mentirada que saíra da boca dele, e eu já sentia que estávamos facilmente voltando à velha dinâmica entre nós.

— Você estava falando a verdade?

As lágrimas ainda estavam úmidas no meu rosto.

— Eu não teria dirigido até Los Angeles para me sentar com Dominic Diamond, cuja mera existência me faz querer enfiar a cara no liquidificador, se não estivesse falando a verdade.

Ele pegou minhas mãos, seus dedos acariciando meus punhos.

Ergui os olhos para ele, seus lábios a milímetros dos meus.

— Eu também te amo, Nolan. Eu te amo no escuro. Eu te amo na luz. Eu te amo em todos os lugares.

Ele ergueu a cabeça e gritou com toda sua força.

— Eu te amo, Bee Hobbes! Eu te amo alto o bastante para o mundo todo ouvir! — E então voltou o rosto para mim, encostando o nariz no meu. — Eu te amo tanto que, quando você não está por perto, sinto que estou perdendo um órgão — sussurrou.

— Essa parece uma emergência médica.

Minha voz saiu esbaforida e fina enquanto nossos lábios se tocavam.

— Acho que a única coisa que pode me salvar é um desfibrilador de peitos.

— Doutor, acho que estamos perdendo...

Ele apertou os lábios nos meus, a língua entrando em minha boca, como se estivesse sedento por mim. E senti o mesmo quando nossos corpos se encaixaram de uma maneira conhecida, que só poderia ser descrita como *lar*.

Nós nos devoramos ali, na garagem de minhas mães, até um carro parar atrás de nós. Nolan me abraçou enquanto eu me recostava em seu peito.

Um menino magrelo coberto de sardas saiu de um carrinho verde.

— Alguém pediu pizza?

CAPÍTULO TRINTA E UM

Nolan

Steph (21:01): Me liga.

Steph (21:07): Nolan Shaw!!! Me liga agora!

Steph (21:08): NOLAN

Steph (21:08): PUTA QUE PARIU

Steph (21:08): pqp

Steph (22:03): Vou tomar um remédio, e vou ligar para você de manhã. Acho bom você atender, senão juro por Deus.

Espiei as notificações do celular enquanto passava pelo corredor com Bee. Eu sabia que Steph ficaria possessa pela entrevista, e com direito. Ela provavelmente me demitiria. Definitivamente gritaria comigo. Mas não senti nenhum tipo de medo ou ansiedade ao apagar a tela do celular e ver Bee abrir a porta do quarto.

Eu estava exatamente onde deveria estar.

— A melatonina de Mama Pam já deve ter surtido efeito a essa altura — sussurrou Bee enquanto entrávamos em seu quarto escuro e fechávamos a porta.

Depois de brindarem o Ano-Novo conosco, as mães de Bee tinham prontamente se transformado em abóboras e desaparecido em seu quarto, então eu tinha tomado um banho rápido para me lavar da sensação de ficar sentado por dois dias em uma van. O que significava que essa era a primeira vez que ficávamos sozinhos desde aquela noite na igreja quando a encontrara usando aquele vestido de noiva incrível.

Pensar nisso me fez endurecer sob a toalha enrolada na cintura, e Bee conseguiu transformar sua gargalhada em um bufo quase silencioso quando eu a puxei para um abraço e ela sentiu minha ereção em sua barriga.

— Como você já está duro? — sussurrou.

Eu a joguei para trás, na direção da cama, largando a toalha enquanto ela se sentava.

— Não é culpa minha — eu disse, tirando o suéter largo dela, que deixava os ombros à mostra, até ela não estar usando nada além do shortinho de pijama e um sutiã rosa fofo. — Não tive tempo de me atualizar em sua conta do ClosedDoors nos últimos dias.

— Só está reciclando conteúdo antigo mesmo — disse ela, subindo as mãos ávidas por minhas coxas nuas. — Para as festas de fim de ano. Mas talvez eu possa oferecer uma sessão particular para você?

Subi na cama de joelhos, montando no colo dela. Ela passou as mãos ao redor do meu quadril e então senti a ponta de um dedo curioso se pressionar na pele sensível entre minhas nádegas. Com um gemido, abri mais os joelhos e dei uma fungada no cabelo de cheiro doce enquanto abria o fecho do sutiã.

— Continue fazendo isso e não vou durar tempo suficiente para uma sessão particular — eu disse enquanto ela brincava com minha entrada, sondando e pressionando.

Eu queria tanto que ela continuasse, mas eu já estava tendo que contrair a barriga para não estourar.

— Talvez tenhamos que marcar um horário recorrente — disse ela.

— Não sei se você se lembra, mas tenho uma mala de brinquedinhos sexuais nos quais nem encostamos.

Tirei o sutiã dela e então a empurrei de volta para a cama, para tirar o short de pijama e a calcinha. Depois que Bee também estava pelada, subi em cima dela e encaixei os lábios nos dela, lambendo o fundo de sua boca até ela estar arqueando contra mim. Estendi o braço e apertei a mão entre suas pernas, encontrando-a úmida e quente.

— Não acredito que você teve a coragem de tirar sarro de mim por estar duro se você está tão molhada assim — eu disse, descendo a boca para mordiscar seu pescoço.

— Ah, você gosta — retrucou ela, envolvendo e apertando meu pau com a mão. — Tem camisinhas na minha bolsa.

— Não tem na mesa de cabeceira?

— Este é meu quarto de infância, Nolan. Acredite ou não, não costumo trazer gente até o Texas para dar umazinha.

Encontrei uma camisinha no bolso interno da bolsa e demorei um minuto para olhar ao redor pelo quarto dela, querendo assimilar tudo sobre ela, detalhes de todas as versões dela que tinham levado à perfeição deitada em sua cama em um festival de curvas e cabelo desgrenhado.

— Nolan Kowalczk — disse ela, impaciente. — Você vai ter tempo para olhar todos os meus anuários antigos e tal depois...

— São pôsteres meus? — perguntei enquanto acendia o abajur da cômoda para dar uma olhada melhor.

Dito e feito, havia pôsteres do INK até o alto da parede, até mesmo no teto. Meu rosto me encarou de volta em pelo menos trinta pôsteres diferentes, recortes de revista e várias artes de fãs impressas. Alguns deles incluíam Isaac e Kallum, mas muitos eram apenas meus. Com roupas vergonhosas e poses ainda mais vergonhosas.

Porém, apesar da vergonha, eu não conseguia evitar a onda presunçosa de orgulho em meu peito. Bee tinha um quarto coberto por mim! Era difícil não me pavonear um pouco.

— Você ainda tem todos eles nas paredes?

— Alguns estão muito altos — ela fungou. — Não queria pegar uma escada para tirar. Você vai voltar aqui ou não?

Abri meu sorriso mais convencido enquanto voltava à cama.

— Sabe o que acho — murmurei, jogando a camisinha em cima do edredom e me ajoelhando entre suas pernas. — Acho que você gostava de olhar para mim. Mesmo quando estava brava comigo.

Ela bufou.

— Eu gostava mais de olhar para suas opções de roupa constrangedoras e pensar na minha própria superioridade fashion.

— Hmm — eu disse. — Bom, nesse caso, acho melhor apagar a luz enquanto chupo você, porque sei que você odiaria olhar para esses pôsteres enquanto passo a língua na sua boceta. Seria uma pena se você finalmente pudesse transformar todas as suas fantasias adolescentes em realidade.

Ela me lançou o olhar furioso de alguém que sabia que seu blefe tinha sido descoberto.

— Não se atreva a apagar esse abajur.

— Foi o que pensei — eu disse, então me acomodei entre suas pernas, erguendo um sorriso para ela com a franja caindo sobre a testa, imitando a expressão do pôster fixado logo acima de minha cabeça.

— Para. — Ela riu. — Você vai me matar.

— Psiu, você não quer que suas mães escutem, quer? Não queremos que elas saibam que meu ônibus de turnê quebrou na porta de sua casa e você está me oferecendo um lugar para passar a noite.

— Você é ridículo. — Ela riu de novo, mas sua risada se transformou em um gemido no momento em que minha língua passou por sua abertura. — Mas continue.

— E como poderei retribuir sua generosidade? — murmurei enquanto encontrava seu clítoris e dava uma chupada lenta. — Tenho uma ideia, mas você não pode contar para Isaac e Kallum. Eles vão querer participar, e quero você só para mim.

Não houve risos depois dessa. Só seus gemidinhos excitados, os dedos firmes em meu cabelo e o gosto posterior dela gozando em minha boca sob o olhar atento de trinta versões terrivelmente malvestidas de mim.

— Suas mães não vão ligar que passamos a noite transando em seu antigo quarto? — perguntei, algumas horas e camisinhas depois.

Estávamos deitados em cima do edredom porque tínhamos suado demais para ficar embaixo de uma coberta, e Bee estava com a cabeça em meu peito, traçando círculos preguiçosos em minha barriga.

— Não — respondeu —, elas sempre foram muito abertas em relação a esse tipo de coisa. Elas só ligam se atrapalhar o sono delas e, por consequência, a caminhada matinal delas antes do nascer do sol do Texas. Além disso, elas sabem o que faço para ganhar a vida, então acho que uma transa no quarto está longe de chocar as duas.

— Que bom. Não quero que elas pensem que corrompi você.

— Acho que devemos estar em níveis iguais de capacidade de corrupção — murmurou. — Afinal, nunca participei de uma suruba em um trem de circo.

— *Isso* é superestimado. Metade das pessoas ficaram enjoadas e tiveram que tomar Dramin no meio da viagem, então as camas estavam cheias de gente tirando cochilos. E trepar no carpete do trem pode causar assaduras horríveis.

Meus joelhos tinham passado semanas ralados.

— Nolan — disse Bee depois de uma longa pausa, o dedo ficando mais lento e mais deliberado enquanto traçava seus círculos —, depois disso... você se importa se eu continuar com o ClosedDoors? Não sei o que vai vir depois, mas também pode incluir continuar a fazer pornô com outras pessoas.

Pensei por um momento. Não porque não tivesse pensado naquilo antes, mas porque ela merecia que eu tivesse absoluta certeza da resposta.

— Não me importo — eu disse com firmeza. — Inclusive, eu não gostaria que você largasse só por minha causa. Quero que você faça o que te faz feliz, e sei que é complicado, mas não me incomodo com a ideia de você transar com outras pessoas.

— Sério?

— Por um momento, pensei que poderia me incomodar — admiti —, porque tive sentimentos ambivalentes quando soube que você ficou com outra pessoa em Christmas Notch. Mas cresci e superei.

Ela se apoiou em um cotovelo e olhou para mim, uma ruga franzida entre as sobrancelhas.

— Eu fiquei com outra pessoa em Christmas Notch?

Joguei a cabeça para trás, sentindo-me um idiota.

— Sabe, em um de seus posts do ClosedDoors. Dava para ver a sombra dele, e...

— Ahhhh — disse ela, e torceu meu mamilo de brincadeira.

— Ai!

— Era Angel, seu cabeça-oca. Ele tirou minha foto porque entrou em meu quarto bêbado depois de uma noitada com Luca, e estou nessa há tanto tempo que não tenho vergonha de pedir a ajuda de um amigo para tirar fotos quando tenho a chance.

Eu realmente me senti como um cabeça-oca.

— Ai, merda.

Ela torceu meu mamilo de novo. Mais suave dessa vez.

— Agora, como você estava dizendo?

Olhei em seus olhos, abrindo um sorriso arrependido.

— Eu estava dizendo que percebi que não estava com ciúme porque você poderia estar transando com outra pessoa, mas porque poderia ser tão *próxima* de outra pessoa. Não me sinto possessivo em relação a seu corpo, Bee, pelo menos não em um sentido que impeça você de fazer seu trabalho. Mas me sinto possessivo em relação a seu coração, acho. Quero ter seu coração. Quero ficar com ele. Quero que você saia por aí só comigo dentro dele e que eu saia por aí só com você dentro do meu. — Respirei fundo e decidi me arriscar. — E, se um dia achar que quer usar um vestido de noiva de novo, quero que seja para nós. Pra valer. Sabe. Se você também quiser.

Ela inspirou fundo, os olhos vítreos.

— Tá — murmurou ela, depois de um minuto.

— É?

Um aceno com o queixo trêmulo.

— É. Quero isso tudo. Que nossos corações sejam um do outro. E talvez o lance do vestido de noiva também. Um dia.

Meu coração pareceu prestes a se abrir e derramar luz do sol para todo lado.

— Que bom — eu disse, com a voz rouca.

— E sinceramente não sei o que vou fazer sobre atuar ainda — disse ela. — Por um tempo, achei que não faria mais nada como Bee Hobbes depois disso, porque foi muito difícil e assustador tentar algo novo e ser exposta dessa forma. Mas acho que talvez eu estivesse tentando me proteger. Foi o que fiz na primeira vez que tentei atuar, sabe? Fingi que não queria para que não doesse tanto quando não me quisessem. E não quero fazer isso de novo.

— Então teremos mais filmes do Hope Channel no futuro?

Houve uma gargalhada que ela abafou pressionando o rosto em meu peito.

— Ah, sim, imagino perfeitamente o Hope Channel me querendo de volta. Entretenimento natalino inocente para toda a família safada!

— Você entendeu o que eu quis dizer — respondi enquanto ela encaixava o queixo em meu peito e erguia os olhos para mim. — Vai tentar de novo? Tentar mais daquilo que queria quando decidiu fazer *O salão do duque*?

Ela deu de ombros, o movimento limitado por estar apoiada em mim.

— Não sei. Mas vou me dar a chance de encontrar uma maneira. E, por mais que eu adore trabalhar no pornô, acho que estou pronta para fazer uma pausa enquanto decido o que fazer. — Ela pareceu pensar por um momento. — Talvez até uma pausa permanente, porque tem muitas outras coisas que me sinto pronta para experimentar agora. Não quero que minha saída dessa indústria se transforme em algum tipo de comentário sobre estrelas pornôs em reabilitação ou coisa assim. Mas também sei que é o tipo de carreira que não é para sempre, ao menos não para mim. Não existe nenhuma solução perfeita para como e quando seguir em frente. — Ela suspirou, o sopro fazendo cócegas em meu pescoço. — E você?

— Eu? Ah, minha carreira pornográfica ainda está começando, mas acho que é bem promissora...

Ela deu um tapa no meu peito.

— Tonto. Você entendeu o que eu quis dizer. E se Steph largar você como cliente depois dessa entrevista? E se você não conseguir mais trabalhos como a versão inocente de Nolan Shaw e não tiver como sustentar sua família?

Apertei Bee junto a mim e puxei o edredom ao nosso redor, já que estávamos finalmente começando a esfriar.

— Acho que também não sei — eu disse. — Mas cheguei à conclusão de que não tem problema não saber. Não haveria garantia de que tudo daria certo mesmo se eu fizesse as coisas exatamente como Steph quer que eu faça. Então por que não tentar ao menos fazer a coisa certa? E, se tudo for pelos ares, sei sobreviver, e minha mãe e Maddie também. Já passamos por muita coisa, então sabemos que vamos ficar bem.

— Também sei que você vai ficar bem — disse Bee, e se aninhou ao meu lado, usando meu ombro como travesseiro. — Além disso, vou estar por aqui para ajudar como puder.

— Que bom.

— Você ganharia uma grana no ClosedDoors, aliás — disse ela.

— É, mas eu acabaria gastando tudo com uma outra criadora do ClosedDoors. Ouvi dizer que ela está oferecendo sessões particulares e não tenho autocontrole algum quando o assunto é ela.

— Você deveria deixar de assinar esse tipo de tentação.

— Mas sou o fã número um dela.

Bee deu um grande bocejo e aninhou o rosto em meu peito.

— Que engraçado, porque acho que ela era sua fã número um.

— Era, no passado!

— Ela pode ser reconquistada se você cantar uma música de ninar. Talvez uma musiquinha de Natal? Do álbum *Merry INKmas*?

— É difícil negociar com você.

Fiz beicinho, mas cedi e dei um beijo na testa dela.

Enquanto Bee pegava no sono em meu peito, seu cabelo esparramado e suas pernas enroscadas nas minhas, cantei "All BeClaus of You" o mais baixo possível, entoando a letra cafona até ela adormecer. E, quando ela acordasse, eu estaria ali, pronto para enfrentar todas as incógnitas juntos.

Pronto para fazer seus desejos de Natal — e não só — se tornarem realidade.

EPÍLOGO
Teddy Ray Fletcher

Sete meses depois

— A diferença é o molho — Nolan Shaw estava explicando para Ron Alto, que parecia chapado. — Aumenta a complexidade do sabor, sabe? Agora, se experimentar o peito bovino de Bee, vai ver que são só pedaços de carne de vaca seca...

— Trouxe salada de frutas — interrompeu Teddy, constrangido, segurando uma grande vasilha entre as mãos.

Quando Bee o havia convidado para a festa de Dia da Independência dos Estados Unidos/comemoração da casa nova dela e de Nolan, que também era uma espécie de disputa de churrascos entre Nolan e Bee, ele quase tinha dito não. Em parte porque tinha medo de rever Steph D'Arezzo pessoalmente e fazer papel de palhaço, mas sobretudo porque Bee tinha dito que ele precisava trazer comida, e Teddy não sabia cozinhar.

— Eu que fiz — acrescentou Angel.

— Não tem melão! — exclamou Nolan, depois de examinar a salada.

— Bem-vindos, bem-vindos. Podem colocar naquela mesa ali.

Teddy notou que o filho hesitou por um momento antes de sair para o pátio da casa nova de Bee e Nolan, como se estivesse confirmando que a barra estava limpa. Estranho.

Teddy se voltou para Nolan depois que Angel se aventurou até a mesa.

— Parabéns, aliás. Pelo lance do *Academia de Boyband*.

Na semana anterior, Deadline havia anunciado que Nolan era um dos jurados do reboot de *Academia de Boyband*, junto com um produtor musical rabugento e uma estrela do pop profundamente excêntrica dos anos 1990. Era o tipo de trabalho que representava um salário fixo e, se Nolan jogasse bem suas cartas e o programa fizesse sucesso, um salário fixo por vários anos. Anos suficientes para ele e Bee conseguirem subir de vida, daquela casa de campo fofa em Los Feliz para algo mais chique. Como Bel Air.

Aquele sim era um bairro sofisticado.

— Sério, devo tudo isso a você — disse Nolan, deixando Ron Alto com seu prato de carne e guiando Teddy para o pátio, onde uma piscina azul reluzente brilhava como um diamante de desenho animado e uma multidão de gente se reunia ao redor, comendo e bebendo e ouvindo uma playlist que misturava álbuns antigos do INK e músicas natalinas. — Se não fosse por *O salão do duque* e pela tempestade de merda que veio depois, nada disso teria acontecido.

Teddy Ray Fletcher já havia passado por muitas tempestades de merda na vida. Seu divórcio, a vez em que ele entrara em uma seita sem querer, uma tempestade de merda muito literal em um set pornográfico que havia resultado na aposentadoria precoce de um ator (e na destruição de um tapete inocente da Wayfair.com). Mas, antes de *O salão do duque*, ele nunca havia passado por uma tempestade de merda que tivesse um final *feliz*.

E foi exatamente isso que aconteceu.

Depois de Teddy e Bee serem expostos, e depois da indignação previsível, algo estranho tinha acontecido. As pessoas tinham começado a... *defendê-los*. Ou defender Bee, pelo menos, alegando que a indignação tinha mais a ver com misoginia e gordofobia do que qualquer receio real de que o Hope Channel serviria um prato picante para espectadores que esperavam algo doce.

E então algo ainda mais estranho acontecera: as pessoas começaram a ficar ansiosas pelo filme. Ansiosas! Pelo filmeco barato deles! Havia artigos sobre o filme, alarde nas redes sociais, até algo chamado cosplay — o que Angel e Astrid tinham jurado a Teddy que era um ótimo sinal. As pessoas mal podiam esperar para ver o filme do Hope Channel que tinha feito os atores se apaixonarem um pelo outro, e o fato de que os atores eram uma estrela pornô e um astro do pop só colocou lenha na fogueira. As assinaturas da Hopeflix tinham disparado, e o Hope Channel tinha visto um influxo sem precedentes de patrocinadores pedindo um espaço publicitário para a estreia na televisão, um mês depois da estreia no streaming.

Basicamente, Bianca von Honey era boa para os negócios e, embora o Hope Channel não fosse começar a vender enemas de marca nem nada do tipo, eles adoravam dinheiro como qualquer outro conglomerado midiático. E eram inteligentes o bastante para saber que haviam encontrado uma mina de ouro sem querer. Começaram a promover o filme fortemente, tinham desfilado Bee e Nolan por toda parte e já tinham encomendado e anunciado a sequência — *O salão do duque 2: Um casamento ducal*.

Nolan tinha conseguido o trabalho no reboot de *Academia de Boyband*, e Bee tinha sido escalada como protagonista de uma série chamada *Só Jesus na calça*, sobre uma ex-freira que vira assistente pessoal da vizinha drag queen. Embora ela tivesse deixado de fazer pornô com outras pessoas e só andasse postando fotos no ClosedDoors esporadicamente, a experiência de Bee no trabalho sexual também fazia dela uma convidada muito requisitada para talk shows, podcasts e noticiários de horário nobre, e até tinha arranjado uma coluna regular em um site grande e intelectual, do tipo que os filhos de Teddy viviam mandando links para ele.

E, para coroar isso tudo, o Hope Channel estava desenvolvendo uma nova linha de conteúdo destinado aos espectadores que clamavam por *O salão do duque*. As pessoas que Teddy tinha pensado que não existiam quando começara esse projeto — pessoas que gostavam de coisas natalinas alegres *e* imoralidade despudorada — agora estavam claramente visíveis, e claramente dispostas a gastar dinheiro. E o Hope Channel estava disposto a aceitar, ainda que fazer isso significasse apimentar um pouco sua marca.

Portanto, Teddy estava contratado para produzir o primeiro filme do selo Hope After Dark — não que ele já tivesse roteiro, ou alguma ideia de quem dirigiria. Quem sabe Pearl e Gretchen estivessem disponíveis de novo...

— Estou feliz que tenha dado tudo certo — disse Teddy a Nolan, e estava sendo sincero.

Não apenas por si mesmo e pela baixa na pressão arterial sempre que as faturas da mensalidade de Angel chegavam a sua caixa de entrada, mas também por Nolan, Bee, Gretchen, Pearl e todos os outros envolvidos no filme.

— Eu também — disse Nolan, soltando o ar enquanto observava o pátio.

Ele devia ter encontrado o que estava procurando; seu rosto se iluminou e ele parecia ter acabado de desembrulhar um presente pelo qual estava esperando o ano inteiro. Teddy seguiu seu olhar e viu que Nolan estava fitando Bee, vestindo uma camisa branca de babados e uma calça jeans, e o piercing no septo de volta ao lugar, cintilando sob o sol. Ela estava falando com uma mulher mais velha e uma adolescente que Teddy não reconheceu. Logo atrás delas, as mães de Bee estavam com Sunny, reunidas em volta do celular enquanto ela provavelmente as obrigava a ver vídeos do gato, o sr. Tumnus, que ela tinha criado o hábito de levar ao set. Sunny também tinha nomeado Teddy seu padrinho, um papel que ele ainda não havia aceitado, embora não tivesse conseguido escapar de ficar de babá do gato duas vezes e meia.

— Acho melhor eu ver se está tudo bem com a festa — disse Nolan, com a voz sonhadora de um recém-apaixonado, e foi andando até Bee sem nem dizer tchau.

Ah, o amor juvenil. Teddy se lembrava bem, que descansasse em paz. Pelo menos ele tinha os melhores filhos do mundo como recordação.

Um desses filhos veio até ele agora, com uma expressão derrotada.

— Eu devia ter colocado melão na salada de frutas — disse Angel. — Já acabou.

— Não é melhor do que levar de volta uma tigela cheia de frutas murchas? — perguntou Teddy.

— Acho que sim. Ah, não sabia que a mãe de Nolan estava aqui — disse Angel, olhando na direção de onde Nolan estava entrelaçando os dedos nos de Bee e dando um beijo na mão dela. A mulher mais velha estava olhando com carinho, enquanto a adolescente fazia uma cara de repulsa. — E aquela deve ser a irmã dele. Ela vai começar na Universidade Pepperdine agora no outono.

— Como você sabe disso tudo? — perguntou Teddy, genuinamente confuso.

— Eu presto atenção, pai. Além disso, Bee me mantém atualizado de tudo. Como o fato de que a mãe de Nolan decidiu que também queria se mudar para cá, então está morando na casinha atrás da piscina e vai abrir um negócio de fabricação de guirlandas artesanais. E que Kallum Lieberman agora tem um fã-clube fanático por causa da *sex tape*. E que Isaac Kelly não vem hoje porque está triste e contemplativo demais. E que... *merda*.

Teddy olhou para o filho, que estava lançando olhares desesperados para o quintal, como se buscasse uma saída. Quando Teddy olhou ao redor, não viu nada, exceto Luca, o figurinista, no batente que dava da cozinha para o pátio, tirando os óculos de sol e visivelmente vivendo um momento particular de personagem principal. O que era o comportamento normal de Luca.

Porém, quando Teddy voltou os olhos para Angel para perguntar qual era o problema, o filho tinha sumido. Teddy pensou ter entrevisto o cardigã de segunda mão e a calça jeans com a barra dobrada do filho desaparecendo na esquina, mas não tinha como ter certeza.

Enfim.

Angel não iria embora sem o pote de salada de frutas. Ele acreditava (com razão) que Teddy não ligava o bastante para louças vintage para cuidar bem delas, e tinha se autodenominado o guardião de todas as tigelas e travessas, pratos de sobremesa, bandejas de taco etc. da família Fletcher.

— Então também obrigaram você a vir — disse uma voz cortante atrás dele.

Teddy deu meia-volta e viu alguém com quem não falava desde o dia seguinte ao Natal.

Steph D'Arezzo observava o quintal com os olhos semicerrados. Ela segurava uma bandeja de biscoitos de supermercado e usava um terninho de alfaiataria que fez Teddy perder o fôlego. Era um mistério para ele como os terninhos de Steph deixavam os joelhos dele bambos, sendo que ele tinha passado os últimos vinte anos vendo pessoas lindas botarem para foder, mas era a verdade.

— Oi — disse Teddy, fraco, enquanto Steph deixava os biscoitos no assento de uma cadeira de jardim com a expressão cautelosa de alguém que soltava uma aranha que havia capturado.

— Não vamos nos fazer de inocentes — disse Steph. — Estou aqui por sua causa.

Teddy não tinha certeza se tinha ouvido corretamente.

— Está?

— Bom, digamos que você é cinquenta por cento do motivo. Tive uma reunião nas redondezas sobre meu cliente novo, Kallum, e ainda não estava disposta a enfrentar o trânsito para voltar para o centro.

— Kallum? O cara da *sex tape*?

Teddy tinha certeza de que estava ouvindo coisas. Steph era famosa por reviver carreiras, e tudo que Kallum tinha em seu nome no momento era uma vídeo pornográfico verdadeiramente impressionante e uma rede de pizzarias regional, o que estava longe de ser material para uma carreira lucrativa de celebridade.

— Ao que parece — disse Steph, com uma fungada —, há certo dinheiro a ser ganho com celebridades escandalosas. Então estou aceitando clientes que são um pouco mais — ela gesticulou com a mão — desastrosos.

— Não sei se desastre é a palavra que eu usaria para Kallum Lieberman — disse Teddy, com admiração. O desastre de Kallum era um dos melhores que Teddy já tinha visto. — Sabe, se um dia ele quiser licenciar aquela *sex tape*...

Steph lhe lançou um olhar astuto.

— Vou conversar com ele sobre isso. E, aliás, se estiver em busca de mais atores para Hope After Dark, eu teria o maior prazer de atender sua ligação.

Hmm. Teddy não tinha pensado em Kallum para seu novo empreendimento, mas definitivamente fazia sentido. Mais um membro do INK poderia alimentar a chama que Nolan havia acendido com *O salão do duque.*

— Ainda não decidi a direção de elenco para o próximo filme, mas é bom saber — disse ele.

— Bom, é melhor decidir logo — disse Steph. — Senão o Hope Channel vai mandar você escalar Winnie Baker ou algo assim.

Os dois riram com a ideia.

— Então... — disse Teddy, esperançoso. — Você mencionou que estava aqui por minha causa? Ao menos cinquenta por cento por minha causa?

— Ah, sim — respondeu Steph, com um tom curto. — Tenho trinta minutos livres antes de uma ligação. Quer transar?

Teddy a encarou.

— Está todo mundo aqui fora e, para ser franca, depois de todo esse tempo transando por sua conta, acho que Bee deve a você o uso de um quarto de hóspedes por meia hora.

— Hm. Sim?

— Perfeito — disse Steph, e pegou a mão dele para puxá-lo para dentro.

E a última coisa que Teddy Ray Fletcher viu antes de eles desaparecerem pelo batente foi Bee abrindo um sorriso sagaz para Teddy enquanto Nolan a puxava para mais perto. Um rojão disparou pelo céu acima deles, fazendo faíscas cintilantes caírem, quase invisíveis sob a luz do sol.

Por um momento, pareceu que estava nevando em pleno julho. Como se Bee e Nolan fossem dois namorados dentro do globo de neve mais ensolarado conhecido pela humanidade.

Então as faíscas crepitaram e se apagaram e o momento se foi. Eles eram apenas Bee e Nolan em seu novo quintal, discutindo sobre churrasco e sorrindo para o futuro brilhante que os aguardava, juntos. Acenando em resposta para Bee, Teddy seguiu Steph para dentro da casa vazia.

Durante o caminho todo, ele agradeceu a Deus pelas presas desgarradas de morsas de madeira.

AGRADECIMENTOS

Um encontro (não tão) inocente foi concebido no meio de um sonho febril cheio de tortas movido por um prazo apertado, e, como muitos dos sonhos febris cheios de tortas que vieram antes dele, nossa ideia não teria se concretizado se não fosse pela generosidade, pela competência e pela paciência de um número tão grande de pessoas que daria para fazer um filme!

Primeiro, temos uma dívida de gratidão imensa com May Chen, nossa editora superfantástica, por apostar em nós e em nossa versão descaradamente picante de uma tradição natalina inocente! Seu olhar atento à história, ao ritmo e aos personagens era exatamente o que nossa família extravagante de Christmas Notch precisava, e não poderíamos ter pedido uma defensora melhor para Bee e Nolan! E obrigada a toda a equipe da Avon: Jeanie Lee, Hope Breeman, Allie Roche e Alivia Lopez, por guiarem o livro de seus estágios incipientes até um livro finalizado; DJ DeSmyter, Julie Paulauski, Kelly Rudolph e Jennifer Hart, por divulgarem Christmas Notch; e Erika Tsang e Liate Stehlik, por nos receberem na família Avon de braços abertos!

Além disso, somos incrivelmente gratas à ilustradora de capa, Farjana Yasmin, e à diretora de arte, Jeanne Reina, por nos presentearem com a melhor capa do mundo. (E também com as árvores de Natal mais legais de todos os tempos!) Também devemos um agradecimento enorme a Diahann Sturge por nosso mapa incrível e pelas lindas páginas dentro do livro. Obrigada a Caitlin Garing e Abigail Nover por criarem a fantástica versão em áudio de *Um encontro (não tão) inocente* em inglês, e um agradecimento enorme a Joy Nash e Sebastian York por narrarem nosso mais novo audiolivro favorito.

Obrigada a nosso valoroso agente, John Cusick, por nos ajudar em todos os estágios (e também por nem pestanejar quando falamos em que estávamos trabalhando). E obrigada a toda a equipe da Folio Literary Management por seu apoio inabalável! Também gostaríamos de agradecer a Debbie Deuble-Hill por seu conhecimento e seu entusiasmo por tudo que tem a ver com filmes, romance e Olimpíadas.

Também temos uma grande dívida de abraços e amor com todos que nos ajudaram a tirar as fotos mais fofas (e talvez mais bobas) de coautoras de todos os tempos: Danielle Nicole da Danielle Nicole Portraits, nossa fotógrafa incomparável; Ash Meredith, nossa maquiadora, máquina de vento humana e DJ de sessão de fotos; e Jessica Weckherlin Boyk, que cuidou para que estivéssemos perfeitamente penteadas para as câmeras.

Além disso, este livro — e basicamente todo nosso trabalho em geral — não seria possível sem a família que criamos de escritores e amigos! Obrigada a Natalie C. Parker, Tess Gratton, Adib Khorram e Julian Winters por nos ouvirem tagarelar sem parar sobre este livro, e um agradecimento muito natalino a Nisha Sharma, nossa bibliotecária extraoficial de filmes de Natal, que compartilhou conosco sua sabedoria acumulada (e suas planilhas) de filmes de fim de ano! Obrigada a Nana Malone, Kenya Goree-Bell, Kennedy Ryan, C. G. Burnette, Jean Siska, Skye Warren, Kayti McGee, Kyla Linde, Adriana Herrera, Joanna Shupe, Eva Leigh, Nicola Davidson, Megan Bannen, Rebecca Coffindaffer, Gretchen Schreiber, John Stickney, Hayley Harris, Deanna Green, Luke Brewer, Jasmine Guillory, Kristin Treviño, Alessandra Balzer, as famílias Pearce e Trevino, todos os outros amigos que nos deram incentivos e abraços, virtuais ou não, enquanto trabalhávamos nisso.

Obrigada a nosso querido amigo Paul Samples, que nos ajudou a criar a primeira versão do mapa de Christmas Notch, a qual serviu como um guia muito necessário durante o processo de rascunho. Também gostaríamos de agradecer a nossas mãezinhas literárias, Ashley Lindemann, Serena McDonald, Candi Kane, Melissa Gaston e Lauren Brewer, por protegerem nosso espaço de escrita de maneira tão fervorosa!

Também gostaríamos de parar um momento para agradecer a nossos companheiros de quatro patas, que ainda não entenderam que temos trabalhos além de dar comida e carinho para eles e atender todos os seus caprichos. Dexter (descanse em paz, principezinho), Opie, Rufus, Bear e Max — é uma pena que nenhum de vocês saiba ler. (Embora saibamos de fonte segura que livros servem como ótimos brinquedos para mastigar.)

E, por fim, a nossos mais queridos e mais próximos, que mantêm a lareira acesa dentro de casa enquanto saímos para tramar historinhas picantes! Ian Pearce e Gail e Bob Murphy, e Josh, Noah e Teagan Taylor, obrigada por serem engraçados, solidários e maravilhosos. E obrigada por nos deixarem fazer nosso desvio imprevisto a Christmas Notch... A verdade é que o verdadeiro sentido do Natal são vocês. <3

— Julie & Sierra

Este livro foi impresso pela Vozes, em 2023, para a Harlequin. O papel do miolo é avena 70g/m², e o da capa é cartão 250g/m².